Hello
Genie
헬로 지니

헬로 지니 Hello Genie

초판 1쇄 찍은 날 | 2013년 8월 30일
초판 1쇄 펴낸 날 | 2013년 9월 5일

지은이 | 홍윤정
펴낸이 | 예경원

편집 | 유경화

펴낸곳 | 예원북스
등록번호 | 제396-2012-000132호
등록일자 | 2012. 7. 25
YRN | 제1-0038호

주소 | 경기도 고양시 일산동구 무궁화로 8-28 삼성메르헨하우스 712호 (우) 410-837
전화 | 031-819-9431 팩스 | 031-817-9432
http://cafe.naver.com/yewonromance
E-mail | yewonbooks@naver.com

ⓒ 홍윤정, 2013

ISBN 978-89-98102-45-6 03810

YƎWONBOOKS ROMANCE STORY

홍윤정 장편 소설

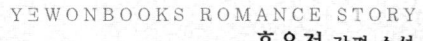

Hello
헬로 지니
Genie

 contents

프롤로그 / 7

제1장 Fly, 쭉정이! / 19

제2장 갈 데까지 가보자 / 44

제3장 마법에 걸린 지니 / 70

제4장 빅딜의 폐해 / 97

제5장 속고 속이는 세상 / 122

제6장 자기가 친 덫에 걸린다는 것 / 149

제7장 감각과 감정의 한끗 차이 / 169

제8장 사랑, 그 실마리 / 190

제9장 나를 더 많이 좋아하도록! / 215

제10장 Don't Be Cruel / 236

제11장 날아가게 두지 않아 / 258

제12장 우릴 그냥 사랑하게 해주세요 / 277

제13장 그대를 나의 품에 / 309

제14장 A Best Wish / 336

에필로그 / 362

작가 후기 / 382

 프롤로그

대한민국 연예계는 하루에도 수십 번씩 판도가 바뀌는 매우 민감한 시장이다. 끔찍하게 치열한 만큼 한 번 빠지면 헤어 나올 수 없는 마력을 가지고 있기도 하다. 쉽게 봐서도 안 되고, 배짱이 없어도 안 되고, 모험심이 없어서도 실패하는 사업. 하면 할수록, 빠지면 빠질수록, 꽤나 스릴 있고 은근히 승부욕이 돋워지는 일. 그게 바로 엔터테인먼트 비즈니스. 자신의 능력과 그 한계를 시험해 보고자 하는 사람이라면 꼭 한 번 이 업계에 뛰어들어 자신의 운명을 걸어봄 직하다.

여기, 10년 전 대한민국에서 가장 골치 아픈 업장 연예계에 자신의 운명을 걸었던 한 남자가 서 있다. 20대 초반의 나이에 수백억대의 유산을 물려받은 행운의 사나이. 그는 순전히 개인적인 이유로 우연히 시작한 이 사업을 10년째 이어가고 있었다.

그의 이름은 차원진, 서른다섯의 나이에 대한민국 업계 톱으로 군림하고 있는 남자였다.

"이게 대체 무슨 무례야? 당신 여기 어디라고 함부로 찾아와서 나더러 기다리라 마라야?"

"무례는 누가 먼저 범했는지 모르겠네요. 여기 제가 먼저 왔어요. 아무리 급하다지만 순서는 지키셔야죠."

"이봐, 아가씨. 말 되게 웃기게 하네. 난 아쉬울 거 하나 없는 사람이야. 당신처럼 누구 앞에서 구걸이나 하려고 여기 온 줄 알아? 기분 나빠서, 진짜."

"그럼 잘됐네. 아쉬울 거 하나 없으시면, 사정 딱한 나한테 쿨하게 양보해 주시면 되겠네요."

그리고 지금 두 여자가 문밖에서 서로 그를 먼저 만나겠다며 실랑이를 벌이고 있는 이유는 그가 시장점유율이 무려 50%에 육박하는 대한민국 최고의 투자배급사 (주)MD미디어의 대표이기 때문이었다. MD미디어는 투자한 거의 모든 영화와 드라마가 성공을 거둔다는 공식 아닌 공식을 가진, 명실공히 국내 최고의 엔터테인먼트 회사이다. 덕분에 대표이사인 차원진은 늘 치열한 로비의 대상이 되고 있다.

파티에 참석하기 위해 비서까지 대기시켜 놓은 오늘, 지금 시각에도 여느 때처럼 그의 집은 문전성시. 집 안까지 손님이 들어와 있는, 특별하고 이례적인 오늘의 상황은 모두 비서의 실수 탓이었다. 빌라 건물 안으로 들어오면서 자신의 뒤를 따라 들어오는 여자를 제대로 체크 못한 게 그의 첫 번째 실수요, 로비 때문에 찾아온 게 확실해 뵈는데도 불구하고 '대표님께 꼭 드릴 말씀이 있다'

며 둘러대는 여자를 제지하지 못한 게 그의 두 번째 실수였다. 어디 그것뿐이랴. 연달아 찾아온 두 번째 여자가 차원진과 약속이 되어 있다며 태연하게 거짓말을 하는데도, 비서는 의심조차 하지 않고 그녀를 기다리게 허락해 주었다.

그 때문에 그는 약속도 없이 찾아온 버러지들을 둘씩이나 상대해야 하는, 이 짜증스러운 일과 맞닥뜨리게 되었다. 골치 아파. 쯧, 속으로 혀를 차며 원진은 천천히 커프스단추를 끼웠다.

"그렇겐 못하겠는데. 내가 왜 당신 따위한테 뭔가를 양보해야 해? 나, 여기 약속 잡고 왔어. 당신이 아무리 일찍 와도 만날 수 없는 사람, 난 전화 한 통이면 만날 수 있다고."

"웃기시네. 약속하고 온 사람이 왜 여기서 나랑 실랑이나 하고 있어요? 구걸이나 하러 온 나랑 당신이 다를 게 뭔데요?"

"뭐라고? 야!"

방 밖에서 들려오는 여자의 날카로운 음성과 함께, 차원진의 입가에도 킥, 웃음이 떠올랐다. 원진은 단추를 매만지던 손길을 딱 멈춘 채 거울 속에 비친 자신의 얼굴을 향해 살벌한 시선을 쏘았다. 입술. 늘 일자로 다물려 있던 자신의 입술이 휘어 올라가 있었다.

'지금 웃고 있을 상황이 아닐 텐데, 차원진.'

속으로 읊조리며 그는 빠르게 표정을 굳혔다. 그리고는 서둘러 커프스단추를 마저 채우고 거울 앞에 서서 자신의 전신을 훑어보았다.

새하얀 드레스셔츠와 맵시 좋은 검은색 슈트, 클래식한 화이트&블랙 넥타이, 스퀘어 엔디드 폴드로 마무리한 같은 색 행커치

프, 은색 타이핀. 잘 올려붙인 헤어, 훤칠한 키, 날렵한 몸매, 남성미 물씬 풍기는 거친 곡선의 얼굴. 거기에, 빈틈없이 완벽하고 날카롭지만 평화로운 오후가 재미없는 맹수의 그것처럼 나른한 지루함이 섞인 시선까지 더하면? 누가 봐도 감탄하고 숭배할 수밖에 없는 제왕의 모습. 바로 차원진이 된다.

"저기요. 예의 없게 이러지 맙시다. 아무리 바닥까지 내려간대도 지킬 건 지켜야 하지 않겠어요?"

작게 한숨을 내쉬더니 어눌한 어조의 여자가 느리게 중얼거렸다. 그러자 예의 날카롭고 사나운 여자의 음성이 상대 여자를 공격했다.

"내가 왜 네까짓 것한테 예의를 지켜야 하는데? 네가 뭔데? 네가 뭐라고, 내가 꼬박꼬박 예의를 지켜야 하는데? 난 너랑은 급이 달라. 여기서 차원진 씨한테 잘 보이려고 굽실거리는 네까짓 계집애랑 똑같이 취급당할 사람 아니라고, 나."

"내가 초등학교 교육을 잘못 받았나? 예의란 건 상대방 급 따라서 차리는 게 아닌 걸로 압니다만. 댁은 그러나 보죠?"

목소리가 느리고 어눌하니, 영 어수룩하게 느껴지는 여자가 작은 목소리로 툴툴거리는가 싶더니 은근하게 공격한다. 핏, 그의 입가가 또다시 꿈틀거렸다.

언뜻 듣기엔 기 센 여자의 날카로운 공격에 잔뜩 짓눌려 하고 싶은 말도 제대로 못하는 것 같지만 실은 그 반대였다. 여자는 차근차근 하고 싶은 말을 다 되받아치고 있었다.

"그래, 난 그래. 너처럼 주제도 모르고 까부는 계집애한텐 예의 따위 차릴 생각 추호도 없어."

"아하. 그러시군요. 참 대단하시네요. 근데 이걸 어째요. 난 그쪽이 아무리 세게 나와도 절대로 양보할 생각 없는데. 난 여기, 당신보다 1시간이나 먼저 왔거든요. 무슨 일이 있어도 난 차월진 씨를 꼭 만나야 하거든요."

"이 여자 진짜 말귀 못 알아듣네. 이봐! 내가 아까 말했지? 난 여기 약속 잡고 온 사람이라고. 네가 아무리 1시간이나 빨리 왔다 해도 내가 먼저야. 난 너처럼 부탁이나 하기 위해 온 게 아니란 말이야. 엄연히 차월진이랑 약속이 있어서 온 거라니까."

"저기요. 피차 속내 뻔히 다 아는 마당에 이러진 맙시다. 페어플레이해요, 우리. 뻥까지 쳐 가면서 새치기하진 말자는 말이에요. 정정당당 대한민국 코리아. 예?"

"내가 지금 거짓말한다, 이 말이야?"

"좀 솔직해집시다. 아까도 말했다시피, 개인적으로 아는 사이라면 여기서 나랑 이러고 있진 않을 거잖아요. 안 그래요?"

"……그건!"

"비서님! 이 여자분 차 대표님이랑 아는 사이예요?"

"아, 아니…… 신 것 같은데……."

"약속이 되어 있나요?"

"그것도 아닌…… 데요."

비서, 성강호가 얼버무리며 중얼거렸다. 원진은 꿈틀 미간을 찌푸렸다. 보디가드 겸 운전기사 겸, 업무 일까지 원진의 일이라면 물불 가리지 않고 열성적으로 처리하는 성강호가 저리 아무 경계심 없이 여자들의 허튼수작들을 다 봐주고 있다니. 거기다 심히 들뜬 사람처럼 말까지 더듬으며. 아무리 여자 앞에선 약해진다는 성강호라지만 이런 경우는 단 한 번도 없었다. 도대체 저 밖에서 무슨 일이 벌어지고 있는 것인지 내심 궁금해지자, 원진은 천천히 거울 앞에서 몸을 틀었다.

이제, 고작 '성공' 따위를 위해 스스로를 제물로 바치러 온 두 여배우들을 직접 대면할 시간이었다. 차원진은 감정 한 톨 드러나지 않은 차가운 가면을 단번에 뒤집어쓰고, 척 팔을 뻗어 방문 손잡이를 비틀었다.

"이쪽은 전혀 모르는 것 같은데. 그쪽 혼자 약속하셨나 봐요?"

중간 키에, 귀밑까지 내려온 웨이브 머리, 허벅지까지 내려오는 긴 야상점퍼와 몸에 딱 붙는 캐주얼진 차림의 여자가 또박또박, 하지만 여전히 맹하게 들리는 어눌한 말투로 상대방을 공격하고 있었다. 뒷모습뿐이지만 늘씬하게 뻗은 다리와 그녀를 바라보고 있는 성 비서의 넋을 잃은 얼굴을 보아, 여자는 상당한 미모의 소유자인 것으로 보였다.

"무, 무슨 소리예요? 나, 나, 난 약속되어 있는 걸로 아는데. 사장님께서 여기 분명히 약속해 놓았다고…….."

"사장님이라고요? 어느 사장님 말씀하시는 겁니까?"

"그, 그게…….."

내내 당당하던 여자가 갑자기 말을 더듬더니 성 비서의 질문에도 선뜻 답을 내놓지 못하고 우물쭈물하였다. 커다란 선글라스로 얼굴을 가리고 있는 여자는 붉은 립스틱으로 색스럽게 단장한 입술을 연신 핥아대며 초조하게 시선을 흩트렸다. 그리고는 이마 위로 길게 늘어뜨린 머리카락을 손으로 매만지는 척하며 개미 하품 소리만큼이나 작게, 하나 빠르게 무어라 중얼거린다.

"네?"

잘 안 들렸는지 성 비서가 고개까지 앞쪽으로 기울이며 되물었다.

방금 전 차원진을 만나러 온 사연 많은 삼류 여배우, 송하익은 친절하고 예의 바르게 되묻는 비서를 돌아보며 씩 미소를 지어 올렸다. 이곳에 도착해 차원진을 만나게 해달라고 조를 때까지만 해도 천하대장군처럼 짤없고 무서운 인간 방패처럼 느껴지던 사람이 어느새 착한 곰둥이 다냥 순둥이가 되어 자신을 도와주고 있었다. 이게 다 뒤늦게 등장해 거만 떨며 패악을 부리고 있는 이 여자 때문이겠지만. 그나저나 이 여잔 대체 어디서 봤지? 낯이 엄청 익은데. 하익은 이름도 밝히지 않은 채 '난 너와는 급이 달라' 라며 거만을 떨고 있는 상대 여자를 다시 한 번 훑어봤다.

"그…… 그랑, 그랑블……."

"그랑블루 엔터테인먼트 김택수가 보내서 왔나?"

차갑고 딱딱한 목소리가 등 뒤에서 들려왔다. 등줄기를 타고 소름이 쫙, 돋는 것을 느끼며 하익은 두 눈을 홉떴다. 본능적으로 그녀는 목소리의 주인공이 문제의 그 사람임을 알아챘다. 이 세계의 지배자. 온정 따윈 통하지 않는다는 냉철하고 자비 없는 제국의 황제. 대한민국의 영화관과 드라마판을 쥐락펴락한다는 MD미디어의 차원진 대표.

"대표님."

역시 성 비서가 제일 먼저 반응했다. 그는 차 대표를 향해 고개를 숙이며 정중하게 비서로서의 예를 갖추었다. 자신이 누군가로부터 보내졌다는 사실이 꽤나 굴욕적인 듯 붉으락푸르락 얼굴을 붉히는 여자는 두 번째로 반응했다.

"맞아요. 그랑블루 김택수 사장님께서 자리를 만들어주셨습니다."

당황한 기색은 여전했으나 그 표독스럽고 거만한 목소리에는 야망이 떠올라 있었다.

하익은 천천히 뒤를 돌았다. 고개를 먼저 꺾고 흘끔, 뒤에 서 있는 남자의 향취를 맡았다. 상큼하고 쿨한 향. 여성들이 가장 선호하는 남성 향수 베스트3 안에 든다는, 이태리제 유명 향수다. 평소 가볍고 스포티하면서도, 클래식함과 모던함이 공존하는 오묘한 느낌이라 생각해 왔던 바로 그것. 젊고 잘생긴 대표라더니 향수도 그러한가. 심드렁하니 생각하며 그녀는 마저 몸을 꺾어 그를 마주했다.

"아가씬 누가 보내서 왔지?"

그와 눈이 마주치는 순간, 질문이 날아왔다. 감정 따위 먼지 한 톨만큼도 드러나지 않는, 로봇처럼 무미건조하고 딱딱한 얼굴로 그가 자신을 바라보고 있었다. 하익은 뜻밖의 질문에 당황했다. 누가 보내서 온 건 아닌데. 꼭 누군가가 보내서 와야 하는 건가?

"어…… 고 사장님이요."

"고 사장?"

처음 듣는 이름인가 보다. 하긴 만년 적자에 허덕이고 있는 삼류 기획사를 MD미디어의 차원진이 안다는 게 오히려 더 이상한 일이었다. 하익은 콧잔등에 올라앉아 있는 커다란 선글라스를 조심스럽게 매만지며 어색하게 웃음 지었다.

"제가 어디 소속인지 중요한 게 아니라고 생각합니다, 대표님.

그 배역은 원래부터 제 배역이었고, 전 꼭 그 배역이 필요합니다. 제 배역을 사수하기 위해서라면 무슨 일이든……."

"야! 얘 진짜 웃기는 애네? 그게 어떻게 네 배역이야? 너 누군데? 대체 어디 소속인데? 어디서 듣도 보도 못한 생신인이 나타나서 내 배역을 가로채려고!"

"그러니까."

하익의 말을 여자가 막았고 여자의 말을 차원진이 잘랐다. 그는 다리를 어깨 너비로 벌린 자세로 서서, 두 손을 바지 주머니 안에 쑤셔 넣은 채 천천히 중얼거리듯 물어왔다.

"배역은 하나인데 날 찾아온 사람은 두 사람이란 말이군."

차원진의 흥미로움이 돋은 목소리가 나른하게 울리자 하익은 꼴깍, 마른침을 삼켰다.

"김택수 사장님께서는 이런 말씀 없으셨는데요. 경쟁자가 있을 거라곤 말하지 않으셨어요."

"그분이 원래 말수가 적으신가? 아니면 여기저기 몰래 일 만드시는 게 취미?"

"그게 무슨 말이죠? 설마 내가 온다는 얘기를 전달받지 못했다는 뜻은 아니겠죠?"

"깜짝 선물을 보낸다고는 했던 것 같군. 밤에 아주 유용할 거라고 힌트도 주던데. 취향 차이인가? 딱히 그래 보이진 않는군."

"뭐, 뭐요?"

모욕적인 말을 들은 듯 여자가 파르르 떨었다. 이쯤 되니 하익의 머릿속도 차근차근 제법 깨끗하게 정리가 되는 것 같았다. 그러니까 하익이 노력과 실력으로 정당하게 따낸 신성한 배역을 이 남자는 제 권력을 휘두르며 여자를 취하는 수단으로 써먹고 있는 거였다. 아까부터 자신만만, 콧대 높이며 잘난 척하고 있는 이 여자도 실은 자신의 매력을 이용해 남의 배역을 가로채기 위한 목적으로 이곳에 온 것이었고.

"내 취향 아니라고. 앞판 뒤판, 구분이 안 되잖아."

그가 비웃듯 말하며 스윽 이쪽으로 눈을 굴린다. 마치 하익에게도 해당되는 말이라는 듯. 상황 파악 재빨리 해놓고도 그의 앞에서 울화통 한번 제대로 못 터트리고 속으로만 씩씩거리고 있던 송하익은 순간 뜨끔해져 자신의 앞판을 손으로 가렸다.

"차 대표님. 저는 우리 두 사람의 만남이 이렇게 공개적일 거라곤 상상도 못했거든요. 토너먼트를 치러야 배역을 얻을 수 있다는 사실도 전혀 몰랐고요. 이건 완전히 잘못된 거예요. 제가 생각했던 상황이 전혀 아닙니다. 전 경쟁 따윈 안 해요. 제가 드라마 배역 하나 따내기 위해 누군가와 이렇게까지 경쟁해야 할 급으로 보이세요? 저, 이래 봬도 작년과 재작년 방송사 드라마 시상식에서 최우수여우상을 수상했던 사람입니다."

"아."

"제가 여기 온 것은 대표님과 지속적으로, 서로 윈윈할 수 있는 사이가 될 수 있을 거라고 해서예요. 단순히 배역 하나 잡자고 굳이 여기까지 찾아온 건 아니란 말입니다. 이렇게 대기순번 받아놓고 기다려야 한다는 걸 알았다면 절대로, 절대로 걸음하지 않았을 거예요. 아시겠습니까?"

"뭐."

"오늘 이야긴 없었던 걸로 해야겠습니다. 죄송해요."

"그러니까, 기권이군?"

"마음대로 해석하시죠. 어차피 똑같이 취향 아닌 저 여자가 그 배역을 차지할 일도 없을 것 같으니 전 상관없습니다."

여자는 턱을 높이 세우며 하익을 향해 경멸 어린 눈빛을 쏘고는, 미련 없이 뒤를 돌아 나가기 시작했다. 기나긴 머리카락과 하늘하늘한 뒷모습을 뚫어져라 바라보며 하익은 눈살을 찌푸렸다. 작년, 재작년 최우수여우상을 수상했다는 말을 들으니 상대가 누군지 알 것도 같았다. 엄청 인기 많은 그 여배우잖아. 45%의 경이로운 시청률을 기록한 주말극 타이틀롤에 빛나는 하유라! 저런 대스타도 차원진과 '지속적으로 원원하는 사이'가 되기를 바란다는 건가? 대박!

"이름이 뭐지?"

"네?"

차원진이 직구처럼 스트레이트하게 질문을 날려왔다. 멍하게 여자를 돌아보던 하익은 정신을 번쩍 차리곤 그를 올려다봤다. 검은 안경 너머로 보이는 남자는 여전히 크고 강력해 보였다. 전해져 오는 위화감이 엄청나다. 하익은 절로 일그러지는 표정을 애써 수습하며 겨우겨우 쥐어짜내듯 대답하였다.

"소, 송…… 하익입니다."

"송하익."

천천히 음미하듯 그녀의 이름을 부르더니 갑자기 그가 명령했다.

"벗어."

"예?"

"벗으라고, 그 옷."

선글라스 안에서 그녀의 동그란 눈동자가 더 동그랗게 훌쩍 커졌다. 동시에 턱이 바닥까지 떨어질 듯 쩍 벌어진다. 그녀를 가만히 내려다보던 원진의 입가가 일순 꿈틀 움직였다.

"둘 중 한 명이 기권하면, 다른 한 명은 부전승인 거 몰라? 토너먼트."

"하, 하지만……!"

그녀의 눈이 미친 속도로 깜빡거리는 것을 보며 그는 비로소 씩 미소를 지어 올렸다.

"이번 승자는 당신이야, 송하익."

제1장. Fly, 쭉정이!

오늘 오전. MD미디어의 대표이사 차원진을 패기 좋게 찾아가기 전, 송하익은 캐스팅 번복 관련된 사항으로 감독님을 만나뵈었다. 이미 대본 리딩에 포스터 촬영까지 마친 자신이 왜 하차를 해야 하는지, 왜 자신에게만 이런 결정이 내려졌는지, 따져 묻기 위함이었다. 그리고 그 자리에서 하익은 너무나도 충격적인 소식을 접하였다. 자신이 드라마의 최대투자자인 차원진의 압력 때문에 희생되었다는.

이게 말이 되나? 이런 일이 이렇게 아무렇지도 않게 일어날 수 있는 일인가? 요행이, 인맥이, 압력이, 돈이, 실력보다 우선일 수 있다니. 이게 대체 말이나 되는 일이냐고!

억울하고 화가 나 외치고 또 외쳐 보았지만 자신의 말을 들어주는 사람은 아무도 없었다. 인기 떨어지고 연줄도 없는 자신 같은 연예인은 널리고 널린 게 이 바닥. 처절하게 자신의 주제를 파악하고 되돌아올 수밖에 없었다. 이곳, 자신에게 걸맞은 삼류 소속사 예담기획, 원래의 자리로.

"싫어요, 글쎄! 제가 왜 굳이 그런 자리에 나가야 하느냐고요. 사장님은 저를 아티스트로 키우고 싶다고 하셨잖아요."

"그랬지. 지금도 그 생각 변함없어. 지금의 성적이면 다음 앨범도 무리 없이 진행할 수 있으니 그 점은 안심해. 솔직히 말해 내가 네 이미지 관리에 얼마나 많은 돈을 쏟아부었니? 난 네 케어, 제대로 해주고 있다 생각해. 네게 기타를 쥐어준 사람도 바로 나잖아. 요정 같은 이미지의 10대 소녀 가수가, 기타를 들고 무대 위에 올라서 자작곡을 부르는 건! 송하랑 이후에는 절대 볼 수 없었던 컨셉이라고!"

"그러니까요. 그런 컨셉으로 절 이미지 메이킹하서 놓고서 왜 그런 자리에 나가라는 거냐고요. 저 아직 10대 소녀예요. 실제 나이는 21살이지만 방송 나이로는 19살이라고요. 그런 제가 나이 지긋한 아저씨들과 합석해 술이나 마시면서 시시덕거리는 걸 누가 보기라도 해봐요. 제 이미지는 완전히 망가지는 거잖아요. 소속사 사장님께서 어떻게 그런 위험천만한 짓을 저더러 하라는 거예요?"

사무실에서는 예담의 대표 연예인인 '라일락'과 사장인 고영자가 실랑이를 벌이고 있었다. 그런 쪽 능력은 젬병인 고영자가 대체 어디서 물어온 건지는 모르겠으나, 하나 얻어걸린 후원자를 라일락에게 붙여주기 위해 애를 쓰는 거였다.

하익은 더 우울해지는 기분을 수습하지도 않은 채 구석 자리에 푹 찌그러져 앉았다. 정말 비참하게도, 한순간이지만 그 후원이 자신 앞으로 들어온 것이면 좋겠단 미친 생각을 하고 있었다.

"저, 나이는 어리지만 이 바닥에서 꽤 오래 굴러먹었거든요. 아무것도 모르는 애 취급하지 말아주세요, 사장님. 그쪽에서 뭘 요구할지는 안 봐도 비디오예요. 설마 스폰서랍시고 만나서 얼굴만 보고 손만 잡겠어요? 팬이니까 만나서 영광입니다, 하면서 사인만 받아 가겠냐고요. 명색이 슬자린데."

"그래, 그렇지. 그건 그런데."

"저 곧 팬클럽도 창단하고 일본 진출도 할 거라면서요. 그런 제가 굳이 후원을 받아야 해요? 아티스트인 제가 그런 자리에까지 얼굴 내밀고 인사드려야 하느냐고요. 사장님께서 롤모델로 삼으라 하시던 송하랑 선배도 그런 일은 안 했다 하지 않으셨어요?"

"그래. 송하랑은 고급스러운 이미지로 곱게 곱게 키웠었지. 깨끗하고 순수하게 아티스트다운 면만 부각시켜서. 뜨기 전에도 그랬고, 뜬 이후로는 더더욱 그런 이미지로 메이킹했었고. 정말 잘 먹혔지. 그때 하랑이 신드롬은 지금의 김연아 급이었어. 국민요정 타이틀이 괜히 생긴 게 아니었다. 하랑이 매니저 시절이 내 최고의 전성기였으니 말 다한 거지 뭐."

"그러셨으면서 저한텐 어떻게 이런 일을 시키실 수 있으세요? 저도 고급스럽게 곱게 곱게 키워주세요. 깨끗하고 순수하게 아티스트다운 면만 부각시켜 달라고요. 그래야 저도 온 국민이 찬양하는 국민요정이 될 수 있지 않겠어요?"

"넌 국민요정이 얼마나 피곤한 위치인 줄이나 알고 이러는 거니? 높이 올라가면 떨어질 때 더 아픈 법이야."

"그게 무슨 말이에요?"

"하랑이 지금 위치, 너도 봐서 알 거 아니니. 그때 그렇게 인기 고공행진하던 하랑이, 지금은 아무도 써주지 않아 단역 하나도 제대로 따내기 힘들어. 그게 지금 네 롤모델인 하랑이의 위치고 현실이야. 걔가 지금 왜 그렇게 됐는데? 고급스럽고 깨끗한 요정 이미지. 그것 때문에 걔가 이 꼴이 된 거야. 그 이미지만 아니었다면 지금 이렇게까지 망하진 않았을 거란 말이야."

라일락과 고영자는 당사자인 하익이 방금 사무실로 들어와 자신들의 대화를 다 듣고 있음은 꿈에도 모르는 듯 대화에 열을 올리고 있었다. 비참한 현실이 피부로 와 닿다 못해 뼈에 사무쳐 오는 것을 느끼며, 하익은 영혼 없는 텅 빈 눈으로 허공을 째려보았다. 어쩌면 저리 옳은 말만 골라 하는지. 입만 열었다 하면 진리를 쏟아내는 a.k.a. '삶의 바이블' 다운 고영자 씨다.

"아, 몰라요! 저도 송하랑 선배처럼 만들어주세요."

"라일락."

"요즘 제가 우리 회사 다 먹여 살리고 있는 거, 저도 잘 알거든요. 이런 요구, 할 만하다고 생각해요."

"라, 라일락! 일락아! 야, 김춘자!"

차세대 송하랑, 라일락, 본명 김춘자 양은 고영자 사장의 절절한 부름에도 아랑곳 않고 쾅! 뒤도 돌아보지 않고 사무실을 나가버렸다. 기껏 물어온 후원이 이대로 날아가게 생겼다는 생각에 패닉 상태에 빠진 듯 고영자는 허공을 향해 '헛헛!' 입방귀만 껴대며, 뻐근하게 굳어지는 목 뒤를 손으로 연신 문질러 대고 있었다. 사무실 반대쪽 구석에 처박혀 있던 하익은 한숨을 푹 내쉬며 자리에서 불쑥 일어났다.

"그러게 왜 한창 잘나가는 애한테 그딴 걸 갖다 붙여?"

"엄마야! 깜짝이야. 너 언제 왔어?"

"아까."

"아까 언제? 들어오는 거 못 봤는데. 어디서부터 들은 거야?"

"심각한 얘기 나누는 것 같아서 조용히 들어와 앉아 있었지. 송하랑처럼 살면 진창에 쳐박히는 수가 있다, 부터 들었고."

"야, 쟨 대체 뭘 믿고 저러는지 모르겠다. 하루가 멀다 하고 남자 바꿔대며 만나면서, 무슨 배짱으로 요정 컨셉 밀어달라는 거야? 내가 쟤 이미지 관리 안 하는 것처럼 보이니? 나도 할 만큼은 해. 후원은 아무나 받니? 이미지 좋으니까 그런 제의도 들어오는 거지."

"아직 어린애야. 앞날 창창하고. 후원은 대체 왜 받아와?"

방금 라일락이 앉아 있던 자리에 털썩 주저앉으며 하익은 사장이자 전 매니저인 고영자를 타박했다.

고영자는 하익이 '송하랑'이라는 이름의 가수로 데뷔하고 이후 최고의 전성기를 보낸 5~6년의 시간을 쭉 함께했던 인물로서 비즈니스 관계라기보다 가족 같은 사이이다. 5년 전 전 국민적으로 떠들썩했던 스캔들로 인해 하루아침에 기획사에서 퇴출되는 하익의 불운을 가장 안타까워했던 인물이기도 했으며, 독립해 따로 회사를 차리자마자 득달같이 달려와 다시 시작해 보자고 하익을 독려했던 사람이기도 했다. 그만큼 '송하랑'이라는 연예인에 애착을 가지고 있었으며, '송하익'이라는 인간을 아끼고 사랑하는 사람이 바로 영자였다.

영자 덕분이다. 여자 연예인에게 가장 치명적인 것, '치정스캔들'로 인해 거의 식물인간인 상태였던 하익이 다시 일어서게 된 것은. 브라운관은커녕 사람들 앞에 서는 것조차 망설일 정도로 형편없이 망가져 버린 그녀를 세상 밖으로 끌어내어 준 이도 영자요, 그녀가 다시 용기를 내 대중 앞에 서기를 결심하게 만든 이도 영자였다.

　비록 가수로서는 복귀하지 못했지만 상관없었다. 드라마라도, 눈에 뜨이지도 않는 작은 배역이라도, 그 안에서 하익은 충분히 만족하고 즐거웠다. 그저 대중 앞에 떳떳할 수 있다는 것만으로도 행복했다. 누구 앞에서든 당당하게, 움츠러들지 않을 수 있으니, 그것만으로도 좋았다. 최고의 인기를 구가하던 가수 '송하랑'이 한낱 작은 드라마 배역 하나에도 목맨다며, 사람들이 쯧쯧 혀를 차도 하익은 아무렇지도 않을 수 있었다. 가끔은 자신이 득도한 게 아닐까 생각하게 되는 하익이다.

　"앞날이 아직 창창하니까 받는 거지. 너처럼 가망 없는 애한텐 들어오지도 않아요. 그리고 너도 알다시피 그런 연줄, 하나도 없는 게 낫잖아. 내가 무슨 능력이 있어서 그딴 걸 받아내? 일락이한테도 말했지만 그쪽에서 먼저 자리 한번 마련해 달라 요청해 온 거야. 팬이래, 순수하게. 주위에 물어봤더니 평판도 나쁘지 않더라. 신사적이고 고급스럽대. 그냥 만나면 일 얘기하고, 술 한잔 마시고, 그게 다래. 내가 다 알아봤다니까."

　"정말?"

　"그렇다니까. 오죽하면 이 후원, 너한테 붙여주고 싶단 생각까지 했을까. 사실 사정이 딱한 걸로 치자면 네가 제일 심하잖니."

"그거야 그렇지."

우울하게 대답하고 하익은 물 먹은 솜처럼 무거운 몸을 소파 등받이에 풀썩, 파묻었다. 어젯밤 속초서 새벽까지 업소를 뛰고, 곧바로 운전해 서울 올라와 오전 행사까지 뛰었더니 온몸이 파김치였다. 머릿속도 엉망진창. 행사장에서 불렀던 왕년의 히트곡 '룰러바이'가 대략 10개의 돌림노래로 재생되고 있는 기분이었다. 하지만 피곤한 몸을 뉘고 깔깔한 눈을 감아보아도 잠은 오지 않는다. 정신이 점점 더 말짱해지고 있었다.

"그래서, 진 감독이 뭐래?"

불꽃이 들락날락하는 듯 벌겋게 충혈된 눈으로 천장을 뚫어져라 노려보는 하익을 향해 고영자는 넌지시 말을 걸어보았다. 하익의 얼굴이 며칠 사이에 홀쭉해진 것을 보니 마음이 쓰이는 것이었다. 그녀는 이미 하익이 며칠째 죽을 둥 살 둥 미친 듯이 일하면서도 마음 편히 잠 한숨 굿 자고 있음을 잘 알고 있었다. 그 이유가 얼마 전까지 열심히 준비했던 드라마작업이 엎어졌기 때문이라는 것도 잘 알았다. 하여튼 운도 지지리도 없지. 하필 목숨 걸고 준비한 드라마가 그 남자 드라마냐.

"뭐가—"

"드라마 하차 이유 말이야. 너 진 감독한테 따지러 갔다 온다며. 감독이 뭐라고 대답하더냐는 말이지. 정말로 윗사람 입김 때문에 잘린 거야, 너? 소문대로 진짜 너 자르라고, 너 떨구고 대신 다른 배우 쓰라고, 투자자가 압력 넣었대?"

"어—"

기계적으로 대답하고는 하익은 한숨을 또다시 토해냈다. 잠을 못 잤더니 머리가 띵하다. 띵한데 잠은 오지 않고, 정신은 더 말짱해졌으며, 머릿속은 온통 자신이 놓친 배역 생각뿐이었다. 오디션을 보기 위해 얼마나 노력했는지부터, 배역을 따내고 얼마나 좋아했었는지, 작업은 또 얼마나 재미있고 신나게 했었는지. 작은 배역이었지만 자신의 능력을 인정받았다는 점에서 행복하고 또 행복했으며, 눈곱만큼의 가능성이라도 그 가능성을 발견했다는 점에서 기쁘고 보람찼던 기억들까지 모두. 단 한순간도 지워지지 않고 빙빙 머릿속을 맴돌며 그녀를 괴롭혀 대고 있었다.

몇 날 며칠을 고생해서 캐릭터 분석하고, 대본 외우고, 머리까지 완벽한 캐릭터 구현을 위해 싹둑 잘랐지만. 그 시간들이 아깝지는 않다. 온몸을 불살라 오디션 보고, 냉하기로 소문난 진선우 감독님한테 '너 좀 쓸 만하다'는 칭찬까지 들었던 기억도 無로 되돌리라면 그럴 수 있었다. 대본 리딩 작업에도 참여하고 포스터까지 찍었으나 빌어먹게도 제작발표회 직전에 배역 교체통보를 받았지만, 그래. 그것까진 쿨하게 그럴 수 있다 넘길 수 있었다. 자신이 부족하다면 작품을 위해서 마땅히 물러나야 한다고 생각했다. 그 정도쯤이야, 억울한 것 축에도 못 끼는 것. 감수할 수 있었다. 더 노력해서 부족함을 채우고 더 나은 연기자가 되어 더 좋은 배역을 따내면 되는 것이니까. 스스로를 채찍질하는 근거로 삼고 더 노력하면 되는 문제라고 생각했다.

하지만 진 감독에게서 전해 들은, 배역이 교체된 진짜 이유는 정말이지 충격적이었다. 그것은 나름 정신력 강하다 자부하고 있던 하익에게 어마어마한 타격을 주었다.

"요즘은 드라마도 사업이야. 자본이 끼어들면서부터 우리 같은 사람들도 순수하게 작품만을 위한 선택을 할 수가 없게 되어버렸지. 자네 배역, 오유정한테 갈 거야. 투자자의 압력 때문이지. 우리 드라마, 200억이 투자된 블록버스터라는 건 자네도 잘 알 거야. 여기에 무려 100억을 투자한 사람이 바로 MD미디어의 차원진이야. 차원진의 압력을 난 이겨낼 재간이 없어. 그 사람의 돈이 없으면 난 이 드라마를 만들지 못하니까."

아무것도 귀에 안 들어왔다. 진 감독이 '난 자네가 마음에 들어. 자네한테선 배우 냄새가 나거든. 이번 역할에 자네가 보여준 열정, 내가 꼭 기억해 둘게.' 라고 칭찬해도 하나도 기쁘지 않았고, 다른 작품에 좋은 역할을 주마고 약속을 해와도 전혀 위로가 되지 않았다. 이대로 물러서면 자신은 그저 '내 밥그릇도 못 챙기는 멍청한 애' 가 되는 것일 뿐이란 생각에 참을 수가 없었다.

내 것인데. 그 배역은 내 것이었는데.

아무리 생각해 봐도 이대로 빼앗기는 건 너무 억울한 일이었다. 그 생각은 영자도 마찬가지인 듯 한껏 목소리를 낮춰 넌지시 물어왔다.

"그 투자자를 한번 만나볼래? 만나서 매달려 볼래? 좀 없어 보이긴 하지만. 그래도 그냥 이대로 당하는 것보다는 낫지 싶은데."

"……."

"에이, 아서라. 내가 괜한 소리 했다. 그 사람이 어떤 사람인데 네 말을 들어주겠니. 상품성 최고의 슈퍼톱스타도 만나기 힘들다는 사람인데, 이미 한물간 왕년의 청춘스타를 만나줄 리가 없지.

사실 난 그 사람 때문에 네가 밀렸다는 말보다, 오유정이가 그 사람 백으로 네 배역을 가로챘다는 소식에 더 놀랐다. 오유정이라면 급이 낮아도 한참 낮은 애잖아. 영화로 데뷔한 것 빼곤 이렇다 할 경력도 없는 애 아니야? 넌 12년 전에 데뷔해서 5~6년을 가요계 최정상 톱스타로 군림했었어. 비슷하게 데뷔했어도 오유정은 한 번도 톱이었던 적이 없던 애라고. 그런 애한테 네가 밀렸다는 게 말이나 되니?"

"……."

"결국은 차원진 때문이라는 거지. 차원진이란 배경을 가지고 있다면 아무리 후달리는 연기력에 변변찮은 경력을 가진 애라도 너 정도는 밀어낼 수 있다는 거야. 어디 너뿐이니? 주연도 쉽게 꿰 찰 수 있는 게 이 바닥 현실이야."

"차원진이, 그렇게 대단해?"

"어?"

한창 차원진에 대해 열변을 토하고 있던 영자는 난데없이 쳐들어오는 하익의 질문에 멀뚱하니 반문했다. 차원진이 그리 대단하냐니. 무슨 이런 생뚱맞은 질문이 다 있나. 한국 연예계에서 10년을 비벼먹은 송하익이 차원진에 대해 모를 리 없을 텐데.

"그 사람 배경이면 주연도 쉽게 꿰찰 수 있다며. 그 사람이 그렇게 대단한 사람이냐고."

"너 그 사람 몰라? MD미디어란 단어 하나면 충분히 다 설명되는 거 아니냐? MD미디어가 우리나라 드라마와 영화판을 거의 장악하다시피 했잖아. 제작, 투자, 배급, 유통까지 손 안 대는 곳 없이 다 대고 있고, 시장점유율도 죄다 높아. 그 점유율도 해마다 점점 넓혀가고 있고. 10년 전만 해도 어중이떠중이 난립해 있던 이쪽 판도를 어느 날 갑자기 등장한 차원진이 완전히 바꿔놓았지. 지금도 야금야금 갉아먹고 있어. 오죽하면 중소기획사들이 연합을 해서 MD미디어와 맞서야, MD가 시장을 올킬하는 상황을 모면할 수 있단 소리가 나오겠냐. 한 회사가 시장 하나를 다 먹어버리면서 오는 폐단이 얼마나 어마어마한지는 너도 알지? 지금 MD미디어가 딱 그 짝이야."

"그렇구나. 우리나라 드라마와 영화판을 장악해 버린 사람이구나. 대단하네, 확실히."

"몰랐냐?"

"그 정도인 줄은."

"너 연예인 맞아? 이 바닥에서 일하면서 어떻게 차원진이의 위력을 모를 수가 있어? 너, 제작자나 투자자들 찾아다니면서 로비 아닌 로비 벌이는 연예인들이 얼마나 많은지 몰라? 개인 파티에까지 쫓아다니면서 애완견처럼 굴어야 살아남는 게 이 바닥인 걸 아직도 몰라? 어떻게 그걸 지금까지 모를 수 있니, 넌? 그걸 꼭 가르쳐 줘야 알아? 이렇게까지 대놓고 얘길 해줘야 아는 거야? 너 데뷔 10년 넘은 중고 신인이야. 것도 전 국민 입에 오르내렸던 지저분한 스캔들까지 달고 있는. 인맥 없이 실력으로 자리 잡기 힘든 상황이라고. 으휴, 그런데도 여직 고고한 국민요정 시절 습관 못 버리고 깔끔 떨고 있으니. 이때껏 버틴 것도 용하다, 용해."

"……."

"네가 이런 마인드니까 아직까지 이 모양 이 꼴이다. 진 감독님한테 배우 냄새 난다 칭찬받으면 뭘 하냐. 차원진이 입김 한 방이면 이렇게 주르륵 미끄러지는데. 오유정 같은 애는 차원진 잡아서 그 배경으로 편하게 네 배역을 차지했잖니. 이런 거 보면서 넌 뭐 느끼는 거 없니? 억울하지도 않아? 네가 어디가 어때서 그런 애한테 밀려야 되니?"

"언닌 그럼 그 남자 사는 데 알아?"

"뭐?"

평소 담아뒀던 얘길 한창 털어놓는 영자, 하던 말을 멈추고 멀뚱멀뚱 하익을 바라보았다.

방금 송하익이 뭐라 한 거니? 설마, 차원진이 사는 곳이 어디냐고 물은 거니? 내가 제대로 들은 거 맞니? 정말로 송하익이 차원진이 주소를 물었어? 힘들어도 밑바닥부터 다시 시작하겠다며 굳이 연기로 전향하더니만, 굳이 조그마한 단역부터 오디션 봐가며 힘들게 일하던 송하익이. 그 콧대 높고 대차던 송하익이 차원진 주소를 왜?

"알려줘, 그 사람 집 주소."

하익이 널브러져 있던 몸을 천천히 추스르며 중얼거렸다. 언뜻 힘이 없게 느껴지는 말투였으나 영자는 알았다. 하익이 제대로 결심을 했다는 것을. 이제야 정신을 차린 건가. 연예계에서 성공하려면 인맥을 잘 잡아야 한다는 사실을 이제야 인정한 것인가. 데뷔 12년 차, 전직 국민요정이 드디어 환상에서 깨고 현실을 받아들이려는 건가.

영자는 쌍수 들고 환영하고 싶은 심정으로 환하게 외쳤다.

"잘 생각했어, 하랑아!"

"뭐 하나? 벗지 않고."

검은 선글라스 너머로 서 있는 차원진이 너무나 당연한 것이라는 듯 자연스럽게 재차 주문했다. 그녀는 조용히 그가 시키는 대로 옷을 벗어야 했다. 그는 업계에서 최대 권력을 휘두르고 있는 절대강자이고, 그녀는 힘없고 백 없는 일개 연예인이니까. 배역이 간절하면 간절한 만큼 적극적으로 입안의 사탕처럼 굴어야 마땅했다. 적어도 고영자의 인맥을 총동원해 그의 집 주소를 알아내고, 홀로 당차게 찾아오기까지 했다면 이만한 각오쯤 되어 있었어야 했다.

하익은 스스로 자신이 그러한 각오가 되어 있다 생각했었다. 하지만······.

"벗어."

차원진의 말 한마디에 그녀는 자신이 엄청난 착각을 하고 있음을 깨달았다. 안타깝게도 그녀는 아직까지 전직 국민요정 송하랑의 마인드에서 완전히 벗어나지 못한 것이다. 차원진의 어찌 보면 뻔한 요구에 이렇듯 충격을 먹고 굳어버린 것은, 한때 브라운관을 누비며 온 국민의 사랑을 받았던 전직 국민요정 자존심에 강렬한 스크래치가 났기 때문이리라.

"왜? 마음이 바뀌었나?"

아니다. 마음이 바뀐 것이 아니라 이런 요구를 이렇게 직설적으로, 이렇게 타인도 동석한 자리에서 듣게 될 줄 꿈에도 예상 못했기에 충격에 휩싸여 있었을 뿐이었다. 마음이 앞선 나머지 이런 상황은 전혀 생각조차 하지 못하였다. 매달리고 부탁하고 사정할 생각만 했지, 말로만 듣던 상납 따위를 요구받게 될 줄은 정말이지 상상도 못했었다.

'어, 어떻게 하지?'

라고 미친 듯이 고민했지만 몸은 이미 결정한 듯 한발 먼저 움직이고 있었다. 발뒤꿈치가 서서히 뒤로 밀리는 걸 느끼며 하익은 주먹을 꼭 쥐었다. 도망가고 싶다. 지금 당장 도망가고 싶다. 그깟 배역 따위 내던져 버리고 이 더럽고 추악한 구렁텅이에서 벗어나고 싶다!

"경쟁자가 없어지니 생각이 달라지나 보지?"

느리고 음산한 목소리로 그가 비꼬듯 뇌까렸다. 깊고 풍부한 음색. 오페라하우스에서 들었으면 눈물도 흘렸을 법한 소름이 돋을 정도로 감동적인 목소리다. 하지만 폐쇄된 공간에서 우군 하나 없이 홀로 남자를 대적해야 하는 지금에는 오싹하리만치 강렬한 공포를 조성하는 음성일 뿐이었다. 등골에 소름이 쫙 끼치는 것을 느끼며 하익은 천천히 발을 뺐다.

"이 정도면, 여기 온 목적은 달성했다고 안심하는 것 같은데."

하지만 한 발 달아나자마자 그가 성큼, 천천히 그녀의 앞으로 다가섰다. 그녀가 뒤로 달아난 것보다 훨씬 더 많이. 덕분에 그와의 거리는 아까보다 훨씬 더 가까워지고 말았다. 마치 집 앞에 고층아파트가 세워진 것처럼 숨이 턱턱 막히는 상황에 하익은 아랫입술을 질겅 씹었다.

"너무 성급한 생각 아닌가. 아직 난 당신한테 그 배역을 주겠다고 약속하지도 않았는데. 게다가 난 변덕이 심한 사람이야. 이미 내린 결정도 수틀리면 하룻밤 만에 뒤집어 버리기도 하지."

"……."

"난 아직 당신한테 그 배역 넘겨주고 싶단 생각 안 들어. 얻고자 하는 게 있다면 반드시 그만큼의 대가를 치르고 가져가야 한다는 게, 내 생각이거든."

"그 배역은 원래 제 것이었어요."

용기란 놈이 대체 어디 숨어 있다 불쑥 튀어나왔는지. 내내 두려워 뒷걸음질만 치던 하익이 갑자기 발 뿌리에 빡 힘을 주고 멈춰 서더니, 딸칵 차원진의 말꼬리를 잡고 되받아쳤다. 쥐 몰이하는 고양이마냥 비열하게 흥미진진 웃음까지 띤 채 하익을 몰아가던 차원진이 우뚝 걸음을 덤추었다. 적당한 거리를 두고, 높은 남자의 시선과 낮은 여자의 시선이 허공에서 맞부딪쳤다.

"재미있는 아가씨네."

입가에 차갑게 떠 있던 미소를 순식간에 거두고 차원진이 싸늘하게 중얼거렸다. 짙푸른 남자의 눈동자가 선글라스에 감춰진 하익의 눈을 찾아 무섭게 집중하기 시작했다. 당장이라도 무모한 그녀의 용기를 집어삼켜 버릴 듯 매서운 시선. 상대의 마음을 샅샅이 뒤지고 꿰뚫어 볼 것만 같은 날카로운 시선. 하익의 심장은 미친 듯이 질주했다.

"그걸 왜 당신 것이라 생각하지?"

"제가 정당하게 따낸 배역이니까요."

"정당하게? 따냈다고?"

"오디션에 합격했어요. 정식으로."

"오디션?"

느리고 거만하게 그가 반문했다. 남성미가 물씬 풍기는 남자의 모난 턱이 천천히 위로 향했다. 서늘한 그의 시선은 날카롭게 그녀에게 꽂혀 있었다. 하익의 심장은 점점 더 빠르게 뛰었다.

"감독님께선 제가 그 배역과 200% 맞는 배우라고 칭찬하셨고요. 다른 선배 배우분들도 저 이외에 다른 배우는 절대로 이만큼 잘해내지 못할 거라 했습니다."

"아."

아무 감흥 없는 무감각한 목소리로 그가 대꾸했다. 감독이나 다른 배우들의 의견 따위는 안중에도 없다는 듯. 그럴 테다. 그는 이쪽 판에서는 그 누구에게도 방해받을 수 없는 절대 권력자, 차원진이니까.

"포스터 작업도 끝냈어요. 드라마 포스터에 제 얼굴이 찍힌 걸 제가 직접 두 눈으로 확인까지 했습니다. 제가 그 배역을 따내서 사전 작업까지 다 소화했단 말입니다. 그럼 그게 제 배역 아닙니까?"

"포스터까지 찍었다고?"

"투자자 아니세요? 자기가 투자한 드라마의 제작이 어디까지 진행 중인지도 설마 모르십니까?"

"내 회사가 진행하고 있는 프로젝트가 워낙 많아서."

그의 무미건조한 말에, 송하익의 이마에 주름이 잡혔다. 커튼처럼 드리워진 앞머리와 제법 큰 선글라스가 얼굴의 절반을 가리고 있었지만 원진의 예리한 시선은 이미 간파하고 있었다. 그녀가 짜

중을 내고 있음을. 지금 이 상황이 말도 안 된다 여기는 게 틀림없었다.

확실히 이 상황은, 원진에게도 충분히 우습고 말이 안 되었다. 방금 전 간 크게 집까지 쳐들어왔다가 꽁지 빠지게 달아난 여배우 하유라는 내달에 공중파에서 방영될 드라마 '남자 구미호의 필독서'의 주인공, 여진役을 따내기 위해 자신에게 접근한 것이었고, 그 드라마는 아직 포스터 촬영 전이었다. 아니, 포스터 촬영은커녕 아직 주요배역조차 캐스팅하지 못해 쩔쩔매고 있는 상황이다. 그래서 이렇게 배우가 캐스팅을 마무리 짓기 위해 몸을 날리는 로비도 서슴지 않고 있는 것 아니겠는가. 원진은 더욱 가늘어진 눈매로 자신의 앞에 서 있는 여자를 관찰했다.

여자는 새하얀 피부에 오똑하고 반짝이는 콧날이 유독 눈에 띄었다. 선글라스와 앞머리가 이미 얼굴의 절반을 가리고 있었으나 유난히 맑고 투명한 피부를 가리진 못했으며, 조약돌처럼 반질반질 탱탱한 콧방울의 광택도 죽이지 못했다. 화장기 없는 입술은 메말라 보였지만 천연적인 붉음이 색정적이랄 만큼 매혹적이었다. 무언가에 잔뜩 겁을 먹고 있는 듯 선글라스 안에서 반짝거리는 눈망울은 사슴처럼 크고 또렷하다. 이마와 귓가로 떨어지는 라인의 자잘한 솜털은 유난히 하얀 피부, 붉은 입술과 어우러져 꽤나 선정적이었다.

그녀를 관찰한 지 10초 만에 그는 결론을 내렸다. 이 여자는 욕정을 가진 남자라면 누구든 홀릴 수 있는 매우 아름다운 여자라고. 비록 포댓자루 같은 옷과 선글라스가 그 매력을 죄다 가려먹고는 있지만 그녀는 확실히 매력 있었다. 왜 지금껏 주목받지 못했을까 의구심이 들 만큼.

"제작에 참여한 사람으로서 드라마 '남자 구미호의 필독서'는 오디션 진행을 하지 않은 것으로 알고 있는데."

"남자 구미호…… 뭐라고요? 전 그런 드라마 모르는데요. 제 드라마는 주말 8시대에 방영될 '배신의 바다'이고요. 전 남자주인공의 친모 역할인데요."

"남자주인공의 친모?"

"2회…… 까지만 나오는 작은 배역입니다."

다소 격앙되어 있던 여자의 목소리가 한순간 확 기가 꺾이면서 사그라졌다. 똑바로 그를 바라보던 눈도 황급히 내려뜨고 그의 시선을 피했다.

"2회밖에 나오지 않는 배역을 위해 오디션까지 보았다고?"

"단 2회뿐이지만 드라마 전체에 깔린 복선과 이어지는, 정말 중요한 배역이라고 들었어요. 제게도 그만큼 소중하고요. 전 그 역할에 충실하기 위해 긴 머리도 잘랐고, 연습도 많이 했습니다. 열심히 한 만큼 지금 결정된 그 배우보다 제가 훨씬 더 그 역할을 잘 소화해 낼 수 있다고 생각해요. 아니, 잘할 수 있습니다. 정말로 더 잘할 수 있어요!"

"각오가 대단하네. 근데 그런 각오는 배역에서 미끄러지기 전에 했어야 하는 거 아닌가? 연출자가 촬영 직전 배역을 바꿀 땐 그만한 이유가 있었겠지. 연기를 차마 눈 뜨고는 못 보게 매우 못한다거나 태도가 불성실했다거나, 사회적으로 큰 물의를 일으켰다거나."

"죄송합니다만 전 연출자분께서 직접 오디션 보고 뽑아주셨거든요. 연기에 문제없다 하셨고요. 태도가 불성실하다고 지적받은 적도 없었습니다. 사회적으로 물의를 일으킨 적도 물론 없고요."

"촬영을 코앞에 둔 연출자가, 자기 손으로 직접 뽑은 연기자를 아무 이유 없이 내쳤다고? 그게 말이 된다고 생각해?"

그의 눈이 그녀를 향해 '발칙하다' 말하고 있었다. 차원진이 그녀의 말을 믿지 않는 게 틀림없었다. 억울한 마음과 동시에 분노가 화르륵 머리끝까지 치밀어 오르자, 하익은 두 눈을 가늘게 좁혀 뜨고는 아랫입술을 신경질적으로 비틀었다.

"정상적인 상황에선 있을 수 없는 일 맞습니다. 하지만 일어났죠. 대명천지에 다 정해진 배역이 엎어지고 멀쩡한 배우가 하차하는 일이 벌어졌습니다. 차원진, 당신 때문에요."

"나?"

차원진이 표정 하나 바꾸지 않고 산뜻하게 대꾸하며 눈동자를 휙 굴렸다. '말도 안 돼'란 말풍선이 그의 머리 위에 둥실 떠오른다. 전혀 모르는 일인 양 그의 표정도 변함없었다. 하지만 분명히 진 감독님께서 그리 말씀하신걸? 차원진 입김 때문에 오유정을 쓸 수밖에 없다고.

"처음 듣는 얘기인 것처럼 굴지 마시죠. 이미 감독님까지도 다 알고 계시는 얘기, 모르는 척한다고 있던 사실이 없던 게 되는 거 아닙니다."

"도대체 뭘 말하는 거지?"

"오리발 그만 내미시죠. 당신이 오유정과 보통 사이 아니란 거 드라마관계자라면 다 알 테니까요. 우리 드라마 촬영 직전에 당신이 그 여잘 억지로 끼워 넣은 것도, 모르는 사람이 없다고요."

"오유정?"

"네, 오유정이요! 내 배역 밀어내고 당신이 꽂아 넣은 당신 여자 잖아요. 오유정!"

"그 여자가 그렇게 말하던가? 자기가 내 여자라고?"

"아니란 말씀이세요?"

"아주 흥미롭군. 내 이름을 팔아 밥벌이를 하는 여자가 있었고, 그 사실을 이제껏 당사자인 내가 모르고 있었다니."

말하는 그의 입가에 냉소가 떠올랐다. 이게 대체 무슨 일이야? 오유정이 차원진의 애인이 아니면? 그럼 뭐란 말이야?

"차 대표님이 입김 넣어서 절 밀어내고 그 여자를 꽂아 넣은 것. 아니었어요?"

"난 캐스팅에는 관여하지 않아. 제작진의 고유 권한 같은 것엔 흥미 없어. 난 사업가고, 사업가에겐 자신에게 떨어지는 이윤이 가장 중요하거든. 캐스팅 놀음 따위엔 관심도 없고, 난 관심 없는 일에 신경 쓸 만큼 한가하지도 않아."

"하, 하지만 감독님께선 그렇게 알고 계시는데……."

"잘못 알고 있는 거지."

"감독님께 누가 그런 거짓말을 했단 말이에요?"

"아주 적절한 질문이로군. 성 비서!"

선글라스에 뒤덮인 하익의 눈을 빤히 들여다보는 자세 그대로, 그가 등 뒤에 얌전히 서 있는 비서를 불렀다. 대화 내용을 꼼꼼히 빠짐없이 듣고 있던 비서는 이미 사태의 심각성을 깨달은 듯 잔뜩 긴장한 얼굴로 대답했다.

"예, 대표님!"

"들었지?"

"네. 빠른 시일 내에 조사해서 보고 드리겠습니다."

믿음직스러운 비서의 대답에도 불구하고 그의 표정은 전혀 나아지지 않았다. 누군가가 자신의 측근임을 사칭해 이득을 챙겼다는 사실을 알았으니 당연한 것이겠으나 그의 얼굴에는 불쾌함을 넘어서는 더 강력한 감정이 일렁이고 있었다. 경멸인가. 아니면 증오인가. 정확한 분석은 할 수 없었다. 어처구니없게도 그는 비서의 대답을 들은 직후 휙 그녀를 스쳐 지나쳐 버렸기 때문에. 넋놓고 차원진을 관찰하던 하익은 퍼뜩 놀라, 빠르게 자신을 지나쳐 현관문을 향해 걸어가는 차원진을 뒤따라갔다.

"잠깐만요! 이대로 그냥 가시면 안 되죠."

다행히 차원진은 걸음을 멈추어주었다. 몹시도 귀찮은 듯 뒤는 돌아보지 않았다. 하지만 뭐, 상관없다. 이쪽에서 달려가 마주 봐주면 되니까. 배역을 다시 찾기 위해서라면 못할 거 하나도 없었다. 하익은 냉큼 달려가 그의 앞을 가로막고 서서 비장한 눈으로 그를 올려다보았다.

"하던 얘기, 다 끝내고 가셔야죠."

"마음 바뀐 거 아닌가. 왜? 다시 벗고 싶어졌나? 미안하지만 이젠, 내가 흥미 없어졌는데."

"저도 스트립쇼 따윈, 보는 건 몰라도 하는 건 흥미 없습니다. 그딴 건 됐고요. 확답이나 주세요. 그럼 지금 당장이라도 꺼져 드릴게요."

"확답이라니?"

"제 배역, 제게 다시 돌려주시겠다고 약속해 주시라고요!"

"내가 비서한테 내린 지시 못 들었나? 조만간 해결될 일이야. 일이 해결되면 배역은 원래 주인에게 돌아가겠지."

"그게 그렇게 쉬운 문제가 아니거든요. 비서에게 지시 내렸다 해도 일이 해결될지 어쩔지는 알 수 없는 거고요. 해결되더라도 그 배역이 저한테 다시 돌아올 거라는 보장은 어디에도 없고요. 제게 정해진 배역이었다 하더라도 다른 사람에게 얼마든지 갈 수 있었던 것처럼, 이번 일이 깨끗이 해결된다 하더라도 얼마든지 그 배역, 다른 배우에게 돌아갈 수 있어요. 다시 제가 그 배역을 맡게 될지는 아무도 모른다고요. 그게 이 업계의 생리입니다, 차 대표님."

"그래서?"

"대표님께서 직접, 감독님께 전화해서 그 배역을 제게 다시 돌려주라, 얘기해 주세요. 콕 집어서 정확하게 저라고 말씀해 주셔야 합니다."

"내가 아까 말하지 않았나? 난 캐스팅 같은 것엔 관여하지 않는다고. 내가 왜 당신 때문에 10년간 고수해 온 내 원칙을 거슬러야 하지?"

"이건 경우가 좀 다르니까요. 자격 없는 사람 끼워 넣으라는 압력이 아니라, 원래 주인에게 되돌려주라는 거잖아요."

"그렇다 해도 달라질 건 없어. 원래 주인에게 돌려줄 권리도 전적으로 감독에게 있는 거니까. 감독에게 투자자인 내가 배우를 넣어라 마라 지시하는 것은 월권행위야. 그리고 난 그런 짓, 안 해."

"답답하시네요. 캐스팅에 관여하는 게 아니고, 꼬인 매듭 다시 풀어달라는 거잖아요. 오히려 잘못된 관행으로 억울한 희생자가 나타나는 걸 바로잡는 일이라고요. 그건 대표님 원칙에 어긋나는 일도 아니지 않나요? 그거, 제 배역이었다니까요? 원래 제가 오디션 보고 합격해서 제가 하기로 했던 역할이었다고요."

"그건 그쪽 사정이지. 난 관심 없어."

그가 나서주어야 하는 이유에 대해 장황하게 늘어놓는 그녀의 말을 그가 중간에서 딱 끊는다. 그러고는 찬바람이 쌩 불도록 빠르게 발걸음을 재촉했다.

맙소사, 어떻게 저럴 수가 있지? 어떻게 저런 인간이 드라마업계의 제왕이라는 타이틀을 가지고 있을 수가 있어? 재수 없고 몰지각하다. 최소한의 양심도 없는 사람이다. 배우에게 배역이, 커리어가 얼마나 중요한데. 더러운 관행이 횡행하는 이 바닥에서, 실력 갈고닦아 자신의 힘만으로 여기까지 오기가 얼마나 힘든데. 단 2회 출연이지만 오디션에 합격한 이후 정말 죽어라 연습하고 준비해서 여기까지 온 배우에게 어떻게 저렇게 잔인할 수가 있어?

허탈해 잠시 그 자리에서 멍하게 허공을 응시한 채 서 있던 하익은 재빨리 차원진의 뒤꽁무니를 따라가기 시작했다. 그는 이미 긴 복도를 지나 현관문을 향해 걸어가고 있었다. 사람 기분, 뭣 같이 만들어놓고 여유롭게 모임에나 나가시려고? 어림없어. 절대로 느긋하게 즐기지 못하게 할 거야. 지구 끝까지라도 따라가서 약속 받아낼 거라고!

"그 사정, 대표님 때문에 생긴 거잖아요!"

"……."

"멀쩡하게 받은 배역 열심히 분석하고, 다른 배역 분량까지 달달 대본 외워가며 죽어라 연습하고 있는데. 갑자기 떨어진 날벼락이었다고요. 바로 대표님 애인…… 아니, 애인 사칭한 여자 때문에요. 일이 이렇게까지 됐으면 솔직히 관심 없어도 관심 가져주셔야 하는 거 아닌가요? 도의적으로 이 문제 깨끗하게 해결될 때까지 책임지고 마무리 지어주셔야 하는 거 아니냐고요."

"……."

"네! 제가 도의 운운하면 대표님은 말하시겠죠. 이런 일을 벌인 장본인한테 가서 따지라고. 대표님 자신은 이번 일에 무관하니까 귀찮게 말라고, 그렇게 말씀하시겠죠. 하지만 이 모든 일의 꼭짓점에는 대표님이 계십니다. 먹이사슬의 제일 위쪽에 위치하고 있는 대표님께서 움직이지 않으면 아무것도 해결되지 않는단 말이에요. 설마 그것까지 모른다 하지 않으시겠죠? 부인하지 않으시겠죠? 제발 한 번만요. 한 번만 돌아봐 주세요. 딱 한 번만, 저를 도와주세요. 제발요!"

"저기, 송하익 씨. 여기서 이러시면 안 됩니다."

차원진 대표의 뒤를 졸졸 따라가며 항의에 항의를 거듭하는 하익의 팔을 그의 비서가 붙잡았다. 자신이 모시는 상사가 거머리처럼 따라붙는 하익을 몹시도 귀찮아하고 있음을 알고 있는 것이다. 자신을 붙든 비서의 손을 거칠게 뿌리치며 하익은 휙 고개를 꺾어 비서를 돌아보았다.

"여기가 아니면 얻다 대고 항의해야 하는데요?!"

울컥 올라오는 거친 그녀의 목소리에는 울분이 섞여 있었다. 선글라스에 뒤덮여 있었으나 성강호 비서는 단박에 알아챌 수 있었다. 까만빛에 가두어진 그녀의 눈에 한가득 눈물이 차올라 있다는 것을. 그녀의 안타까운 사정이 마음에 쓰여 내심 찜찜했던 강호는 흠칫 놀라 붙들고 있던 여자의 소매를 슥 놓아버렸다.

"모든 일이 다 차원진 대표님 때문에 일어난 건데. 도대체 누구 한테 가서 어떻게 항의해야 제 억울함을 풀 수 있는데요? 네?"

"……."

"제 배역 제대로 돌려주실 때까지 저 한 발자국도 안 물러납니다. 지구 끝까지라도 대표님 따라가서 요구할 겁니다. 배역 다시 받아낼 수만 있다면 무슨 짓이든 할 거라고요."

"재미있네."

그윽하게 내리깔린 남자의 음성이 등 뒤로부터 산뜻하게 날아왔다. 비서와 눈싸움하며 으기 창창 독하게 외쳐 대고 있던 하익은, 갑작스럽게 뒤통수를 떠리는 차원진의 굵은 목소리에 깜짝 놀라 뒤를 돌아보았다.

"자, 그럼. 정직하고 성실한 여배우가 2회짜리 배역 하나 얻기 위해 어디까지 갈 수 있는지, 한번 볼까?"

차원진이 야릇한 시선으로 그녀를 훑어보며 나른하게 속삭이듯 말하고 있었다. 하익은 온몸의 털이란 털은 쭈뼛, 곤두서는 강렬한 전류에 휩싸인 채 그 자리에 콕, 못 박혀 버렸다. 동시에 자신의 인생을 이 꼴로 만들었던, 지금까지도 꼬리표처럼 따라다니는 스캔들이 터졌을 때도 느끼지 못했던 두려움을 그녀는 느끼고 있었다.

"벗어."

제2장. 갈 데까지 가보자

"차원진 대표와는 언제부터 이런 관계였어요?"

"이런 관계라니요?"

"파티에 동석하는 관계지 무슨 관계겠어요?"

아무 의도도 없다는 듯 순진한 미소를 띠우며 두 눈 동그랗게 뜨는 이 얄미운 여자는, 요즘 핫한 드라마 '열성인자 사랑하기'에서 인간이 가질 수 있는 온갖 열성인자를 다 가지고 있으나 모든 사람들의 사랑을 받는 귀여운 캐릭터, 자연役을 맡아 인기몰이 중인 신인 여배우, 강효연이었다. 20살에 일일극 단역으로 데뷔해 주말극 조연, 미니시리즈 조연을 거쳐 주연 자리를 꿰차기까지 겨우 2년밖에 걸리지 않은 그녀를 두고, 다년간 연예계에 종사해 이바닥 생리는 빠삭하게 꿰고 있다는 고영자 사장님은 이렇게 말한 적이 있었다.

"후원이 그래서 중요한 거야, 이 등신아. 강효연이 너보다 잘난 게 한구석이라도 있니? 연기도 지지리 못해서 만날 발음도 씹히는 게, 어찌 그리 잘도 캐스팅되는지 생각 좀 해봐. 쯧쯧! 이 바닥도 그러고 보면 썩었지. 완전 썩은 내가 진동하지. 썩은 바닥에서 살아남으려면 같이 썩어 뒹굴어줘야 하는 거야, 송하익."

후원자를 이리저리 갈아타면서 점점 더 중요하고 큰 배역을 맡았다 했다. 어린 나이에도 하나를 갖고 싶으면 다른 하나는 포기해야 한다는 만고의 진리를 꿰뚫으십사. 회사에 직접 더 큰 영향력의 후원자를 찾아달라고 요청까지 한다는, 고영자 사장이 하익을 만나면 만날 주절대는 '후원의 필요성'에 주요 예시로 나오는 그 배우였다.

"얼마 안 됐어요."

간단하게 중얼거리며 하익은 떨떠름한 입술에 칵테일 잔을 슬쩍 기울여 갖다 댔다. 강효연이 이런 질문을 하는 속내가 너무나도 빤히 들여다보여서 짜증이 솟구치려 했다. 나이도 한참이나 어린 게. 연예계에서 굴러먹은 햇수만 따져도 이쪽이 한참 선배인데. 이런 비꼬는 말투와 티꺼운 태도, 굉장히 불쾌하고 화났다.

"얼마? 일주일? 보름?"

깔보는 듯한 시선으로 하익의 몸을 훑어보며 강효연이 묻는다. 하익은 '3시간 전이다, 왜?' 하고 면전에 대고 윽박질러 주고 싶은 걸 꾹 참으며 똑똑히 대답해 주었다.

"개인적인 얘기는 별로 하고 싶지 않네요."

"아아. 개인적인 얘기."

심히 실망스럽다는 듯 강효연이 중얼거리며 들고 있던 와인을 홀짝거렸다. 분명 속으로 열심히 '한물간 지가 옛날인 송하랑이 어떻게 차원진 같은 거물을 잡을 수 있었을까'를 생각하고 있을 것이다. 어디 강효연 뿐인가. 이 자리에 있는 온갖 종류의 사람들이 모두 하익을 그런 의외로운 시선으로 바라보고 있었다.

이 파티장에 그의 어깨에 살포시 손을 얹은, 요정 같은 자태로 등장한 순간부터 그녀는 이 수많은 인간들의 표적과 관심의 대상이 되었다. 이 바닥에서 경제활동을 하는 인간이라면 누구나 다 아는 차원진. 그는 막강한 힘을 휘두르는, 말 그대로 제왕이었고 그의 옆자리를 차지하기 위한 여인들의 암투는 전부터 지금까지 꾸준히 이어져 오고 있는 바. 누군가의 후원을 받으며 이곳까지 온 여자들의 눈에 비친 송하익은 그야말로 천하를 손에 쥔 여인일 것이다. 그들로선 하익이 어떻게 이 자리까지 온 것인지, 어떻게 그의 옆자리를 차지하게 된 것인지, 하익을 끌어내리기 위해선 어떻게 해야 할 것인지 관심을 안 가질 수가 없을 터였다.

참으로 놀라운 경험이 아닐 수가 없다. 단지 차원진의 파트너라는 이유만으로 초미의 관심사, 뜨거운 감자가 되어버리다니. 뜨기 위해선 정말로, 노력과 연습보다 차원진 눈에 드는 게 더 확실하고 쉬운 길인 모양이다. 이런 지경이니 오유정은 자신이 그의 여자라는 루머를 퍼트려 가며 남의 배역을 빼앗는 치졸한 짓도 서슴없이 저질렀겠지.

하익은 생각해 보았다. 과연 이곳에 온 것이 잘한 일인지, 잘못한 일인지.

"벗어."

"네?!"

"그 선글라스 벗으라고. 그걸 끼고 파티에 참석할 수는 없잖아?"

"파, 파티요? 저더러 대표님의 파트너가 되라는 거예요?"

"지구 끝까지 따라오겠다며. 내가 어딜 가든 따라붙겠다는 소리 아닌가?"

"그건 맞습니다만. 파트너가 되는 것과 그냥 따라붙는 것과는 분명히 다르지 않습니까? 파트너가 되라는 것은 사람들 앞에서 대표님과 친한 척해야 한다는 거잖아요. 왜 제가 굳이 그런 일까지 해야 합니까? 거길 가서 저더러 뭘 어쩌라고?"

"왜 가야 하는지, 거기서 뭘 해야 하는지는, 가서 보면 알게 될 거야."

"정말 저더러 파트너가 되라는 겁니까? 그래도 상관없으시겠어요? 절 보고, 사람들이 오해라도 하면 어쩌시려고요?"

"그런 걱정은 안 해줘도 돼. 내가 알아서 할 거니까. 그나저나 난 상관없지만, 당신은 좀 상관있을 것 같은데. 그 차림새로는 파티장 출입이 불가능하지 싶군. 포댓자루 같은 그 옷은 대체 어디서 구했지? 어울리지도 않고 심지어 핏도 안 맞잖아."

"아, 뭐 일할 때 입었던 정장은 너무 불편해서……."

"심지어 사복이란 뜻인가. 패션 센스가 꽝이로군."

"그 정도는 아니거든요. 저도 나름대로는 패셔니스타로 인정받았었어요. 과거에. 비록 앞판 뒤판 구분은 안 되는 몸매지만 옷발 하나는 죽였거든요?"

"성 비서! 들었지? 이 여자, 옷 좀 준비해. 한때 패셔니스타로 인정받았던, 그 죽이는 옷발 좀 구경해 보게."

어쩔 수 없는 일이긴 했다. 눈 딱 감고 그의 파트너로 파티에 참석하기만 하면 빼앗긴 배역이 다시 돌아온다는데, 그걸 거절할 바보가 어디 있겠는가. 배역에 미련이 많아 몇 날 며칠을 좀비처럼 살아오다 못해 직접 차원진을 찾아오기까지 한 송하익으로서는 당연히 받아들일 수밖에 없는 일이었다. 그리고 불과 3시간 전, 그녀가 그토록 궁금해했던 '차원진이 왜 내게 파티에 동석하자 제안했는가'에 대한 해답은 그가 말한 대로 파티 석상에 들어선 순간 저절로 알게 되어버렸다.

하익은 그의 옆자리를 욕심내는 수많은 하이에나들을 물리쳐야 할, 그의 보디가드였던 것이다. 이제나저제나 그를 유혹하기 위해 덤벼드는 여인네들 앞에서 '그는 내 것이니 그가 탐나거든 나를 이겨라'의 포스로 그의 곁에 꼭 붙어 있어야 함을 하익은 다년간의 연예계 생활로 얻은 지식과 노하우로 금세 캐치해 버렸다. 유감스럽게도.

"어느 드라마 배역인지는 물어봐도 되죠?"

정확히 10번째 하이에나, 강효연은 상당히 끈질겼다. 게다가 아까부터 줄곧 자신이 이 세계에 대해 더 잘 알고 있다는 듯 하익을 무시하고 깔보는 태도로 일관하고 있었다. 그 말도 안 되는 우월의식에 하익은 정말 짜증이 났다. 강효연은 하익이 이 후원의 세계에 발을 들이지 않았다 하여 세상을 모른다 생각한 모양인데. 그거야말로 제대로 헛다리 짚은 것이었다.

하익이 맑고 밝게만 사는 것은 세상을 몰라서가 아니었다. 후원계가 뭔지 몰라서, 얼마나 대단하고 얼마나 유혹적인 곳인지 몰라서 이렇게 사는 게 아니었다. 오히려 너무나 잘 알아서, 섬뜩할 정도로 잘 알고 있기에 그 세계에 발을 들이지 않는 것이다. 세상이 더러운 진창임을 하익만큼 잘 아는 사람도 아마 드물 것이다.

"10시대 주말드라마예요."

"아! 이번에 새로 시작하는 그 '배신의 바다'? 거기 주인공은 다른 사람이라고 알고 있는데."

"주인공 아니에요."

"주인공이 아니라고요? 풉! 어머, 죄송해요. 갑자기 웃음이 나와서. 엄…… 그쪽 실력이 별론가 봐요?"

생글거리며 웃는 강효연의 눈에 '고소함'이 떠올랐다. 쌤통이라 생각하는 게 틀림없었다. 당연히 그녀가 말하는 실력이란 '연기력'이 아니라 '남자 후려잡는 솜씨'를 말하는 것이겠다. 아까부터 쭉 이런 식이다. 강효연은 자신이 비꼬아 묻는 말을 하익이 알아먹지 못할 거라 여기고 아주 마음껏 비아냥거리며 약 올리는 중이었다. 하익은 입가에 경련이 일어나는 것을 느끼면서도 억지로 끌어 올려 마주 웃어주었다.

"아직은 많이 배워야 할 때죠."

"아아. 맞다, 그렇다. 배우로 전향한 지 얼마 안 되셨죠? 그 스캔들 이후로 꽤 쉬셨으니까……."

"3년 쉬었어요. 배우로 활동한 지는 2년 됐고요. 아직도 갈 길이 아주 멀죠."

"차 대표님께서도 굉장히 힘드시겠네요. 실력이 별로면 밀어주는 데도 한계가 있잖아요?"

"밀어주는 거 바라지 않는데요."

"에이, 이거 왜 이러실까. 여기까지 오신 분께서 그런 말씀은 좀 아니지 않나. 오늘 이 파티, 대한민국에서 내로라하는 연예계 대형투자자들이 사적으로 즐기기 위해 만든 비밀모임에서 주관한 거예요. 공식적으로 알려진 바 없는 정말로 비밀스러운 사조직이죠. 자신이 후원하는 배우들을 선보이는 자리인 동시에 다른 투자자들의 새 후원 대상이 누군지 알아두기도 하는 자리. 다 아시고 온 거 아니에요?"

"여기서 후원 대상을 체인지하기도 한다는 말은 들었어요. 오기 싫다는 사람 억지로 끌고 오면서 원진 씨가 그러더라고요. 자기한테 들러붙으려는 여자들이 워낙 많으니까 꼭 같이 가서 귀찮은 것들을 떼어달라고."

"……네?"

"파티라기보다는 후원시장이라 해야 한다죠? 배우를 골라서 사고 착취하고, 대신 그들이 원하는 출연 기회를 주는 것. 원진 씨는 이런 파티 정말 싫어해요. 후원 같은 건 하는 것도, 해달라는 사람도 굉장히 싫어하죠."

"뭐. 소문은 들었어요. 워낙 깔끔하셔서 쉽게 후원 대상을 고르지 않는다고."

강효연이 덥석 미끼를 물었다. 파티에 대해 심히 염증을 느끼고 있는 듯한 차원진의 태도를 보고 대충 추측해서 던져 본 말이었는데. 정말로 차원진에게 그런 소문들이 있는 모양이다. 까다롭고 괴팍한 사람인 줄은 알았지만 이런 쪽에서까지 그럴 줄이야. 물론 이것도 다— '난 사업가고 사업가에겐 자신에게 떨어지는 이윤이 가장 중요해. 사업 이외엔 관심도 없고 난 관심 없는 일에 신경 쓸 만큼 한가하지도 않아.' 와 같은, 정의와 도덕성과는 전혀 무관한 이유에 기인한 것이겠지만 말이다.

"제작진의 고유 권한인 캐스팅 문제에는 일체 관여하지 않는 철칙을 가진 사람이에요. 그런 원진 씨가 굳이 배우들을 후원할 이유 전혀 없다는 건 쉬이 예측할 수 있는 문제죠."

"하고 싶은 말이 뭐예요?"

강효연이 눈살을 찌푸리며 퉁명스럽게 대꾸했다. 눈에 떠 있던 '쌤통' 이라든지 '난 너보다 우월해' 등과 같은 기운은 말끔히 사라져 버린 후였다. 하익을 아무것도 모르는 바보 천치로 깔아뭉개 듯 바라보던 시선도 싹 바뀌어 있었다. 만만하게 볼 위인이 아니란 걸 이제야 안 듯 눈에 서릿발이 서 있었다. 상대가 자신을 경계하든 말든, 연예계 생활 12년 경력의 베테랑 송하익은 차분하고 이성적으로 매우 담백하게 대답해 주었다.

"내 실력이 별로든 아니든, 내 매력이 미취학아동 수준이든 양 귀비 수준이든, 그것과는 아무 상관 없이 당신은 원진 씨한테 선택받을 수 없다는 거죠."

"뭐, 뭐요?"

"원진 씨는 나 아닌 다른 여자한테는 전혀 관심이 없거든요. 그러니 괜히 시간 낭비하지 마시고 정보탐색은 이제 그만하세요. 나도 이런 신경전은 싫어요. 피곤해서. 이미 내가 가진 내 남자인데, 내 옆을 떠날 생각이 전혀 없으니 빼앗길 염려도 없는 남자인데, 내가 왜 당신과 이런 대화를 나눠야 하죠?"

"정말로 두 사람, 진지한 관계인 거예요?"

"못 믿겠으면 직접 물어보시든가. 아, 저기 함께 계시네요. 강효연 씨의 후원인과 우리 원진 씨."

잔뜩 인상을 찌푸린 강효연을 향해 샴페인 잔을 들어 올리고 하익은 생긋 미소를 지었다. 저만치 무리를 지어 진지하게 일 얘길 나누고 있는 서넛의 남자들 사이에는 하익의 파트너인 차원진도, 강효연의 파트너인 유 사장도 있었다. 엄청난 비주얼 차이를 보이며.

멀리서 보니 확실히 스타일이 살아 있네. 슈트발이 아주 끝장이시다. 저러니 어찌 여자들이 불나방처럼 달려들지 않을 수 있겠는가. 기왕이면 다홍치마라고. 같은 값이면 배불뚝이 50대 아저씨 유 사장보다는 30대 젊은 매력남 차원진이 백배 낫지. 이것이 바로, 유 사장이 최근 이혼까지 하며 매달려 왔음에도 강효연의 관심이 원진에게서 떨어지지 않는 이유이기도 할 것이다.

"그렇군요. 뭐, 상관없어요. 차 대표님께서 당신한테 싫증낼 때까지 기다리면 되니까."

강효연은 쿨한 척, 프로답게 다음을 기약하며 물러났다. 지금은 차원진 옆에 하익이 있고, 하익은 생각했던 것보다 훨씬 수완이 뛰어난 것처럼 보였으니 더 찔러봤자 자신이 얻어낼 게 없을 거라 판단한 것이었다. 그녀는 이 바닥의 대표 하이에나답게 대여섯 명의 여자들이 모여 쑤군거리고 있는 곳으로 자리를 이동했다. 하익을 드러내 놓고 따돌리며 자기네들끼리 뭉쳐 얘기를 나누고 있는 그 자리에 다시 합류하는 것으로 보아 효연은 지금껏 하익을 떠보고 이쪽을 염탐하고 있었던 게 틀림없었다. 아마 10분도 안 되어

서 이 파티장 안에 있는 모든 여자들이 다 알게 되겠지. 송하익은
천하의 차원진을 옭아맨 고수이자 승리자라고.

"바리케이드 치는 솜씨가 아주 훌륭하시네요."

나름 하이에나 퇴치라는 미션을 잘 수행한 자신에게 최고급 샴
페인 한 잔을 선물하는 순간이었다. 언제 왔는지, 부드러운 인상
의 젊은 남자가 옆에 서서 알은체를 해왔다. 손에 칵테일 잔을 든
남자는 넥타이도 없는 가벼운 캐주얼 정장에 정돈되지 않아 헝클
어진 머리를 하고 있었다. 어디서 뭘 하다 왔는지 수염도 깎지 않
은 모습. 하익은 '자기소개 먼저'의 의미로 한쪽 눈썹을 슥 밀어
올렸다.

"아. 삼호프로덕션의 강우현이라고 합니다. 송하익 씨죠?"

"절 아세요?"

"알다마다요. 제 나이대의 남자 중 국민요정 송하랑을 못 알아
보는 이가 과연 몇이나 있겠어요? 심지어 왕성하게 활동하셨던 5
~6년 전에는 방송국에서 일하고 있었는걸요."

"방송국에 계셨다고요?"

"삼호 들어오기 전에 KBN 드라마국에 있었습니다. 오다가다
송하랑 씨 많이 뵀죠. 음악방송 FD로 일하는 친구 녀석 졸라서
사인도 받았었는데. 기억 못하시죠?"

"아…… 네. 죄송해요."

"괜찮습니다. 팬이 한둘도 아니었는데 다 기억하고 있는 게 오
히려 이상하죠. 가만 있자 명함이 어디 있을 텐데……."

"아뇨, 됐어요. 이미 성함, 머릿속에 저장되었습니다."

하익은 잔을 들지 않은 한 손으로 열심히 주머니를 뒤져 대는

남자를 만류하며 빙그레 미소 지었다. 허둥대는 그의 모습이 친근해 보여서일까. 아니면 바지 자락에 묻은 흙먼지가 사람 냄새 나서일까. 왠지 오랜 친구를 만난 듯 친근하게 느껴졌다. 이 넓은 파티장에 혼자만 딴 세상 사람인 것 같아 우울했는데, 같은 종류의 인간을 만나니 마음이 편안해진다고나 할까. 딱 넓은 외국 땅에서 한국인 만난 기분. 그거였다.

"아. 이거 좀 지저분하죠?"

미소를 띤 채 물끄러미 그의 바지 자락을 바라보고 있노라니, 남자가 머쓱한지 뒤통수를 긁적거렸다.

"제가 촬영을 하다가 곧바로 오는 바람에 옷 갈아입을 시간이 없었어요. 이 양복도 실은 여분으로 항상 차에 싣고 다니는 거예요. 드라마라는 게 촬영 한번 시작하면 집에 들어가 씻을 시간도 없이 바빠지거든요. 사실 이렇게 한가로이 파티나 즐기고 있을 시간도 없어요. 지금 방송 중인 드라마가 거의 초를 다투는 초생방이라서."

"드라마 촬영 중에 오신 거세요?"

"삼호 회장님께서 지금 해외 출타 중이시라 제가 대신 참석했습니다."

"무슨 드라마 찍고 계시는데요?"

"수목극 '바람이 분다' 라고. 혹시 보시나요?"

수목 미니시리즈? 그거, 출연진 빵빵하고 작가도 유명해서 회마다 빼놓지 않고 모니터하던 거였는데. 그게 이 사람 작품?

"그쪽이 '바람이 분다' 의 그 강우현 감독님이시라고요?"

"네, 제가 그 강우현입니다. 메인감독 데뷔작에 인기작가님과 스타배우들이 캐스팅되어 작가 복, 배우 복, 많다고 소문난 바로 그 강우현이요. 덕분에 매 회마다 대본과 연기에 비해 연출이 형편없다고 욕을 먹고 있기도 합니다."

"아……."

"그렇게 마음에 안 들면 지들이 직접 연출해 볼 것이지. 막상 지들더러 해보라면 제대로 못할 것들이 입만 살아가지고서는."

"에?"

"악플에는 악플이 제격이죠. 저한테 진심 어린 충고가 아닌, 비난을 위한 악담만 쏟아내는 사람들에겐 전 똑같이 악담해 줍니다. 함무라비 법전을 숭배하거든요."

강우현이 장난스럽게 웃는 얼굴로 한쪽 눈까지 찡긋, 감아가며 말했다. 뭔가 이상하단 생각에 잠시 멍 때린 채 그의 얼굴을 주시하고 있던 하익은 그제야 깨달을 수 있었다. 이분이 지금 농담을 하고 있다는 것을. 강효연을 비롯한 수많은 하이에나를 상대하느라 내심 잔뜩 긴장하고 있던 하익이 비로소 온몸에 힘이 쫙 빠지는 것을 느끼며 푸핫! 웃음을 터트렸다. 이 사람은 이곳, 후원시장에 초청되어 온 수많은 하이에나들과는 분명 차원이 다른 사람이라는 확신이 강하게 들었다.

"웃는 게 참 예쁘십니다."

섬섬옥수, 하얗고 길고 가는 손가락으로 입가를 가린 채 킥킥, 애들처럼 웃는 그녀를 가만히 내려다보더니 우현이 말했다. 커다란 입술을 슬쩍 비틀어 올려 환하게 미소를 지은 채였다.

"팬이라서 하시는 말씀이시죠?"

"물론 팬으로서도 송하익 씨를 예쁘다고 생각합니다. 하지만 팬심 버리고 객관적인 눈으로 봐도 하익 씨는 참 아름다우세요. 천생 배우 비주얼이죠. 다음에 기회가 되면 제 드라마에도 꼭 모시고 싶은데, 가능할까요?"

"네?"

"하익 씨가 제 드라마에 등장하는 일이 가능할까 여쭸습니다."

강우현이 서글서글한 눈매와 설득하는 듯한 눈빛으로 뚫어져라 하익을 바라보며 말했다. 하익은 놀라지 않을 수가 없었다. 자신의 청력에 문제가 생긴 게 아니라면 이건 분명 드라마 출연 제의였다. 오디션도 보지 않았는데 출연 제의라니, 이런 경우는 처음이었다. 다들 출연시켜도 될까를 생각하고 또 생각한 후에 오디션을 보게 해주었고, 오디션을 보고 또 본 후에야 출연여부를 알려주었었다. 그녀가 전 국민들에게 회자가 될 정도로 거센 스캔들에 휘말려 연예계를 거의 반강제적으로 은퇴한 이후엔 단 한 번도 시원히, 깨끗하게 캐스팅이 결정된 적이 없었단 말이다. 그런데 이 사람은 이렇게 단번에!

"미안합니다만 그건 안 되겠습니다."

물론이다, 당연히 출연 가능하다, 언제든지 불러만 달라, 라고 열심히 긍정하려는 순간이었다. 익숙한 남자의 음성이 날아왔다. 뒤이어 형식적이고 무성의한 남자의 손길이 우아한 하익의 어깨로 무겁게 내려앉았다.

차원진!

단박에 일그러지는 표정으로 하익이 휙 뒤를 돌아보았다. 이 무슨 말도 안 되는 소리냐고, 당신이 뭔데 출연여부에 관여하려 하는 것이냐고, 버럭 소리라도 질러줄 요량이었다. 하지만 차원진은 자신을 패기 좋게 노려보는 하익이 안중에도 없는 듯 눈길조차 주지 않은 채로 이렇게 말했다.

"보다시피 송하익 씨는 내 소속이라서. 이 여자와 일하고 싶으면 정식으로 서류를 구비해 날 찾아오십시오. 출연 가능성은 그때 가서 따져 보죠."

'굳이 지금 댁으로 가시겠다는 이유가 뭐예요? 파티가 한창 무르익고 있는 지금, 왜 갑자기 마음이 바뀌신 건데요? 혹시 배가 아프신 건가요? 제가 강우현 감독님께 캐스팅이 될 것 같으니까 이건 아니다 싶으셨나요? 사람이 그럼 안 되죠. 자기가 가진 힘과 권력을 휘둘러 사람을 이렇기까지 이용해 먹었으면 양심이 있어야지. 마음보를 곱게 쓰셔야지! 배역 하나 얻어보려고 죽기 살기로 노력하는, 우리 같은 배우들 이용해서 돈 버는 사람이면서 어떻게 이럴 수가 있어요? 도와주진 못할망정 어떻게 사람을 이렇게 비참하게 해요?'

목구멍에서 기어올라 와 세 치 혀끝을 맴도는 말들. 하익은 당장이라도 남자의 뒤통수에 대고 주절주절 비난을 싸질러 주고 싶은 충동과 미친 듯이 싸우고 있었다. 사람을 액세서리처럼 달고 이곳, 파티 장소에 데리고 와 모든 사람들 앞에서 구경거리처럼 전시해 놓은 것도 모자라, 별 시답잖은 여자들의 공격까지 일시에 다 받아내게 해놓고. 그래 놓고선 드라마감독님의 섭외에까지 간섭해 훼방을 놓으며 한다는 소리는?

"보다시피 송하익 씨는 내 소속이라서."

자기 소속이란다. 이게 무슨 귀신 옆차기 하는 소리인가. MD미디어 차원진이 무슨 자격으로 하익에 대해 권리행사를 한단 말인가. 그녀는 엄연히 예담기획 소속이다. 연예인, 방송인으로서의 권리는 모두 고영자 사장의 예담이 가지고 있단 말이다. MD미디어와는 아무 상관이 없다, 이 말이다!

"차 대표님."

하익은 차분히 그를 불렀다. 백 년 만에 한 번 올라올까 말까 하는 욱한 성미를 꾹꾹 눌러 참으며 최대한 예의 바르게, 부드럽게, 이성을 잃지 않은 침착함으로 그를 불렀다. 야만적이라고밖에 표현할 수 없는 그의 우악스런 손아귀에, 손목이 잡혀 질질 끌려가고 있는 현재의 리얼 상황을 감안해 보았을 때 그녀는 거의 열반의 경지에 올라와 있다 해도 과언이 아니었다.

"차 대표님!"

다시 한 번 이번엔 목청을 좀 더 틔고 크게 불러보았다. 그랬으나 그는 여전히 대답도 없었고, 걷는 속도를 줄일 생각도 하지 않았다. 힐을 신고 달리는 건 오백 년 만이라 하익의 다리는 거의 힘이 풀리기 일보 직전. 이러다가 복도 시멘트 바닥에 코를 박는 볼썽사나운 장면을 연출할 것 같은 두려움이 하익을 감쌌다. 하익은 에라 모르겠다의 심정으로 끼익, 힐의 브레이크를 잡고는 냅다 팔뚝을 잡아당기며 소리쳤다.

"귀가 먹었어요?! 왜 불러도 대답을……!"

그가 뒤를 돌아본 것은 그때였다. 그의 손아귀에 아직까지 볼모로 잡혀 있는 팔뚝 사이로 그의 거친 옆얼굴이 드러났다. 투박하고 다듬어지지 않은 목탄화와 같은, 무거우면서도 아련한 느낌이 훅 하익의 안구를 급습했다.

눈. 눈이 충혈되어 있었다. 그뿐 아니라 그 눈 밑엔 피곤함이 우울한 그늘을 만들고 있었다. 어떤 한 가지 생각에 골몰하고 있었던 듯 미간에는 짙은 주름이 잡혀 있었고 눈동자는 복잡한 심경을 드러내며 어지럽게 흔들리고 있었다. 장인정신 따위 없이, 철저하게 이윤창출만 추구하는 걸로 유명한 대한민국 드라마업계 공룡기업, MD미디어의 차원진과는 확실히 어울리지 않는 모습. 빳빳하게 풀 먹인 와이셔츠만큼이나 정갈하고 깔끔할 것 같은 그라면, 바늘로 찔러도 피 한 방울 안 흘릴 것처럼 냉철해 보이는 그라면, 감정이라곤 눈곱만큼도 흘리지 않을 것 같던 차원진이라면, 절대로 일개 여배우 송하익 앞에서 이런 모습을 보이지 않을 것이다.

도대체 무슨 일이지?

"괜찮으세요?"

"……."

"이 손 좀."

"아."

잠시 그녀를 멍하게 바라보던 그가 하익의 손목을 우악스럽게 움켜쥔 제 손을 확인하더니 빠르게 손아귀를 풀었다. 하익은 너무나도 쉽게 풀어지는 그 손을 신기한 눈으로 바라보며 냉큼 손목을 손으로 감쌌다. 아직도 그에게 잡혔던 부분이 욱신거렸다. 확인해 보니 붉은 손자국이 선명하게 나 있었다.

"미안해."

짧게 사과하고 그가 휙 앞을 향해 걷기 시작했다. 죄책감 따윈 느껴지지 않는 차가운 음성과 얄짤없이 쌩하고 뒤를 도는 그의 태도를 대하고 보니, 잠시 내려놓았던 분노가 다시금 솟구치는 것 같았다. 미안해요, 라니. 감독과 중대한 얘기를 나누고 있는 걸 방해까지 해가며 끌고 나와 놓고 미안하다고만 하면 다인가? 저게 진짜 미안한 사람의 태도냐고.

"이보세요, 차 대표님."

"……."

"차 대표님!"

이번에도 목청을 높여서야 그는 걸음을 멈추었다. 청력에 문제가 있는 게 틀림없다. 아니면 하찮은 사람의 부름 따윈 원래부터 신경 쓰지 않는 사람이거나. 하익은 괜한 자격지심이 부풀어 오르는 것을 느끼며 심술궂게 입술을 비틀었다. 그리고는 또각또각, 야무지게 힐을 바닥에 찍어 내리며 그에게 다가갔다.

"저한테 하실 말씀 없으세요?"

"……."

"대표님께서 제 소속을 바꿔놓으셨잖아요, 방금. 게다가 파티장을 나오시면서 프런트에 이렇게 말씀하셨죠? 내 물건에 벌레가 꼬여서 불쾌해졌다고. 그래서 더 있기 싫어졌다고."

정확히 '난 내 물건에 껄떡대는 벌레들과는 한자리에 못 있어. 회장님께 전해. 날 초대하려면 참석자들을 더욱 엄선하라고.' 라고 했다. 비록 충동적으로 치밀었던 분노에 휩쓸려 눈에 뵈는 게 없었던 원진이었으나 자신이 내뱉은 말은 똑똑히 기억하고 있었다.

병이다. 비가 오면 무릎이 쑤시는 관절병자의 그것처럼, 누군가가 자신의 것을 빼앗으려 할 때마다 주체할 수 없는 분노가 끓어오르는 병. 남들은 좋게 말해 승부욕이 대단하다, 근성이 탁월하다, 추켜세웠지만 그는 자신의 처절함을 잘 알았다. 누군가에게 소중한 것을 빼앗겨 본 사람만이 느낄 수 있는 간절함. 빼앗긴 게 아니라 배신당했던 거란 사실을 알았을 때의 패배감. 다시는 누군가에게 빼앗기지도 배신당하지도 않겠다, 처절하게 바닥을 뒹굴며 맹세하고 또 맹세했던 그, 차원진이었기에 아까 전과 같은 충동적인 짓도 저지를 수 있었던 것이다.

사이코 같은 놈.

혼잣말을 중얼거리며 그는 싸늘하게 식은 눈을 들어 자신의 코앞까지 다가온 여자를 보았다. 오늘 오후 자신의 배역을 찾으러 왔다며 그의 세계로 당차게 발을 들이민, 선글라스에 포댓자루 같은 야상을 걸치고 있던 신인 여배우 송하익은 지금, 그의 앞에 요정처럼 아름답고 상큼한 송하랑의 모습으로 서 있었다.

송하익은 송하랑의 본명. 비서 성강호가 넋을 잃고 쳐다보았던 이유가 다 있었던 것이다. 강호는 과거 송하랑의 열혈 팬이었다.

"그거 대체 무슨 말씀이세요? 설마 벌레가 강우현 감독님을 뜻하는 건 아니겠죠? 감독님더러 벌레라고 하셨던 건 아니죠?"

"왜? 그럼 안 되나?"

방금 전까지도 부글거리던 감정들을 일시에 잠재우고, 그는 아무 일도 없었던 것처럼 무료하고 차가운 얼굴로 대꾸했다. 송하익은 기가 막힌 듯 입을 벌려 '헛!' 하고 소리를 냈다. 아름답게 컬을 말아 올린 속눈썹이 위아래로 빠르게 움직였고, 그 아래 흑요석처럼 빛나는 눈동자가 찌릿 그를 째려보았다. 상종 못할 인간을 바라보는 듯.

"말이 되는 말씀을 하세요. 강우현 감독님이 무슨 죄가 있다고 그런 취급을 당해야 해요? 저는 또 어떻고요. 제가 왜 대표님의 물건이 되어야 합니까? 여긴 엄연히 배역을 돌려주시는 대가로 참석한 거 아닙니까? 전 파트너로서 여기 참석한 것이지, 대표님의 개인 사유물이나 되려고 참석한 거 아닙니다. 저와 감독님께 사과하시고, 프런트로 가셔서 다시 정정해 주세요."

"여기 참석한 주제라면 그런 말할 자격 없다는 거, 잘 알 텐데. 넌 여기 내 물건 자격으로 참석한 거야. 내 옆자리에 서서 하하 호호 할 수 있었던 건 네가 내 소유라는 일시적 설정이 있었기 때문이지. 그리고 그걸 뻔히 알면서도 너한테 접근한 강우현은 내 물건에 욕심낸 벌레에 불과해."

"그분은 제게 출연 제의를 하셨던 것뿐이에요. 다른 의도는 전혀⋯⋯!"

"없었다고 생각해?"

차갑고 명료한 어조로 차원진이 물어왔다. 하익은 일순 대답을 유보하며 슬쩍, 미간을 찌푸렸다. 희미하게, 알 듯 말 듯, 미소 같기도 아닌 것 같기도 한, 미소를 짓고 자신을 빤히 바라보고 있는 차원진의 시선을 받고 있자니 묘하게 자신감이 팍 사라져 버렸다. 강우현에게 다른 의도가 전혀 없었다고 강력하게 항의해야 하는데. 할 수가 없다. 있었을까? 하는 의구심이 그녀에게도 생겨나 버렸기 때문에. 하익은 저도 모르게 벌렸던 입술을 딱 닫고 심히 뚱

한 표정으로 그를 쳐다보았다.

"대표님 생각을 말씀해 보세요. 듣고 판단하겠습니다."

"이 파티가 어떤 파티인지 알면서도 설명이 필요하다는 건가?"

"제가 보기보다 머리가 나빠서요."

잔뜩 골이 난 얼굴로 입술까지 삐죽거렸으나 그녀는 두 손을 얌전히 배꼽 밑으로 모은 경청의 자세로 서 있었다. 나름대로 이성적이면서도 고분고분한 그녀의 모습에 원진은 잠시 아무 말도 하지 않고 가만히 서 있었다. 그리곤 휙, 그녀가 내려떴던 눈을 커다랗게 키우며 '말 않고 뭐 하세요?'의 눈으로 자신을 쳐다보는 순간. 심히 차갑게 입술을 비틀며 중얼거렸다.

"그 제의가 순수하게 너만 보고 들어간 거라 생각한다면, 머리가 나빠도 보통 나쁜 게 아니겠지."

"저만 보고 제의한 게 아니라니요? 캐스팅하는 배우는 전데 저만 보고 제의한 게 아니면 뭘 더 보고 제의한 거란 말이에요?"

"나. 그리고 MD미디어."

"예?"

"강우현이 네게 그런 제안을 했다는 건 그만큼 네가 내 옆자리 역할을 충실히 해냈다는 뜻이겠지. 네 배역은 걱정 마라. 내일 중으로 다시 네 손에 들어가게 될 테니."

수수께끼 같은 소리들을 대중없이 내뱉고는 차원진은 다시 걷기 시작했다. 머릿속이 너무 복잡해져 미간을 있는 대로 찌푸리고 하익은 그의 뒤를 따랐다. 다행히 이번엔 돌진하는 차량처럼 미친 속도까진 아니었다. 그는 두 손을 바지 주머니에 넣은 채 조금은 여유를 두고 천천히 걷고 있었다. 마치 그녀가 따라올 수 있도록 배려하는 듯.

"그러니까 강우현 감독님께선 제가 아니라 차 대표님을 원했다는 거예요? 제가 차 대표님의 여자라는 생각에 일부러 접근했다는 거죠? 절 자기 드라마에 꽂아 넣고 그걸 빌미로 차 대표님께 투자를 받아내려 했다?"

"그나마 바보는 아니네."

"그분, 그런 사람 아닌 것 같던데요. 되게 뭐랄까. 착해 보였는데."

"그분이 아니라 강우현."

"아, 그러니까 강우현 감독님 말이에요. 파티에 참석하신 다른 분들과는 조금 달라 보였어요."

"다른 게 아니라 다른 것처럼 보였겠지."

"다른 거랑 다른 것처럼 보이는 거랑, 구분 못할 정도로 바보는 아니거든요. 제 눈이 틀림없습니다. 그분……!"

"강우현."

"아, 네. 강우현 씨요. 확실히 일부러 접근해 사람 이용이나 해먹는 나쁜 사람 아닌 것 같았어요."

"강우현도 후원모임의 일원이야. 환상 같은 거 가지지 마. 그래 봤자 너만 다쳐. 꿈 깨."

"강우현 씨도 다른 사람들처럼 후원 관계에 있는 배우가 따로 있다는 말씀이세요?"

"강우현뿐만 아니라 그 자리에 있던 모든 사람들이 그렇지. 그걸 몰랐던 거냐?"

"알고 있었죠, 물론. 하지만 예외라는 것도 있잖아요. 차 대표님도 따로 후원하는 사람이 없으시고, 또⋯⋯."

"강우현과 내가 비교 대상이 될 수 있다고 생각해? 난 내가 내키는 대로 해도 되지만 강우현은 안 돼. 그게 바로 강우현과 내가 다른 점이야. 왜냐하면 모임의 룰을 지키지 않는 회원은 탈퇴 대상이 되거든. 나만 예외이지. 이 모임에 들어오기 위해 얼마나 발버둥 쳤을지를 생각하면, 강우현이 얼마나 열심히 이 세계의 룰을 지켜내고 있을지는 충분히 상상할 수 있는 거 아닌가."

"하지만 프로덕션 대표님을 대신해서 참석했다고 했는데. 그럼 정식회원이 아닌 거 아닌가⋯⋯."

"지배자들의 모임이야. 야망이 있지 않고선 대리참석의 기회도 쉽게 얻을 수 없어."

"아닌데. 정말 순수하게 날 캐스팅하고 싶어하는 것 같았는데. 진짜 내 팬이라고 했다고요. 정말로 절 좋아하는 것 같았다니까요?"

"그러니까 '팬이다, 웃는 모습이 예쁘다' 와 같은 시답잖은 립서비스에 홀딱 넘어간 건가? 사랑 참 쉽게 하네. 말 한마디에 홀딱 반해 버리기나 하고."

건물 밖으로 나오자마자 우뚝 멈춰 선 그가 여전히 그녀에게 등을 보인 채로 중얼거렸다. 열심히 뒤를 따르던 하익도 걸음을 멈추고, 이제는 깨질 것 같은 아픔이 밀려드는 발가락을 꼬무락거리며 그를 올려다보았다. 아아, 아파. 아무래도 무슨 사달이 났나 봐. 그러지 않고선 이렇게 아플 리 없어.

"그게 대체 무슨 소리예요?"

"내가 예쁘다고 해도, 반해 버릴 건가?"

인상 잔뜩 찌푸리며 퉁명스럽게 묻는 그녀를 향해 그가 알쏭달쏭 퀴즈 같은 질문을 건넸다. 너무 놀라 제대로 반문조차 나오지 않아 하익은 두 눈만 휘둥그레 뜬 채 그를 바라보았다.

달빛이 쏟아지는 밤.

고혹적인 조명을 받으며 서 있는 크고 잘생긴 남자. 티아라를 연상케 하는 작은 왕관 장식을 머리에 얹고 무릎까지 올라오는 호박 모양 미니 드레스를 걸친 요정 같은 아가씨.

남자는 멋진 슈트 호주머니에 두 손을 찔러 넣은 채 옆에 서 있는 여자를 무심하고 시크한 눈으로 내려다보고 있다. 아가씨는 앙증맞은 하이힐에서 퉁퉁 부은 발을 살짝 꺼내며 구겨진 인상으로 남자를 바라본다. 아주 짧은 순간 서로의 시선을 똑바로 응대한 두 사람은, 이해할 수도 없고 거역할 수도 없는, 마치 운명 같은 마법에 사로잡힌 듯, 깊고 빠르게 서로에게 집중하고 몰입되어 갔다.

하익은 얼굴이 홍당무처럼 빨갛게 달아오르는 것을 느꼈다. 무미건조해 보이는, 모든 일에 흥미가 없어 보이는, 그래서 너무나도 심심해 뵈는, 지극히 차원진스러운 평소 눈동자와 똑같은 것 같은데. 그걸 보고 있으려니 갑자기 몸 안에서 열기가 일어 후끈거리는 것 같았다. 당장이라도 지글지글 타버릴 것처럼 뜨거워져서 몸 둘 바를 모르겠다. 몸과 감정의 익숙지 않은 변화에 놀란 나머지 하익은 휙, 고개를 꺾어 차원진의 시선을 피했다. 그리고는 헉헉 가쁜 숨을 원진 몰래 바닥으로 토해내며 다시금 힐을 고쳐 신었다.

"누, 누가 반했다고. 저 그렇게 쉬운 여자 아닙니다. 강우현 감독님 좋아하는 거 아니라고요."

"그렇다고 믿어주지. 타라."

"믿어주기는 뭘 믿어주…… 네?"

"타라고. 집에 안 가?"

정신을 차리고 보니 코앞에 원진의 차가 대기하고 있었다. 운전석에는 그의 비서인 성강호가 앉아 이쪽을 향해 빙긋 미소 짓고 있고. 드레스 고를 때 같이 골라준 강호를 보자, 왠지 반가운 마음에 그녀는 양손을 들고 파딱파딱 흔들었다. 달님이 환하게 드리워진 그녀의 화사한 얼굴을 보더니 강호는 쑥스러운지 한 손으로 뒤통수를 긁적거리며 꾸벅 고개를 대충 수그려 인사를 해왔다. 그때다. 불쑥, 심술기가 느껴지는 싸늘한 동작으로 뚜벅뚜벅, 몇 개의 계단을 내려간 차원진이 자동차 뒷좌석 도어를 덜컥, 거칠게 열었다.

"들어가."

"정말로 태워주시게요?"

"그럼 그 옷 그대로 입고 거리를 활보할 건가?"

"이상하긴 하겠네요. 그럼 조수석에 탈게요."

그의 뒤를 따라 계단을 내려오며 하익이 생긋 웃었다. 아닌 것 같아도 은근히 이 사람, 신사적이다. 파티장 들어갈 때드 정식으로 소중한 사람인 것처럼, 제대로 에스코트해 주지 않았던가. 덕분에 한순간은 현실감각이 사라져 진짜 그와 멋지고 휘황찬란한 파티장에 입성하는 줄 착각에 빠졌더랬다. 다시 예전의 스타, 송하랑이 된 듯한 착각도 동시에.

생각보다 차원진은 괜찮은 사람인지도 모르겠단 생각도 든다.

그 나이에 그 위치까지 올라갔다면 산전수전 다 겪은 것뿐만 아니라 마인드나 멘탈이 썩을 대로 썩었을 게 분명해 보이는데, 의외로 후원 따윈 하지 않는다지 않나. 게다가 제작자에게 압력을 넣는 짓은 단 한 번도 해본 적 없다고 한다. 이쯤 되면 꽤 쓸 만한 사람 아닌가? 아닌 것처럼 말하고 행동하지만 실은 꽤 도덕성이 높은 사람일지도 몰랐다. 적어도 나쁜 사람 같진 않은데…….

"뒷좌석에 타."

거만한 이 명령조의 말은 참 거슬린다. 완전 재수 없다. 뭐 그의 위치 자체가 거만할 수밖에 없긴 하지만. 그래도 그렇지. 여자한테 이런 말투는 진짜 무식해 보인다.

"그냥 조수석에 탈게요."

속으로 투덜거리면서도 하익은 빙긋 웃으며 대답했다.

"아직 우릴 지켜보는 눈, 많다. 좋은 말로 할 때 그냥 타."

"우릴 지켜봐요? 누가요? 왜요? 어디서요?"

"당장 올라타지 않으면 그냥 두고 가버릴 거다. 참고로 이곳은 모임 주최자인 김 회장의 자택으로 서울에서 멀리 떨어진데다가 허허벌판, 넓디넓은 전원에 위치해 있다. 당장 꺾어질 것처럼 가느다란 그 하이힐에 의지해 집까지 걸어가는 건 자살행위나 다름없어."

"아, 알았어요. 타면 되잖아요. 탈게요."

궁금한 거 질문도 못하나. 별걸 가지고 다 협박이다. 쳇!

불퉁한 속마음을 숨긴 채 억지웃음 팔랑팔랑 지어대며 하익은 그가 열어준 자동차 도어 안으로 쏙, 들어가 앉았다. 뒷좌석에는 아까 두고 내렸던 자신의 가방이 얌전히 앉아 그녀를 기다리고 있었다. 하익은 그것들을 잘 챙겨 무릎 위에 놓고는 조용히 그를 기다렸다. 원진은 차체를 빙 돌아 반대편 도어를 열고 옆자리에 들어와 앉았다.

묵직하게 느껴지는 그의 존재. 새로운 긴장감이 그녀를 엄습했다. 딱딱하게 경직된 채로 하익은 기계처럼 허공을 똑바로 바라보며, 꼴깍 침을 넘겼다. 하지만 침을 삼키기엔 실내가 너무 조용했다. 쥐 죽은 듯이 조용해, 그녀의 침 넘기는 소리를 그도 듣고 그의 비서도 듣는 민망한 상황이 되어버린 것이다. 하익은 침묵을 깨고 저도 모르게 입을 미친 듯이 나불거리기 시작했다.

"하하하! 성 비서님! 보고 싶었어요. 잠깐 못 뵈었는데, 어찌나 성 비서님이 보고 싶던지! 어디서 뭐 하고 계셨어요? 밖에서 쭉 기다리셨어요? 지루하진 않으셨어요? 오늘따라 별이 총총 환하게 빛나죠? 여기가 시골이라서 별이 더 잘 보이나 봐요. 그렇죠? 저도 할머니 댁이 시골인데. 시골에 올 때마다 별을 셌거든요. 달빛도 오늘따라 유난히 은은하고 좋네요. 달빛에서 보니까 성 비서님이 엄청난 미남으로 보이는 거 있죠? 헤헤헤!"

하지만 침묵을 깬 그녀의 수다는 그다지 길게 지속되지 못하였다. 미녀와 야수가 연상되는 커플, 성강호와 송하익을 찌익— 노려보며 차원진이 이렇게 명령했기 때문이다.

"시끄러워."

수다쟁이 미녀는 그 즉시 입을 다물었다.

제3장. 마법에 걸린 지니

"음음음— 음음음—"

기분 좋은 허밍이 절로 흘러나오는 아름다운 밤이다. 그녀는 차원진을 찾아가 잃어버렸던 배역을 되찾았을 뿐만 아니라 오랜만에 예쁜 드레스를 입고 파티다운 파티에 참석해 어깨에 힘도 줘보고, 최고급 샴페인도 맛보았다. 비록 차원진의 여자라는 불편한 타이틀을 달았었고 사람들이 자신 앞에서 굽실거렸던 것도 다 그 때문이지만, 상관없다. 까마득한 옛날 일이 되어버린, 그래서 잊고 있었던 톱의 자리에 잠시라도 앉아 있었다는 것만으로도 그녀에겐 충분히 의미 있는 일이었다.

무엇보다 강우현 감독에게서 캐스팅 제의까지 받질 않았는가. 차원진은 그게 다 자기 돈을 노리고 접근한 것이니 받아들여선 안 되고 좋아 들뜰 이유도 없다, 딱 잘라 말하며 그녀의 가치를 한껏 깎아내렸으나 그 또한 하익은 개의치 않는다. 그의 말이 사실이든 아니든, 요즘 한창 잘나가는 드라마 피디의 관심을 한 몸에 받았다는 것만큼은 분명하니까. 그러면 됐다. 만족이다. 솔직히 완전히 삼류로 내려앉은 지금, 그 이상을 바라는 것도 우습지 않은가?

그나저나 드레스에 보석까지, 엄청난 부수입이 생겨 버렸네?

"됐어. 그냥 가져가. 어차피 나한텐 필요 없는 물건이니까."

차원진은 드레스와 힐이 귀찮다는 듯 그녀에게 내던졌다. 파티 참석을 위해 그가 구입한 것이니 더 이상은 쓸모가 없는 물건이라는 게 그 이유였다. 뭐, 거기까진 그럴 수 있다 쳤다. 하지만 드레스와 함께 세팅한 귀걸이에 목걸이, 손에 낀 반지까지 다 돌려받지 않겠다는 그의 말에는 많이, 아주 많이 부담스러운 지 사실이었다. 그의 파트너로 파티에 참석한 대가는 배역 돌려받는 것만으로도 충분하다. 애초 그것 때문에 받아들인 일이었고 배역을 돌려받았으니 이딴 보석이나 옷가지는 받을 수 없었다. 하지만…….

"고상한 척 그만하지? 네가 아직도 국민요정 송하랑인 줄 착각하는 거냐? 넌 삼류 신인배우 송하익이야. 신인배우가 언제부터 투자자의 말에 토를 달았지? 예담기획에선 배우 교육을 그렇게 시키냐? 하라면 하는 거야. 가지라면 그냥 가지면 돼. 콧대 같은 거 높이지 말고."

그 말을 듣자마자 하익은 꾹 입을 다물어 버리고 말았다. 더 이상의 반론은 제기하지 못하였다. 그의 말이 다 사실이니까. 자신은 이제 톱스타도 국민요정도 아닌 일개 신인배우. 아무도 찾아주지 않는, 관심 써주지도 않는 삼류 배우. 대한민국을 쥐락펴락하는 대형 투자배급사 MD미디어 차원진 대표가 주는 걸 감히 거절할 자격 같은 건 애초에 없는 것이었다.

쓰디쓴 현실에 고개가 떨어졌지만, 그런 우울한 심정은 그 순간 잠시 잠깐이었을 뿐. 알맞게 들어간 알코올이 제 기능을 발휘하고 있는 것인지, 집으로 들어가는 지금은 마냥 홀가분하고 기분이 좋았다. 모든 게 다 희망에 차 있던 며칠 전으로 돌아왔으니까. 자신의 것이었던 배역이 다시 제 위치로 돌아와 제 손안에 들어왔으니까.

이 얼마나 다행스럽고 행복한 일인가!

하고 싶은 일을 다시 할 수 있게 됐다는 사실만으로도 그녀는 세상을 다 가진 듯 마냥 기뻤다. 집 앞 현관문 앞에서, 이제는 너무나도 익숙해져 버린 빚쟁이들과 어머니의 말다툼을 듣기 전까지는.

"돈이 있으면 갚았지! 먹고 죽으래야 죽을 수도 없을 만큼, 땡전 한 푼 없는 빈털터리인걸 뭐 어쩌라고. 나도 죽겠어. 나도 정말 죽겠다고요. 대체 난 무슨 죄유? 남편 잘못 만나 허구한 날 당신 같은 사람들한테 시달리고 쪼이고. 난 대체 무슨 죄냐고, 글쎄!"

"남편 잘못 만나서 그래, 이렇게 큰 집에서 호의호식 잘살고 있나? 이 동네, 땅값 비싸기로 유명한 곳 아니야? 집 평수도 넓고. 달랑 세 식구 살면서 이렇게 넓은 집에서 이렇게 비싼 동네에서 살고 있으면서, 어디서 죽는 소리야?"

"이 집이 우리 집이면 내가 이렇게까지 죽는 소리 하겠수? 당신

네들 날이면 날마다 쫓아와서 악쓰고 사람 피 말리게 들볶는 거 지긋지긋해서라도 당장! 집 팔아서라도 빚 갚고 말지. 이렇게 매번 당하곤 안 있어. 이거 왜 이래? 우리가 사기꾼이라도 되는 줄 아시나. 이 집, 월세라고요. 매달 몇 백씩이나 되는 월세 내느라 우리 딸래미가 얼마나 뼈 빠지게 고생하는데. 전국을 누비면서 행사 뛰느라 편하게 쉬는 날이 없어요, 이 여편네야."

"아니, 이 여자가 보자 브자 하니까. 월세라면 더 할 말 없는 거 아니신가? 지금 몇 달째 이자도 제대로 못 내고 있는 주제에. 몇 백씩이나 하는 월세를 내고 이렇게 큰 집에서 살고 있다는 게 말이나 되느냐 말이지. 도대체 남의 돈 5억이나 끝장낸 빚꾸러기가 이렇게 훌륭한 동네에서! 이렇게 훌륭한 빌라에서! 떵떵거리고 살고 있다는 게 있을 수 있는 일이야? 어?"

"여긴 우리 딸래미 집이야, 이거 왜 이래. 송하랑, 우리 딸래미. 국민요정, 팅커벨, 노래하는 여신. 아무리 한물갔대도 한때는 온 국민의 사랑을 한 몸에 받던 국민가수였다고. 지금도 연예인이고. 연예인이 남의 눈도 있는데, 구질구질하게 천막 치고 살아야 해? 이미지가 생명인데 산동네 같은 데 살면서 바닥을 보여야 하느냐 말이야. 그러다 우리 애 이미지 망가져서 연예활동에 먹그름 끼면 니들이 책임질 거야? 아직도 아버지가 진 빚, 뼈 빠지게 돈 벌어서 애 혼자 갚고 있는 판인데. 당신들이 우리 애 앞길 망치면 그 빚도, 우리 못 갚아."

"이 여자가 근데, 말이면 단 줄 아나. 옛정 생각해서 소송 걸라는 주위 충고 무시하고, 손실액의 반만 받겠다고 했더니. 아주 이제 감사하라고, 생색을 내고 있네. 지금 누구 때문에 우리가 이 지

경이 됐는데! 소송 한번 거하게 걸려서 송하랑 이름 신문에 대문
짝만 하게 나와봐야 정신을 차리려나."

"뭐, 뭐라고? 지금 당신들 우리 딸래미가 연예인인 걸 꼬투리로
협박하는 거야?"

"그래! 협박이다! 수일 내로 변호사 선임하고 소송 걸 테니까 그
리 알아! 신문에 '사기죄로 피소당한 S모 양' 하고 기사 뜨고 나서
울며불며 매달려 봐도 소용없어. 절대로 합의 따위 봐주지 않을
거니까."

"이 사람들이! 법적인 의무 없는데도 절반 갚아주겠다는 사람을
무슨 죄로 고소하겠다는 건데? 뭐? 사기죄? 우리더러 사기 쳤다
고? 우리가 사기꾼이냐! 야, 이민자! 말 좀 해봐라. 내가 너한테 사
기를 친 거니? 상장 폐지될 거 이미 다 알고 네 돈 빼먹으려고 내
가 거짓말 친 거냐고. 엉? 야, 봉구라. 너도 말 좀 해봐!"

"뭐, 뭐? 봉구라?"

"그래. 네 별명 봉구라라며? 하도 뻥을 잘 쳐서 주위 사람들이
봉구라라고 하던데. 왜? 듣기 싫으냐?"

"이 여자가 근데 보자 보자 하니까!"

"잠깐만요!"

하익이 집 안으로 들어선 것은 삿대질하며 싸우던 두 남녀 빚쟁
이들과 하익의 母, 이종님이 본격적으로 엉켜 진흙탕 싸움 시작하
려는 바로 그 순간이었다. 다행히 세 사람은 서로를 향해 팔만 뻗
었을 뿐 상대방의 머리끄덩이는 채 잡지 않은 상태였다. 어찌나
다행인지!

하익이 아니었으면 또다시 너 죽고, 나 죽자 식의 싸움판이 벌

어질 뻔했다. 지난주에도 그리 싸우고 경찰서에 가서 합의까지 본세 양반들이다. 다신 안 싸우겠다 경찰 앞에서 약조까지 해놓고서 또 싸우면 어쩔 뻔했누. 그나마 다행이다. 돌이킬 수 없는 지경까지 가기 직전 자신이 이 사달을 목격했으니.

이 세 사람은 자식 다 키워놓고 할 일 없어진 중년 부부들의 친목 모임인 '등산카페' 회원으로 재작년 있었던 '먹튀 사기 투자' 사건이 있기 전까진 둘도 없이 친했던 사이였다. 부부동반으로 주말마다 등산에 철철이 해외여행도 가고, 아기자기하게 생일에 상대방 결혼기념일도 챙겨가며 알콩달콩, 느긋하게 말년을 준비하던 나름 해피하셨던 어른들이었단 말이다. 그런 분들 사°가 투자 사기 한 방에 이렇게 아작이 나버린 것이었다.

하익은 이게 가장 마음이 아팠다. 사기당해 돈 잃고 거리에 나앉게 생긴 것보다도 부모님이 가족처럼 챙기던 친구들과 싸움까지 해야 하는 지경에 내몰렸다는 것, 웃으며 보던 친구들과 더 이상 웃을 수 없게 되어버린 것, 마음으로 의지하던 친구들에게 원망 듣고 죄책감 가지며 사셔야 한다는 것. 다른 건 몰라도 빚 때문에 친구들한테 나쁜 소리 듣는 것은 면하게 해드리고 싶었는데…….

"세 분 또 왜 이러세요. 좋게 말로, 대화로 푸셔야지. 왜 자꾸 폭력을 행사하시려고 하시는 건데요. 더 상할 의의도 없으시면서 어쩌자고 머리끄덩이 잡을 태세세요? 예?"

"너 잘 왔다. 여기 이리 와서 네 어머니 말하는 것 좀 들어봐라. 나 원 참. 이 집구석이 월세라니. 이게 말이나 되는 소리니? 월세로 몇백이 나간다니, 그걸 내 앞에서 말이라고 한다니? 그 돈이 있었으면 우리 이자 먼저 갚아야 하는 거 아니야? 네가 네 어머니보다 그나마 양심이 있으니까 어디 말 좀 해봐라. 판단해 봐."

"아니, 이 여편네가 귓구멍이 막혔나. 아까 내가 다 설명할 땐 뭘 듣고 헛소리야? 헛소리는. 말했잖아! 이 집은 우리 하익이 이름으로 계약된 집이라고. 내 재산 아니야. 우리 남편 재산도 아니고. 하익이가 벌어서 하익이가 계약하고 하익이가 월세 내는 하익이 집이라고. 뭘 알고나 말해야지. 이렇게 무식해서야 원."

"하익이가 이 집안 가장인 거 누가 몰라? 하익이 아니면 이 집구석 당장 망하지. 그 나이 먹도록 뭐 했는지. 어디 가서 10원 한 닢 벌지도 못하고 딸래미한테 얹혀 짐만 되는 주제에, 허세만 높아가지고. 빚을 몇억씩이나 지고 사는 빚꾸러기가 이런 동네, 이런 집이 어디 가당키나 해? 아직까지 자기가 톱스타 송하랑 엄만 줄 아나—"

"뭐, 뭐라고?!"

"주제를 아셔. 당신 딸, 이제 톱스타 아니야. 당신도 이제 스타 엄마랍시고 뻐기며 다니던 시절에서 벗어나야 한다, 이 말이야. 쥐뿔도 없으면서 남들 보는 눈 의식해 비싼 집에서나 살려고 하고. 정신 차리라고, 이 여편네야. 사지 멀쩡하면 마트 캐셔라도 뛰어서 딸한테 보탬 될 생각을 하라고. 쯧쯧! 이런 엄마도 엄마라고, 뼈 빠지게 일해서 번 돈 고스란히 빚 갚는 데다 다 쓰는 하익이가 불쌍하다. 하익이가 불쌍해!"

"뭐, 뭐야? 이 여편네가 말이면 단 줄 아나! 야!!"

빡 돌겠다, 진짜. 가라앉나 싶더니 다시 한판 시작한다. 하익은 한숨을 거하게 내쉬고 두 팔 걷어붙인 다음, 종님을 확 껴안고 방으로 끌고 들어갔다.

"야, 이 깡패 같은 여자야! 어디 남의 집에 들어와서 남의 딸한테 불쌍하다 쯧쯧질이야! 우리 딸이 어디가 어때서 불쌍하다는 거야? 우리 딸, 아직도 잘나가. 이거 왜 이래? 우리 딸, 밖에 나가면 모르는 사람이 없어. 아직도 살아 있다고! 지금도 한 달에 얼마씩이나 벌어오는 줄 알아? 엉?"

"엄마, 왜 이래? 왜 자꾸 이래?"

"넌 저 여편네가 하는 소릴 듣고도 그런 말이 나와? 너한테 불쌍하다잖니. 네가 어디 가서 불쌍하단 소리 들을 레벨이야?"

"불쌍하지, 그럼."

"뭐, 뭐야?"

쌈닭처럼 눈에 쌍심지를 켜던 종님이 문득 정신을 차린 듯 하익을 돌아보며 물었다. 전혀 예상치 못했던 대꾸인 모양이다. 하익은 한숨을 푹 내쉬며 여전히 '톱스타 송하랑의 어머니'라는 꿈에서 헤어나지 못하고 있는 불쌍한 엄마를 빤히 바라보았다.

대체 이 엄마를 어떡해야 할까? 현실은 밑바닥인데, 그 현실을 받아들이지 못하는 엄마. 이미 경험했고 맛보았던 최고의 자리에서 아직까지 허우적거리고 있는 이 엄마를 대체 어떻게 하면 좋을까? 답답하고 또 답답하다.

"솔직히 저분들 말 틀린 거 하나도 없지. 이 집만 포기하고 작은 집 얻어서 나가면, 적어도 저분들 빚은 정리될 것 같은데. 그놈의 자존심, 남의 이목이 뭐가 그리 중요하다고 이 큰 집을 계속 고수하려는 건지 나도 도통 모르겠어. 이 집 끌어안고 다 같이 죽자는 거야, 뭐야?"

"이것이. 너 딴 동네로 이사 갈 생각 행여나 하지 마. 여기가 얼마나 명당자리인데. 옆 건물에 MBS 예능국장님 살지, 앞 동에 영화배우 강진 살지, 그 아래층에 영화감독 박찬수 살지. 우리 위층에는 KBN 드라마국장이 산다. 100m 근방 하이리빙 아파트에는 로엠미디어 사장도 살아. 이 동네에 유명인들만 서른 집이 넘는다니까. 이런 곳에서 살아야 네가 기죽지 않지. 다시 재기할 수 있는 기회도 생길 테고. 세상사 다 인맥이다. 뭐니 뭐니 해도 믿을 만한 사람, 알은 사람 추천해서 인재 등용하는 게 우리나라야. 그걸 알아야지."

"됐고. 엄마는 방에서 꼼짝하지 마. 내가 알아서 할 테니까."

"네가 뭘 어떻게 알아서 하겠다고. 됐어. 내가 상대해. 저렇게 몰지각한 사람들은 아주 혼쭐이 나봐야……!"

"고소한다잖아. 엄만 아빠가 사기죄 같은 걸로 고소당하는 게 좋아?"

"그건 저것들이 우릴 협박하느라고 하는 소리지. 넌 그걸 고대로 믿니?"

"협박이든 아니든. 난 그런 얘기 오가는 것 자체가 싫어. 자존심 상해. 아버지가 왜 그런 소릴 들어야 해? 사기당한 것도 억울한데 사기꾼이란 욕까지 왜 필요 없이 들어야 해?"

"……."

"가만히 계세요. 괜히 욱해서 다시 얘기 원점으로 돌려놓지 마시고. 내가 알아서 할 테니까."

학생 야단치는 선생님처럼 엄중한 말투로 하익은 철부지 모친, 종님을 향해 당부하였다. 종님은 딸의 반응이 몹시도 불만스러운 모양이었지만 더 이상 어찌하진 못하였다. 어쨌든 빚 받으러 쳐들어온 채권자들과 치고받고 싸워서 남은 거라곤 상처와 분노, 앙금 뿐이라는 것을 이미 경험을 통해 학습하질 않았던가. 자존심은 상하지만 딸이 상황을 수습하도록 내버려 두는 게 낫다는 것을 그녀는 이미 알고 있었다.

하익은 어머니의 눈에 떠오른 체념의 빛을 읽고 안도의 한숨을 내쉬었다. 그리고는 '대한민국에 어떤 딸이 아버지를 이만큼 생각해? 복덩이 딸 뒀으면 이제 그만 정신 차리고 사람 구실을 해야지. 언제까지 이렇게 딸한테 신세지며 살 거야, 언제까지. 창피한 줄은 알아가지고 빚 받으러 몰려온다니까 쪼르르 피하기나 하고. 어휴, 어휴, 내가 못 살아.' 하는 종님의 넋두리를 뒤로한 채 꼭 닫힌 방문 앞에 섰다.

이제 하익은 부모님의 전 친구, 현 채권자들을 만날 것이다. 그리고 생돈 몇억이나 날리고 눈에 뵈는 게 없어진 채권자들의 악담을 들으며 사정 얘기를 할 것이다. 자신의 수입은 얼마이고, 앞으로 몇 년간 더 일해서 그 빚을 다 갚을 것인가에 대한 구체적인 계획에 대해서다. 이미 수천 번도 더 얘기해서 그쪽도 알고, 하익도 알고, 하익 부모님도 다 아는 이야기이다. 거의 외워 버릴 것 같은 그 얘기들을, 그들이 화가 나 찾아올 때마다 매번 읊어주는 것이 하익이 할 수 있는 최선의 일이었다. 그리고 열심히 일해 부지런히 그 계획을 이행하는 것이다.

"휴—"

늘 그렇듯 미래를 생각하면 엄습해 오는 막막함에, 절로 흘러나오는 한숨을 길게 내뱉고 하익은 문고리를 힘차게 비틀었다. 그리고는 씩씩하고 쾌활한 송하익 전용 하이톤 목소리로 발랄하고 우렁차게 소리쳤다.

"아이— 아저씨, 아줌마! 그만 고정하시고 제 얘기 좀 들어보셔요! 예?"

마법 같던 그날 저녁의 행복감이 채 하룻밤을 못 넘기고 빠직 깨어지고, 송하익이 밀려드는 현실의 무게감을 절절히 느끼고 경험하고 있을 때, 차원진은 막 집 안 현관 안으로 들어서고 있었다. 오늘따라 열심히 수다를 떨고 있는 강호 녀석의 얘기 따위는 신경조차 쓰지 않고 있었다. 아니, 신경 쓰지 않으려고 노력하는 중이었다.

"선글라스 끼고 있을 땐 진짜 저도 긴가민가했습니다. 닮은 사람인가 보다, 생각했었다니까요. 하지만 그 광채 나는 피부하며 동그랗고 앙증맞은 이마, 뾰족한 턱 선에 쪽 뽀뽀해 주고 싶은 앵두 같은 입술! 아리따운 국민요정의 자태가 어디 가겠습니까. 나이가 들어도 한 번 국민요정이면 영원한 국민요정이죠. 클래스는 영원하더이다. 와— 실물로 보니까 진짜 예쁘네요? 선글라스 딱 벗는데, 전 진짜 심장이 멎어버리는 줄 알았다니까요. 제가 진짜 송하랑을 생눈으로 보게 될 줄이야!"

"1절만 해."

"손까지 다 덜덜덜 떨리더라고요. 저를 보고 딱 웃는데, 아오! 진짜 막 제 모든 걸 다 바치고 싶었습니다. 진짜요, 네. 와— 완전 예뻐. 짱."

목소리도 큰데다가 호들갑은 또 어찌나 심한지. 송하익이 모든 걸 다 바치고 싶을 만큼 예뻤다는 게 말이 되나? 선글라스 벗을 때 그도 함께 있었지만 그 정도까진 아니었다. 물론 그녀의 외모가 특별하다는 것은 인정한다. 예전의 명성이 말해주듯 그녀는 지금 현재도 뛰어난 미인에 속했다. 개인적인 감정 없이 객관적으로 보아도 그러하다. 상품으로 따지면 특등품 정도. 하지만 그 이상까지는 아니다. 비서 강호가 그렇듯 요정이네, 뭐네 하며 이렇게 법석을 떨 정도는 전혀 아니란 말이다.

"저 다시 팬 될래요. 제가 송하랑 스캔들 난 직후부터 지금까진 뚝 관심 끊고 살았었는데 안 되겠습니다. 역시 내겐 송하랑이 최고. 신세경, 신민아, 크리스탈, 윤아. 다 필요 없습니다. 이젠 다 끊고 송하랑한테만 올인할 겁니다. 두고 보세요."

"집에 안 갈 거냐?"

한 손으로 넥타이를 잡아 느슨하게 풀고 그는 슥, 고개를 꺾어 강호를 보며 물었다. 강호는 송하랑 찬양에 여념이 없어 자신이 상사의 침실까지 들어왔다는 사실조차 인지하지 못한 것 같았다. 아니나 다를까. 뒤늦게 자신이 원진의 방까지 들어왔다는 사실을 깨달은 강호가 헤헤헤, 웃으며 머리를 긁적거렸다.

"가야죠, 가야죠. 아, 잠이 올려나 모르겠습니다. 눈앞에 오늘 요정처럼 차려입은 송하랑이 왔다, 갔다 해서. 쓰읍, 짭짭!"

"지금 입맛 다셨냐?"

"에? 아, 아뇨! 제가 무슨 입맛을? 변탭니까? 그런 생각 추호도 안 했습니다. 진짭니다!"

"그런 생각이라니?"

"그러니까 그게 그…… 그렇고 그런 이상한 그림 말입니다. 그런 건 생각, 꿈도 안 꿨어요. 진짜! 정말입니다. 저 그렇게 이상한 놈 아니에요!"

"펄쩍 뛰는 게 더 수상하다."

"아, 진짜 대표님은 절 뭘로 보시고! 아, 아…… 덥다. 왜 이렇게 덥지? 그럼 대표님, 전 이만 가보겠습니다. 안녕히 주무십시오. 내일은 오후 출근이시죠? 그럼 그때쯤 모시러 오겠습니다."

말로는 이상한 그림, 생각, 꿈도 안 꿨다더니만 찔리긴 한 듯. 얼굴이 벌게진 채로 강호는 꾸벅, 인사를 하고는 휙 뒤를 돌아 방을 나가려 했다. 시크하게 그를 곁눈으로 보고 있던 원진은 와이셔츠 단추를 풀며 지적했다.

"손에 들고 있는 건 놔두고 가야지. 날 주려고 들고 온 거 아니야?"

"아!"

주려고 들고 온 건 맞는 것 같다. 송하익 찬양하느라 정신 놓고 있다 깜빡해 버린 게다. 원진은 혼인 앞둔 노총각마냥 몸 달아 흥분해 있는 강호를 기계처럼 차가운 눈으로 지켜보았다. 그는 주차장서부터 여기까지 들고 왔으나 송하익에 대해 나불거리느라 그에게 전달해야 함을 깜빡해 버린 물건을, 냉큼 원진 앞에 대령했다.

다이어리다. 주인이 여자라는 게 여실한 핫핑크색 커버의 다이어리.

"차 안에 떨어져 있었습니다. 송하랑 씨 다이어리인 것 같습니다."

"……."

"제가 그냥 찾아가 전해 드릴까요?"

면전에 들이밀어진 다이어리를 물끄러미 내려다보고만 있는 원진에게 강호가 넌지시 물었다. 조심스러운 그의 말투에서 미묘한 떨림이 감지되었다. 기대감이리라. 다시 그녀의 팬이 되길 맹세한 강호이니만큼 직접 찾아가 그녀를 다시 한 번 대면하는 꿈에 부풀어 있는 게 틀림없었다. 원진은 순수한 선망으로 반짝반짝 빛나는 강호의 눈동자를 지그시 바라보며 불쑥, 심히 충동적으로 이렇게 말하였다.

"내가 전해주겠다."

"에?"

기대했던 것과는 다른 답이 날아오자 강호는 저도 모르게 큰소리로 반문했다. 차원진 대표가 이걸 송하랑에게 직접 전달하겠다고?

"거기 협탁 위에 놓고 가봐."

"아…… 예, 그러십시오. 그럼 전 이만."

송하랑을 만날 수 있는 기회가 사라졌음에 대한 실망감은 잠시였다. 시무룩해질 새도 없이 빠르게 뭔지 모를 야릇한 느낌이 강호의 촉을 건들었다. 아니, 이게 뭐라고? 그냥 다이어리일 뿐인데 왜 이걸 대표님께서 손수? 혹시?

강호는 천천히 방을 나가다 말고 휙, 고개를 꺾어 남자가 봐도 감탄사가 절로 나오는 나이스바디 차원진 대표를 돌아보았다. 원진은 협탁에 놓여 있는 다이어리에는 눈길조차 주지 않은 채 와이셔츠를 벗는 일에 집중하고 있었다.

'아닌가?'

강호는 다시 한 번 고개를 갸웃거리며 방을 나섰다.

원진이 협탁 위에 놓인 물건에 시선을 준 것은 그로부터 꽤 오랜 시간이 흐른 후였다. 침대에 누워서도 피곤해서인지 잠이 잘 오지 않자 천천히 다이어리를 집어 올린 그의 손길은 잠들기 직전까지 책장을 넘기고 있었다.

우당탕탕! 이방인이 침입했음을 감지하자마자 원진은 번쩍 눈을 떴다. 시체처럼 반듯이 누운 채로 잠에서 깨어난 그는 자신이 밤새 미동도 하지 않았고, 잠이 든 그대로 깨어났다는 사실을 깨달았다. 더불어 막 자고 일어난 두 눈이 한숨 못 자고 꼬빡 밤을 샌 사람의 것처럼 깔깔하다는 것도. 오늘도 숙면을 취하지 못한 것이다. 뻑뻑한 눈을 손바닥 밑동으로 꾹꾹 누르며 그는 자리에서 벌떡 일어났다. 그러자 툭. 가슴 위에 놓여 있던 무언가가 무릎 위로 무겁게 떨어졌다.

핑크빛 다이어리.

활짝 펼쳐진 채다. 그제야 원진은 자신이 어젯밤 무슨 짓을 했는지 떠올릴 수 있었다. 송하랑, 아니, 송하익을 데리고 변태 영감 김 회장이 주최한 파티에 참석했었지.

[자네가 오지 않는다면 아주 섭섭해지지. 여러 모로 사업도 복잡해지고 말이야. 물론 자네는 또 내게 이렇게 말하겠지. 공과 사 정도는 정확히 구분해야 사업가라 할 수 있다고 말이야. 하지만 그런 선생질은

이제 내게 안 통한다고 말하고 싶군. 알다시피 내 뒤엔 든든한 지원군이 있어. 이번 총선을 내 돈이 좌지우지했다는 건 자네도 잘 알겠지? 내가 지금의 연예계 판도를 새롭게 다시 짰겠다 마음만 먹으면 얼마든지 가능하다는 거야.]

"투자배급 사업에 관심이 있으셨던 겁니까? 처음 알았습니다, 회장님."

[MD미디어가 이미 50퍼센트 이상의 점유율을 가지고 있는 사업에 관심을 둬봤자지. 이미 자리 잡은 자네와 피 터지는 싸움을 해야 할 테니까. 그 엄청난 출혈을 감수하면서까지 밀고 들어갈 생각은 없네. 하지만 자네가 내 일에 협조하지 않는다면 얘긴 달라지겠지.]

"제가 파티에 참석하지 않는 것이 회장님껜 바람직한 일이 될 겁니다만. 제가 워낙 예의도 뭣도 없기로 소문난 무뢰배라서 말입니다. 품격 높기로 유명한 회장님의 파티에는 전혀 어울리지 않을 겁니다."

[품격이란 건 그 사람의 지갑과 위치, 서열에서 나오는 거지. 자네는 이 바닥 최고가 아닌가. 어느 누구도 자네에게 품격을 논할 수 없을걸세.]

"전 회장님의 놀이엔 흥미 없습니다."

[성격하고는. 그리 정색할 필요 없을 텐데. 어느 누구도 자네에게 이래라저래라 명령하지 않아. 그럴 수 없지. 자넨 이 세계의 최강자니까. 모두가 자네에게 머리를 조아릴걸세. 자네 눈에 띄기 위해 혈안이 되어 잘 보이려 애쓰겠지. 난 그저 자네를 미끼 삼아, 사람 장사나 해보려는 장사꾼일 뿐이야. 서로 필요충분조건이 완벽하게 맞아떨어지는 배우와 자본가를 연결해 주고 푼돈을 받아 챙기는, 일종의 중계업자지. 사실 돈보다는 재미로 하는 거야. 난 낚시나 여행보다는 밤놀이가 좋은 노인

네라서 말이야.]

　"……."

　[어쨌든 자네는 그냥 내가 만든 게임을 즐기기만 하면 되네. 자네가 여왕벌이 되어 사람을 들끓게 만들어주면 내, 자네 영역에는 발을 들이밀지 않겠네. 크게 어려운 부탁도 아니질 않는가. 이 늙은이의 유일한 여가생활이니 자네가 좀 봐주게.]

　변태영감의 협박성 전화에 어쩔 수 없이 참석하게 된 후원자 파티였다. 배우를 사고파는 데 맛이 들린 영감은 모임까지 만들어 본격적으로 이 일에 뛰어들었다. 알고 있는 재력가들과 배우들을 연결해 주고 그들에게 커미션까지 챙기는 김 회장의 행태를 익히 들어 알고는 있었으나, 그런 그가 자신에게 직접 연락을 걸어올 때까진 몰랐었다. 자신이 그런 더럽고 역한 파티에 직접 참석하게 될 줄은.

　그 누가 예측할 수 있었을까. 재계 서열 17위에 빛나는 서림산업의 총수이며, 차기 대권주자의 뒤를 봐주는 대신 어마어마한 국책사업의 이권을 쟁취한 노련한 사업가 김기창이 기껏 그딴 밤놀이에 맹수의 이빨까지 드러내며 협박을 일삼을 줄. 구린내가 난다. 의심스러움이 뭉게뭉게 피어오른다. 그가 왜 한낱 밤놀이에 목숨을 건 듯 행동하는 것인지, 뒤를 캐고 싶은 충동이 스멀스멀 원진을 자극했다. 분명 단순히 쾌락만을 위해 이 짓을 하는 건 아닐 것이다. 나는 새도 떨어뜨린다는 추상같은 그 김기창이 아닌가. 뭔가, 밤놀이 이면에 아주 중요하고, 그래서 감출 수밖에 없는, 진짜 목적이 있을 것이다. 그렇기에 그는 더욱 김 회장을 경계하고 조심해야 하는 것이었다.

송하익이 등장한 것은 그즈음이었다. 서림산업이 작정하고 엔터테인먼트 사업에 끼어들기 시작하면, 그것은 김 회장의 말대로 피 터지는 전쟁의 서막이 될 터. 두어 번 참석해 시간 때우다 일찍 돌아가는 걸로 쓸데없는 전쟁을 피해볼 심사였던 원진에게 송하익은 매우 시의적절한 방어막이었다. 원진은 충혈된 눈동자를 끌어 내려 그녀가 흘리고 간 다이어리를 내려다보았다.

자기 전, 무심히 들어 아무 감정 없이 읽기 시작한 그것은 싸구려 냄새가 풀풀 풍기는 지방 행사들로 꽉꽉 채워져 있었다. 이해하기 힘들 정도로 맥락 없고 거친 스케줄이었다. 오늘 낮 경기도 소재 쇼핑몰에서 사인회를 하고, 밤엔 부산까지 내려가 업소에서 노래를 한 다음, 다음날 오전 강릉에서 열리는 축제 식전행사에 참석해야 하는 식이었다. 제대로 쉴 시간도 가지지 못하는 바쁘고, 바쁜 스케줄을 그녀는 소화하고 있었다. 아무리 인기가 떨어졌다 해도 왕년의 톱스타인데, 굳이 이렇게까지 혹사당할 이유 있나 싶은 생각이 들 정도. 심히 안쓰러울 지경이었다.

꽉 찬 스케줄로 인해 삭막하고 퍽퍽하기 그지없는 다이어리의 맨 마지막, 지금 펼쳐져 있는 페이지에는 그녀의 버킷리스트가 적혀 있었다.

죽기 전 꼭 해보고 말리라, 다짐하며 적어놓는다는 소망리스트. 부모님 해외여행 보내 드리기, 동생 판사 만들기, 세계일주 해보기, 어학원 등록하기, 탱고학원 다니기, 승마 배우기 등등 소소하고 자질구레한 것들이 적혀 있었다. '부모님 해외여행 보내 드리기'는 가운데 줄이 쳐져 있는 걸로 보아 이미 이룬 소망인 것 같고

'동생 판사 만들기'는 별표와 밑줄 쫙 그어져 있는 걸로 미루어 짐작건데 필히 이루고 싶은 소망인 듯하다.

그리고 가장 마지막 줄. 동그라미만 수백 번 되어 있어 가장 중요해 보이는 그것은……?

"당장 나와, 아들. 안 나오면 쳐들어간다."

깐깐하고 명료한 여인의 음성이 원진의 깊은 생각을 날카롭게 파고들어 왔다. 다이어리에 써진 글자들을 몽롱한 정신으로 내려다보고 있던 원진은 그제야 정신을 차리며 고개를 퍼뜩 들었다. 아침부터 집까지 쳐들어와 그의 단잠을 방해하고 있는 이는 안명자 여사. 그의 어머니였다.

"문 안 잠가진 거, 다 알고 있어. 하지만 다 큰 아들 방에 어미가 훅훅 내키는 대로 쳐들어가서야 되겠니. 네 사생활, 네 인격, 배려하기 위해 이 어미 많이 참고 있다. 그러니까 네 녀석이 자진해서 얼른 나와. 어미가 아들 인격적으로 대우해 주면 아들도 그에 상응하는 대우를 어미에게 해줘야 지당하지. 안 그러니?"

"협박 솜씨는 여전하시네요."

문을 열고 그가 한 말이었다. 원진은 흰 와이셔츠와 물 빠진 청바지를 걸친 모습으로 방에서 나왔다. 예고도 없이 쳐들어온 어머니, 안명자 여사는 평소와 다름없이 완벽한 모습으로 서 있었다. 굵은 컬의 짧게 컷된 헤어. 그렸다는 표현이 더 어울릴 법한 짙은 메이크업. 일주일에 몇 번씩 아들의 골드카드를 긁어 장만하는 명품 옷과 핸드백. 치장하듯 멋으로 쓴 선글라스와 휘황찬란한 보석까지. 한껏 꾸민 어머니를 원진은 스치듯 지나쳐 거실 안쪽에 위치한 주방으로 걸어갔다.

"여전은 무슨. 일주일 전에도 만난 어미한테 할 소린 아닌 것 같구나."

"일주일밖에 안 됐나요? 더 된 것 같은데."

"밖에서 식사했었잖니. 밤에 통 잠을 못 잔다더니 시간개념도 뒤죽박죽인 모양이구나. 큰일이다. 병원은 계속 다니고 있는 거니?"

"필요할 땐요. 왜 오셨어요?"

"넌 어미한테 그게 할 소리니? 왜 왔냐니. 어미니까 오지!"

"이렇게 아침 일찍 들이닥치시는 경우는 드무니까요. 무슨 일 생겼어요?"

주방에 들어와 차가운 얼음물을 한 잔 들이켜며 원진이 물었다. 아들 뒤꽁무니를 졸졸 따라 들어와 옆에 붙어 선 채로 그를 노려보고 있는 안 여사. 딱 기숙사 사감선생 모드다. 아들 일이라면 뭐든 쌍수를 들고 환영, 찬성인 열혈 어머니 안명자 여사가 이렇게 싸한 기운을 내뿜을 때는 딱 두 가지 경우뿐이다. 생활비와 용돈이 통장에 제대로 들어가지 않았을 때. 그리고 결혼 얘기로 닦달할 때.

"그걸 지금 말이라고 하니? 내가 왜 이 시간에 여기까지 들이닥쳤는지 정말 몰라?"

음산하기 짝이 없는 톤을 한껏 목소리를 내리깔고 안 여사는 아들을 더욱더 맹렬히 노려보았다. 딱. 컵을 탁자 위에 내려놓고서 원진은 예순이 다 되어가는 어머니를 내려다보며 휙, 한쪽 눈썹을 치켜뜨고 호의적인 미소를 흩뿌렸다.

"알고 있어야 됩니까?"

"그래야 할걸. 여기서 네가 모른다 잡아떼면 내가 더욱 분노하게 될 테니까."

"그럼 알고 있다고 대답할게요. 됐죠?"

"뭘 알고 있는데? 내가 왜 여기까지 한달음에 달려왔는데? 말해봐, 어서."

"돈?"

"넌 내가 악덕 고리대금업자로 보이니? 나만 보면 돈 줘야 된다는 강박관념 생겼어? 내가 아들만 보면 돈 달라 칭얼거리는 정신머리 없는 여편네로 보여?"

"땡이군요?"

"그래, 땡이야. 지난주에 너한테 받아간 용돈 아직 있어."

"그럼 결혼 때문이네. 여자 만나라는 거죠?"

"웃지 마, 아들. 나 지금 굉장히 화가 나 있으니까. 웃는 아들 얼굴 보고 있을 기분 아니야. 속에서 천불이 올라와서 죽겠단 말이지, 지금."

이를 악다물고 두 눈에 쌍심지를 켠 안명자 여사는 남들 눈에 꽤나 무섭고 대가 세보일 것이다. 당장이라도 눈에서 레이저가 나와 상대를 지글지글 태워 버릴 기세, 잘근잘근 씹어 아작을 내버릴 기세이니 말이다. 하지만 정작 그녀의 그런 분노를 모두 받고 있는 원진의 눈엔 그저 귀여운 어머니였다. 아이처럼 잘 삐치고 그만큼 쉽게 풀어지는. 모질지 못해서 늘 손해만 보시는 분이랄까. 유독 아들한테만큼은 순악질 흉내를 내시고는 있으나 그것도 모두 아들이 결혼할 생각을 하지 않기 때문이었다. 그가 당장 결혼하겠다고만 하면 세상 그 누구보다도 더 다정하고 따뜻한 원래의 어머니 모습으로 돌아갈 것이다.

"그 천불이 저 때문이란 말씀입니까?"

"너 말고 날 이렇게 들쑤시는 사람이 또 있겠니? 맞다. 너 때문이다. 너 정말 아무것도 모르는 거냐? 아침에 일어나서 신문도 안 봐?"

"집에선 아무것도 하지 않는다, 가 제 모토입니다만. 사무실 가면 제 책상에 일간지, 즈간지, 스포츠신문까지 죄다 올려져 있습니다. 직업상 그것들을 다 읽어보는 것으로 하루 일과가 시작되지요. 굳이 집에서까지 신문을 읽을 필요 없어요."

"그래서 지금 이 시간까지 모르고 있다는 거야? 신문에서 무슨 소릴 어떻게 떠드는지 전혀? 성 비서는 대체 뭘 하는 인간이라니? 너한테 이런 악성 루머가 들러붙었는데 아무런 조치도 안 취하고 뭐 하는 거래? 조치는 못 취할지언정 적어도 너한테 연락은 넣어야 할 거 아니야? 내 이, 성 비서를 그냥!"

"악성 루머라니요?"

당장이라도 성 비서를 소환해 우레와 같은 분노를 터트릴 기세의 안 여사와는 달리 원진은 차분했다. 이쪽 계통의 일을 하면서 이미 수많은 잽을 맞아봤고, 그 때문에 맷집이라면 누구한테도 지지 않을 만큼 좋다고 자부하는 차원진, 그다운 반응이었다.

시중에 돌고 있는 자신에 대한 루머는 대략 열맷 개. 그중 제대로인 것은 하나도 없었다. 그리고 그런 것쯤은 대중들이나 관련 업계 종사자들의 지대한 관심쯤으로 치부할 수 있는 여유가 그에겐 있었다.

"이 녀석 완전 허당일세. 진짜 아무것도 모르고 있어. 내가 정말

기가 막혀서!"

안 여사는 3개나 되는 금가락지와 5캐럿짜리 다이아반지를 낀 손으로 스윽, 선글라스를 끌어 올리더니만 명품 브랜드가 가운데 떡 박힌 고급 핸드백에서 지난달 출시된 최신형 스마트폰을 꺼내, 슥슥 손가락을 액정에 대고 움직여 오늘 자로 뜬 최신 연예뉴스를 브라우저에 띄웠다. 그리곤 그것을 아무 경각심도 없어 뵈는, 너무나도 평온하기 짝이 없어 부글부글 사람 성질 머리 돋우는 아들 차원진의 손안에 떡하니 쥐어줬다.

"내가 이래서 널 빨리 장가보내야겠다는 거야. 쓸데없는 잡소리, 추측들 다 묻어버리기 위해선 네가 얼른 결혼하는 것 외엔 다른 길이 없거든. 이게 어디 말이나 되는 기사니? 완전히 추측성이고 이니셜 뒷담화지."

"우리나라에서 둘째가라면 서러울 대형 영화 투자회사의 오너, C모 씨. C모 씨는 돈 되는 일에만 투자한다는 철칙을 내세워 10년 만에 자신의 회사를 국내 제일의 엔터테인먼트 주식회사로 키워낸 명실공이 대한민국 최고의 수완가인데요. 그러한 위치와 백그라운드 덕분에 암암리에 들어오는 수많은 청탁과 로비가 어마어마하겠죠? 그동안엔 철저히 자신의 철칙을 내세워 무수한 로비를 무시해 왔다고 하지만, 최근엔 자신만의 철칙을 깨고 모 여배우의 후원자를 자처했다는 후문이……."

"친절하게 쓰레기 기사 일일이 읽어줄 필요 없다. 이 어미도 아침에 다 읽었던 내용이고, 그것 때문에 피가 거꾸로 솟아 여기까지 왔으니. 되새김질해서 간신히 가라앉혀 놓은 화 다시 돋우지 마."

"여기 언급된 C모 씨가 저란 말입니까?"

"대형 투자회사 오너라잖니. 10년 만에 국내 제일의 엔터주식회사로 키워냈다잖아. 너 아니면 또 누가 10년 만에 그런 일을 해낼 수 있다니?"

"아. 저로군요, 이 능력 좋은 C모 씨가."

"나 원 참. 그리 써놓고서 'C모 씨' 라니. 아예 차원진이라고 써박아놓지, 왜. 대문짝만 하게 신문기사 1면 헤드라인으로 넣지 왜 이렇게 어설프게 인터넷 찌라시로 사람 간을 보고 지랄이래? 그래놓고선 뻔뻔하게 익명 처리했다는 헛소리들을 지껄이겠지? 누군지 이렇게 뻔히 알게 써놓고 익명은 무슨! 이거 진짜 사람 명예훼손이라니까. 너 가만히 있으면 안 되는 거야. 알아? 네가 어디 남들한테 향응이나 받으며 사업하는 사람이니? 이런 헛소리들이 나오니까 네 평판이 형편없어지는 거야. 내가 진짜 속이 상해서 원!"

"이걸 보시고 화가 나셔서 여기까지 달려오신 겁니까?"

"왜? 내가 극성으로 보이니? 결혼해. 당장 결혼해. 그럼 이런 극성, 나도 안 떨 거니까. 서른다섯 살이나 먹은 아들이 결혼할 생각은 안 하고 허구한 날 이딴 소문들이나 달고 다니니 내가 극성도 피우는 거 아니야."

"제가 결혼을 못 할 것 같으신가 봐요?"

"웃지 말랬지. 그런 자신만만한 미소 기분 나빠. 당장이라도 결혼하려고 마음만 먹으면 언제든지 할 수 있다, 이렇게 말하는 것 같아서 화가 나. 할 수 있으면 하면 되지. 왜 안 해? 내 속 다 뒤집어질 때까지 기다리겠다는 거야, 뭐야?"

"그만하세요, 어머니."

어머니가 갑자기 들이닥친 이후 처음으로 그가 목소리를 내리깔았다. 희미하게 머금던 미소가 그의 얼굴에서 이미 사라져 버린 이후였다. 선을 긋는 게다. 아무리 어머니라지만 허용하는 범위에도 한도가 있다는 것이다.

죽은 제 아비를 닮아서 차갑기도 오달지게 차가운 녀석.

미움이 스멀스멀 올라와도 안쓰럽고 안타까운 심정이 더 크게 느껴지는 것은 어쩔 수 없는 어미의 마음이기 때문일까. 안 여사는 훅, 한숨을 내쉬었다.

"말 나온 김에 혼사 문제 좀 의논해 보자. 너한텐 말 못했다만 실은 내가 네 상대로 점 찍어놓은 처자가 몇 있어. 너도 알지? 청담동에서 의상실하시는 디자이너, 박 선생님. 그분 통해 내가 그 처자들 프로필을 쭉 꿰어왔지. 박 선생님이 하나같이 다 칭찬하시더라. 참하고 조신하니 연예인 같지 않다고. 나더러 보는 눈 있대."

"결혼 문제는 제가 알아서 한다고 말씀드렸을 텐데요."

"어느 세월에. 그놈의 사업한답시고 네 청춘 10년이나 그냥 흘려보내 놓고, 언제 또? 여자를 만날 생각은 있긴 있는 거니? 아니, 그 계집애 떠나보내고 지금까지 연애 한번 제대로 한 적 있어?"

"그 얘긴 그만하시라 했던 것 같은데요, 어머니."

"나도 얘기했다! 내가 그년 얘기 그만하게 하려거든 결혼을 하라고! 연애를 하라고! 여자라면 치가 떨리는 사람처럼, 결벽증 걸린 환자처럼, 정색하지 말고 여자를 좀 만나라고!"

"이미 있습니다."

답답한 마음에 안명자가 목소리를 높일 때였다. 원진이 싸한 기운이 가득한 음성으로 그녀의 말을 가로막았다. 저절로 두 귀가 쫑긋 서고 두 눈이 번쩍 떠지는 말이다.

여자가 있다고? 여자라면 치를 떨며 만나지 않던 원진이에게 이미 여자가 있단 말이야? 설마!

"이미 넘칠 만큼 많이 만나고 있으니까 걱정 마세요."

믿지 않는 듯한 어머니의 마음을 읽었는지 그가 무뚝뚝하게 부연한다. 명자는 선글라스까지 휙 벗어 던지고는 여전히 휘둥그레 뜬 눈으로 아들을 뚫어지게 보며 캐물었다.

"정말이냐? 너, 당장 면피할 요량으로 거짓말 둘러대는 거 아니지? 어떤 여자냐? 어떤 집안 여자야? 지금 만나게 해줄 수 있니? 어떤 여잔지 내가 두 눈으로 확인을 좀 해봐야겠는데. 직업이 뭐니? 연예인이니? 난 무슨 일이 있어도 꼭, 연예인 며느리 보겠다고 했다. 연예인도 그냥 연예인 아니고 배우! 잘나가고 예쁜 배우. 알지?"

"……."

"누구니? 배우야?"

"네."

짧고 기계적인 대답을 내놓는 와중, 갑자기 원진의 머릿속에는 떠오르는 얼굴이 있었다. 의식한 적도 고려해 본 적도 없는 인물이 갑자기 왜 떠오르는 것인지. 무표정하던 원진의 얼굴에 지익— 불편한 주름이 떠올랐다. 어제 파티장에 함께 갔던 것 때문인가? 아니면 어젯밤 잠들기 전까지 그녀의 다이어리를 정독하고 있었기 때문인가? 것도 아니면, 깨어나자마자 그녀의 버킷리스트를 줄줄 외고 있었기 때문?

"정말 배우야? 진짜로 배우랑 사귀었어? 너 싫다며. 이 어미는 절대적으로다가 여배우여야 한다고 했지만, 넌 그만큼 절대적으로 싫다고 했잖니. 그런데 정말 여배우랑 사귀고 있단 말이니? 누구니? 이름이 뭐야? 내가 알고 있는 애니? 잘나가? 유명해?"

"유명하죠. 어떤 면에서는."

"그건 또 뭔 소리야? 어떤 면에서는 유명하다니. 그럼 다른 면에선? 그게 대체 무슨……? 가만. 너 혹시 포, 포르…… 배우?!"

"……."

"안 된다! 허락 못해. 못 받아들인다, 난. 당장 헤어져!"

"못 헤어지는데요."

"왜 못 헤어져? 이유가 뭐야? 왜? 그년이 애 가졌다고 매달리디?"

어머니의 상상력은 끝이 없다. 이쯤해서 끊어줘야지, 안 그랬다간 저 무지막지한 상상력으로 어디까지 갈지 알 수 없는 일. 원진은 차분하게 어머니의 눈을 내려다보곤 거짓말 따위 단 1그램도 섞이지 않은 듯한 너무나도 태연한 얼굴로 이렇게 대답했다.

"지금 저와 동거 중이거든요."

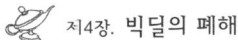 제4장. 빅딜의 폐해

"정말이냐? 아니지? 너 지금 나한테 농담하는 거지? 농담이지?"

아들의 동거 소식에 안 여사가 보인 첫 번째 반응은 '현실부정'
이었다. 대한민국 최고의 여배우를 며느리로 맞이하여 근사한 식
장에서 떵떵거리며 결혼을 시키리라, 생각했던 모든 것들이 산산
조각이 났으니 어쩌면 당연한 반응일지도. 그는 어머니의 뜨악스
러운 반응 앞에서 묘한 쾌감을 느끼며 느긋하고 태연하게 대꾸해
주었다.

"어머니 아들이 이런 문제로 농담할 사람입니까?"
"아니지. 그런 농담 절대로 할 위인이 아니지. 그럼 진짜란 말이니?
진짜 네가 여자와 함께 사, 살……?"

"살고 있죠."

"언제부터? 어, 어디서?"

"함께 살기 시작한 건 한 달이 채 안 됐고, 여기, 제 집에서 삽니다."

"한 달이 채 안 됐다면 내가 지난번 방문하고 난 직후로구나. 그럼 그 아인 지금 어디 있니?"

"집에 일이 생겨서 며칠 다니러 갔어요."

"하필 오늘 집을 비웠단 말이니?"

"거짓말이라고 생각하시는 거죠?"

"거짓말이 아니면 내가 집을 좀 뒤져 봐도 상관없겠구나?"

"전 상관없지만 그 사람이 싫어할 것 같은데요. 어머니께서도 말씀하셨잖아요. 다 큰 아들 방에 본인 허락도 없이 훅훅 쳐들어가는 건 매너도 배려심도 없는 짓이라고. 이제 제 방은 제 방일 뿐만 아니라 그 사람 방도 되니, 그 사람도 배려해 주셔야죠."

"그 아이가 올 때까지 나더러 네 방엔 절대로 들어가지 마라, 이 말이니? 그래. 그래서 그 아이는 대체 언제 온다는 거니?"

"수일 내로 돌아올 겁니다. 그때까지만 참으세요."

"걔가 대체 누구니? 이름이라도 알아두자."

두 번째 반응은 '공격준비'. 아들의 고집은 쉽게 꺾을 수 없다는 것을 알기 때문인지, 안 여사는 일찌감치 아들 공략을 포기하는 것 같았다. 대신 상대 여자를 공격하기 위한 준비태세에 들어갔다. 아들의 포기를 기다리는 것보단 상대 여자를 포기시키는 게 더 빠를 것이라 생각하는 것이다. 과연 그게 가능하다고 생각하는 걸까?

"인터넷 검색이라도 해두시려고요?"

"미리 알아둬서 나쁠 건 없지 않니?"

"대신 서프라이즈한 맛이 떨어지죠."

"정말 너무한다. 이름도 안 알려주겠다는 건 대체 무슨 심보야?"

"며칠만 참으세요. 그럼 다 알게 되실 거니까."

안 여사의 세 번째 반응은 '분노'였다. 어떻게 동거까지 하게 되었는데도 어미인 자신에게 아무 언질도 주지 않았던 것인지에 대한 서운함과 분노를 막판 대분출하시었다. 차분해 보려 해도 차분해질 수 없는 사안이라며 고래고래 고함을 질러대고는, 집 안 거실을 왔다 갔다 안절부절못하는 모습을 보였다. 집안 시끄러워지는 것은 질색이라 뭐든 늘 어머니 마음대로 하게 내버려 두었던 원진은 그제야 자신이 어마어마한 일을 터트렸다는 것을 인식할 수 있었다.

며칠째 숙면을 취하지 못해서 헛소리를 지껄인 것일까. 아니면 단순히 아침에 잠이 덜 깨서 말도 안 되는 소리를 지어낸 것인가. 그는 무려 5년 동안이나 결혼 문제로 자신을 들들 볶아 잡수던 어머니께 폭탄과도 같은 선언을 해버렸다. '난 이제 임자가 있습니다. 그러니 그 지긋지긋한 갖선 얘긴 그만하십시오, 어머니'라고.

일이 이렇게 된 이상, 어머니는 더 이상 맞선 얘기를 꺼내진 않으실 것이다. 적어도 여자와 함께 살고 있는 동안에는. 그 정도의 지각은 있으신 분이니 당분간 자신은 어머니의 잔소리로부터 자유였다. 물론 그 자유에는 그가 자신과 동거할 여자를 구했다는 전제가 깔려 있다.

그리고 지금 차원진은 자신의 자택에서 자신의 '동거인'으로 근무할 여배우를 섭외하고 있는 중이다.

"읽어보고 사인해."

일을 주겠다는 그의 제안에 덥석 미끼를 문 여배우들은 차고 넘쳤다. 가상으로나마 그의 옆자리에 앉고 싶어하는 여인네들은 더 많을 것이다. 그 수많은 여자들 중 단 한 명만이 그의 가상 동거녀가 될 수 있는 행운을 누릴 수가 있었다. 하지만 원진이 수많은 여배우들의 프로필을 읽은 후 선택한 여배우는 바로 이 여자였다.

송하익.

잠을 제대로 못 잔 듯 피곤해 뵈는데다 청바지에 운동화, 가벼운 옷차림임에도 불구하고 송하익은 도자기처럼 매끄러운 피부에 붉은 입술, 그윽해 보이는 눈망울, 어딘지 신비로워 보이는 특유의 분위기까지, 여전히 상대의 눈을 만족시키는 비주얼을 가지고 있었다. 대충 차려입고 메이크업도 제대로 하지 않았으며 캡모자로 얼굴의 절반을 가리고 있는데도 눈에 띄는 걸 보면 송하익이 확실히 상품 가치 탁월한 연예인이라는 걸 인정하지 않을 수 없다. 그 적나라하게 까발려진 스캔들을 겪었음에도 불구하고 여전히 연예활동을 지속하고 있는 요인도 바로 그녀의 이 독보적으로 수려한 외모 때문이었다.

"이게 뭔데요?"

차원진이 던져 준 빳빳한 서류를 집어 들며 하익이 멍하게 물었다. 밤잠 설친 좀비 몰골을 하고서 하익은 집어 올린 서류에 시선을 박았다. 어젯밤 빚쟁이들 때문에 속상해 1차 펑펑 운 하익은 다

이어리를 잃어버렸다는 것을 알고 2차로 꺼이꺼이 울어 재꼈다.

개인 매니저조차 없이 혼자 스케줄 관리를 하고 있는 하익에겐 그 다이어리가 돈줄이고 생명줄이었기에, 다이어리를 잃어버렸다는 것을 안 순간 눈앞이 캄캄해졌다. 갚아야 할 돈은 산더미이고 하루도 쉴 새 없이 일을 해야 겨우 먹고살 수 있는 판국인데. 당장 내일모레 가야 할 지방 마트행사 사장님 연락처조차 기억 못하는데. 연락처가 적힌 수첩을 잃어버리다니. 이런 어처구니없는 실수를 했다니!

다행히 잃어버린 다이어리는 무사히 자신의 손에 들어왔다. 어젯밤 자신이 원진의 차에 빠뜨리고 온 것을, 그가 직접 전화로 알리며 받으러 자신의 회사까지 오라고 하였던 것이다. 다이어리를 돌려받기 위해 하익은 신나게 차원진의 사무실까지 찾아왔다. 그리고 그런 그녀에게 차원진이 내민 것은 이것, 하얀 서류였다.

"고용계약서."

하익은 차원진이 내민 계약서 표지를 유심히 훑고는 도무지 이해할 수 없는 얼굴로 그를 빤히 바라보며 물었다.

"무슨 고용인데요?"

"무슨 고용인지 따져 보고 결정할 만큼 그리 사정이 좋진 않을 텐데."

느긋하게 소파에 기대앉아 깔보는 듯한 시선으로 자신을 뚫어져라 지켜보고 있는 차원진이 느릿느릿, 비웃음임이 분명한 미소를 지으며 중얼거렸다. 그리곤 뚝, 그녀의 무릎 위로 시선을 떨어뜨린다. 그녀의 무릎 위에는 방금 전 그에게서 돌려받은 다이어리가 얌전히 앉아 있었다. 하익은 질끈 아랫입술을 깨물며 생각했다. 저 남자는 분명 자신의 다이어리를 죄다 읽고 잘난 뇌에 스캔해 두었을 거라고.

뭐, 딱히 창피하거나 부끄럽진 않았다. 하익은 자신의 처지와 연예인으로서의 급수를 아주 잘 인지하고 있는 편이니까. 그에 맞는 취급, 대우는 이 세계에선 너무나도 당연하다. 때문에 이런 상황을 불쾌해한다거나 짜증내지는 않는다. 물론 한 인간에 대한 예의 차원으로 넘어간다면 얘기는 달라진다. 연예인으로서의 상품 가치와 한 인간으로서의 인격은 분명히 다른 차원이니까.

"제가 할 수 있는 일인지는 알아보고 결정하려고요. 전 무리이다 싶은 일은 하지 않거든요. 제 주제를 워낙 잘 알다 보니까요."

"네가 할 수 있는 일인지, 아닌지는 내가 결정해. 네가 할 수 없는 일이라면 내 쪽에서 먼저 이런 제안을 하지 않았겠지."

"물론 모든 걸 다 따져 보고 제안하셨겠죠. 하지만 저도 정확히 제가 무슨 일을 해야 하는지는 알고 나서 결정해야 하지 않겠어요? 저는 엄연히 예담기획 소속 연예인이고, 그러기 때문에 이런 일은 사장님과 먼저 상의를 해야……."

"그런 건 걱정하지 마. 그 문제는 내 전문분야니까. 법적으로 꼬일 만한 일은 절대로 없을 거야. 이 일은 연예기획과는 무관하거든."

"연예활동이 아니라고요? 그 말은 단순 노동직이다, 뭐 그런 뜻인가요?"

"비슷해."

"알바 같은 거로군요."

"머리 좋군. 바로 그거야."

"입주라고 써져 있네요? 입주라면 제가 대표님 댁에 들어가서 일해야 한다는 말인가요?"

"그 대신 다이어리에 적힌 스케줄 중 저렴해 뵈는 것들은 몽땅 빼줘야겠어. 스케줄을 빼는 데에 오는 손해는 이쪽에서 보상하지. 덤으로 올 가을에 공중파 TV 편성이 확정된 대작드라마 오디션 기회까지."

"드라마 오디션 기회를 주시겠다고요?"

일순 잘못 들은 게 아닐까 생각하며 하익은 서류를 훑고 있던 시선을 퍼뜩 들어 올려 그를 보았다. 거짓말 뻥은 아닌가 의심하는 눈으로 그를 빤히 쳐다보았지만 그녀는 이내 결론을 내릴 수밖에 없었다. 그가 진심이라는 것을. 그의 눈이, 그 일말의 꿀림조차 없어 뵈는 당당한 눈빛이, 진실임을 말하고 있었다. 정말, 진짜 그렇게 해주겠다는 건가? 정말로 오디션 기회를 내게 주겠다고?

"그렇게 노골적으로 넋 놓고 좋아할 필욘 없어. 오디션을 볼 수 있는 '기회'를 주겠다는 거지 배역 자체를 주겠다고 한 지 아니니까. 능력과 재능이 충분하다면 오디션에 통과할 테고 그렇지 못하다면 떨어지겠지. 당연히."

"그 기회마저도 공평하게 갖지 못하는 사람들이 허다합니다. 이 세계에선."

"그렇다면 내 제안이 꽤 매력적이겠군. 받아들이지, 그칸? 지금 사인하면 내일 당장 스케줄 취소에 따른 배상액을 네 개인계좌로 넣어주겠어."

"정말 단순노동직 일이 맞아요?"

"안 믿어져?"

"아니요, 뭐 꼭 그런 건 아니지만……."

단지 그런 일만 하고서 받기엔 '오디션 기회'라는 대가가 너무 크다. 인기 내리막길인 삼류 연예인이긴 해도 연예인은 연예인. 3개월간의 스케줄을 모두 무리 없이 뛰었다고 가정했을 때 그녀의 개런티 총액은 대략 4,000~5,000만 원쯤이다. 여기에 펑크 냈을 때의 위약금까지 합하면 금액은 더 올라간다. 결코 적지 않은 액수이다. 단순히 알바직원에게 지급할 만한 금액은 절대로 아니란 얘기다. 대체 이 사람, 뭐지? 무슨 의도로 이런 일을 제안한 거지? 하는 의구심이 들지 않을 수가 없는 그녀였다.

"일이 필요하지 않아? 매우 절박한 것 같던데."

"필요합니다만 단순노동직 일을 해야 할 정도로 절박하진 않는데요."

"길진 않을 거다. 짧으면 단 며칠만 일하게 될 수도 있어. 그렇다 하더라도 내가 약속했던 돈은 모두 지불될 거고. 거절하면 여러모로 손해이지 않나? 말했듯이 아르바이트 정도로 생각하면 될 듯한데."

"단 며칠만 일하게 될 수도 있다는 말은, 그보다 더 길어질 수도 있다는 말 아닌가요?"

"일하는 기간이 길어진다는 건 둘 중 한 가지겠지. 일이 너무 잘 풀렸거나, 그 반대이거나. 두 경우 모두, 난 그에 상응하는 대가를 지급할 예정이야. 계약서에도 상세히 적혀 있으니 잘 알겠지만, 대략 당신의 한 달 수입 정도는 맞춰줄 수 있을 거야. 물론 그 일을 하는 중에는 아까도 말했듯이 무리한 지방 일정은 빼줬으면 좋겠어. 내 집에서 일하는 사람으로서 품위 유지 정도는 해줘야 하니까. 대신 방송 일은 어느 때라도 마음대로 해도 돼."

"어느 때라도 마음대로?"

"방송 일에 한해서만."

"대표님 댁에서 일하면서도, 방송 일은 방송 일대로 해도 된다고요? 댁에 입주해 제가 해야 하는 일이 밥하고 빨래하는 거 맞아요?"

다크서클이 턱 밑까지 내려온 얼굴을 스윽 이쪽으로 기울며 송하익이 미심쩍은 듯 조용히 물어왔다. 무언가가 더 있을 거라 생각하는 것이다. 단순히 집안일을 시키기 위해 그가 자신과 계약까지 하려는 이 상황이 어딘지 이상하다고 생각하는 게다. 모종의 숨은 거래조건이 있는 거라 여기는 거겠다. 지금은 그런 의심을 살 수밖에 없었다. 아직 그가 가장 중요한 거래조건 하나를 그녀에게 알려주지 않았기 대문에.

"잠도 자야지."

"예?"

갑작스런 그의 말에 그녀는 놀란 듯 두 눈을 홉떴다. 얼마나 놀랐는지 입도 벙긋 못하는 모습이다. 동그란 눈만 부릅뜬 채로 가끔씩 끔벅끔벅, 눈꺼풀을 깜빡거릴 따름, 아무 말도 못하고 있었다. 원진은 느긋이 아무 일도 아니라는 듯 한쪽 눈썹을 씰룩 끌어올리며 이렇게 덧붙였다.

"입주라고 내가 말 안 했나?"

"아…… 입주. 그 잠."

"뭐 문제 있어?"

"아닙니다. 그런 거 없습니다."

거짓말. 그녀가 혹, 안도의 숨을 내쉬는 것을 가만히 지켜보며 원진은 속으로 중얼거렸다. 특유의 뚱하고 심드렁한 평소의 표정으로 되돌아와 있었지만 그녀는 이미 자신의 감정을 들킨 후였다. 두려운 것이다. 그것도 아주 많이. 세상 풍파란 풍파는 모두 다 겪어 어지간한 일들엔 놀라지도 않는다는 듯 도가 튼 얼굴로 앉아 있던 그녀에게도 차원진은 호락호락하지 않은 인물임이 틀림없었다. 원진은 매우 느긋하게 온몸 근육을 이완시키며 천천히, 그리고 무겁게 입을 열었다.

"그리고 내 어머니 앞에서, 내 연인인 척 연기해 줘야겠어."

"……!"

막 안도의 한숨을 내쉬고 서류를 만지작거리던 송하익이 퍼드득 몸을 떨며 고개를 번쩍 들었다. 그리곤 한 템포 늦게 '예?!' 하고 소리친다. 그러더니 즉시 눈살을 찌푸리며 그를 더러운 벌레 바라보듯 바라보기 시작한다. 마치 이런 제안을 받은 것 자체만으로도 불쾌한 듯 모멸감 가득한 눈빛이었다. 절대로 그런 일은 못 한다는 듯 단호함도 깃들어 있다.

하지만 그는 자신했다. 그녀는 아주 잘해낼 것이다. 어떠한 희망도 품지 않고, 어떠한 불순한 의도도 품지 않고, 그 어떤 불쾌한 시도도 하지 않고, 그저 '차원진의 여자' 役에 충실히 임무를 완수할 것이다. 그리고 모든 일이 끝났을 땐 그가 기대하는 바대로 미련 없이 쿨하게 자신의 자리로 돌아갈 것이다. 어젯밤 그랬던 것처럼.

"내 집에서 나와 살고 있는 내 여자. 그게 바로 당신이 소화할 역할이야."

"여, 역할이라고요?"

"사실이 아닌 가짜. 설정. 연기."

"배역을 받아 소화한다 생각하고 연기하라, 그 말인가요?"

"빙고."

"그런 걸 왜 대역을 써요? 그리고 왜 하필 저한테 이런 제안을 하시는 거예요?"

"난 '지금 당장' 여자가 필요하거든. 누굴 사귀고 자시고 할 시간적 여유 없어. 게다가 난 이런 사실을 다른 사람들에겐 알리고 싶지 않아. 당신, 입 무겁지 않나?"

심히 가볍고 산뜻한 어조로 그가 덧붙였다. 하익은 찌푸려진 미간을 더욱 힘주어 주름 잡았다. 자신에게 심히 불순하고 칙칙한 제안을 걸어온 차원진은 언제나처럼 느긋하고 여유만만, 편안해 보였다. 여자가 있다고 어디께 거짓말을 하고, 뒤늦게 거짓말을 뒷받침할 여자를 급구하고 있는 작금의 상황과는 너무나도 안 어울리는 모습이다.

사실 그럴 만도 하다. 밖에 나가면 널리고 널린 게 여자고 배우. 그가 내민 손을 붙잡지 않을 여배우는 자신이 아니고도 쌔고 쌨다. 그의 입장에선 더 능력 있고 괜찮은 여배우도 얼마든지 섭외 가능하다는 얘기다. 그러함에도 그가 하익을 선택한 것이, 겨우 입이 무겁다는 이유 때문이라고? 여전히 의구심을 떨치지 못한 채 그녀는 심드렁하게 대답했다.

"무겁죠."

"이 세계의 룰도 아주 잘 알고 있고."

"그것도 그렇죠."

"프로페셔널하기도 하지."

"받은 만큼 돌려주기 위해 최선을 다하긴 합니다."

"내 어머니께서 아주 좋아하시는 '여배우'이기도 하고 말이지."

"어머님께서 여배우를 며느리로 삼고 싶어하는 모양이죠?"

"가장 치명적인 장점은, 자신의 위치와 상품으로써의 가치를 정확히 파악하고 있다는 거야. 먹고살기 위해 송하랑이라는 이름을 버리면서까지 배우로 전향하고 온갖 행사장을 누비고 다니는 거. 쉬운 일 아니거든. 처절한 자기 성찰이 있지 않고서는 불가능한 일이지."

"알아주시니 고맙네요."

입술을 비틀어 중얼거리며 하익은 그를 째려보았다. 지금 그가 자신을 칭찬하는 것인지, 깎아내리는 것인지, 알아들을 수가 없다. 말은 칭찬인데 어째 말속에 비수가 들어 있는 것 같다. 톱스타의 위치까지 갔던 사람이 자존심도 없이 온갖 행사장이나 누비며 돌아다니는 거 창피하지도 않냐, 말하는 것 같아 속이 부글부글 차오른다.

참자, 참자. 참아야지, 그럼.

휴— 차분히 마음을 가라앉힐 긴 한숨을 내쉬고 하익은 정면으로 그를 바라보았다.

"대표님 뜻은 잘 알아들었습니다. 하지만 아까도 말씀드렸다시피 전 아직은 이런 일을 해야 할 정도로 다급하지는 않습니다. 죄송합니다만 다른 분 알아보시는 게……."

"흥정하는 거냐?"

눈 하나 깜짝하지 않고 그가 대응해 왔다. 차갑고 무뚝뚝한 말. 표정 하나 흔들리지 않는 무심한 얼굴 그대로 그는 그녀를 냉기 가득한 시선으로 응시하고 있었다. 흥정이라니? 터무니없는 그의 반응에 하익은 두 눈을 휘둥그레 떴다.

"네?"

"몸값을 더 올리고 싶은 모양인데."

"모, 몸값이요?"

"얼마를 더 원하지?"

검은색 야구모자 아래에서 그녀의 동그란 눈이 확 찌그러진다. 마음에 안 든 얘길 들은 사람처럼 오만상을 찌푸리며 그를 이상한 사람 바라보듯 바라보고 있었다.

"원하는 금액이 얼만지 말해. 한 1억? 2억?"

"2억을 달라면 주실 수는 있으신가요?"

비웃듯 입술을 비틀며 그녀가 날 선 목소리로 앙칼지게 되묻는다. 불꽃이 튀는 그녀의 눈빛을 단 1초도 피하지 않고 마주 보며 원진은 피식, 섹시하기 그지없는 입술로 싸늘한 미소를 그렸다.

"당장 입금해 주지. 사인해."

원빈이 어느 드라마에서 했던 대사 '얼마면 돼?'를 직접 들으니 참으로 재수가 없어, 그에 대한 반발 심리로 2억이라는 거액을 요구했던 하익은 다음날, 꼼짝없이 차원진의 집에 짐을 풀어야 했다. 돈이면 다 되는 줄 아나, 사람도 살 수 있다고 생각하는 건가,

미친놈이다, 저런 남자를 좋은 사람일 수도 있겠다고 생각한 내가 등신천치였지 등등 그를 향한 저주를 속으로 퍼부으며 결단코 이 일은 맡을 수 없다고 말하려는 찰나, 어처구니없게도 '네가 아무리 매달려도 소용없다. 이번 주 안으로 소송을 걸 거야.' 라며 차갑게 뒤돌아가던 채권자 민자 아주머니와 봉구라 아저씨가 떠올랐던 것이다. 2억이면 민자 아주머니와 구라 아저씨의 빚을 일부 갚을 수 있을 거고, 그렇게만 되면 소송만은 걸지 않도록 다시 설득해 볼 수 있었다. 다른 건 몰라도 소송만은 피해야 하지 않겠는가. 지금 이 상황에 소송까지 걸리면 정말 회생 불가능이다. 어떻게든, 무슨 수를 써서든 그것만큼은 막아내야만 했다.

　"다른 사람들이 내 방에 들어왔을 때, 혼자 생활하고 있는 게 아니라는 걸 잘 알 수 있게끔 짐 몇 가지는 필히 내 방에 두도록. 화장대 위에 화장품, 서랍 안에 속옷, 장롱 안에 옷가지들. 그 정도면 적당할 것 같군."
　"속옷도요?"
　"왜? 넌 속옷 안 입어? 동거하는 여자가 속옷을 안 입는다고 하면, 내 어머니께서 무척 흥미로워하시겠군."

　이런 말도 안 되는 소리를 지껄이며 그녀의 속을 박박 긁어놓는 것을 제외하면 차원진과 함께 사는 것도 딱히 불편하거나 힘들지 않았다. 실제로 그가 집에 머무는 시간은 거의 밤뿐이었고, 그나마도 워낙 넓은 집 안에 극과 극으로 떨어져 있는 방에서 따로 생활했기 때문에 그와 마주치는 일은 매우 드물었다. 거기다 아침식사를 안 하며 밤늦게 퇴근하는 그의 생활패턴 탓에 그를 만나기는 하늘의 별 따기. 한집에서 살기만 할 뿐, 실제 동거와는 큰 차이가 있을 수밖에 없었다. 그녀에겐 큰 부담 한 가지가 사라진 것이 되어서 나름대로 만족할 수 있는 상황인 것이다.

물론 그의 어머니를 만나기 전이라 설레발치긴 아직 이른 시기이다. 하지만 그녀는 이미 받을 걸 다 받았으니까. 약속받았던 돈, 오디션 기회, 그리고 전에 빼앗겼던 배역까지 다 받았으니까. 그러면서도 걱정했던 위기감 따위는 전혀 없는 상황이니 이 정도면 엄청난 수확이 아닌가? 게다가 첫 촬영 날인 오늘 그는 그녀에게 매니저와 그 외 개인 스태프들까지 붙여주었다.

[내가 지시했어. 내 일을 하는 동안에는 그 스태프들과 함께하도록. 네가 스태프도 없이 촬영하러 다닌다는 사실이, 혹시라도 내 어머니 귀에 들어가게 될까 봐 미리 대비해 두는 거야. 너 때문이 아니라 내 사정 때문이니까 부담 가질 필요 없어. 고마워하지도 마.]

"아아, 그런 거였군요. 감사합니다. 고마워할 필요 없다고는 하시지만 저로선 정말 고마운 일이니까요. 당연히 고마움을 표현해야……."

[더 할 얘기 없으면 끊어. 바빠.]

"아…… 네. 그럼 집에서……."

[뚜뚜뚜…….]

위와 같은 매정한 대화가 오고 가 그 즉시 썩은 얼굴이 되긴 했으나, 나름대로 그때까진 해피한 기분이었다. 일을 그만두고 나락으로 떨어진 5년 전 이후, 처음으로 정식 스태프를 갖게 되었으니 당연한 일. 3년 전부터 다시 일을 시작했지만 스태프들을 고용할 여유는 없었기에 그녀는 스케줄 관리며, 의상, 헤어 등 모든 관련 일들을 혼자서 처리해 왔었다. 심지어 하룻밤 사이에 연달아 잡힌 전국구 행사를 운전까지 도맡아 했을 정도이니 지금 생각해도 참 용감무쌍, 대단하지 싶다. 어찌 그 모든 일들을 다 혼자 이겨냈었는지…….

하여 그녀는 차원진에 대한 모든 앙금을 다 씻기로 했다. 매니저와 개인 스태프들을 무상지원해 준 것만으로도 그는 그녀에게 아주 크나큰 은혜를 베푼 것이었기에. 하해와 같은 마음씨로 은인이 되어준 그에게 더 이상 아드득 이를 갈 수는 없었다. 싹, 아주 깨끗이, 그날의 원빈놀이에 관한 불쾌한 추억은 잊어주기로 통 크게 마음먹었었다.

촬영 직전 이 여자가 대기실로 찾아와 이렇게 깽판을 놓기 전까지는 말이다.

"당신이었어? 내 배역을 가로챈 여자가 송하익, 당신이었다고?"

눈으로 보고도 믿기지 않는 듯 여자는 하익을 보며 어처구니없는 웃음을 흘렸다. 가만히 거울 앞에 앉아 감정을 잡고 있던 하익은 난데없이 들이닥친 여자를 보곤 눈살을 찌푸렸다. 오유정이었다.

"여긴 어쩐 일이시죠?"

"어쩐 일이긴. 감히 내 앞길 막는, 대단한 간덩이의 소유자가 누군지 내 두 눈으로 똑똑히 확인하기 위해서지."

"제가 오유정 씨 앞길을 막았다고요?"

"내 배역을 가운데서 가로채 갔으니 내 앞길 막은 거지. 아니야?"

오유정은 가만히 앉아 있는 하익을 싸늘하게 노려보며 척, 가슴 아래로 팔짱을 꼈다. 뻐딱하게 짝다리까지 선 그녀는 정말로 자신의 것을 하익이 빼앗아갔다고 여기는 듯 독한 눈을 하고 있었다. 기가 막힌다. 차원진의 이름을 빈 거짓 소문까지 만들어내 멀쩡히 남의 것으로 낙점된 배역을 가로채려 들었던 주제에, 어떻게 이런 말을 할 수가 있나? 그것도 첫 녹화 날, 여기까지 찾아와서 당사자인 자신에게 직접? 양심에 얼마나 털이 났으면 이렇게나 뻔뻔할 수 있을까 싶었다.

"전 이 배역을 제 힘으로, 오디션 봐가면서 따냈어요. 중간에 무슨 해프닝이 벌어졌었고 어떻게 일이 꼬였었든 이 배역의 원주인은 저고 적임자도 접니다. 오유정 씨께 이런 얘기 들을 이유 없다고 생각하는데요."

"넌 이 배역의 주인이 아니야. 될 자격이 없거든. 이거, 단 2회만 나오는 배역이지만 굉장히 중요하고 존재감 있는 역할이야. 아무나 맡을 수 없는, 소화하기도 어려운 배역이라고. 연기력도 필모그래피도 거의 바닥이면서 얼굴 하나만 믿고 까부는 너 같은 애가 감히 맡을 수 있는 역할이 아니었단 말이지. 오디션? 훗, 웃겨. 그 오디션이 과연 실력을 보는 자리였을까?"

"그게 무슨 말이죠?"

넘쳐 나는 분위기로 주위를 아련하고 아름답게 만드는 타고난 신비로움의 소유자, 송하익의 단아한 앉음새가 단번에 경직된다. 입매는 굳어졌고 이쪽을 향하고 있는 시선은 얄짤없이 차다. 화가 난 거다. 사람을 현혹시키는 미모에 만지면 깨질 듯 여리디여림의 결정체 송하익이 화가 머리끝까지 나 저렇듯 얼음처럼 변한 것이다.

제법이다. 연약한 척 굴며 남자들의 보호본능만을 자극해 인기 끄는, 재수 없는 스타일인 줄로만 알았더니만 화도 낼 줄 알고. 핏, 웃음을 흘리며 유정은 또각또각, 두어 걸음 걸어 송하익의 코 앞까지 걸어갔다.

"솔직히 말해보시지. 처음부터 믿을 만한 구석 만들어놓고 오디션에 참여했던 거였잖아."

"믿을 만한 구석이라뇨?"

"너무 모르쇠로 일관하는 거 아니야? 자꾸 이런 식으로 나오면 내 쪽에서도 재미없어져. 뻔히 답이 나온 마당에 난 아무것도 몰라요, 백치 모드로 나오면 조용히 말로 풀 생각이었던 이쪽에서도 화나지 않겠어?"

"오유정 씨."

"차원진!"

두 눈에 힘 단단히 주고 제법 세게 나오는 송하익을 우스운 듯 내려다보며 유정이 차갑고 느린 음성으로 툭 오늘 이 사태의 원흉, 최대 화두를 털어냈다. 원진의 이름을 듣는 순간 송하익의 눈이 크게 떠지고 동자가 마구 흔들리며 반응했다. 완벽하다. 송하익의 뒤를 봐주고 있는 사람이 차원진이라는 자신의 직감이 제대로 맞아떨어졌다. 유정은 질끈 입술을 깨물었다.

"차원진이잖아. 이 배역을 네게 안겨준 사람. 아니야?"

"어디서 무슨 말을 듣고 여기까지 오셨는지는 모르겠지만……."

"모르겠지만 뭐? 다 거짓이고 소문일 뿐이라는 거야? 웃기지 마. 진 감독님께 내가 직접 들었어. 네가 차원진 등에 업고 내 배역 빼앗았다고, 방금 전에 감독님께서 내게 직접 말했다고. 넌 아직도 네가 잘난 줄 알지? 아직도 인기스타 송하랑이라고 생각하지? 여전히 방송국에서 허리 굽혀 어서 옵쇼, 하는 대세에 톱스타라고 생각하지?"

"이봐요, 오유정 씨."

"착각하지 마. 넌 실력도 쥐뿔도 없는 쩌리 삼류 배우일 뿐이야. 오디션 따위로 배역을 받을 만큼 연기가 훌륭하지도, 이미지가 좋지도, 미래가 밝지도 않아. 비주얼? 그래, 뭐. 얼굴은 아직 한물갔다 할 정도는 아니지. 나이가 있으니 당분간은 좀 더 버틸 만할 거야. 하지만 그것마저도 장점이라 하기엔 무리가 있지 않나. 배우에게 비주얼 정도야 기본 중의 기본이니 장점이랄 수도 없지 않아? 파릇파릇한 신인 여배우들 중에서도 너 정도의 비주얼쯤은 흔해. 핀라이트가 아니면 반짝거리지도 못하는 주제에 배우를 하시겠다고 설쳐 대는 꼬락서니 하고는."

한껏 깔보아주었다. 두 주먹 불끈 쥐고 어금니 꽉 깨문 채 사력을 다해 버티고 있는 송하익을 깔아뭉개고 또 뭉개주었다. 그래야 직성이 풀릴 것 같으니까. 다 된 밥에 코 빠뜨려도 유분수지. 제까짓 게 뭔데 끼어들어서 남의 계획을 초전박살 만들어버린 것인지. 생각하면 할수록 분하고 열통 터져, 할 수만 있다면 복도까지 다 들리게 '송하익은 몸이나 파는 삼류 배우'라 고래고래 광고해 주고 싶을 지경이었다.

"넌 예쁘기만 한, 인형 같은 배우야. 영혼이 없지."

검지를 꺼내 들고 유정은 하익의 이마 한가운데를 쑥 밀었다. 유정의 말대로 인형처럼 작고 동글동글 귀여운 하익의 머리가 훅 뒤로 빠졌다 제자리로 돌아왔다. 갑작스런 그녀의 행동에 놀란 듯 하익이 훅 두 눈을 치떴다. 제법 독기가 오른 그 눈빛에 유정이 피식 웃었다.

그래. 네가 그렇게 노려보면 어쩔 건데? 어쩔 건데?!

"그것도 순진한 척 여린 척, 온갖 궁상 다 떨어서 남의 배역이나 갈취하는 인형."

쿡 한 번 더 밀어주었다. 메이크업이 끝난 송하익의 동그란 이마에 유정의 손자국이 동그랗게 남았다. 부글부글 끓는 얼굴을 하고서도 송하익은 용케 폭발하지 않고 잘 참고 있었다. 그 모습을 보고 있자니 유정의 배알은 더욱더 뒤틀리는 것 같았다.

이렇게 착한 척하다가 남의 뒤통수 때리며 여우 짓 하는 거겠지. 나쁜 년.

"아닌 척하지 마. 세상에서 가장 고결하고 가장 아름다운 존재인 양, 두 얼굴의 가면 쓰고 앞뒤 다른 행동하지 말라고, 이 계집애야. 난 다 알고 있어. 내 눈엔 다 보여. 네가 무슨 짓을 해서 감독님을 홀리고 차원진까지 사로잡았는지 네 얼굴만 봐도 다 안다고. 이 여우 같은 계집애."

리드미컬하게 떨어지는 억하심정 가득한 독설에 맞춰 유정의 손가락도 점점 더 강한 힘으로 점점 더 빨리 하익의 이마를 찍어 내리고 있었다. 한 번, 두 번, 세 번……

"꺼져. 당장 내 앞에서 꺼지라고. 감독님한테 가서 못하겠다고 빌어. 이 배역은 애초 네가 맡을 수준의 배역이 아니었다고, 네 능력으론 절대로 소화할 수 없는 배역이라고, 이실직고해. 차원진한 테도 오유정이 맡아야 한다고 똑똑히 전하고. 모든 걸 원상 복구 시키란 말이야. 너도 네 자리로 돌아가고, 나도 내 배역 다시 맡고. 그래야 하지 않겠니? 양심이란 게 있다면 말이야."

이마를 밀어대는 유정의 손길에도 두 눈 부릅뜬 채 죽어라 허공을 째려보고 있던 하익이 행동에 나선 것은 바로 그때였다. 원상 복구라는 단어를 듣는 순간 참고 있던 화가 욱, 하고 솟구쳐 저도 모르게 휙 팔을 휘둘러 유정의 팔뚝을 힘차게 거머쥐었다.

"원상 복구라고요? 방금 원상 복구라고 했습니까?"

이마를 손가락으로 밀어대던 유정을 한 손으로 저지한 하익이 음산하리만치 차갑게 그녀를 노려보며 물었다. 유정은 하익의 손에서 손목을 빼기 위해 힘을 줬다. 한 번, 두 번. 하지만 하익의 손은 꼼짝도 하지 않았다. 그녀는 유정이 팔을 잡아 빼기 우해 신경질을 부리는 사이, 자리에서 얌전히 일어나 그 손목을 더 세차게 휘어잡고 절대로 놔줄 생각 없다는 듯이 그녀를 노려보았다.

"뭐, 뭐 하는 거야? 이 손 못 놔?"

"오유정 씨가 원상 복구라는 뜻을 잘 모르는 것 같아서요."

"내가 뭘 몰라? 모르긴 뭘 몰라? 이거 놔. 못 놔?"

"원상 복구란 말입니다. 원래 있던 상태나 상황으로 고대로 돌이킨다는 뜻입니다, 오유정 씨. 이 배역을 맨 처음 따낸 사람은 나죠. 알게 모르게 압력 넣어 그 배역을 갈취한 사람은 오유정, 당신이고요. 난 부당하게 빼앗긴 내 배역을 다시 도로 가져온 것입니다. 원상 복구란 바로 그런 거죠. 다시 처음으로 되돌리는 것."

"애초에 넌 이 배역의 주인이 될 자격이 없었어. 운 좋게 외모발로 합격이 되긴 했지만 애초 넌 빽을 두고 시작했으니까. 여차하면 차원진을 이용할 속셈이었으니까!"

"지금 나더러 차원진 이용해 배역 빼돌렸다고 비난하는 겁니까? 당신이 내게 그런 비난하실 자격이 있다고 생각하세요?"

"뭐야?"

"당신이야말로 차원진 이용하시지 않았나요? 내 배역 정해지자마자 자신이 차원진 애인이다 파다하게 헛소문 퍼트려 놓고 감독님 찾아가셨잖아요. 내 배역 내놓으라고, 은근히 압박하지 않았어요?"

"무, 무슨 소리를 하는 거야? 내가 언제?"

오유정이 말을 더듬는다. 두 눈 시퍼렇게 뜨고, 무슨 말도 안 되는 소리냐는 듯이 버럭거리며. 유행하는 핫핑크빛 립스틱이 곱게 칠해진 입술이 파르르 떨리고 있었다. 그 모습을 가만히 내려다보며 하익은 차갑게 입술을 비틀었다.

사람을 뭐로 보고. 이렇게 요란하게 협박하듯 몰아치면 멍청하게 아무 말 못할 줄 알았나? 질질 짜며 비련의 여주인공처럼 당하고만 있을 줄 알았어?

이거 왜 이러십니까. 저도 산전수전 공중전까지 겪은 12년 차 연예인입니다. 고등학교 때 데뷔해 이 거칠고 더러운 바닥에서 요정 소리 들어가며 인생 최고의 시기를 무려 5~6년이나 보낸 베테랑급 연예인이라고요. 말도 안 되는 거짓 스캔들에 매장되었다시피 해 바닥까지 떨어져 진창을 구른 후에도 기적적으로 버티고 다시 일어난, 멘탈 갑, 악바리 송하익 모르십니까? 저 보이는 것만큼 그렇게 만만한 상대 아닙니다.

"실력도 필모그래피도, 직뿔도 없는 나 같은 애를 이기기 위해 겨우 그딴 노림수를 쓰시다니. 연기 선배로서 부끄럽지도 않으세요?"

"뭐라고? 야! 이게 어디서 감히!"

"내가 배역을 받을 자격 없다고요? 운 좋게 외모발로 합격했다고요? 내가 오디션 보는 현장에, 그 자리에 계셨습니까? 내가 연기하는 모습 보셨어요? 내가 배역을 받을 자격이 있는지 없는지, 어떻게 오유정 씨가 판단할 수 있다는 거죠?"

"네까짓 게 준비해 봤자지. 얼굴 하나로 국민요정 소리 들으며 잘나가다 스캔들 하나 터져 망하니까, 할 게 없어서 연기 시작한 거잖아. 그딴 마인드로 우리 판에 들어왔으면 곱게 주제를 알고 바닥에서 기어야지. 어디 감히 중요한 배역 맡아보겠다며 여기저기 들쑤시고 다녀, 다니긴!"

"감히 그딴 마인드로 연기 시작한 나지만 너보단 나아."

"뭐, 뭐라고? 너?"

"그래, 너. 실력으로 이길 생각 안 하고 어떻게든 꼼수 부려서 배역 따낼 궁리만 하는 너. 남의 이름 빌어서 사람들한테 협박하고 조종하려 하고 그 힘에 눌리는 사람은 무조건 무시하는 너. 너 같은 사람보단 내가 더 낫다고."

"이게 진짜 돌았나? 너 내가 누군지 알고 내 앞에서 그딴 소리 지껄여? 남의 이름을 빌어서 협박했다고? 웃기고 있네. 차원진이 누군데? 차원진과 내가 어떤 사이인데? 차원진한테 나! 남 아니야. 난 남의 이름 빌어서 협박하는 게 아니라 내 남자 이름 빌어서 정당하게 요구한 거라고."

"웃기는 사람은 내가 아니라 너 같은데. 차원진 대표께서는 당신 같은 사람, 전혀 모른다고 했거든."

"뭐? 이게 어디서 내 앞에서 거짓말을!"

"거짓말은 네가 지금 내게 하고 있는 거 아닌가?"

"아니야! 아니라고, 이 계집애야!"

오유정이 반대편 손을 이용해 하익의 머리채를 잡아챈 것은 바로 그때였다. 두 시간이나 벌서듯 앉아 공들여 만든 1930~40년대 모던걸 스타일의 완벽 세팅 머리가 한순간에 오유정의 우악스러운 손아귀에 붙잡혀 아드득 뜯겼다. 20분 후면 슛 들어간다 하여 아까부터 얌전히 앉아 대본 외우며 감정 잡고 있던 송하익, 눈 돌아가는 상황. 하익은 두 번도 생각지 않고 거의 반사적으로 두 팔을 뻗어 오유정의 머리끄덩이를 잡았다.

"꺄악!"

생각보다 오유정은 힘이 약했다. 아니, 어쩌면 하익의 기세가 너무 심하게 거셌던 건지도 모르겠다. 몇 달 동안 준비해서 오디션을 보고 합격한 일, 촬영 준비도 모두 마친 상태에서 하차 소식을 듣게 된 일, 울분으로 잠 못 이루다가 차원진한테까지 찾아간 일, 차원진에게 배역을 다시 돌려받기 위해 후원모임까지 참석했던 일. 그 모든 것들이 주마등처럼 머릿속을 스쳐 지나가 그녀를 울분에 휩싸이게 만들었다.

"꺄악! 꺄악! 꺄악! 아아아악!! 이 미친 게! 그만두지 못해? 야!"

하익은 미친 여자처럼 머리가 산발이 된 상태로 오유정의 머리를 쥐어뜯고 또 뜯었다. 급기야 오유정이 엉엉— 소리를 내며 울자, 문밖에 있던 사람들이 하나둘 안으로 들어와 구경하는 상황이 되었고, 그 상황은 점점 더 커지게 되었다. 재미있는 싸움 구경이다 싶었는지 사람들은 말릴 생각을 하지 않았고, 흥분한 하익은 유정의 머리끄덩이를 손에 쥐고 휙휙 이리저리 휘둘러 댔으며, 머리채를 잡힌 유정은 점점 더 큰소리로 울어대기 시작했다.

귀에 익은 남자의 음성이 들려온 것은 그 와중이었다.

"진정해요, 하익 씨. 이렇게 화낼 만한 가치 없는 사람이에요."

걱정스러운 듯 말하며 남자는 하익의 팔을 붙들고 다급히 유정에게서 떼어냈다. 잠시 꼭지가 돌아 눈에 뵈는 게 없었던 하익은 퍼뜩 정신이 들어 남자를 올려다보았다. 어떻게 이 사람이 여기에?

반쯤 얼이 나간 듯한 하익을 남자는 가만히 내려다보며 부드럽게 한 팔로 감싸 안았다. 그리고는 빙긋 웃으며 이렇게 중얼거렸다.

"또 만나네요. 잘 있었어요?"

제5장. 속고 속이는 세상

"속상해 죽겠어요. 오늘 첫 녹화 날이라 하루 종일 준비하고 연습하고 숏 들어가기만을 기다리고 있었는데, 대체 이게 무슨 날벼락인지. 갑자기 왜 대기실엔 나타나서는. 후!"

냉수 한 컵을 원샷으로 들이켜고 딱, 소리 나게 내려놓으며 송하익은 훅훅, 입김을 불어 이마 위로 흘러내린 머리카락을 신경질적으로 흩트렸다.

방금 전까지 상대 여자의 머리끄덩이를 잡고 와일드하게 대기실을 휘젓던 여자 맞나 싶게 하익의 표정은 울상이었다. 오유정과의 일로 녹화가 미뤄진 게 속상한 거였다. 드라마 촬영 준비를 위해 투입되는 스태프 인원만 수십 명에 달하는데다, 그들 모두 오늘의 촬영을 위해 새벽부터 일찍 일어나 준비해 왔다는 걸 감안하면 하익이 여러 사람 헛고생시킨 것만은 사실이었다. 꼭 잘해내고 싶었던 역할이었고, 그만큼 이 배역을 위해 죽을힘을 다해 노력해 왔던 하익에겐 속상할 수밖에 없는 일이기도 했다. 그녀의 눈망울에서 촉촉한 기운이 감도는 걸 가만히 지켜보며 강우현은 부드러운 특유의 음성으로 위르하듯 말을 건넸다.

"너무 크게 걱정 말아요. 진 감독님께는 제가 따로 잘 말씀드렸으니까."

"진 감독님과 잘 아시는 사이세요?"

"진 감독님께서 제 직속 선배세요. 제가 그분 밑에서 일을 배웠거든요. 그분 출세작인 '화원의 그늘' AD부터 시작했어요. 아무것도 모르는 절 정말 무섭도록 제대로 가르쳐 주셨죠. 배울 점도 많은데다 인간적으로도 좋은 분이라서 제가 지금까지도 형님으로 모시고 있습니다."

"아아."

"진 감독님께는 오해 없게 잘 설명해 드렸고, 주위에 있던 사람들한테도 입조심하라 단단히 일러두었으니 별다른 일은 없을 거예요. 오유정 씨가 문제라면 문젠데 그것도 뭐 걱정할 펼온 없다고 생각해요. 오유정 씨도 자신이 남의 드라마 촬영장에 들어와서 해당 배우한테 싸움을 걸었다는 사실을 외부에 알리고 싶진 않을 거예요. 그래 봤자 자기에게 득 될 거 하나 없다는 거, 누구보다 오유정 씨 자신이 더 잘 알 겁니다."

"대체 그분은 어디서 무슨 소릴 듣고 와서 그런 건지 정말 모르겠어요. 저더러 배역을 내놓으라니, 그게 원래 자기 배역이었다니, 이게 말이 돼요? 오디션은 제가 봤잖아요. 하긴 그쪽에선 그 오디션 자체에 문제가 있다고 주장하더군요. 제가 실력도 없으면서 오디션에 붙었고, 그랬으니 오디션은 없었던 걸로 해야 한다고, 철석같이 믿는 거 같았어요. 속상해요. 누군가가 절 그런 식으로 오해하고 있다는 게."

오유정의 이름이 우현의 입에서 흘러나오자마자 잠시 평온을 되찾았던 하익의 얼굴은 한껏 찡그려진다. 우현은 양손으로 감싸고 있는 컵을 빙글빙글, 천천히 돌리며 빙긋 입언저리 한쪽을 꺾었다. 컵 속의 투명한 얼음물이 그의 손놀림에 따라 찰랑찰랑 힘없이 흔들리고 있었다.

"제가 들은 바에 의하면, 오유정 씨도 나름대론 사정이 있었던 것 같아요."

"사정이요?"

하익이 두 눈을 동그랗게 뜨고 우현을 바라보았다.

"저도 여기저기서 들은 얘기인데요. 오유정 씨와 MD미디어의 차원진 대표는 정말로 예전에 연인 사이였다고 하더라고요."

"정말로 사귀었던 사이라고요?"

"언제인지는 정확히 모르겠지만 오유정 씨 데뷔 전이라니까 꽤 오래전이겠죠, 아마. 차원진 씨는 당시 별 볼일 없이 가난한 사람이었다는데. 그런 그를 믿고 좋아했다면 오유정 씨도 꽤 순수했던 것 같아요. 그러다가 차원진이 먼 친척으로부터 어마어마한 재산을 상속받게 되는데 문제는 그때부터 생긴 거죠. 수완도 좋고 머리도 좋고, 운도 따랐던 차원진이 사업으로 떼돈을 벌기 시작하니까 연인이었던 오유정이 제 성에 차지 않더라는 겁니다. 널리고 널린 게 여잔데 오유정이 눈에 들어올 리가 없었던 거죠. 결국 오유정은 차원진에게 버림받았다고 해요."

"차원진이 오유정을 버렸다고요? 사랑하던 사이였는데 돈을 벌고 나니까 마음이 바뀌어서? 말도 안 돼……."

혼잣말처럼 소리 죽여 중얼거리며 하익은 동그란 눈을 이리저리 분주히 굴리고 있었다. 이 얘길 믿어야 할지, 믿지 말아야 할지 몹시도 혼란스러운 모습이었다. 그럴 수밖에 없었다. 그녀는 차원진이 재수 없고 밥맛없는 냉혈한인 건 맞지만, 돈 때문에 사랑을 저버릴 만큼 비열한 인간이라곤 생각지 않았다.

"사랑보단 돈이었던 거죠. 그 사람 때문에 상처받은 게 많아서 오유정이 저렇게 나오는 거라고 보면 될 거예요. 여기저기 자기가 차원진 애인이라 말하고 다니는 것도, 아마 그 때문일 겁니다."

"차 대표님께서는 오유정을 전혀 모르는 것처럼 말하셨는데요."

"그분 입장에선 그렇게 말할 수밖에 없었겠죠. 아무리 뻔뻔해도, 오유정과 사랑하던 사이였지만 돈 때문에 그녈 버렸다는 과거를 떳떳하게 말할 수는 없을 테니까요."

"그럴 사람 같진 않았는데……."

"차 대표님과 정확히 어떤 사이인지 물어봐도 될까요?"

하익이 어두워진 얼굴로 희미하게 말끝을 흐리자 강우현은 넌지시 물어왔다. 묻는 우현의 표정은 조심스러움과 걱정스러움이 한가득이었다. 하익에게 실례가 될 수도 있을 거라 생각해서인지 매우 조심스럽게 묻고는 있었지만 그 밑바닥에는 하익에 대한 걱정과 염려가 깔려 있음이 틀림없었다. 하익은 어쩐지 고마운 마음이 들어 빙그레— 편안한 미소를 지었다.

"별 사이 아니에요."

"특별해 보이던데."

"그 파티가 특별한 파티였죠. 근데 거긴 우연히, 어쩔 수 없이 딱 한 번 참석하게 된 거예요. 그 파티에 참석한 다른 분들과는 경우가 전혀 다르죠."

"후원계약을 맺은 사이는 아니라는 얘기군요?"

"전 그런 계약은 안 맺어요. 그건 아마 차 대표님께서도 마찬가지일 겁니다. 배우들이나 제작진들과 엮이는 걸 굉장히 싫어하는 거 같았어요, 그 사람. 나중에 들어보니 이쪽 바닥에선 소문이 자자하더군요. 그런 쪽으로 꽤 깐깐하다고."

"네, 저도 익히 들어 잘 알아요. 하지만 평판이나 소문은 언제든, 누구에 의해서든 조작될 수 있거든요. 그래서 전 그딴 소문 잘 안 믿습니다. 제가 직접 겪고 느껴본 것만 믿죠. 차 대표님은 제가 겪어본 바에 의하면, 그런 일 충분히 하실 수 있을 만큼 냉정하고 몰인정한 사람이었어요."

"사업에 있어서만큼은 냉정한 사람 같긴 해요. 봐주는 거 없이 원칙대로인 사람이니까요. 사소한 것도 계약서까지 써가면서 일일이 체크해 두려고 하는 완벽주의자 성향이더라고요. 인간적으로 좀, 아니, 아주 많이, 상대하기 까다로운 사람이죠. 그 왜 있잖아요. 사람 빈틈 노리고 들어와서 꼼짝 못하게 하고선 제 마음대로 이용해 먹는."

"사업에서 그런 사람이 사생활이라고 별수 있겠어요?"

"하긴 사생활에서도 딱히 인간적으로 보였던 건 아니네요. 누군가로부터 간섭받는 걸 굉장히, 아주 굉장히 싫어하는 타입인 거 같았거든요. 심지어 어머니한테까지 간섭받지 않으려고 속임수를 쓰더라고요. 어머니의 간섭은 보통은 애정으로 받아들이는 게 맞을 텐데. 그 사람은 어머니를 통제하기 위해 거짓말을 하고, 거짓말을 더 완벽하게 하기 위해 사람까지 고용하더란 말이죠. 제가 거기에 딱……!"

열심히 생각 없이 중얼거리던 하익이 순간, 하던 말을 멈추었다. 아무에게도 알리면 안 되는 얘길 제 입으로 나불거리고 있다는 걸 이제야 겨우 깨달은 것이었다. 하익은 완벽하게 굳어버린 얼굴로 휙, 테이블 건너편에 앉아 있는 강우현의 표정을 확인했다. 그는 미간을 희미하게 좁힌 채로 하익을 가만히 지켜보고 있었다. 아직 이상한 점을 눈치채지 못한 걸까? 아니면 이미 눈치채고 다음 말을 기다리는 걸까?

하익은 냉큼 얼굴 가득 호사한 웃음을 띠우고 파딱파딱 손부채를 하였다.

"아무튼 제 말의 요지는 그 사람의 여자관계까진 저도 잘 모르겠다, 뭐 그거라고 할 수 있겠네요. 워낙 일에 있어서는 얄짤없다고 알려져 있으니 그건 그렇다 쳐도 사적으로는, 특히 여자들한테는 어떤 사람인지 알 길이 없잖아요. 그런 쪽으론 소문 하나 안 나니깐. 오히려 여자에 관한 뒷소문 하나 없이 사생활이 깨끗한 걸 보면 오유정과의 일은 과장되었거나 한쪽으로 치우친 게 아닐까, 생각하게 되네요."

"사생활이 깨끗한 건 이미지 관리가 잘된 거 아닐까요? 언론사와의 유착 등으로 비밀유지를 철저하게 하는 거죠."

"그럴 수도 있겠죠. 또 그랬을 거고요. MD미디어의 대표쯤 되면 스스로 관리를 해야 하는 위치이니까요. 근데 그것을 염두에 두고서도 솔직히 좀 이해가 안 되거든요. 사랑하는 사람이었다면서요. 사랑하는데 왜 버려요? 가난했을 때부터 사랑했었다면, 부자가 되었을 땐 더 많이 사랑할 수 있지 않아요? 더 행복해질 수도 있는데 왜 여자를 버리겠어요? 앞뒤가 너무 안 맞아요. 그래서 안 믿어지고요."

"정말 차원진과 아무 사이도 아닌 거 맞아요?"

두 눈 땡그랗게 뜨고 진짜 궁금하다는 듯 질문을 던지는 하익에게 우현이 가만히 되물었다. 갑작스럽게 날아온 질문 때문에 하익은 또다시 당황했다.

"내가 보기엔 가까워도 보통 가까워 보이는 게 아닌데. 후원파티에 함께 참석한 것도 그렇고, 차원진의 애인이라고 소문나 있는 오유정 씨의 행패도 그렇고, 지금 하익 씨 반응도 그렇고."

"제가 무슨 반응을 보였다고?"

"감싸고 있잖아요, 차원진을."

"제가요? 제가 차원진이를 감쌌다고요? 아니에요, 피디님! 전혀 아니에요. 그럴 마음 정말로 없어요!"

"펄쩍 뛰는 게 더 수상하네요."

"피디님! 정말 아니라니까요! 진짜 그 사람과는 아무 사이도 아, 아니……!"

아니라고 강력하게 부인하는 송하익의 얼굴은 이미 죽을상. 저 표정은 분명 둘 사이에 뭔가가 있다는 뜻이었다. 역시, 그런 것이었나? 스폰서 계약을 맺은 정략적 파트너들이 즐비하게 늘어서 있던 그 파티에서 자신이 꿰뚫어 보았던 것이 역시 맞았던 건가? 우현은 피식, 자조적인 미소를 흘리며 차가운 컵을 감싸고 있던 손을 떼 천천히 하익에게로 뻗었다.

"걱정 말아요. 비밀로 할 테니까."

"피디님!"

억울한 얼굴로 하익이 소리쳤다. 우현의 얼음장처럼 차가운 손바닥이 하익의 부드럽고 따스한 손등 위를 덮었다. 냉기가 손등을 급습하자 놀란 듯 하익이 깜짝 놀랐다. 퍼드득, 긴 인조 속눈썹이 아름답고 깜찍하게 나풀거렸지만 손을 빼진 않았다. 그러나 당장이라도 그 손을 빼고 싶어한다는 것을 우현은 잘 알고 있었다. 그는 조금 더 부드럽고 다정하게 웃으며 이렇게 말하였다.

"피디님이 아니라 우현 씨. 우현 씨라고 불러요."

"자료를 만들 정도까지는 알아내지 못했습니다, 대표님. 시일이 너무 촉박했던 터라. 특히 스캔들과 관련해서는 좀 더 자세히 파고들어 가 조사를 해봐야 할 것 같습니다. 대표님이 알고 싶어하시는 사건의 내막과 결과처리에 대해서는 언론에서 자세히, 혹은 크게 다뤄진 적이 없었기 때문에 경찰이나 관련사건 당사자의 진술이 확보되어야 하거든요. 하지만 송하익 씨 집안 사정에 대해서는 대략 조사가 마무리되어 가고 있는 중입니다. 송하익 씨와 채무 관계에 있는 몇몇 분들을 만났더니 자세한 상황을 알려주더군요."

"채무 관계?"

와이셔츠에 넥타이만 걸친 채 투자관련 서류를 한 장, 한 장 넘겨가며 눈으로 훑던 원진의 눈매가 가늘어졌다. 미간에 즉각 희미하게 주름이 잡히는 것으로 보아 그가 기대했던 얘기는 절대로 아닌 모양이었다. 그는 천천히 고개를 들어 비서인 성강호를 정면으로 바라보더니 평소와 다름없는 차갑고 무뚝뚝한 말투로 질문을 던졌다.

"송하익에게 빚이 있다는 건가?"

"예, 지인과 금융기관에 총 5억 원가량의 채무가 있는 걸로 압니다."

"5년 전까지 톱스타 아니었나? 무려 7년을 최고의 자리에 앉아 CF퀸으로 군림하던 연예인이 고작 5년 쉬었다고 빚쟁이들에게 시달리는 신세가 되었단 말이야?"

"정확히 말하자면 송하익 씨가 아닌 부친인 송욱현 씨의 빚이라고 해야겠죠. 송욱현 씨가 지난 7년간 딸이 벌어놓은 돈을 몽땅 날리고 빚까지 지는 바람에 송하익 씨가 그 빚을 대신 갚고 있다 합니다."

"아버지의 빚이라고?"

"상속을 포기하면 그 많은 돈을 갚을 필요가 없어지지만, 현재로선 송하익 씨는 그럴 의사가 없어 보입니다. 채권자들이 송욱현 내외와 평소 각별했던 지인들인데다가, 송욱현이 송하익의 이름을 걸고 쇼핑몰과 패션사업에 투자를 하면서 지인들의 돈까지 물고 들어갔던 케이스라서요. 자기만 믿고 투자했던 부모님 지인들이 사기를 당해 재산을 날렸으니, 차마 모른 체할 수 없었던 거겠죠."

"사기를 당했다?"

"꽤 크게 당한 것 같았습니다. 송하익 씨가 그간 모은 재산, 가지고 있던 집, 건물이 모두 날아가고도 빚이 5억이니까요. 그 빚을 갚기 위해 송하익 씨가 다시 연예계 활동을 시작한 것으로 보입니다. 아버지가 사기를 당하기 전까진 스캔들의 여파로 인해 기존 기획사에서 퇴출되고 활동을 모두 접은 것으로 되어 있었거든요."

"스캔들로 연예인 인생이 끝났던 송하익이 돈 때문에 다시 활동하기 시작했다는 거로군. 그런데 그 돈은 아버지의 빚을 갚기 위함이었고?"

한 손으로 턱을 괜 채 원진이 생각에 잠긴 듯 멍하게 중얼거렸다. 속눈썹이 드리워진 어둡고 그윽한 그의 눈동자가 묘하게 빛을 발하고 있었다. 딱딱하게 굳어 도무지 움직일 기미조차 보이지 않던 가슴이 우지끈, 지진이 일어난 것처럼 또다시 흔들린다. 불길하고도 기분 나쁜 통증. 며칠 전 여자의 다이어리를 혼자 몰래 훔쳐보던 그때와 똑같은 통증이다. 원진은 짜증스럽게 인상을 더 찌푸리고는, 손에 들고 있던 서류를 책상 위에 아무렇게나 휙, 떨어뜨렸다.

"현재 살고 있는 집은 전세인가?"

"월세라고 알고 있습니다. 60평대 아파트이고, 월 300만 원가량의 세를 내며 부모님과 셋이서 생활하고 있습니다. 남동생인 송하얀 군은 혼자 떨어져 생활하며 현재 3년째 고시공부를 하고 있다는데 주변상황으로 보아, 아무래도 동생의 학비 역시 송하익 씨가 책임지고 있는 걸로 보입니다."

"재미있군."

"소녀 가장과 거의 동급이라고 보시면 될 것 같습니다. 아직 부모님께서 젊다면 젊은 연세이신데도 불구하고 딱히 하는 일이 없다고 하네요. 형편이 좋지 않은데도 넓은 집을 고수하는 것도 체면치레를 중요하게 생각하는 부모님 때문이라고 하고요."

"하루가 멀다 하고 행사를 뛰러 돌아다니는 게 그 때문이군, 그러니까."

"그렇죠. 아마 모르긴 몰라도, 대표님께 받은 돈은 모두 빚 갚는
데에 썼을 겁니다. 참 얼굴도 천사처럼 생기셔 가지고 어쩌면 그
렇게 착하신지. 저였다면 정말 그 많은 빚, 상속 포기하고 나 몰라
라 했을 겁니다. 대부분 그러지 않았겠습니까? 18살 때 데뷔해서
7년간, 꽃다운 청춘, 한창 좋을 나이에 연습실, 공연장, 방송국,
행사장, 돌아다니며 뼈 빠지게 벌어 모아놓은 돈인데. 그 피 같은
돈을 홀라당 다 말아먹었으니 아무리 부모님이라 해도 못 보죠.
얼굴 맞대고 같이 못 살죠. 인연 끊고 싶죠."

"……."

"그런데도 그 착한 하랑 님은 그런 부모라도 부모라고 지극정
성으로 뫼시며 봉양을 하고 있으니. 크— 진짜 천사가 따로 없으
시지. 완전 착하셔."

"오디션 일정은 잡혔나?"

시커멓고 우락부락한 얼굴을 살포시 붉히며 하익 찬양에 열을
올리는 강호의 말을 뚝 자르며 원진이 물었다.

"아, 네. 다음 달에 들어가는 작품이 있어서 제작진에 얘기를 넣
어뒀습니다. 다행히 아직 배우가 확정되지 않은 배역 중 적당한
것이 있어, 흔쾌히 저희 쪽 제안을 받아들여 주었습니다. 상당히
비중이 있는 역할이라고 합니다. 서브 남주와 최종적으로 이어지
는 여자 조연쯤 된다고 보시면 될 것 같습니다. 굉장히 신선하고
산뜻한 이미지에, 화려하지만 신비로운 외모를 가진 우리 하랑 님
이 딱 적격이라는 얘길 캐스팅 담당자와 나눴었……."

"무슨 역할인지는 궁금하지 않아. 설명하지 않아도 돼."

"아. 예, 대표님."

그녀를 돕는 게 세상에서 가장 행복한 일이라는 듯 헤벌쭉 입을 벌리며 얘길 하던 성강호, 원진이 싸늘하게 날려오는 말 한마디에 정신을 번쩍 차렸다. 그는 단번에 헬렐레, 실실거리던 표정을 수습하고 자세를 바르게 하여 평소대로 딱딱하게 예를 갖춰 섰다. 원진은 차갑게 그를 외면하고는, 아무런 감정도 섞이지 않은 듯 무뚝뚝하고 감동 없는 음성으로 기계처럼 읊조렸다.

"전에 알아보라던 일은 어떻게 됐지? 알아봤나?"

"오유정 씨 일을 말씀하시는 거라면, 네. 알아봤습니다. 송하익 씨의 말대로 실제 그런 소문이 돌고 있었습니다. 그리고 소문의 출처까진 정확히 알아내진 못하였으나 오유정이 직접 자기 입으로 그 소문을 언급하고 다니는 정황은 포착할 수 있었습니다. 아무래도 그 소문은 오유정이 작정하고 퍼트린 것 같습니다."

"예상했던 일이로군."

강호의 말이 끝나자마자 킥, 차가운 비웃음이 원진의 입가에 떠올랐다. 또 시작이다. 아무리 시끄럽게 굴어도 돌아봐 주지 않는 오유정의 그를 향한 도발. 날 봐달라고, 제발 한 번만 돌아봐 달라고, 날 좀 봐달라고, 미친 듯이 시끄럽고 귀찮게 구는 짓.

몇 년간 그녀는 꾸준하그 치밀하면서도 지치지 않는 열정으로 부딪쳐 오고 있었다. 어떤 식으로 건드려도 꿈쩍하지 않는 원진의 시선을 사로잡기 위해 아주 필사적이다. 오죽 다급했으면 술에 취해 집까지 찾아와 그의 비싼 자동차까지 박살 냈을까. 경찰서에서라도 좋으니 얼굴 한번 보자며 고래고래 소리 지르는 유정을, 그는 빌라 안에 서서 가만히 내려다보았다. 철저하게 비굴해지고 망가진 상태의 오유정을 나름 즐거이 느긋하게 감상하면서.

그 일은 강호에 의해 조용히 처리되었다. 한 번만 더 근처에 얼씬거리다간 '남자를 스토킹하다 붙잡힌 최초의 여자 연예인'이란 타이틀의 기사가 4대 일간지를 통해 게재될 것이라는 엄중한 경고가 있었다.

"어떻게 처리할까요, 대표님?"

일련의 사건들을 모두 일선에서 직접 처리해 왔던 강호는 몹시도 걱정스러운 눈으로 자신의 상사를 지켜보며 여쭈었다.

도대체 오유정은 무슨 낯짝으로 이러는 것인지. 잔인하게 내쳐버릴 땐 언제고, 이제 와서 다시 나타나 잘해보자는 게 어디 말이나 되는 소린가? 대표님이 누구 때문에 몇 년간 힘들어하고 아파했는데? 오유정, 그 여자는 악마다. 원진의 척수에 들러붙어 행복의 골수까지 파먹어 버리려는 악마.

"그냥 둬. 이미 인생 최고의 쓴맛을 맛보고 있을 테니."

오유정을 향해 강호가 악심을 담은 저주의 말을 퍼붓고 있는데, 원진이 고소를 머금은 채 중얼거린다. 그리고는 잠시 내려놓았던 서류를 집어 들었다. 알 수 없는 소리에 고개를 갸웃거리며 강호는·반문했다.

"인생의 쓴맛이라뇨?"

"내 옆에 다른 여자가 있잖아. 송하익. 오유정은 지금 자신이 원하는, 정말 간절하게 원하는 그 자리를 송하익이 차지했다고 생각하고 있을 거야. 오유정에겐 가장 괴롭고 두려운 순간이 온 거지. 그 여자가 고통을 겪고 있으니 내 쪽에선 즐겨줘야겠지?"

"그럼 오유정이 송하익 씨를 오해하도록 그냥 두자는 말씀이신 겁니까?"

"송하익의 보수를 좀 더 올려줘야겠어."

서류를 뒤적거리던 손길을 잠시 멈추고 원진이 다시 강호를 올려다보았다. 그리곤 그 어느 때보다도 더 반짝, 두 눈을 빛내며 씩 비밀스럽고 섹시한, 차원진 특유의 미소를 지어 올렸다.

"그럴 만한 가치가 있는 여자니까."

그때다. 그의 핸드폰이 울리기 시작했다. 원진은 책상 위에 올려져 있던 휴대폰을 빠르게 들어 발신자를 확인했다. 어머니였다.

하익이 차원진의 본가로 불려온 것은 그날 밤이었다.

본가에 집안 어른이 올라오신다며 당장 들어와 음식 준비를 거들라는 어머니의 명이 떨어졌다. 명을 받은 원진이 낮부터 전화를 걸어 이 사실을 알리려 했는데, 불행히도 하익은 그 시각 휴대폰까지 꺼놓고 연기 혼을 불태우고 있었다. 누구 때문에 지연되었던 촬영이 다시 재개되었던 거다. 예정된 시간보다 훨씬 늦게 시작되었으니 늦게 끝난 것은 지당한 일. 덕분에 하익은 밤 10시 촬영이 종료된 후에야 원진으로부터 부재중 전화가 걸려왔었다는 사실을 알 수 있었다.

늦게 소식을 전해 들은 하익이 부랴부랴 서둘러 겨우 도착한 시각은 밤 12시. 너무 급하게 오느라 분장도 다 못 지우고 대충 옷만 갈아입은 채였다.

담이 높고 외관이 화려한 이층집 대문을 통과하면서 하익은 숨을 고르고 또 고르며 마음의 준비를 단단히 했다. 차원진의 모친이라면 모르긴 몰라도 엄청 까다롭고 무서운 분이실 터. 대한민국에서 둘째가라면 서러울 정도로 완벽에 가까운 대표 일등 신랑감 차원진을 아들로 뒀다면 그 눈은 더없이 높을 것이다.

특히나 아들 결혼시키기 위해 온갖 훌륭한 며느릿감을 다 수소문하여 왔다 하니, 하익에겐 결코 호의적인 태도를 보이지 않을 거였다. 보통 사람들 기준에서 하익이 바람직한 며느릿감이랄 수는 없지 않겠는가. 하자 많다면 많은 며느릿감을 보고 차원진의 모친은 과연 어떤 반응을 보일지 하익은 내심 궁금하고 떨렸다.

"으—"

곰곰이 생각하자니 현기증이 밀려온다. 오유정한테 잡혔던 머리채가 욱신욱신 아파오는 것 같은 착각까지. 하지만 여기까지 온 이상 돌이킬 수는 없었다. 괜한 짓 해서 이게 무슨 꼴인가 한탄스럽긴 하지만 다른 도리 있나? 차원진한테 돈이며 뭐며 받을 거 다 받아먹었는데, 돈만 받고 먹튀할 순 없었다. 받은 만큼 일은 해줘야지. 이런 일, 아예 생각조차 안 해보고 결정한 것도 아니니.

피할 수 없으면 즐기는 거다. 어차피 연기라고 생각하며 시작한 일. 구박하면 구박받고, 욕하면 욕먹고, 잔소리하면 잔소리 들어야지. 연기라고 생각하며 꾹 참아보자. 까짓것, 막장드라마 한 편 찍는다 생각하지 뭐. 그래 봤자 진짜 내 시어머니도 아니잖아. 서러울 것 있나? 연기라고 생각하면 상처받을 일도 없다.

'힘내, 송하익.'

얍! 두 주먹 불끈 쥐고 나름 배포 좋게 하익은 성큼성큼 집 안으로 들어갔다. 하지만⋯⋯.

"일찍도 오셨네."

막 들어서자마자 날아온 차가운 빈정거림의 말에 온몸에 소름이 오소소 돋는 기현상을 겪고 말았다. 가슴 밑으로 팔짱 낀 도도한 자세로 현관 앞에 떡하니 서서, 집 안으로 들어서는 하익을 차갑게 노려보는 여자는 그야말로 포스작렬. 전방 100m 앞에 있는 생물체는 모조리 다 얼려 버릴 수 있을 것 같은 강렬한 레이저빔을 눈에 장착하고 있었다.

영락없는 차원진의 모친이시다. 차갑고 매서워서 상대 주눅 들게 만드는 건 이 집 유전자가 아닐까 싶을 정도다. 그러고 보니 집 안도 참 썰렁하네.

"그래. 그쪽이 내 아들과 같이 살고 있다는 아가씨인가?"

"네, 처음 뵙겠습니다. 송하익이라고 합니다."

일단은 꾸벅 허리를 굽혀 배꼽 인사를 했다. 그리곤 상품 테스트하듯 날카로운 눈매로 그녀의 몸을 이리저리 훑어 내리는 차원진 모친의 시선을 피해 열심히 집 안을 살폈다. 차원진? 차원진 어디 갔어? 차원진도 오겠다고 했는데, 대체 어디로 갔어? 왜 안 나타나?

"낯은 매우 익은데 처음 듣는 이름이네? 예명 쓰나?"

"전에는 예명 쓰다가 지금은 본명으로 활동하고 있습니다."

"그 예명이 뭔지 물어봐도 되겠지?"

"송…… 하랑입니다."

"송하랑? 국민요정 승하랑?"

뜻밖의 소리를 들었다는 듯 날이 선 목소리로 차원진 모친이 반문했다. 하익은 절로 숙여지는 고개를 꺾어 바닥에 코를 박고 질끈 두 눈을 감았다. 한바탕 난리가 나겠구나 생각하니, 잔머리 굴려 이 자리를 교묘히 피하고 없는 차원진이 죽도록 미웠다. 대체 어디 갔어? 자리를 지키고 내 편을 들어줘도 작전이 성공할까 말깐데. 대체 어디서 뭘 하고 있기에 코빼기도 안 비치는 건데?

"생각보단 뭐, 양호하네."

고개 푹 숙이고 죽어라 차원진 흉을 보고 있는데, 그런 하익의 머리맡에 후둑, 그의 모친이 차갑게 떨어뜨린 말이었다. 생각보다 양호…… 라고? 이 무슨 '생각보다 양호한' 반응이란 말인가. 하익은 놀란 눈을 들어 차원진 모친을 바라보았다. 그녀는 여전히 도도하고 차가운 기운을 풀풀 풍긴 채 서서 이 세상에서 가장 심란하고 짜증나는 일을 맞이한 사람처럼 티꺼운 표정으로 하익을 보고 있었다.

"예상했던 것보다는 낫다는 뜻이야. 최악의 상황에 대비해 마음 단단히 먹어뒀던 거라 덜 놀랐을 뿐. 아가씨가 내 마음에 쏙 든 건 아니니까 너무 그렇게 좋아할 필요 없어."

"대표님께서 저에 대해서 아무런 귀띔도 안 해주셨나 봐요, 어머님."

"걔가 워낙 입이 무겁지. 이런저런 얘기 미주알고주알 하는 스타일 아니잖아."

"그렇긴 하죠."

"그래도 그렇지. 어떻게 같이 사는 여자에 대해서까지 이 어미한테 아무 소리 안 할 수 있어? 내가 그날 눈치채지 못했다면 어쩔 뻔했는데? 그야말로 난 오늘날까지 아들이 누구랑 무슨 짓을 하는지도 모르는 바보 멍청이 어미로 살았겠네. 그게 말이 된다고 생각해? 그게 있을 수 있는 일이야, 대체? 말 좀 해봐, 아가씨."

"있을 수 없는 일이죠……."

"그래. 동거, 좋다 이거야. 젊은 혈기에 마음에 드는 여자랑 같이 살 수도 있지. 결혼이란 게 평생 배필 맞이하는 건데, 쉽게 결정할 수는 없는 일이지. 살아보고 결정하자, 서로 합의 봤으면 그럴 수도 있지. 나, 그런 거 이해 못해 펄펄 뛸 정도로 앞뒤 꽉 막힌 늙은이 아니야. 충분히 이해해. 한데 비밀이라니. 부모인 나한테까지 감쪽 같이 비밀로 하고 있었다니. 이게 어디 말이나 되는 소리냐고."

"말, 안 되죠."

"어디 얘기 좀 들어보지. 도대체 왜? 무슨 생각으로? 내게 이 중요한 문제를 비밀로 한 건지 아가씨가 한번 얘기 좀 해봐. 설마, 대충 몇 개월 살아보고 아니다 싶으면 바이 바이, 이럴 생각이었어? 두 사람, 그렇게 쉽고 가벼운 마음으로 시작했던 건가?"

"그럴 리가요! 아니에요, 절대로!"

조건반사처럼 아무 생각 없이 고개까지 저으며 부인해 놓고 하익은 당황했다. 쉽고 가벼운 마음으로 시작한 게 아니라니, 아님 뭐라는 거야? 어렵고 복잡한 마음으로 진지하게 시작했다는 거야, 뭐야? 차원진과 간 크게 동거까지 하면서, 고작 그의 동거녀 나부 랭이 주제에, 무슨 할 말이 있어서 절대로 아니라 부인하는 건데? 대답해 놓고도 스스로가 한심스러워 하익은 떫은 감 씹은 표정으로 얼어붙어 버렸다. 그런 그녀를 여전히 아니꼬운 듯이 야려 보며 차원진의 모친은 더욱 꼬인 말투로 질문을 날렸다.

"그럼 왜 아가씬 나한테 말 안 했어? 내가 차원진과 동거하는 여자다, 당신 아들을 깊이 사랑한다. 나한테 이런 말쯤, 찾아와서 했어야 하는 거 아니야? 비밀로 할 게 아니었다면 동거 시작하기 전에, 아니, 그 직후라도 날 찾아와 이실직고했어야 옳지. 안 그래?"

"그, 그건……."

"솔직히 말해봐. 아가씨 부모님, 아가씨가 우리 원진이랑 동거하는 거 알고 계셔?"

"아…… 아니요. 모르십니다."

"그럼 내 짐작이 맞네. 우리 원진이가 연락 못하게 했지? 아무한테도 알리지 말라, 명령한 거 맞지? 양쪽 집안 어른들이 알면 일 복잡해진다, 만류했던 거야. 그렇지?"

"비, 비슷합니다."

어색하기 짝이 없는 웃음을 지으며 하익이 대충 얼버무린다. 쯧쯧, 속으로 혀를 차며 안명자는 미간을 찌푸렸다. 파르르 고운 눈썹 떨고 있는 걸 보니 송하익은 그다지 강단 있는 편은 아닌 모양이었다. 상대가 차원진이면 동네방네 사귄다, 살림 차렸다, 떠들며 자랑하고 싶었을 텐데, 그러지도 못한 걸 보면 원진에게 꽉 잡혀 사는 '고양이 앞의 쥐새끼' 팔자인 게 틀림없었다. 원진이라면 아무리 사랑하는 여자라도 일단 제 것이 되면 어디든 못 빠져나가게, 숨도 제대로 못 쉬게 철저히 관리감독, 독재하며 살고도 남지. 그런 쪽으론 일종의 트라우마까지 가지고 있는 녀석이니 오죽할까.

송하랑이면 한때 국민요정이라 불리며 최고의 자리에서 장기간 군림하던 연예계 최고스타. 지금이야 한물갔다 쳐도 한창 날릴 때로 따지면 AAA급 연예인이다. 이만하면 명자가 예상했던 '최악'은 아니라는 얘기. 물론 과거 지저분하게 엮였던 하익의 스캔들이 신경 쓰이지 않는 것은 아니다. 연예계통신이나 X파일에 대해서 빠삭하게 꿰고 있어, 하익의 스캔들이 알려진 것처럼 그리 대단한 것이 아니란 것도, 그녀가 루머에 휩쓸려 일방적으로 피해를 입었다는 것도 이미 다 알고 있었지만 어쨌든 대한민국이 다 아는 스캔들에 휩싸여 온갖 루머 달고 다니는 하자 있는 연예인이 아닌가. 당연히 신경이 쓰일 수밖에 없었다. 그것도 아주 많이.

하지만 이렇게까지 되었는데 어쩌겠는가. 10년을 여자 없이 지내던 아들이, 결혼도 연애도 마다하며 금욕주의자처럼 10년을 지내온 아들이, 동거를 감행하면서까지 이 여자를 원한다는데 어미로서 더 이상 뭘 더 어찌하겠는가. 반대? 반대하면? 원진이 순순히 포기할 성싶은가? 원하는 것이라면 무조건 가져야 직성이 풀리고, 자신의 것은 무슨 일이 있어도 사수하는 녀석이 그 녀석인데, 그런 녀석이 어미가 반대한다고 사랑하는 여자를 포기할 것 같은가?

노우다.

녀석은 어미의 반대 따윈 콧방귀도 안 뀔 것이다.

원래부터 녀석은 어미의 달을 그다지 잘 듣는 편이 아니었다. 겉으론 남부럽지 않게 효도란 효도는 다 하는 것처럼 보이지만 사실 녀석은 불효자에 가깝다. 어미의 사치와 허영에 하염없이 관대한 대신, 그것을 무기로 늘 어미의 의견을 제 마음대로 좌지우지해 오고 있으니 불효자 중에서도 '영악하고 얄미운 불효자'이다. 필시 어미가 송하익이 마음에 안 든다, 어깃장이라도 놓는다면 녀석은 가장 고통스러운 방법으로 송하익을 받아들이라 종용할 게다. 아마도 용돈이며 생활비를 죄다 끊어버리겠다 협박해 오겠지. 현재 너무도 풍족히 입금되는 생활비와 늘 오버되는 카드비를 계속해서 지원받기 위해서라도 명자는 송하익을 받아들여야만 할 것이다.

명자는 아들을 못 꺾는다. 지금까지도 그랬었고 앞으로도 그럴 것이다. 그나마 녀석이 고른 아이가 아주 꽝은 아니라는 것에 감사해야 할 밖에는, 명자로선 달리 할 수 있는 일이 없었다.

'망할 녀석.'

여자 문제로 끝끝내 속을 썩이는 아들을 향해 속으로 드릉드릉 이를 갈며, 명자는 다시금 송하익을 위아래 훑고 쌀쌀맞게 중얼거렸다.

"우리 원진이 등쌀에 어쩔 수 없이 아무도 모르게 입 다물고 사는 모양인데. 난 아무리 아들 둔 시어머니 입장이라도 그렇게 고분고분하면서 쥐 죽은 듯이 사는 며느리는 별로야. 남자가 하는 짓이 영 아니다 싶으면 고쳐서 데리고 살 생각을 해야지. 사랑하니까 마냥 봐주고 들어주며 살아봐. 나중엔 남는 거 하나 없다. 자식한테까지 개무시만 당하지. 원진이 저거, 어미 말 안 듣는 게 다 제 아비 보고 자라서야. 어쩌면 제 죽은 아비랑 한 치도 다르지 않는지. 똑같아, 아주."

"……."

"독선적이고 오만하고 안하무인에, 까칠하긴 또 얼마나 까칠한지. 대체 아가씬 우리 원진이 어디가 그렇게 마음에 들어서 같이 살겠다고 결심까지 한 거야? 웬만큼 좋아해서는 우리 원진이 까칠함 견뎌내기 힘들 텐데."

"네? 아, 네, 그게……."

갑작스런 공격에 놀라 휘둥그레 두 눈을 크게 뜬 하익은 엄습해오는 긴장감에 꼴까닥, 마른침을 삼켰다. 차원진 모친께서는 하익을 전혀 의심하지 않는 것이 분명하니 일단 안심이긴 했지만, 상황은 점점 더 예상 밖으로 흘러가고 있어 하익이 한시도 긴장을 늦출 수가 없게 만들었다. 차원진 모친이 자신을 탐탁지 않아 마구 구박할 것이라 생각하고 나름대로 마음의 준비까지 해왔는데, 그런 하익에게 날아온 것은 차원진 험담이니 그럴 수밖에.

"그렇게나 좋아? 원진이 그 성깔 다 받아주면서도 불평불만 없이 조용히 살 정도로 그리 좋아? 어디가 그리 좋은 건데?"

재차 묻는 안명자 여사. 막 서재를 나오던 원진은 움직임을 멈추고 우뚝 제자리에 서버렸다. 굳이 두 사람 얘기 엿들을 생각도 없었고 하익의 답이 궁금하지도 않았는데도 원진은 그 자리에서 움직일 수가 없었다. 그는 자신도 모르는 사이 하익의 다음 말에 귀를 기울이고 있었다.

"돈이 많잖아요."

"뭐?"

안명자 여사가 멀뚱하니 되물었다. 영혼 없는 반문이다. 예상을 빗나가도 너무 빗나간 대답이었는지 완전히 얼이 나간 목소리였다. 원진은 씩, 저도 모르게 소리 없이 입술 언저리를 꺾어 올렸다. 이 얼마나 명쾌하고 솔직한 대답인가. 곧바로 자신이 실언을 했음을 눈치챈 듯 하익이 빠르게 부연설명을 둘러 붙였다.

"아, 그러니까 능력이 출중하다는 점이 장점이란 말이죠. 돈이 많다는 건 사업수완이 좋다는 뜻이잖아요. 전 능력 있는 남자가 좋거든요."

"그래?"

"제가 예전부터 자립심 강하고 생활력 강한 남자를 좋아했어요."

"아하? 그러니까 아가씨는 우리 아들이 생활력 강하고 돈을 잘 벌어서 좋아한다는 거네?"

"제 말은, 대표님 매력이 단지 그것뿐이란 게 아니라 돈 버는 능력이 남들보다 월등히 뛰어나다는 뜻…… 이었어요, 어머님. 대표님 매력이야 한도 끝도 없죠. 일단 잘생겼잖아요!"

"우리 아들 외모야 최상급이지. 원빈이 그냥 커피면 우리 아들은 티오피 아니겠니?"

"에이, 그 정도까진……."

"뭐야?"

"아아, 네! 티오피 맞습니다. 저도 연예인이라서 잘생긴 사람들 많이 보지만 연예인 중에서도 대표님만큼 잘생긴 남자는 드물어요. 그건 진짜 거짓말 아니고 사실이에요. 키도 얼마나 크세요? 그 키에 그 얼굴이면 완전 모델 비주얼이죠."

"돈에 뻑 간 게 아니라, 얼굴에 뻑 간 말투네?"

"에?"

"아가씨 말이야. 말로는 돈 때문에 좋아한다면서 그 표정은 뭐야? 사랑에 푹 빠진 얼굴이잖아."

"아…… 돈에도 얼굴에도 다 뻑 갔습니다, 어머님."

연방 히죽거리며 안 여사 비위를 잘도 맞추던 송하익이 이번엔 안 여사를 빵 터트리게 한다. 비록 큰소리 내서 웃지는 않았으나 원진은 알았다. 안 여사가 깔깔거리며 실컷 웃고 싶은 걸 겨우겨우 참아내고 있다는 걸. 꿈틀꿈틀 실룩거리는 입술 근육이 바로 그 증거였다. 그러나 안 여사는 큼큼 목청까지 가다듬어 터지는 웃음을 겨우겨우 참아내고는, 벌 받듯이 집 안으로 들어서지도 못한 채 현관 타일 바닥 위에 서 있는 하익을 향해 안으로 들어오라 손짓하며 최대한 쌀쌀맞게 쏘아붙이듯 말하였다.

"그 녀석이 어려서부터 생긴 거 하나는 출중했지. 날 닮아서 선이 어찌나 곱고 예뻤던지 어릴 땐 여자아이 아니냔 소리도 꽤 들었었어. 커가면서 제 아비 얼굴이 나와 그렇지, 어릴 땐 보는 사람마다 날 닮았다고 했다니까. 내가 아들 하나는 잘 낳아놨지. 사실 원진이 어렸을 때는 내가 얠 아역배우 시킬 생각까지 했었어. 카메라 받는 걸 워낙 싫어해서 도중에 그만뒀지만, 그때 잘 풀렸으면 우리 원진이 지금쯤 무비스타 되어 있었을 거야."

"대표님께서 아역에도 도전했었다고요?"

"내 꿈이 실은 영화배우였거든. 원진이 아버지 만나서 그 꿈 접었지만 한창때는 CF도 찍었었어. 정윤희 뒤에서 웃는 엑스트라 역할이었지."

"어머, 정말요?"

"CF는 너도 꽤 찍었지? 아 참, 너라고 해도 되나? 난 며느리와 친구처럼 편한 사이로 지내고 싶은데."

"그럼요. 저는 좋습니다. 편하게 부르세요."

"너 한창 잘나갈 때 한꺼번에 20개까지 찍었던 적 있지 않니? 네가 찍었던 CF 개수로 기사 났던 걸 본 적 있는데, 거기어 그렇게 적혀 있었어. 동시다발적으로 그렇게 찍으면 대체 돈은 얼마나 벌었다는 거니? 네가 그 당시엔 우리나라에서 최고 몸값이었다며?"

"네, 그랬었죠. 그땐 인기 있던 시절이었으니까요. 지금은 1/10로 줄었습니다."

"지금은 아니라지만 한때나마 최고였던 시절이 있었다는 게 어디니? 원래 스타라는 건 생명이 짧은 법이야. 치고 올라간 만큼 빠르게 내리막길 타는 게 이쪽 바닥이지."

"어머님께서는 연예계에 관심이 많으신가 봐요."

자연스럽게 공통된 주제를 찾은 안 여사가 거실 정중앙, 응접세트가 놓인 자리로 걸어간다. 하익은 안 여사가 이끄는 대로 졸졸 강아지처럼 따라가며 안 여사의 질문에 빠짐없이 대답했다.

　"많지. 내 아들이 몸담고 있는 곳이잖니. 아들 돈 펑펑 쓰는 것 빼곤 하는 일도 없는데, 그쪽에라도 관심 가지고 있다가 재미난 정보 있으면 알려줘야지. 덤으로 괜찮은 며느릿감도 찾아보고."

　"아, 예……."

　"걱정 마라, 얘. 살림까지 차린 널 두고 다른 여자 들이미는 막장 짓은 안 할 거니까. 나 그렇게 이상한 사람은 아니다. 아들이 사랑하는 여자라면 어떤 여자라도 다 받아들일 수 있다는 게 내 지론이야. 그 여자가 비록 한물간 연예인이라 내 성에 안 차도. 근데 그 분장은 뭐니? 지금까지 촬영하다 온 거야?"

　"갑자기 일이 생겨서 촬영이 지연된 바람에……."

　"드라마 들어갔니? 원진이가 어디 꽂아줬나 보구나? 그래, 어떤 드라마 어떤 배역이니? 주인공이지?"

　"주인공 어머니…… 인데요."

　"뭐?"

　명자는 막 소파에 앉던 자세를 거두고 휙, 하익을 돌아보았다. 주인공 어머니라니, 이렇게 예쁘고 팔팔한 아가씨한테 어떻게 그런 배역을 줬단 말인가. 명색이 MD미디어 차원진의 여자한테 누가 그런 작은 배역을 줬다는 건가. 원진이 힘썼다면 절대로 그런 배역은 받지 않았을 것이다. 이 녀석 정말 못돼먹었네? 어떻게 제 여자한테 이렇게 홀대해? 사랑하는 여자라면 원톱 주연까진 못 주더라도 조연 정도는 꽂아줬어야지. 내가 다 미안하잖아.

"뭐 하세요? 안 주무시고."

아들의 무심함에 쯧쯧 혀를 차고 있는데, 서재에서 나오는 원진이 이쪽을 향해 불쑥 한마디 던진다. 그리고는 하익은 본체만체 싸하게 등을 돌리고는 이층 계단을 오르기 시작한다. 두 손을 바지 주머니에 넣은, 참으로 세월 좋은 자세로. 저 자식 저거, 남자 맞아? 사랑하는 여자가 밤늦게 일 마치고 들어왔으면 어화둥둥, 어서 오소, 하며 데리고 들어가지는 못할망정 저 무심하고 쌀쌀한 태도는 뭐야?

"이만 올라가 봐라. 원진이 녀석, 내가 밤늦게 너 붙들고 얘기하는 게 못마땅한가 보다. 못다 한 얘긴 내일 날 밝으면 나누도록 하자. 씻고 쉬어."

"오, 올라가서 쉬라고요?"

"그럼 이 밤중에 혼자 집으로 가려고? 원진이는 여기서 자고 가려는 모양인데."

"자고, 가요?"

"얘기 못 들었나 보구나. 이층에 원진이 방, 아직 그대로 있어. 여기서 일 보고 가끔쓰 자고 가기도 해. 원진이 침대 넓으니까 충분히 둘이 편하게 잘 수 있을 거야. 걱정하지 마. 내 침실은 아래층이니까."

도도하고 시크한 미소를 띤 채 이렇게 말하고 명자는 천천히 다리를 꼬며 허리를 쭉 곧게 세워 기품이 철철 넘치는 자세를 취하였다. 아들 내외 이 정도까지 배려하는 자신이 엄청 대견하고 멋지다 생각하는 게 틀림없었다. 하지만 하익의 눈앞은 이미 캄캄해진 후였다.

침실이라니! 침대라니! 이게 대체 웬 날벼락이냐고! 오늘 일진 진짜 왜 이래?

"송하익."

진짜 날벼락은 바로 그때, 그 순간, 떨어졌다. 저절로 얼굴 찡그리며 어찌해야 할 바 모르고 서 있는 그녀의 뒤통수를 그의 묵직하고 낮으면서도 굵은, 매우 입체적인 음성이 토네이도 급으로 세차게 후려쳤다. 너무 놀라 퍼드득 몸까지 떨며 그는 휙, 고개 돌려 그를 돌아보았다. 차원진은 넥타이 없는 와이셔츠 차림으로 양손을 주머니에 넣은 채 계단 맨 위에 심히 거만한 자세로 서서 그녀를 나른한 눈빛으로 내려다보고 있었다.

철렁. 그녀의 가슴이 내려앉았다.

반쯤 감긴 그의 눈이 다른 사람이 아닌 자신을, 직선의 시선으로 뚫어져라 내려다보고 있다는 사실이 미친 듯이 의식되기 시작했다. 이 세상에 그와 자신, 단둘만 있는 것만 같다. 그의 진하고 묘한 시선을 온전히 다 받고 서 있는 그녀의 몸은 당장이라도 불타 없어질 것만 같다. 심장이 너무 빨리 뛰고, 눈앞은 캄캄하고, 현기증은 일어나 머리가 띵하고, 숨은 가빠와 자신도 모르는 사이 헐떡거리기까지 하고…….

"따라와."

쓰러지기 일보 직전 그가 툭 한마디 내뱉었다. 그리고는 공포의 흑마법스러운 눈빛을 거두는 자비를 베풀었다. 온몸에 기운이란 기운은 죄다 싹 빠져나가 버린 그녀는 그 순간, 탁 맥을 놓고 말았다.

제6장. 자기가 친 덫에 걸린다는 것

그날 새벽녘. 하익은 침대에 누워 자신이 대체 왜 이런 지경에 빠져 버린 것인지 골똘히 생각하고 있었다. 시계 시침이 아침을 향해 갈수록 더욱 말똥말똥해지는 신기한 두 눈으로 시커먼 천장을 노려보며 치열하게, 정말 진지하고 열성적으로.

자신은 누구인가. 여긴 어디인가. 자신은 왜 잠을 이루지 못하고 있는가. 심장은 왜 두근두근 미친 여자 널뛰듯 멈추지 않고 뛰는가. 옆에서 들려오는 차원진의 고른 숨소리는 왜 이렇게 신경 쓰이는 것인가. 왜 속에서 천불 올라오는 사람마냥 온몸이 이다지도 뜨겁고 간지러운 것인가!

이유는 간단하다. 자신이 있는 곳이 차원진의 방이라서, 차원진의 침대 위라서, 차원진의 옆구리에 구석에 누워 잠을 청하고 있으니 그러한 것이다.

혹자는 이리 물을 것이다. 이런 걸 예상 못하고 차원진의 일을 맡은 것이냐고. 동거녀 행세까지 할 요량이었다면 이런 상황 한번쯤 닥칠 거란 거 생각 못했냐고. 물론 생각해 보았다. 그의 어머니는 아들 결혼에 대해 지대한 관심을 가지고 계신 분이니 당연히 자신을 집으로 불러들일 것이고, 그럼 한 방에서 자야 하는 일도 부득불 생길 거라 당연히 예상했다. 하지만 한 침대에서 자야 하는 상황에 몰릴 거라곤 전혀 생각 못했다. 그의 모친께서 설마 잠자리까지 확인하러 들어올 줄 누가 알았겠는가?

"아니, 너 뭐 하는 거니? 멀쩡한 침대 두고 바닥에 이불은 왜 깔아?"

"치, 침대가 너무 좁아서요."

"좁긴 뭐가 좁아? 킹사이즈인데. 너희 혹시 싸웠니? 너, 며칠 동안 친정 갔었다더니 그새 싸워서 집 나갔었던 거야?"

"아닙니다! 그런 거 절대로 아니에요, 어머님!"

"쯧쯧쯧, 오죽하면 여자가 집을 다 나갔을까."

"예?"

"제멋대로인 녀석, 또 제 마음 내키는 대로 휘두르고 괴롭혔겠지. 하여간 제 아비를 똑 닮았다니까. 어째 그런 것까지 똑같아, 그래? 얘, 아가. 네 마음은 이해한다만 아무리 그래도 각방은 쓰지 마라. 나도 젊었을 때 다 해봐서, 그래서 충고하는 거야. 각방, 그거 절대로 쓸 거 못 된다. 아무리 싸우고 난리가 났어도 밤엔 한 침대를 써야 하는 거야. 어여 올라가. 어여 이불 개고 침대로 들어가. 어서!"

"어, 어머님……."

"내가 조금 있다가 다시 올라와서 확인할 거야. 침대에서 자는지 안

자는지."

그리된 것이다. 샤워 끝내고 나와 그사이에 이미 잠 든 차원진을 보며 가슴 쓸어내리고, 희희낙락 장롱에서 이불 꺼내 바닥에 침낭을 꾸리던 송하익은 갑자기 들이닥친 안 여사의 쓰나미 급 공격에 죽기보다도 더 싫은 일을 제 발로 직접 실행해 옮겨야 했던 것이었다. 그나마 차원진이 누가 업어가도 모를 정도로 곤히 자고 있기에 망정이지. 안 그랬음 어쩔 뻔했냐. 손끝 하나라도 닿을까 봐 잔뜩 경직, 아슬아슬 침대 끄트머리에 붙어 누워 있느라 잠도 제대로 못 자는 그녀를 차원진이 비웃고 비꼬고 무시했을 게 아닌가. 그걸 생각하면 정말이지 아찔아찔, 눈앞이 캄캄해지는 하익이었다.

"내 팔자, 진짜 어쩌다가 이렇게 됐냐."

한탄 절로 나오는 캄캄한 밤. 한숨을 길게 내쉬며 하익은 말똥말똥, 각성제 주사 몇 대 맞은 양 정신 총총한 눈을 스르륵 굴려 옆자리에 누워 자고 있는 차원진을 돌아보았다. 그는 너무나도 자연스럽고 편안한 자세로 잠에 곯아떨어져 있었다. 이쪽에서 이리저리 뒤척거려도 꼼짝하지 않고 자는 걸 보면 완전히 깊은 잠에 빠져들어 꿈나라 여행 중인 모양.

보고 있자니 '팔자 참 좋구나' 소리 절로 나온다. 좋겠다. 여자가 옆에서 누워 있든 말든 신경 안 쓰고 푹 잘 수 있는 멘탈을 소유하셔서 참~ 좋으시겠어. 누군 이렇게 꼬박 밤을 새게 생겼구만. 우이씨.

"양 한 마리, 양 두 마리. 양 세 마리……."

천장 뚫어져라 노려보며 멍하게 중얼거리고 있을 때였다. 차원진이 슥, 느리게 몸을 움직여 침대 점유율을 높인다. 그가 자신 쪽으로 밀려들어 오는 정황을 포착하자마자 하익은 식겁해 힉! 소리를 내며 엉덩이를 뒤로 뺐다. 하지만 그와 떨어지기 위해 필사적으로 요동쳤던 그녀의 움직임은 곧바로 최악의 결과를 낳았다. 엉덩이가 뒤로 빠지는 대신 얼굴이 더 가까이 그의 얼굴에 붙어버린 것이었다.

"......!"

뭐라 딱히 소리 내진 않았다. 소리 낼 수가 없었다. 그가 생각보다 훨씬 많이 가까운 곳에 위치해 있다는 걸 깨달아 버렸으니까. 살짝만 움직여도 그와 입술이 닿을 것 같은 위치와 오묘한 각도에서 그녀는 그를 마주하고 있었다.

너무 가까워서일까. 아니면 달빛이 희미하게 스며들어서일까. 깜깜한 와중인데도 불구하고 그의 얼굴 윤곽이 선명하게 보였다. 신이 빚은 듯 잘 깎인 얼굴선, 짙은 눈썹, 잘생긴 이마, 럭셔리한 느낌으로 곧게 뻗어 부드럽게 마무리된 콧잔등. 그리고 감겨 있는 눈에 길게 드리워진 짙은 속눈썹과 그 끝에 매달린 어둠, 어둠과 부드럽게 대치 중인 은은한 달빛까지. 모두 다 고화질 풀 HD로 적나라하게 하익의 눈에 들어온다.

"잘생기긴 잘생겼네. 욕 나오게시리."

콧잔등에 주름을 잡으며 하익이 중얼거렸다. 돈도 많은 남자가 뭐 이딴 식으로 얼굴까지 잘생겼는지 모르겠다. 이러니 여자들이 서로 갖겠다 치고받고 싸우지. 하익은 전날 오유정과의 사이에서 있었던 일을 다시 떠올리며 쿡, 남자의 이마를 손가락으로 밀어보았다.

"잘생기면 뭘 해? 성격이 더러운데."

"……."

차원진이 정말 깊이 잠이 들었나 보다. 손으로 건들었는데도 잠
잠하다. 숨소리 하나 흐트러진 기색 없는 것이 제대로 숙면을 취
하는 중인 듯. 내내 바람 빠진 풍선처럼 잔뜩 쪼그라들어 있던 용
기가 갑자기 훅 자존감을 회복한 듯 일어섰다. 콩알만 하던 간덩
이도 쑥쑥 자라나 원상태로 복구. 하익은 다시 한 번 슬쩍 그의 이
마를 밀며 중얼거렸다.

"돈 많으면 뭘 해? 더러운 성격 때문에 제대로 된 여자들은 꼬
이지도 않는데. 마음보를 좋게 썼으면, 여자한테 신사적으로 대하
고 성미 까탈 안 부렸으면, 지금쯤 당신 옆에는 내가 아니라 당신
이 정말 사랑하는 여자가 있었을 거야. 이렇게 어머니를 속여가며
가짜 애인까지 만들어야 하는 신세는 안 됐을 거라고. 업보지, 업
보. 뿌린 대로 거두리라."

"……."

장난기도 쑥쑥 치고 올라오자 내친김에 차원진이 코끝을 들어
돼지코를 만들어보았다. 하지만 역시나 그는 눈을 뜨지 않았다.
원래 이렇게 깊이 잠자는 스타일인가? 생각이 드니 점점 더 그를
범하고 싶어졌다. 그가 깨기 전에 뭐라도 해서 통쾌한 기분을 맛
보고 싶어졌다.

하익은 손끝을 죽 아래로 긁어내려 코끝을 타고 움푹 파인 인중
을 거쳐 입술 위로 미끄러뜨렸다. 부드럽고 매끄러운 입술이 손끝
으로 뜨겁게, 간지럽게 느껴져 왔다. 그녀는 그의 입술을 천천히,
살살 문지르며 인상을 팍 썼다.

"이봐, 차원진이. 당신, 생각보다 소문이 없더라. 그 정도 위치

면 온갖 여자들을 즐기고 상처 주고 이용해 추문도 많이 나돌았을 텐데. 같은 일 하는 사람들 사이에선, 그런 거 스캔들로 불거지지 않아도 알음알음으로 다 알게 되어 있잖아. 당신이 연예인 중 누구 한 명이라도 만나거나 즐겼다면 금세 소문 나돌았을 거야. 이번 오유정 사건처럼. 근데도 그런 소문이 전혀 없었다는 건, 당신이 실제로 그런 짓을 저지른 적이 없었다는 거겠지.”

그의 입술을 문지르며 중얼거리다 보니 어느덧 그녀의 얼굴은 그의 턱 밑까지 다가가 있었다. 말캉말캉, 부드러운 입술을 문지르고 있자니 잔뜩 긴장하고 있던 몸이 서서히 이완되는 것 같았다. 이렇게까지 했는데도 잠에서 깨지 않는 남자라면 정말로 업어가도 모를 정도로 깊은 숙면을 취하는 인간인 게지, 싶으니 마지막까지 굳게 갖고 있던 경계심마저 사르르 녹아내려 버리는 기분이었다. 하익은 은밀하게 낮춰 속닥거리던 목소리도 이제는 어느 정도 키워, 나름 대놓고 그에게 종알거렸다.

“아무튼 달리 봤어. 당신 꽤 괜찮은 사람 같아. 비록 사랑하던 여자를 버린 적이 있다는, 실제로 난 들어보지도 못한 소문이 있긴 하지만, 그건 좀 말이 안 되는 것 같거든. 당신이라면 말이야. 사랑하는 여자를 먼저 버리진 않을 것 같아. 그런 생각이 들어. 왠지는 나도 잘 모르겠어. 그냥 당신은 그런 사람일 것 같아. 이거 칭찬인가? 딱히 칭찬해 주고 싶진 않은데. 당신 좀, 거만하거든. 재수 없어.”

“…….”

“근데 당신, 왜 이렇게 만날 늦게 와? 사귀는 사람도 없고 로비도 안 받고, 여자 밝히는 부류는 아닌 것 같은데 대체 뭐 하느라 허구한 날 한밤중에 귀가하는 건데? 설마 그 시간까지 일하는 건 아니겠지? 그런 거라면 당신, 정말 인생 잘못 살고 있는 거야. 돈 나고 사람 났냐? 사람 나고 돈 났지. 아무리 돈이 좋다고, 몸 버려가며 일하는 건 바람직하지 못한 일이야. 알겠음, 차원진이?"

이런 거침없는 충고는, 그로부터 아무런 반응이 없을 거란 걸 알기 때문에 날릴 수 있는 것. 하고 싶은 말 마음대로 중얼거리고는 하익은 그의 면전에 대고 하암— 하품을 늘어지게 했다. 긴장을 풀고 종알종알 입술을 좀 놀렸더니만 가출했던 피곤함이 훅 밀려오는 것 같았다.

지금 몇 시일까, 싶어 하익은 퀭한 눈을 들고 날씬한 몸을 뒤틀어 협탁 위에 놓인 자신의 핸드폰을 집어 올렸다. 그 와중에 툭, 발가락이 그의 정강이를 건들었지만 뭐. 이 정도의 부딪침 정도로 깰 차원진이 아니니 신경 노노. 핸드폰 쥐고 액정을 활성화시키는 데에만 집중하고 있었다.

"어라? 문자가 와 있었네? 언제 왔었지?"

몸을 좀 더 뒤틀어 완전히 그에게서 등을 돌리며 하익이 혼잣말을 중얼거렸다.

그녀가 모로 누워 등 뒤에 눈이 달리지 않고서야 그의 얼굴 변화를 전혀 감지할 수 없게 되어버리자, 원진은 그제야 천천히 눈꺼풀을 들어 올렸다. 눈을 뜨자마자 하익의 작은 등이 보였다. 유난히 가늘고 새하얀 목덜미도. 어머니의 옷임이 분명한, 야시시한 붉은색 나이트가운과 그것이 자연스럽게 흘러내려 드러난 맨어깨도. 원진은 색정적이랄 수도 있을 만큼 새하얀 목덜미와 거기에 붙어 달빛에 불타듯 일렁거리는 잔머리를 묵묵히 바라보았다.

"하얀이 자식이네. 누나, 엄마가 집세를 안 보내줘. 세 달이나 밀렸어? 이게 무슨 말이야? 고시원 집세는 꼬박꼬박 잊지 않고 엄마한테 챙겨줬는데. 헉. 설마 울 엄마, 또 그걸로 딴짓한 거 아니야? 아니, 그게 얼마나 된다고? 설마 얼마 전에 친구한테 빌렸다며 들고 온 그 악어백이? 아— 내가 못 살아. 못 살아, 못 살아! 미쳐 버리겠네. 아주 돌아버리겠어. 아들 고시원 집세로 악어백을 왜 사? 엄마 맞아? 아오—"

핸드폰을 침대 바닥에 아무렇게나 던지고는 고개를 휙 뒤로 꺾어 천장을 응시하며 하익이 땅이 꺼져라 한숨을 내쉬었다. 그러더니만 침대가 들썩거릴 만큼 세차게 움직여 몸을 반대로 뒤집고는 원진의 턱 밑에 얼굴을 들이밀며 중얼거렸다.

"이게 다 당신 때문이야, 차원진. 당신이 너무 잘나서, 당신 이름 대고 남의 배역 가로채려는 오유정 같은 여자들이 설쳐 대는 통에 이런 일이 벌어진 거라고. 당신 때문에 내 배역 날아가는 일만 생기지 않았어도, 그 일 때문에 내가 내 정신줄 놓고 헤매지만 않았어도, 좀 더 일찍 알아챘을 거야. 우리 엄마가 하얀이 3달 치 집세 모아 악어백 사버리는 짓 저지르기 전에 미리 알아내 말렸을 거라고. 이제 어떻게 할 거야? 어떻게 할 거냐고, 우리 하얀이 집세!"

이미 원진의 눈은 감겨 있었다. 하익은 원진이 이미 잠에서 깼다는 사실을 전혀 눈치채지 못하고 그의 입술 앞에서 얼쩡거리며 으르렁거렸다. 얇은 나이트가운 하나만 걸친 채 하얀 목덜미를 드러내고. 피에 굶주린 늑대가 코앞에서 자신을 노리고 있는 줄 전혀 모르고 말이다.

"나도 당신처럼 돈이 많았으면 좋겠다. 우리 엄마 원대로 악어백 수십 개 사줄 수 있게. 지인들한테 빚 독촉 받다 못해 소송까지 당하게 생긴 우리 아버지, 빚 다 갚아드리게. 우리 하얀이 고시공부하면서 집세 걱정 좀 안 하게. 딱 그만큼만 있으면 소원이 없겠다. 그만큼만……."

하익은 쓸데없는 한탄을 주절주절 늘어놓고는 답답한 마음 고이 접어 나빌레라, 푹신한 베개에 폭 얼굴을 묻고 한숨을 내리 연타로 내쉬었다. 머릿속으로는 동생 하얀의 집세를 또 어떻게 해야 마련할 수 있을지 열심히 생각하고, 또 생각하고 있었다.

달빛에 상아처럼 곱고 하얀 송하익 목덜미가 반질반질 빛났다.

"어, 어쩐 일로 갑자기 오셨어요?"

이틀 뒤, 아들의 아파트를 찾은 안명자 여사를 맞이한 사람은 아들의 동거녀, 송하익이었다. 막 외출을 하려던 참이었던지 간편복에 노메이크업, 캡모자와 선글라스를 끼고 있었다. 명자가 강호로부터 제공받은 하익의 스케줄 표에 의하면 오늘은 낮부터 촬영에 들어갈 계획에 있으니 아마도 지금쯤은 집을 나서야 시간 안에 촬영장에 도착할 수 있을 것이다.

명자가 촬영 때문에 일찍 나서야 하는 하익을 굳이 이 시간에 보기 위해 움직인 것은 나름대로의 작전이었다. 송하익이 얼굴 알려진 연예인이라 밖에서 만나 얘기하기도 여의치 않으니 집에서 봐야 하는데, 송하익이 촬영을 마치고 돌아오는 시간은 아들의 퇴근 시간과 맞물렸다. 그녀는 송하익과 둘만의 만남을 갖고 싶었다. 아들의 방해를 받지 않고 그 아이와 단둘이서 꼭 할 얘기가 있었다.

"외출하는 길 아니니? 그 얼굴로 외출할 생각인 거야? 기초화장만 했구나."

"방송용 메이크업은 촬영장에서 따로 받거든요. 노메이크업으로 가는 게 훨씬 효율적이에요. 근데 엄청 급한 용건이신가 봐요. 이렇게 갑자기 들르신 것 보면."

"넌 집에서 맨발로 사니? 실내용 슬리퍼 안 신어?"

"아, 이건 버릇이 되어서⋯⋯."

"발바닥에 굳은살 배겨, 얘. 미용상, 건강상 슬리퍼 신고 사는 게 좋아. 네 집에선 맨발로 지냈나 본데 안 좋은 습관은 버려야지. 안 그러니?"

"네, 맞는 말씀이세요. 고쳐 보도록 할게요."

일부러 쌀쌀맞고 재수 없이 상대 무시해 가며 해본 말이었으나 하익은 군말 없이 꼬리를 내리고는 냉큼 달려가 슬리퍼를 신고 달려왔다. 명자는 낭창낭창 야들야들 날씬한 하익의 뒤태를 훑다가, 방실방실 웃으며 나풀나풀 쪼르르 자신의 앞으로 달려와 척 대기 상태로 서는 하익을 새침하게 바라보며 큼, 어색하게 목청을 가다듬어 보았다. 슬금슬금 저도 모르게 웃음이 새어 나오는 것 같아 일부러 차가운 감정 다잡는 것이었다. 아무리 봐도 애가 참 순진해 뵌단 말씀이야. 산전수전 다 겪어 닳고 닳은 애라 생각했는데.

"너희 침실 좀 구경해도 되겠니?"

"네? 아, 네. 그러세요. 근데 여긴 어쩐 일로 오셨어요? 하실 말씀 있으시면 절 따로 부르셨어도 되는데 왜 굳이 여기까지⋯⋯?"

"왜? 불편해? 나, 원래 여기 자주 드나들었어. 아들 집인데 마음대로 오면 안 되니?"

"아, 아닙니다. 오해 마세요. 전혀 불편하지 않아요. 그냥 전 무슨 일 있으신가 해서요."

"너 바쁜 거 다 안다. 금방 얘기 끝내고 갈 거야. 아들 집이래도 이제 살림까지 차렸으니 내 마음대로 들락날락하는 것은 자제해야겠지. 그 점은 너무 걱정 마라. 그 정도로 무식한 아줌마 아니니."

"무슨 말씀이세요? 아니에요! 그런 걱정한 적 없습니다."

라고 하익은 말했지만 명자는 그 속내를 너무나도 잘 간파하고 있었다. 말끝 흐리며 진땀 뻘뻘 흘리고 있는 것만 봐도 답 나오지 않는가. 아무리 사랑하는 남자의 어머니라지만 엄연히 남인데, 남이 자꾸 집에 드나드는 걸 누가 좋아라 하겠는가. 다 알면서도 이런 행동을 하는 건 '나도 이 정도 텃세는 부릴 줄 아니까 알아서 뫼셔라'의 뜻이다. 명자는 스스로를 진상이라 생각하면서도 위풍당당한 자세로 안방 문을 열고 들어갔다.

"메이크업 제품이 못 보던 거네. 어디 거니?"

"프랑스제…… 예요."

"우리나라에서도 이런 걸 팔았나? 백화점에선 못 보던 건데. 수입제품?"

"그런 것 같아요."

"그런 것 같아요라니? 네 화장품 아니니?"

"서, 선물 받은 거라서요. 어디서 구입한 건지는 잘……."

대충 둘러대고 하익은 뚫어져라 명자의 손에 들려 있는 화장품을 노려보았다. 제발. 제발 열어보지 말길. 제발 어머님이 그 화장대 위에 놓여 있는 최고급 수입화장품들이 손 한 번 안 댄 새것들이라는 것을 눈치채지 못하시길. 차원진이 제멋대로 꾸미고 채워 놓은 것들임을 눈치채지 못하게 제발이지 열어보지 마시길! 간절히 마음속으로 외치며 그녀는 눈 한 번 깜빡거리지 않고 죽어라 화장품만 노려보고 있었다.

"성 비서한테 말해서 한 세트 구입하라 해야겠네. 네가 쓰는 제품이니 믿고 써도 되겠지?"

"네, 그럼요. 최고급 제품인걸요."

"어제는 그래, 어땠니?"

화장대 위에 놓인 화장품들을 만지작거리는가 싶더니 명자가 도도히 턱을 들고는 시크하게 하익을 돌아보며 느닷없는 질문을 던진다. 화장품만 뚫어져라 바라보고 있던 하익은 돌발 질문에 놀라 두 눈을 훅 크게 뜨고는 벙찐 얼굴로 되물었다.

"뭐가…… 요?"

"침대 말이다. 또 따로 썼던 건 아니지?"

"아아! 아닙니다. 같이, 썼습니다."

"잘했다. 뭣 때문에 각방까지 썼는지는 모르겠지만 자고로 부부싸움은 칼로 물 베기라고 했어. 대판 싸우고 나서도 하룻밤 자고 나면 다 풀어지게 되어 있거든. 원진이도 남자야. 뭐니 뭐니 해도 남자는 여자 하기 나름인 거다. 머리를 써서 잘 조종해 봐. 그럼 원진이는 네 손바닥 안에서 놀게 되어 있어. 알겠니?"

"에? 아, 예……."

"맹하게 웃기는. 그만 나가자."

"왜요? 더 둘러보시지 않고."

"더 있어봤자 아들 내외 신접살림 안방에 쳐들어와 잔소리해 대는 못된 시어미밖에 더 되니? 나 그렇게 눈치 없는 사람 아니다. 네가 기분 좋아서 가만있는 게 아니란 거, 잘 알고 있어. 이렇게 노닥거릴 시간 없다는 것도. 나도 주책 없이 계속 너 붙잡고 있을 생각 없다. 따로 할 얘기가 있어서 왔으니, 그 얘기만 하고 갈 거야."

쿵. 심장이 바닥으로 철렁 내려앉는다. 무슨 얘기를 하려는 걸까? 뭣 때문에 오전부터 들이닥쳐서 이렇게 긴장 분위기 조성하시는 거지? 설마 모든 걸 다 알아채신 것은 아니겠지? 돈 받고 동거녀 역할하는 중이란 걸 눈치로 때려잡고 본격 취조하려 들이닥친 것은 아니겠지? 그런 거라면 대체 어디서 눈치채신 걸까? 침대 바닥에 이불 깔고 자려 했던 것 때문인가? 아니면 차원진으로부터 내가 돈 받은 정황을 포착했나? 아아— 대체 뭐지? 왜, 무엇 때문에 여기까지 오신 거지?

"앉아라."

방에서 나와 넓은 거실 응접세트 한가운데에 자리를 잡고 앉은 안 여사가 꼿꼿하게 허리를 편 자세로 슥, 하익을 돌아보며 지시를 내렸다. 잔뜩 긴장한 상태로 눈만 깜빡거리고 서 있던 하익은 오금이 저려 다리가 후들후들 떨리는 것을 느끼며 안 여사의 지시대로 사이드 쪽 소파에 천천히 걸터앉았다.

"시간이 없는 것 같으니 단도직입적으로 말하마."

엉덩이에 소파 천이 닿기도 전에 안 여사의 차갑고 싸늘한 음성이 선전포고를 미리 날렸다. 쿵쾅쿵쾅. 하익은 미쳐 날뛰기 시작하는 심장을 한 손으로 꾹 누르며 잔뜩 얼어붙어 어리바리해진 얼굴로 꼴깍 마른침을 삼켰다.

"결혼해."

"······네?"

"못 들었니? 결혼하라고, 너희 둘. 최대한 빨리 서둘러 봐. 결혼식에 관한 건 내가 다 알아서 할 테니 그건 걱정하지 말고. 대한민국에서 제일 크고 화려하게 아주 그냥 성대한 결혼식 치르게 해주마."

"하지만 저희는 아직 결혼할 생각은 없는데요. 동거한 지도 얼마 안 되어서······."

"너 원진이 사랑하지 않니? 그냥 능력 있고 돈 많아서 같이 사는 거야? 그래?"

"아, 아닙니다! 사랑합니다. 사랑해요, 어머니!"

"그럼 너도 언젠가는 원진이랑 결혼하고 싶겠네. 여자로서 사랑하는 남자랑 '동거'로만 만족하며 살고 싶진 않을 거 아니야. 안 그래?"

"물론 그렇죠. 저도 언젠가는 결혼하고 싶습니다, 어머님. 근데 아직은 원진 씨가······."

"원진이가 결혼할 생각 없는 애라는 건 내가 더 잘 안다. 옆에서 닦달하지 않으면 평생 결혼하겠단 말, 제 입으론 안 할 녀석이지. 여자네, 결혼입네, 그런 것엔 데이고 물려서 죽어도 할 생각 없다 뻗댈 거야. 그래서 원진이가 안 한다면 너도 안 할 거니? 평생 동거로만 만족할 거야? 그럴 순 없잖니."

"당사자가 싫어하는데 어떻게 결혼을 해요? 강제로 할 수 있는 것도 아니잖아요."

"걔가 강제로 하라 그럼 할 녀석이니? 제 발로 하겠다 나서게 만들어야지."

"제 발로요? 어떻게······?"

"너 그새 까먹었어? 내가 아까 누누이 말했잖아. 남자는 여자

하기 나름이라고. 너 하기에 달렸어, 얘. 네가 어떻게 하느냐에 따라 오늘 당장 결혼할 수도, 평생 못할 수도 있단 말이야. 알겠니?"

"저요?"

손가락으로 자신을 가리키며 하익이 되묻는다. 맹하고 어리바리하기 짝이 없는 그 모습에 명자는 한숨을 푹 내쉬었다. 아무리 봐도 '배게 밑 송사'와는 거리가 아주 먼 맹꽁이로밖에 안 보이니, 그날 새벽 아들의 붉게 타오른 얼굴을 보지 못했다면 명자도 분명 깜빡 속았을 것이다. 순진해서 남자 유혹 따윈 절대로 못할 아이라고 생각했을 것. 하지만…….

그날 명자는 똑똑히 보았다. 방에서 무슨 짓을 하고 나온 건지, 원진이 잔뜩 굳은 얼굴로 내려와 허둥지둥 어미랑 눈도 제대로 마주치지 못하고 출근길에 오르는 것을. 생전 당황함이란 걸 모르고 살아온 아들이 그토록 민망해하고 부끄러워하는 모습을 보이는데, 명자가 어찌 확신하지 못하랴.

아들이 제대로 발목 잡혔구나, 깨달았다. 자기 마음 표현하는 것이 서툴고, 성격상 드러내 놓고 닭살을 떨지 못하는 녀석이라 그렇지 실은 하익을 아주 많이 아끼고 사랑하는구나, 생각했다. 천하제일 무뚝뚝한 남자, 성깔 더럽고 차갑기 이루 말할 수 없는 남자, 차원진을 그리 뜨겁게 달궈놓은 송하익이야말로 팜므파탈의 최고봉이다 여겼다.

이 아이라면 충분히 할 수 있을 것이다. 송하익이라면, 여자라면 치를 떠는 아들을 꼭 결혼의 무덤으로 이끌어줄 것이라 믿어 의심치 않았다. 명자는 확신에 찬 미소를 생긋 지어 올렸다.

"그 녀석, 지금 너한테 홀딱 빠져 있어. 네가 작정만 하면 원진일 마음대로 조종할 수 있다, 이 말이야."

"저한테 홀딱 빠져 있다고요? 대표님이요?"

아니, 무슨 근거로 그런 말도 안 되는 말씀을? 속으로 혼잣말을 중얼거리며 하익은 웃는 얼굴 그대로 눈살을 짜부라뜨렸다. 입술은 U 자를 그린 채 인상을 짜그라뜨리니 표정은 가관.

하지만 하익은 이미 표정 관리할 정신적 여유가 바닥난 상태였다. 지금 차원진 모친께서 말이 안 되는 주문을 하시지 않는가. 원진을 유혹해 결혼 결정을 받아내라니. 차원진이 자신한테 뿅 가 있으니 충분히 가능한 일이라니. 이 무슨 시베리안 허스키, 귤 까먹는 소리냐. 홀딱 빠지긴 누가 홀딱 빠져? 홀딱 빠진 인간이 그래, 여자가 옆에서 잠을 자는데도 멀쩡히 아무렇지도 않게 자고 일어나냐? 그게 말이 된다고 생각하십니까, 어머님?

어제 아침, 하익은 잠에서 깨어난 직후 충격의 괴성을 지를 뻔했다.

꿈속에서 무슨 소원이든 들어준다는 요정, 지니의 램프가 손에 들어와 미친 듯이 좋아하며 신나게 램프를 문질렀었는데. 아, 글쎄, 눈을 떠보니 자신이 차원진의 얼굴을 양손으로 붙들고 살살 문지르고 있지 뭔가. 그것도 아기가 옹알이하듯 '돈 나와라, 돈 나와라, 돈 나와라'를 연발 웅얼거리며 그의 얼굴을 제 가슴에 묻은 민망스러운 자세로 말이다.

심지어 그의 커다란 손 하나는 그녀의 가슴 위에 놓여 있었다. 잠결이라 본능이 발현된 듯 가볍게 그러쥔 채였다. 그뿐만이 아니었다. 반듯이 누운 채인 그녀를 덮치듯 그가 위에서 짓누르고 있었다. 탄탄한 근육질의 긴 다리가 그녀의 다리 사이로 파고들어와 있었고, 그런 그의 뒤쪽 허벅다리를 그녀의 날씬한 종아리가 휘어 감고 있었다. 계약상 거짓 동거인 행세 중인 '차원진'과 '송하익' 사이에서는 절대로 있을 수도, 있어서도 안 되는 자세로 얽혀 버린 것이었다.

하지만 그 정도쯤이야. 잠결이었으니까 그럴 수 있다 치자. 성인 남녀가 한 침대에 누워 하룻밤을 보냈는데 그 정도에서 끝났으면 양호한 거지. 결정적으로 아무 일도 없었으니 그나마 다행이라 생각하며 쿨한 척 '그럴 수도 있지' 하며 넘길 수도 있는 문제라 생각했다. 하지만 불행히도 그 문제는 거기서 끝나질 못했다. 잠에서 깨고 그와 자신이 어떤 식으로 엉겨 붙어 있는지에 대해서 자각을 한 순간부터, 그녀는 자신의 몸이 이상하게 불타오르기 시작함을 인식할 수 있었다.

그의 다리가 끼워져 있는 다리 사이가 활활 불타오르는 듯 뜨거워졌다. 은밀한 간지러움이 몸 한가운데서부터 시작되어 온몸으로 번져 갔고, 욕망이 강렬히 응집된 결정체가 스스로를 불태우며 그녀의 다리 사이를 뜨겁게 핥고 촉촉이 적시었다. 그 와중에 그의 손에 잡혀 있는 가슴 끝은 빠른 속도로 수축되었고, 그의 부드러운 숨이 토해지는 가슴골은 인두에 지져지는 양 지글지글 타올랐다. 그와 맞닿은 부분 부분들이 죄다 뜨겁고 단단하게 변해가 급기야 그가 가슴을 더 세게 쥐면, 자신의 몸을 쓰다듬으면, 어떤 기분이 될까 하는 미친 생각까지 하는 지경에 이르렀다. 정말이지 그 순간 그를 밀어내 황급히 떨어졌으니 망정이지, 안 그랬다면 무슨 일이 벌어졌을지!

생각만 해도 끔찍한 하익이다. 하지만 그게 최악이 아니었다는 사실. 더 끔찍하고 비참한 것은 그때 잠에서 깨어난 차원진이 너무나 멀쩡한 얼굴로 이렇게 말했다는 것이다.

"넌 몸매만큼이나 유아적인 꿈을 꾸는구나. 매일 밤 이렇게 램프의 요정을 호출하는 거냐?"

그날 하익이 자존심에 어마어마한 스크래치를 입은 것은 너무나도 당연한 일이었다. 명색이 톱스타, 그것도 모든 남자들의 로망, 요정처럼 깜찍하고 아름다운 존재로 한때 만방에 그 명성을 떨쳐 왔던 최고 여가수였던 자신이 멀쩡한 성인남자에게 아무런 영향도 끼치지 못했다는 사실이 너무 기가 막히고 화가 났다. '정말 이래도 되는 건가? 너무한 거 아니야?'의 마음. 그 순간엔 정말이지 도도하기 짝이 없는 차원진의 멱살이라도 잡고 짤짤 흔들어 주고 싶었다. 자신에게 이런 굴욕을 안겨준 차원진, 평생 사랑 한번 못해보고 독거노인으로 늙어 죽어버려라! 하고 저주의 저주를 퍼부어주고 싶었다.

한데 그런 그가 자신에게 홀딱 빠졌다니. 어찌 이런 황망한 말을 다 하실 수 있을까. 대체 무슨 근거로? 게이가 분명하달 정도로 그녀에겐 아무 반응도 보이지 않는 차원진이 어딜 봐서 자신에게 빠져 있다는 건가?

"내가 누구니? 원진이 어미다. 원진이에 대해선 내가 가장 잘 알아. 그 녀석 얼굴만 봐도 널 얼마나 좋아하는지 다 알 수 있다니까."

글쎄, 차원진에 대해서 가장 잘 아신다는 모친께서 어째 이리 모르실까요? 차원진은 저 송하익에게 아무런 반응도 보이지 않는

다니까요. 오히려 제가 차원진한테 헐떡거렸다고요. 미쳐, 내가.

"아! 넌 이만 일어나 봐야 하지? 촬영 시간이 임박한 것 같은데. 같이 나가자. 나도 친구들과 브런치 하기로 해서 이만 일어나 봐야 해. 어디로 가니? 같은 방향이면 내가 태워다 주마."

"괜찮습니다, 어머님. 회사 벤이 집 앞까지 오기로 되어 있어요."

"음, 그럼 나 먼저 가봐야겠네. 명심해라. 원진이 마음을 돌릴 수 있는 사람은 너뿐이야. 네 자신이 무기란 말이야. 결혼식 안 하겠다고 버티면 혼인신고라도 해놓자고 해봐. 그것도 못하겠다면 스킨십을 금해. 그럼 분명히 어떤 식으로든 딜을 하려고 할 거다. 남자란 동물이 다 그렇잖니. 제 것 제 마음대로 못하면 미치려고 하잖아. 결국 스킨십에서 고집 버리고 무너질 수밖에 없는 게 남자란다. 오케이?"

"네, 어머님."

기가 센 안 여사의 쿨내 나는 당부 앞에서 하익은 순둥이 며느리 흉내 내며 고개를 끄덕일 수밖에 다른 방도가 없었다. 그녀에게 사실대로 차원진과는 사랑하는 사이도 아니며 자신은 차원진에게 그 어떤 영향력도 행사할 수 없는 존재라 고할 수는 없는 일이니까. 입술이 나불거리려는 충동을 꽉 어금니 깨물어 참아내고 하익은 그냥 방실방실 눈웃음 작렬하며 웃어 보일 수밖에 없었다.

"그나저나 네 청바지 맵시 훌륭하구나. 내 마음에 쏙 든다."

"아아, 마음에 드세요? 별로 안 비싼데 드릴까요?"

"청바지가 마음에 든 게 아니라 청바지 입은 네 몸매가 마음에 든다고. 너, 그 몸매 나한테 줄 수 있니?"

"에? 그, 그건……."

"농담이야, 얘. 삼십대 치고 몸매 관리를 참 잘했구나. 내 며느리 될 자격 있어. 원진이가 그 몸매 보고 반했나?"

"아하하하, 감사합니다."

"난 개인적으로 여자의 생명은 몸매라고 생각하는 사람이야. 나이 들어서도 여자들은 열심히 가꿔야 해. 그 몸매, 끝까지 유지하도록 해라. 알았지?"

콧대를 있는 대로 세우고 자긍심 등등한 말투로 몸매 유지를 당부한 안 여사는 마치 보란 듯이 허리를 꼿꼿이 세우고 힙을 살랑살랑 흔들며 앞장서서 걷기 시작했다. 연세에 어울리지 않는, 완벽한 굴곡의 육감적인 몸매를 자랑하면서. 이 정도에서 마무리되는 것인가 싶은 마음에 저절로 안도의 한숨이 후욱, 토해진다. 하익은 잠시 안 여사의 뒷모습을 넋 나간 얼굴로 바라보곤 힐끔 제 몸매를 내려다보았다.

"내 몸매가 그리 예쁘나?"

나름대로는 뿌듯하고 기분 좋은 마음으로 자랑스럽게 내려다본 것이었으나, 불행히도 그녀의 눈에 제일 먼저 들어온 것은 납작한 가슴이었다. 그리고 동시에 삑삑— 경보음처럼 까칠하고 뻣뻣한 차원진의 목소리가 들려온다.

"미안하지만 앞판 뒤판 구분 안 되는 몸매는 내 취향 아니야."

맙소사! 미쳤나 봐. 왜 갑자기 차원진이 목소리가 들려오는 건데? 경악을 하며 그녀는 성큼성큼 서둘러 안 여사의 뒤를 쫓아갔다.

제7장. 감각과 감정의 한끗 차이

　그날 저녁, 비가 오는 바람에 촬영을 일찍 접고 귀가한 하익은 간만에 찾아온 혼자만의 휴식 같은 시간을 침대에 누워 음악 듣는 것으로 보냈다. 지난 2년간 매일매일 쉴 틈 없이 바쁜 스케줄에 익숙해져 있던 몸이 오랜만에 맞이하는 휴식. 꿀처럼 달콤하고 편안하다. 이렇게 몸이 편안해도 되는 걸까, 할 정도로 많이 많이.

　하지만 나른한 기분에 푹 퍼져 누워, 때아닌 호강을 누리고 있는 몸에 비해 정신은 피곤하고 척박하다. 불쑥불쑥, 머릿속 한구석에 똬리를 틀고 앉아 있는 걱정거리들이 튀어나와 마음을 어지럽힐 때면 거푸 한숨을 내쉴 만큼 심란해졌다.

　"결혼해. 최대한 빨리 서둘러 봐."

안 여사의 말을 듣는 순간부터 머릿속은 어질어질, 가슴속에 100톤짜리 추를 달아놓은 것처럼 마음이 무거워져 하루 종일 일이 손에 안 잡혔다. 그나마 갑작스레 쏟아지는 비 때문에 촬영이 취소가 되었으니 망정이지 그대로 촬영이 이어졌더라면 완전히 연기 폭망해 감독님께 꾸짖음 들을 뻔. 최악의 하루를 보내고 밤이 되니 그녀의 기분은 최고조로 센치해져 버렸다. 창가에 서서 핸드폰에서 흘러나오는 나른한 재즈음악에 취한 채 하염없이 떨어지는 비를 멍하게 바라보고 있자 하니 그의 자동차가 주차장 안으로 들어서는 광경이 눈에 들어왔다. 그도 비 때문에 마음이 심란한 것일까. 오늘은 평소보다 훨씬 빠른 귀가였다. 그래 봤자 여전히 보통 사람보단 훨씬 늦은 퇴근이지만, 평소의 퇴근 시간에 비하면 엄청 엄청 일찍 온 것이었다. 하익은 우뚝 멈춰 서 창밖을 내다본 채로 손가락으로 입술을 조몰락거리며 잠시 생각에 잠겼다.

어떻게 할까. 나가서 퇴근하는 그를 맞이할까, 아니면 그냥 모른 채 잠자리에 든 척할까. 충동과 맹렬히 맞선 몇 분.

집 안으로 아주 작은 인기척 소리가 느껴지자마자 그녀는 방금 전까지 미친 듯 고민했던 사람답지 않은 빠르고 단호한 동작으로 방문을 열어젖혔다.

"일찍 왔네요?"

현관 앞까지 빠른 속도로 내달아 나온 하익은 막 집 안으로 들어서는 원진을 향해 방싯 웃으며 살짝 가빠진 호흡으로 인사를 건넸다. 그녀의 환대를 전혀 예상하지 못했던 원진은 뜻밖의 인사가 날아오자 걸음을 멈추고 그녀를 마주했다.

꿈틀, 원진의 미간이 희미하게 움직였다. 그가 하익을 인지했다는 유일한 신호였다. 사람을 봤으면 봤다는 표식을 보여야지. 웃거나 고개를 끄덕이거나. 그것도 귀찮으면 간단히 대답을 해도 되잖아. 무뚝뚝하기는.

"오늘은 일거리가 많지 않았나 보죠?"

질문을 던졌으나 대답은 없었다. 그는 그녀를 본체만체 무시하고는 스윽, 스쳐 지나 제 갈 길을 가기 시작했다. 사람 투명인간 만드는 덴 뭐 있다, 진짜. 아니, 왜 저래? 왜 나한테만 이러는 거야? 왜 나만 무시하는 건데? 안 그래도 복잡한 마음 때문에 심란해 죽겠구만.

"식사는 했어요?"

머리에선 그를 무시하고 이만 네 방으로 들어가라, 명령을 내리고 있었지만 그녀는 저도 모르게 원진의 뒤를 따르고 있었다. 오늘따라 유난히 어두운 그의 표정이 마음에 걸려서인지, 그를 무시하란 이성의 명령보다 그를 조금이라도 더 보고 싶다는 본능의 충동이 더 강렬해서인지, 정확한 원인은 모른다. 그냥 너무나도 자연스럽게, 당연히 그러한 수순이라는 듯 그의 뒤를 따르고 있었다.

"오늘 일하는 아주머니께서 얼큰한 탕을 끓여놓고 가셨는데. 식사 안 했으면 지금이라도 해요. 밥상은 내가 차려줄게요."

"먹었어. 그리고……."

그녀가 막 문지방을 넘어 그의 방 안으로 들어가기 직전이었다. 그가 쭉 견고하고 넓은 등을 휙 돌리더니 척, 한 팔을 끌어 올려 문설주에 갖다 대 출입구를 완벽 봉쇄했다. 그녀가 방에 들어오지 못하도록 문 앞을 가로막은 것이다. 그러더니만 떡하니 벽처럼 선 채로 그녀를 내려다보며 이렇게 말했다.

"내 식사는 네가 챙기지 않아도 돼. 가정부로 고용된 게 아니잖아?"

"그, 그렇죠……."

말을 더듬을 수밖에 없었다. 자신을 내려다보는 그의 시선이 묘하게 그윽함을 띠고 있었으니까. 불빛을 등지고 서서인가. 속눈썹이 길게 드리워져서인가. 뚫어져라 쭉, 한시도 떼지 않고 자신에게 머물러 있는 그의 시선이 짙고 은은하며 설레도록 은밀했다. 감정 없는 사람처럼 낮게 중얼거리는 그 목소리와는 너무나도 딴판. 눈빛으로만 본다면 그가 자신을 유혹하고 있다 생각할 수도 있었다.

비밀스러운 초대. 그 야릇한 신호.

물론 그런 일은 있을 수도 없다. 그는 지금 방 안에 들어서려는 그녀를 막고 있었다.

"뭐. 더 할 말 있어?"

"아…… 네!"

할 말도 없으면서 무슨 배짱으로 할 말이 있다고 하는 걸까. 말끝을 흐리다 나름 단호하고 확고하게 대답하면서도 그녀는 스스로가 내뱉은 말이 마음에 안 들어 콧잔등을 찌푸렸다.

사실 할 말보다는 그가 막아서고 있는 이 출입구를 통과하고 싶은 욕구가 더 컸다. 사람이란 게 원래 그런 마음이 있지 않은가. 못하게 하면 자꾸 더 하고 싶어지는 몹쓸 반항심. 누르면 자꾸 튕겨 오르고 싶어지는 이중적 본능. 그의 방에 자신이 들어가면 무슨 큰일이 나기라도 하는 걸까, 심히 궁금해지고 있었다.

"뭐지?"

"실은…… 오전에 어머님께서 갑자기 찾아오셨어요."

"어머니?"

차원진의 미간이 다시금 꿈틀거렸다. 그에게도 어머니의 출연은 그다지 반길 일이 아닌 듯.

"오늘 하루 종일 내 전화통에 불이 나지 않은 걸 보니 위기 상황을 잘 넘긴 모양이군."

"잘 넘겼죠. 제가 돈을 받고 동거인 행세를 한다는 걸 전혀 눈치 못 채시게 했으니까요. 다행이었던 게, 집 안 구석구석을 체크하시진 않으셨어요. 이것저것 어머님께서 질문하시는 거, 대충 대답하고 잘 넘겼습니다. 근데…… 문제가 생겼어요."

"문제라니."

"어머님께서 저더러……."

그를 빤히 바라보며 그녀가 잠시 하던 말을 멈추었다. 그리고는 동그란 혀를 움직여 아랫입술을 쓱 쓸어 올린다. 메마른 입술 위로 타액이 묻고 그 위를 양증맞은 윗니가 슬그머니 짓눌렀다. 딸기처럼 붉은 입술이 타액에 젖어 반짝거리는 것을 원진은 가만히 지켜보고 있었다.

"대표님을 유혹하래요."

망설이고 주저하던 그녀가 마침내 불쑥 충동적인 말을 내뱉었다. 순간 움찔하며 그의 눈매가 가늘게 좁혀졌다. 그녀를 내려다보고 있던 시선이 더 무겁고 어둡고 우울해졌다. 폭탄 같은 소릴 간도 크게 뱉어낸 하익은 다음 순간 발등을 찍으며 후회를 쏟아냈다. 그의 시선을 받는 것만으로도 숨이 막힐 듯 답답해지고, 초조함과 긴장감이 밀려오기 시작한 것이었다. 하익은 숨 막혀 돌아가시기 전에 서둘러 입술을 열었다.

"그래서 하루빨리 결혼하라고 하셨어요."

"결혼?"

"이렇게 될 거라곤 생각해 보지 않아서 어떻게 해야 할지 모르겠어요. 전 어머님께서 절 내쫓으려 하실 거라 예상했거든요. 절 달달 볶으실 거라고 생각했어요."

"내가 말 안 했던가? 내 어머니, 아들 결혼에 목숨 거신 분이라고."

"아무리 결혼에 목숨 거셨다 해도 아들을 아무하고나 결혼시키려 하진 않을 거 아니에요. 나름대로 급 찾아서 어울리는 짝을 붙여주려 하실 텐데. 솔직히 제가 어머님 성에 차는 사람은 아니라고 생각했습니다."

"어머니 나름대로는 어울린다고 생각했겠지."

"그게 말이 안 되잖아요. 어떻게 저와 대표님이 어울린다고 생각하실 수가 있어요?"

"안 될 것 있나?"

"네?"

좌로 우로 열심히 돌아다니던 하익의 눈동자가 딱 멈추었다. 직설적이고 순진하며, 그러기 때문에 더 유혹적이고 색스러운 그녀의 투명한 눈망울. 그것을 마주하자마자 원진은 스스로 꾸역꾸역 밑바닥까지 밟아 밀어 넣어두었던 본능이 순식간에 들끓어 치솟는 것을 느꼈다.

위험수위를 넘나들 정도로 급격히 치밀어 매 초마다 기록을 갱신하고 있었다. 한데도 불구하고 그는 그녀의 시선을 붙잡고 놓아주지 않았다. 놓고 싶지 않았다. 이미 그녀에 대한 호기심과 갈망이 봉인을 열고 튀어나와 버린 후이기에 쉽게 놓아줄 수가 없었다.

그날 밤 동침 이후, 월진의 신체는 그녀의 모든 것으로부터 적극적이고 열띤 반응을 보였다. 그녀의 몸에서 나는 희미한 코럴향을 맡으면 매끄러운 등허리의 감촉이 떠올랐고, 그녀의 새까만 정수를 보면 이마 위에 아기처럼 나 있는 솜털이 자동연관 검색어처럼 함께 떠올랐다. 곧게 뻗은 흰 다리를 보면 자신의 것을 나른하게 휘감아오던 매끄럽고 색정적인 그 감촉이 떠올랐고, 붉은 혀가 들락날락하는 모습을 보다 보면 입안에 담고 싶었던 그것이 떠올랐다. 말랑말랑하고 소담한, 그래서 더 꽉 쥐어 일그러뜨리고 싶었던, 그녀의 가슴과 그 감촉.

그녀의 모든 것이 그를 날뛰게 했다. 대책 없이. 극렬하게. 모르겠다. 도대체 그 이유를. 어떤 지점에서 그녀에게 꽂힌 것인지, 그녀가 가진 어떤 포인트가 자신을 이렇게 짐승으로 만들어 버린 것인지. 처음 만났을 때부터인지, 동침한 직후부터인지, 정확한 계기조차 알 수가 없는 그였다.

하지만 확실한 것은 동침 직후부터 자신의 안에 갇혀 있던 동물적 본성이 깨어났다는 것이다. 남들에게 단 한 번도 내보인 적 없는 그의 잔인하고 포악한 본성이 눈을 떴다. 그리고 그녀를 볼 때마다 발현되고 있었다. 그녀를 의도적으로 피해왔던 것은 바로 그런 이유 때문이었다. 그녀도, 그 자신도 구하기 위해선 본능 발현의 도화선인 '송하익'을 만나지 말아야 했다. 그렇다고 생각했고, 지금까지 만 48시간 동안은 성공적으로 그녀를 피할 수 있었다.

한데 오늘, 바로 지금, 그녀가 길목에 서서 그를 맞이했다. 그리고 봉인에서 풀린 그녀를 향한 본능은 한계선까지 치밀어 오르고 있었다.

"어쨌든 전 구박받고 버티는 거라면 몰라도, 결혼하라는 압박에는 자신이 없어요. 대표님한테 떨어지라고 구박하면, '잘못했다, 죄송하다, 하지만 사랑한다, 절대로 떨어지고 싶지 않다, 대표님 처분대로 따를 거다' 등등 핑곗거리가 많습니다. 하지만 결혼하라는 말에는 달리 방도가 없잖아요. 네네, 알겠습니다, 그러도록 할게요, 라고 대답하는 것에도 한계가 있습니다."

"그렇겠군."

"그럼요! 그러니까 대표님께서 어머님께 말씀 좀 잘 해주세요. 결혼 같은 건 생각 없으니까 하익이는 그만 괴롭혀라. 하익일 아무리 종용하고 닦달해 봤자 내 생각은 변함없으니 그쪽보다는 내 쪽을 더 공략해라, 뭐 이런 정도면 괜찮을 것 같습니다만······."

"······."

"사실 제 선에서 어떻게든 해결해 보려고 했는데요. 대표님 어머님께서 제 말은 도통 안 믿으시더라고요. 아무리 대표님께서 결혼에 흥미가 없다고 말씀드려도 어머님께선 납득을 못하셔요. 여자는 남자 하기 나름이라고 저만 들볶으실 기세예요. 오죽하면 제가 대표님은 결혼이 아니라 '여자'에 관심이 없는 거라고, 폭로해 버리고 싶었을까요."

"내가 여자에 관심 없다는 건 누구의 생각이지?"

"네?"

"송하익, 네 생각인 거냐?"

그가 느릿느릿, 깊고 풍성한 음색으로 물어왔다. 하익은 커다랗게 뜬 눈을 깜빡거리며 그를 빤히 바라보았다. 그의 시선을 회피하고 싶은데, 그가 아닌 다른 것에 집중하고 싶은데, 그럴 수가 없다. 그의 주문에 걸린 듯 그의 시선에 사로잡혀 꼼짝을 할 수가 없었다.

"어, 저는 그러니까……."

머릿속에 아무것도 안 떠오른다. 그저 입안이 바짝바짝 타오르고 심장의 움직임이 상상할 수 없는 속도로 빨라지고 있다는 것만 가까스로 인지하고 있을 뿐. 그의 시선 안에, 눈동자 안에 갇혀 꼼짝도 하지 못하고 있었다.

하익은 화르륵 타오르는 갈증에 허덕이며 혀끝을 뾰족 내밀어 입술을 핥았다. 그녀의 아랫입술에 타액이 묻었고 그 모습을 원진은 가만히 지켜보고 있었다. 그의 시선이 닿는 입술이 타는 듯 뜨거워지고, 쿵쾅거리는 심장은 더욱더 맹렬히 뛰어대기 시작했다. 점점 벼랑 끝으로 내몰리는 기분. 점점 물러설 수 없는 곳까지, 계속해서 더 더 내몰리는 기분. 긴장과 초조가 그녀의 숨통을 쥐어짰다. 숨이 막혀 죽을 것 같단 생각이 들 때쯤, 그의 강한 악력이 턱 끝으로 느껴졌다.

원진이 길고 남성적이며 귀족적인 손가락으로 거칠게 하익의 턱을 쥐고 자신의 눈앞으로 끌어당기더니, 재물을 눈앞에 둔 흡혈귀처럼 씩, 잔인하면서도 섬뜩하게 야성적이고 섹시한 미소를 지었다.

"안됐지만 난 여자를 아주 좋아해."

흡혈하듯 그의 입술이 하익의 입술을 덮고 쑥, 길게 빨아들였다. 자신의 자리인 양 거침없이 밀고 들어와 그녀의 안을 정복하고, 슥슥 더듬었으며, 격렬하게 뒹굴었다. 하익이 두 다리에 힘이 빠져 무릎을 꺾을 때까지, 그의 강인한 어깨에 매달려 헐떡거릴 때까지, 신음하며 그의 목덜미를 강하게 끌어당길 때까지.

그녀의 모든 것을 앗아가 제 욕심을 채운 후 원진은 목적을 달성했으니 이제 필요 없다는 듯 그녀를 훅 밀어내며 이렇게 뇌까렸다.

"단지 네게 관심이 없을 뿐이다."

쿵. 하익의 코앞에서 그의 방문이 닫혔다. 망연자실한 얼굴로 닫힌 문을 멍하게 바라보며 하익은 처음으로 그가 자신을 좋아해 줬으면 좋겠다고 생각했다.

"서로 맞고소하는 상황까지 갔는데, 결국은 둘 모두 취하하는 걸로 끝났다고?"

"합의를 본 거죠. 어떤 조건으로 어떻게 마무리했는지 언론에 정식으로 언급된 적도 없고 경찰 쪽 루트로 알아보는 것도 여의치가 않아 대표님께서 원하시는 검증된 정보는 손에 넣을 수 없었습니다만, 다행히 비공식적으로 풀린 자료들이나 예전 송하랑 씨 소속사에서 근무했던 사람들과의 접촉을 통해 당시 상황에 대해서 좀 더 정확히 알아낼 수 있었습니다."

"이게, 그걸 취합한 자료라는 건가?"

방금 전 성강호 비서에게 전달받은 보고서를 무심히 뒤적거리며 그는 세상에서 가장 재미없는 일과 맞닥뜨린 사람처럼 심심하게 중얼거렸다. 성 비서는 살짝 상기된 얼굴로 서서 반짝반짝 빛나는 눈으로 차원진을 마주하고 있었다. 언제나 그렇듯 자신이 알아낸 사실들이 차 대표에게 무한한 만족감을 줄 거라 굳게 믿고 있는 것이었다.

"네, 그렇습니다. 대강 요약해 설명해 드리자면, 당시 군 문제로 여론의 질타와 누리꾼들의 비난을 한꺼번에 받고 있던 영화배우 유준우가 자신의 이미지를 세탁하기 위해 전 국민의 사랑을 받으며 최고의 주가를 올리고 있던 가요계의 요정, 송하랑을 미끼 삼아 작정하고 조작된 스캔들을 퍼트린 것입니다. 실제로 송하랑과 좋은 만남을 유지 중이었던 유준우가 둘이 영화제 대기실에서 같이 찍은 사진을 교묘하게 편집해, 알몸 상태인 것처럼 보이도록 만든 다음 제3자를 통해 인터넷에 유출시킨 것이었죠."

"실제로 두 사람이 사귀고 있었다고? 자신의 이미지 세탁을 위해 제 여자를 이용했단 말이야?"

"진짜 사귀었는지는 모르겠습니다만 주변 사람들 말로는 분위기가 꽤 좋았다고 합니다. 유준우가 적극적으로 대시 중이었고 송하랑도 유준우를 딱히 거절하진 않았다고 하더라고요. 하지만 상황이 상황인 만큼 송하랑의 전 소속사에서는 강경한 대응을 했고, 결국 고소로 이어졌다지요. 이에 유준우도 함께 맞고소를 하면서 사건은 일파만파 커져 갔습니다. 처음엔 여론도 송하랑에게 딱히 유리하게 흘러가진 않았죠. 대중들은 송하랑의 깨끗한 이미지에 길들여져 있었고, 공개된 사진은 그것에 정면으로 반한 것이라 아무래도 충격이 심했을 테니까요. 자신의 이미지를 지키기 위해 남자친구를 비난하는 것이라고 오인하는 부류도 꽤 있었다고 합니다. 결국 치정극으로 흐르면서 법정 싸움으로까지 번지게 되었지요. 싸움이 길어지자 사람들은 자연스럽게 두 사람의 사건에 대해 흥미를 잃게 되었고, 그사이 송하랑과 전 소속사와는 계약이 만료되면서 송하랑은 연예계 활동을 마무리하게 됩니다."

"그래서? 유준우는 지금 뭐 하고 있지?"

"이후 군 복무를 마치고 지금은 충무로에서 영화 일을 한다고 합니다. 배우가 아니라 연기학원을 운영하면서 영화에 엑스트라 공급을 담당하고 있다는군요."

"아직 충무로에 있다고?"

"한 사람의 인생을 그렇게 망쳐 놓고서 참 뻔뻔스럽기도 하죠. 멀쩡하게 그쪽 바닥에서 얼굴 들고 다니는 걸 보면 보통 철면피는 아닌 것 같습니다. 우리 하랑 님은 그 일로 아직까지 무대에 올라가질 못하고 있는데. 주옥같은 노래들, 몇 년 동안 부르지도 못하고 사장되고 있는데! 그 자식만 멀쩡히 영화판에 돌아가 잘살고 있다니 어떻게 이럴 수가 있어요? 아오, 진짜! 제가 다 억울해서 못 살겠습니다, 대표님."

멀쩡하게 보고를 올리던 강호가 도저히 못 참겠는지 솥뚜껑 같은 손으로 가슴을 쾅쾅 쳐대며 소리를 쳤다. 우상으로 모시는 하랑이 그런 일을 당했다는 사실에 울화가 치미는 듯 얼굴은 붉으락푸르락하고 있었다. 원진은 여전히 별 흥미 못 느끼는, 재미없고 심드렁한 표정으로 툭 서류를 책상 위에 내려놓고는 목을 죄고 있던 넥타이를 느슨하게 풀며 강호를 외면했다.

"알았으니까 이만 나가봐."

"대표님, 알아보니까 그놈이 총 3군데 영화사와 계약을 맺고 엑스트라를 공급하고 있었습니다. 한필름, 효릉영화, 씨네마하우스, 이 3군데요. 알고 계시겠지만 이 셋 모두 저희 쪽과 배급 일을 한 적 있거나, 하고 있습니다. 제 생각에는 일단 여기부터 단속을 하시고……."

"내가 왜?"

"예?"

"내가 왜 유준우 씨와 일하는 영화사를 단속해야 한다는 거냐."

"그야 하랑 님께서……."

"나와 그 일은 아무 상관 없어. 그저 사정이 어떻게 된 것인지 궁금해서 알고 싶었을 뿐, 그 일에 관여할 생각은 추호도 없다. 너도 알다시피 난 남의 일에 간섭하는 건 질색인 사람이야."

"그건 그렇죠."

강호는 서류에서 시선을 떼지 않은 채로 차갑게 말하는 차 대표를 물끄러미 바라보며 고개를 천천히 끄덕거렸다. 예상과는 다른 반응이라 조금은 서운하고 섭섭했지만 차 대표의 성격상 충분히 있을 수 있는 일이었다. 솔직히 송하랑의 팬은 자신이지 대표님이 아니질 않는가. 어쩔 수 없는 사정으로 인해 송하랑을 집에 들이기는 했지만, 그거야 말 그대로 '어쩔 수 없는 사정' 때문에 '어쩔 수 없이' 그리했던 것이고. 감정적으로, 개인적으로, 그녀와 얽힐 이유 전혀 없으니 그 이상은 관여하고 싶지 않은 것이 정상적인 반응이었다.

"더 보고할 게 남았나?"

여전히 대표를 바라보며 멍하게 서 있는 강호를 향해 차원진이 고개를 들고 불쑥 물었다. 강호는 절레절레 고개를 내저으며 '아닙니다'를 연발하고는 등허리를 꾸부정하게 구부린 어수룩한 자세로 사무실을 나갔다. 쿵. 문이 닫히자 강호의 뒷모습을 지켜보고 있던 원진의 입에서 작은 한숨이 새어 나왔다.

"멍청이."

두 눈을 힘없이 내리깔며 그가 작게 속삭였다. 서류에 붙어 있는 자료 사진을 그는 찌뿌둥한 얼굴로 내려다보고 있었다. 송하익. 어젯밤 그토록 자신의 감정을 출렁거리게 만들어놓고도 모자라 오늘은 다른 방식으로 그를 흥분케 하다니, 정말이지 놀라운 일이었다. 아니, 짜증스러운 일이다. 자신이 그까짓 삼류 드라마에서나 나올 법한 배신스토리에 분노하고 있다는 게 그는 화가 났다.

대체 자신에게 무슨 일이 벌어지고 있는 것일까?

그는 조심스럽게 손을 뻗어 서류의 다음 장을 넘겨보았다. 송하랑의 인생을 송두리째 날려 버린 무뢰배의 사진이 떡하니 붙어 있었다. 낯익은 남자. 핸섬하고 날렵하여 몇몇 액션영화로 스타덤에 올랐었던 영화배우 유준우. 그였다. 그가 자신이 배급을 맡고 있는 영화사의 일을 하고 있다. 한필름, 효릉영화, 씨네마하우스. 강호 말대로 이 3군데가 맞다면, 자신이 놈의 밥줄을 끊어버리는 건 일도 아니었다. 천천히 그는 손목을 꺾어 턱을 괴고 유준우의 사진을 뚫어져라 바라보았다. 그리고 쓸데없는 충동에 맞서 골똘히, 그러나 차분히 생각을 정리하고 있을 때.

갑자기 견고하게 닫혀 있던 출입문이 벌컥 열렸다.

"이것 보세요! 사전 약속 없이는 절대 안 된다고 정중히 말했잖습니까?"

누가 이렇게 갑자기 찾아와 무례하게 그의 사무실 문을 열어젖혔는지 채 확인할 새도 없이 성 비서가 거칠게 팔을 뒤로 꺾고 목덜미를 휘어감아 단번에 상대를 제압했다. 뒤에서 갑자기 공격을 당한 불청객은 목이 졸리는 듯한 소리를 내지르며 쫓겨 나가지 않기 위해 발버둥을 쳤다.

"차원진 대표님! 저 강우현입니다. 파티에서 뵈었던 강우현. 삼호프로덕션 강우현, 기억 안 나십니까? 송하익 씨랑 얘기도 나눴었는데!"

남자를 짐짝처럼 질질 끌고 가려던 성 비서가 우뚝, 움직임을 멈추었다. 성 비서도 원진도 미간을 찌푸리며 강우현을 뚫어져라 바라보았다.

"어디서 그런 소릴 들었어?"

차원진이 강우현과의 유쾌하지 못한 만남이 이루어지던 바로 그 순간. 송하익은 어머니, 이종님의 갑작스런 연락을 받고 쩔쩔매고 있었다.

[지금 그게 중요하니? 내 딸 송하익이, 대한민국 사람들이 다 아는 국민요정 송하랑이, 웬 남정네랑 동거를 하고 있다는데. 그걸 내가 어디서 들었는지가 중요해? 사실이야, 아니야? 헛소문인 거야, 진짜 남자랑 살림 차리느라 집 나간 거야? 그것만 말해. 얼른!]

"엄만 딸을 그렇게나 못 믿어……?"

[믿고 안 믿고, 이게 지금 그런 문제니? 아니잖아. 네가 남자한테 홀랑 빠져서 정신줄 놓고 있을 때도 난 널 믿었어. 술로 세월

보내면서 우울증까지 앓으며 힘들어할 때도 난 널 믿었어. 한결같이 난 내 딸 믿어왔다. 안 믿었던 적 없어. 네가 남자랑 눈 맞아 이 엄마 몰래 살림 차렸다고 해도, 난 널 믿을 거다. 됐지? 그러니까 말해봐. 그 소문이 사실인지 아닌지.]

"그런 소문이 돌긴 도는 거야? 왜 그런 소문이 도는 건지 모르겠네."

하익은 오만상을 찌푸리며 질끈 눈까지 감고 머리를 굴려보았다. 자신이 차원진의 일을 맡아 하면서 차원진과 동거를 하고 있다는 사실을 아는 사람은 자신과 차원진, 고영자와 성강호, 딱 넷뿐이었다. 그리고 자신은 물론 나머지 셋 모두 이런 극비의 일을 대책 없이 퍼트릴 사람들이 아니었다. 차원진이 고용한 매니저와 스태프들이 있지만 그들은 차원진 쪽에서 고용한 사람들이었기 때문에 입단속 또한 아주 철저하게 되어 있을 것이었다. 그럼 대체 이게 어디서 퍼졌단 말인가.

[솔직히 말해봐. 너 지금 어디서 생활하는 중이니?]

"어? 그, 그거야 영자 언니네 집에서……."

[그래. 고 사장 댁에서 생활한다고 했지. 촬영 때문에 바빠져서 방송국이랑 가까운 고 사장 댁에서 당분간 신세지겠다, 그러면서 집 나갔었지. 그런데 고 사장 집, 방송국에서 완전 멀더라? 지난달에 새집 마련해서 이사 갔다던데.]

"어? 정말?"

[그런 건 좀 미리 알아보고 둘러 붙이지 그랬냐?]

"어…… 그러니까, 엄마! 사실은 어, 저……."

생각나라. 생각나라. 빨리 그럴싸한 핑곗거리 생각나라. 미친 듯이 주문을 걸며 하익은 돌처럼 굳어버린 듯 꿈쩍하지 않는 머리를 굴리고, 굴리고, 또 굴렸다. 어떻게든 다른 핑계를 생각해 내이 일을 무마해야만 했다. 누구의 입에서 비밀이 새어나갔는지 추적하는 것은 종님의 의심을 피하고 난 후에 해도 늦지 않다. 생각나라, 제발. 어서 그럴듯한 핑계가 떠올라라!

[사실대로 털어놔.]

"저기 그게, 원래는 영자 언니네 집으로 가려고 했었거든. 그런데 방송국 옆에 친구가 살고 있다는 걸 뒤늦게 알게 된 거야. 그래서……."

[네가 그렇게 거짓말만 둘러댄다면 별수 없다. 이 엄마가 직접차원진 찾아가서 묻는 수밖에.]

즉흥적으로 떠오른 거짓 핑계를 둘러대 볼 요량으로 그녀가 막입을 연 그 순간, 수화기 너머에서 종님의 냉랭한 음성이 비수처럼 날아왔다. 헉. 하익은 거칠게 숨을 들이쉬며 두 눈을 휘둥그레떴다. 엄마 입에서 차원진의 이름까지 나올 줄이야. 엄마가 동거사실뿐 아니라 동거남의 이름까지 알고 있을 줄이야. 이게 대체어떻게 된 일이야?

"엄마! 안 돼. 그건 절대로 안 될 말이야."

[차원진이랑 살림 차렸다는 게 사실이구나?]

"엄마, 진정해. 일단 나랑 만나자. 나랑 만나서 얘기해. 다른 사람한텐 얘기 안 했지?"

[딸래미가 외간 남자랑 눈 맞아 부모 몰래 동거를 하고 있다는얘길 내가 누구한테 하니? 누가 알까 봐 겁나는구만. 너 이거 고사장이랑 얘기된 거야?]

"어, 엉⋯⋯."

[둘이 아주 잘~ 한다. 엄마, 아빠 몰래 자알~ 해. 연예인이란
게 남자랑 눈이나 맞아서 살림이나 차리고, 그 소속사 사장이라는
건 그런 연예인 말릴 생각은 안 하고 의리 있는 척 비밀 지켜준답
시고 엄마한텐 말도 안 해주고. 대체 니들이 정신이 있는 거니, 없
는 거니? 너, 그렇게 당하고도 또니? 또야? 남자 믿을 거 못 된다
는 거 몰라서 이래? 내가 진짜 차원진 어머님한테 연락받은 것만
아니면⋯⋯!]

"뭐? 누, 누구한테 연락을 받아?"

[차원진 어머님한테 받았다, 왜? 그 양반이 나한테 먼저 연락을
했더구나. 당신 따님이 우리 아들과 동거를 하고 있답니다. 아시
고 계시나요? 이렇게.]

"컥!"

이건 또 무슨 말도 안 되는 상황이야? 차원진 모친께서 어떻게
엄마한테 연락을? 왜? 무엇 때문에? 어째서 나한테 말도 없이 이
런 일을 벌이신 거야? 대체 왜 다이렉트로 엄마한테 연락을 했대?
왜 그랬대, 궁금해 죽겠네? 연락처는 어떻게 알아내서?

[내가 정말 낯 뜨거워서 말이 안 나왔다. 어떻게 나도 모르게 그
런 일을 벌일 수가 있니? 차원진이랑 좋아지낸다면 내가 반대라도
할 줄 알았니? 내가 입버릇처럼 너, 남자 당분간 만나지 말라고 해
서, 그래서 그랬니? 내가 너 괜히 남자 못 만나게 했어? 네가 남자
보는 눈이 형편없으니까 그런 거 아니야. 고 사장이나 내가 직접
보고 괜찮은 사람이다 싶은 남자 골라 만나라고, 그래서 그랬던
거 아니냐고. 근데 어쩜 나만 모르게 저희들끼리 차원진이]

랑…….]

"엄마! 엄마, 일단 전화 끊어요. 내가 오늘 저녁에 집으로 갈게. 자세한 건 그때 가서 얘기해."

[얘기는 무슨 얘기! 됐어. 아버지한테는 아직 알리지 못했으니까 괜히 집까지 와서 낯 뜨거운 사실 떠벌릴 생각 마. 내가 가마. 네가 신접살림 차렸다는 그 집이 어디냐? 주소 찍어서 핸드폰으로 보내. 지금 찾아갈 테니까.]

"여, 여길 온다고? 대표님 집에?"

[왜? 내가 가면 안 돼? 딸이 살고 있는 집엘 내가 왜 가면 안 돼?]

그거야 이 집은 엄마 딸의 집이 아니라 차원진의 집이니까요. 엄마 딸은 차원진과 눈이 맞아 살림을 차린 게 아니라, 차원진의 돈을 받고 차원진의 일을 도와주기 위해 고용된 것이니까요. 엊그제 갚은 빚 2억 원이 바로 그 일을 해주기로 하고 받은 돈이라고요.

라고 다 실토하고 싶었지만 그의 허락 없이 아무한테나 일급비밀을 발설할 수는 없었다. 차원진의 모친이 개입되어 있는 문제이니 더더욱. 만에 하나, 어머니에게 모든 사실을 말했다가 차원진 모친의 귀에까지 들어가게 되면? 그 뒤에 일어날 일은 누가 책임지겠는가. 일단은 그에게 모든 걸 설명하고 어떻게 할지 결정해야 했다.

"일단 밖에서 만나. 내가 다 설명할게."

하익은 서둘러 종님과의 통화를 마무리하고 차원진에게 전화를 걸었다. 다다다다, 손가락에 모터 달아놓은 듯 빠르게 그의 번호를 누르고 신호가 가자 후욱— 긴장된 한숨을 내뱉으며 그녀는 천천히 핸드폰을 귀에 붙였다.

[무슨 일이야?]

신호가 끊기자마자 그의 목소리가 묵직하게 날아왔다. 귓속으로 빠르지만 심히 나른하게 퍼지는 그의 음성을 듣자마자 뱃속 깊은 곳에서부터 야릇한 신음이 흘러나오는 것 같아, 하익은 황급히 꾹 아랫입술을 깨물었다.

"대표님, 큰일 났어요……."

[큰일 나다니, 무슨?]

고저를 전혀 느낄 수 없는 밋밋한 어조로 그가 묻는다. 하익은 잠시 침묵을 지켰다. 사실 그날 이후 이렇게 말을 섞는 것은 처음이었다. 예상대로 그는 참으로 무덤덤하다. 아무 일도 없었던 듯, 그날의 그 키스 따위 아무 의미도 없다는 듯.

이미 그렇다고 생각해 왔었지만 어쩐지 씁쓸하다. 서글프다. 서운하다. 아무 의미 없었다고는 하지만 그래도 키스인데. 조금은 어색한 티를 내줘도 될 텐데 말이다. 그때의 일을 조금은 신경 쓰고 있다, 표현해 주면 엄청 고마울 텐데…….

하익은 신경질적으로 이마를 긁적거리며 질끈 두 눈을 감았다. 그리곤 스스로를 향해 타일렀다. 이런 생각, 하지 말자. 쿨하지 못하게 이게 뭐 하는 짓? 부끄럽다. 구질구질하다. 키스 두어 번에 사랑한다고, 내 인생 책임지라고, 나도 사랑해 달라고 매달리는 짓. 되게 우습고 유치하지 않은가? 정신 차리자, 송하익. 요즘은 16세 소녀도 그딴 짓 안 해.

"우리 엄마께서 다 아셨어요. 우리가 함께 살고 있다는 거요. 어머님께서 엄마께 연락하셨대요."

[내 어머니가, 네 어머니께 연락을 하셨다고?]

"이게 무슨 날벼락인지 모르겠어요. 대체 어머님께선 뭘 어쩌시려고 우리 엄마한테까지 연락하신 걸까요? 우리 엄마 연락처는 어떻게 아시고 연락하셔서……."

[누군가 알릴 만한 사람이 알렸겠지.]

착잡한 마음 모두 접고 걱정거리 한 보따리 풀어놓으려는데, 차가운 그의 목소리가 말문을 막는다. 감정 한 톨 들어가지 않은 무덤덤하고 무뚝뚝한 평소의 차원진 말투와는 약간 다른, 어딘지 냉정하고도 살살 비꼬이게 들리는 말투였다. 자연스럽게 들리는 뉘앙스를 가지고 해석해 보자견 딱 '알릴 만한 사람은 너밖에 없다'다. 설마 엄마 전화번호를 내가 스스로 유출해 놓고 모르쇠하고 있다는 건가? 그렇다고 의심하는 건가? 정말로? 하익은 멍하게 반문했다.

"그게 무슨 말씀이세요?"

[내가 어려운 말을 했나? 아니면 네 이해력이 떨어지는 거냐?]

"대표님, 전요……."

[미안하지만 그 얘긴 나중에 다시 나누지. 지금 중요한 손님을 만나고 있는 중이라서 말이야.]

또 그 이상한 말투. 심하게 뒤틀려 있는, 그래서 심장에 콱콱 비수로 와 닿는 말. 하익은 어디서 끓어오르는 건지 알 수 없는 정체 모를 감정에 휩쓸려 버럭 고함을 질렀다.

"대표님!"

하지만 그녀에게 되돌아온 것은 뚜뚜뚜뚜— 공허하기 짝이 없는 신호대기음뿐이었다.

제8장. 사랑, 그 실마리

강우현은 10분 전 갑자기 원진의 사무실을 찾아와 하익을 운운
하며 면담을 요구해 왔다. 송하익의 이름을 대면 차원진을 만날
수 있을 거라고 생각하는 듯 꽤나 포부도 당당하게. 평소였다면
원진은 그 가소로운 모습에 코웃음 쳐주었을 것이다. 번뜩 그날
파티에서 그를 만났던 기억이 떠오르지 않았다면, 실제로도 그러
했을 것이다.

"보다시피 송하랑 씨는 내 소속이라서. 이 여자와 일하고 싶으면 정
식으로 서류를 구비해 날 찾아오십시오. 출연 가능성은 그때 가서 따져
보죠."

그렇다. 자신의 파트너임을 알아보고 하익을 캐스팅하려 했던

그 피디가 바로 강우현, 이 사람이었다. 그가 그때 그 사람이라는 것을 알고 나니 없던 흥미가 싹 돌았다. 결국 하익을 캐스팅하기 위해 바로 자신, 이 차원진을 찾아왔다는 뜻이니까. 하익에 관한 허락을 받아내기 위해 강우현이 얼마나 열심히 준비했는지 매우, 아주아주 많이 궁금해졌다.

세상 그 무엇보다도 더 간절히 원하는 일인 양 그를 만나보기를 애걸복걸 간청하던 강우현은 그러나, 사무실 안으로 들어오자마자 평소의 사람 좋은 가면을 벗어버렸다. 그는 돌려 말하는 법도 없이 단도직입적으로 말했다. 자신의 차기작 드라마에 투자자가 되어달라고.

"대표님께서는 제게 투자를 하시고 전 그 투자를 받아 좋은 작품을 만들고. 그렇게 하여 누구도 넘볼 수 없는 걸작을 엮어보자는 말입니다. 작품이 히트하여 수익이 커지면 대표님께도 좋은 일 아닙니까? 전 대표님께 수익성 좋은 상품이 있음을 알려 드리는 것입니다. 이 드라마에 투자하시면 대표님께도 큰 이익이 떨어질 겁니다. 송하익 씨는 덤이죠. 일종의 보너스."

"보너스, 라고요?"

"차 대표님의 투자 규모에 따라 송하익 씨의 배역을 정할 겁니다. 투자 규모가 크면 클수록 하익 씨한텐 더 중요하고 화려한 배역이 주어지겠지요. 제작비의 80% 이상을 지원해 주신다고 약속한다면, 저 또한 송하익 씨의 주연급 발탁을 약속드리겠습니다. 어떻습니까? 대표님과 저의 이익이 서로 잘 맞아떨어지는 최고의 딜이 아닙니까?"

"뭔가 단단히 착각을 하고 있는 것 같은데. 내가 송하익 때문에 작품

투자까지 결정해야 할 만큼 그 여자에게 깊이 빠져 있다고 생각하는 겁니까, 강 피디?"

"아니라곤 말 못하실 텐데요."

"잘못짚어도 한참 잘못짚었습니다. 나에게 송하익이란, 필요 없어지면 버릴 수도 있는 의미 없는 존재일 뿐. 송하익은 나를 움직이지 못합니다. 위협할 힘도 물론 없죠. 당연히 내가 투자와 같은 중요한 일을 송하익 때문에 결정하는 일도 없습니다. 그러니까 송하익을 위해 내가 뭘 어쩔 거란 생각은 이제부터라도 버리는 게 좋을 겁니다."

"대표님께선 송하익을 후원파티에 데리고 나오셨습니다. 그건 '이 여자와 난 후원계약을 맺은 사이다' 라고 업계 사람들 앞에서 선언하는 것과 같은 경우죠. 그 일로 인해 신문에 한 차례 익명제보 기사까지 나지 않았었나요? 그런 사이에 아무 의미도 없는 존재이다, 말하는 것은 그거야말로 눈 가리고 아옹 하는 것 아닙니까? 전 바보가 아닙니다, 차 대표님. 차 대표님께선 송하익과 지금도 계속 그러한 관계를 유지하고 있지 않습니까? 주고받는, 그런 관계 말이죠."

"송하익이 그렇게 말하던가요? 우리 둘이 '관계' 를 맺고 있다고?"

"차 대표님께선 후원계약 따위 단 한 번도 맺어본 적 없는 분이시라는 거 잘 압니다. 관심이 아예 없으셨죠. 김 회장님의 정치적, 경제적 위상이 아니었다면 그런 파티에 얼굴 내미실 분 아니란 건, 이 업계 사람이라면 누구나 다 알고 있을 겁니다. 그런 대표님께서 송하익과 일시적인 관계가 아닌 지속적인 관계를 맺고 있다는 것은 그만큼 송하익을 남달리 생각하는 것이겠죠. 안 그렇습니까?"

"내가 송하익을 사랑하기라도 한다는 얘깁니까?"

"사랑. 집착. 소유욕. 혹은 단순한 호감이거나 동정. 그 어떤 것으로 설명한다 해도 상관없다고 생각합니다. 무엇 때문이든 대표님께서 송하익을 갖고 싶어한다는 것만큼은 확실하니까요. 결국엔 그게 가장 중요한 거 아닙니까?"

"마치 나에 대해 속속들이 다 알고 있는 것처럼 말하는 거, 아주 우습군요. 그래 봤자 당신이 내게서 얻어낼 수 있는 건 아무것도 없을 겁니다. 정신 차리세요."

"송하익, 그 여자가 그러더군요. 대표님께서는 어머니를 속이기 위해 돈을 지불하고 사람을 사기까지 하는 무서운 사람이라고요. 묻지도 않았는데 그런 얘길 굳이 제게 한다는 것은 뻔한 거 아니겠습니까? 난 차원진의 사적인 일까지 알고 있을 정도로 그와 가까운 사이이다. 그러니 차원진의 투자를 받고 싶으면, 나를 잡아라."

"……."

"그러니까 굳이 따져 보자면 전 송하익의 제안을 받고 여기까지 온 것이죠. 이래도 부인하실 겁ㄴ까, 두 사람의 관계?"

송하익에게서 전화가 걸려오기 직전까지 강우현과 나누던 대화였다. 타이밍도 절묘하게 그 순간 하익에게서 전화가 왔고, 그녀는 아무것도 모르는 사람처럼 그에게 말하였다. 안명자 여사 외엔 아무도 몰라야 할 비밀동거 사실이 그녀의 어머니에게까지 알려졌다는 사실을. 아들이 정말 사랑하는 여자와 동거하고 있는 줄로만 알고 있는 안 여사가 그녀의 어머니에게 연락을 한 것이었다. 안 여사가 하익 모친에게 연락한 용무야 너무나도 뻔한 일이었다. 분명 하익 모친을 자극해 동거를 결혼으로 바꿀, 상황의 반전을 노린 것일 게다.

중요한 비밀을 들켜 버렸으니 하익이 놀라고 당황하는 것은 너무나도 당연했다. 하지만 이미 강우현이 날린 어퍼컷에 정통으로 얻어맞아 눈앞에 노란 별이 떠 있는 상태였던 원진의 입에서 이성적인 말이 나올 리는 없었다. 말도 안 되게도, 그는 그 순간 깊은 배신감을 느끼고 있었다.

강우현을 찾아가 원진을 미끼 삼아 딜을 했다는 것이 사실이라면, 송하익이 오유정과 다를 게 뭔가. 돈과 욕망의 노예. 출세하기 위해선 뭐든 다 하는 여자. 사랑 따위 돈 앞에선 아무것도 아니라는 속물. 출세를 위해 사랑을 버리고, 돈을 위해 출세를 버리고, 돈과 출세를 모두 잃고 나니 다시 사랑을 이용해 그것을 쟁취하려는 속물 중에서도 가장 야비한 속물. 원진을 이용해 어떻게든 예전 명성과 부를 되찾으려 발악하는 여자. 그런 오유정과 '원진을 출세의 발판쯤으로 여긴' 하익이 뭐가 다른가 말이다.

원진은 자신이 왜 송하익의 배신에 치명타 입은 복서처럼 휘청거리는지 생각해 볼 겨를도 없이 하익과의 통화를 마무리했다. 그리고 거의 승리를 확신하는 듯 희열감에 들떠 있는 강우현을 마주했다.

"다시 본론으로 돌아가서 말씀드리자면 전 대표님께서 제게 투자하시는 것만큼 돌려 드릴 자신이 있습니다. 아니, 그 이상도 가능하다고 봅니다. 내년 정말 크게 한번 사고치고 싶습니다. 제 능력을 믿고 베팅해 주신다면 그 투자금 이상의 성과를 내드리도록 노력하겠습니다. 잘 봐주십시오, 대표님."

"그 태돈 뭐지? 방금 전까지 내게 호기롭게 협박을 일삼던 사람답지 않은데."

상대방을 확 깔아뭉개는 말투로 느리게 중얼거리곤 차원진이 비릿한 미소를 지으며 입술을 비틀었다.

우현은 아까까지만 해도 차원진이 차갑게 비꼬면서도 '～습니다'와 같은, 나름대로 예의 차리는 말투를 구사하고 있었다는 점을 상기하며, 힐끗 눈썹을 치떴다. 차원진이 예의를 벗어던졌다는 것은 심기가 많이 불편해졌다는 뜻이다. 그렇다는 얘긴 자신의 발언이 어느 정도는 먹히고 있다는 의미이기도 하고. 우현은 빙긋, 특유의 사람 좋은 미소를 지어 올리며 꽤나 호의적인 말투로 나긋나긋 차원진 설득에 나섰다.

"뭔가 오해를 하신 것 같습니다, 대표님. 저는 그럴 의도로 대표님을 찾아온 게 아닙니다. 전 대표님과 제가 힘을 합해서 좋은 작품 한번 만들어보자, 하고 말씀드리기 위해 온 것일 뿐입니다. 솔직히 협박 같은 걸로 투자금을 받아낼 생각이었다면 굳이 송하익에게 배역을 주겠다는 제안을 왜 했겠습니까? 배역이라는 카드를 내놓지 않아도 대표님을 공격할 무기가 따로 있는데 굳이 그럴 필요 없지요. 예를 들면 제보랄지."

"제보?"

"아시다시피 제게도 연예계 떠도는 소문이나 기사 소스 따위 찔러줄 만한 친한 기자들이 몇몇 있습니다. 알고 있는 사실들로만 꾸려도 포털사이트 메인 등극은 따 놓은 당상이죠. 〈MD미디어의 차원진, 여배우로부터 성상납 받다.〉 이렇게 자극적인 타이틀을 달면 좀 더 폭발적인 반응을 이끌어낼 수도 있고요. 아시잖습니까? 우리나라 언론들과 대중들의 냄비근성. 금세 뜨거워지죠."

"지금 그거 두 번째 협박인가? 말을 들어주지 않으면 언론사에 제보를 하겠다? 그깟 기사 하나로 날 흠집 낼 수 있을 거라 생각한 다면 그거야말로 강 피디의 큰 오판인 것 같은데."

"물론 그깟 기사 따위로 감히 대표님을 흠집 낼 수 있을 리는 없 겠죠. 그 어떤 것도 쉽사리 대표님의 커리어를 망칠 수는 없을 겁 니다. 하지만 대표님과 엮일 여배우가 송하익이라면 얘긴 조금 달 라질 수 있겠죠. 송하익이 과거 연인이었던 영화배우 유준우를 고 소했던 사건, 대표님도 익히 알고 계시겠죠?"

"……."

"사랑하던 남자였는데도 자신의 명성에 해가 된다고 판단되자 안면 몰수했던 여잡니다. 남자친구가 둘의 사진을 공개하자 사진 은 조작된 것이고 그와는 연인 사이가 아니라며 소송을 걸었단 말 이죠. 공교롭게도 그때 남자친구였던 유준우는 군 문제로 여론의 뭇매를 맞고 있었습니다. 물론 송하익은 국민요정이라는 타이틀 을 달고 끝없이 올라가고 있을 때였고요. 이쯤 되면 한번쯤 생각 해 봐야 한다고 생각합니다. 유준우가 비호감으로 전락하며 대중 의 비난을 한 몸에 받고 있지 않았더라면, 되레 최고의 배우로 인 정받고 몸값 상승에 인기 고공행진을 하고 있었더라면, 송하익이 연인 사이를 부인하며 소송까지 걸었을까?"

"송하익이 내게도 유준우 때와 똑같이 나올 거란 말인가?"

"오히려 그 반대이겠죠. 대표님과는 엮이면 엮일수록 이익일 테니까요. 최대한 이용할 수 있는 만큼 이용해 먹으려 들 겁니다. 송하익은 생긴 것처럼 그리 호락호락 만만한 여자가 아닙니다. 대 표님 혼을 쑥 빼놓고서 저에게 찾아와 이런 일을 벌이자 꼬드긴 것부터가 무섭지 않습니까? 그 순진하고 사랑스러운 얼굴을 하고

서 대표님을 이용하자고 교묘하게 압박하는데, 전 정말 깜짝 놀랐습니다."

목소리 톤을 낮추고 입가에 은밀한 미소를 띤 채 강우현이 속살거렸다. 세상 사람들이 알면 절대로 안 되는 비밀 얘기라도 되는 양. 원진은 그의 눈에 번뜩이는 야망을 무덤덤하게 훑으며 착 가라앉은, 그래서 심히 위협적으로 들리는 음성으로 읊조리듯 말하였다.

"그 거래를 받아들이고 지금 이렇게 내게 협박을 하고 있는 당신이 할 소린, 아닌 것 같은데."

"저야 어쩔 수 없어서 이러는 거죠. 저도 살아야 하지 않겠습니까? 전 이 작품을 3년 전부터 준비했습니다. 그리고 내년 중에 꼭 공중파에 선보이고 싶습니다. 모든 게 완벽하게 준비되어 있는 지금, 필요한 건 거금을 쥔 투자자이고요. 하지만 자본가들은 작품을 보는 눈이 없죠. 자기들의 그 싸구려 눈으로 볼 때 대중성이 없다 판단되면 퀄리티 상관없이 투자를 꺼립니다. 한마디로 무식하죠. 그 무식한 족속들 때문에 제 작품은 벌써 3번이나 제작이 무산되는 비운을 겪었습니다. 이런 제게 달리 무슨 방도가 있었겠습니까? 전 정말 송하익의 제안을 받아들이는 수밖에 없었습니다."

"살기 위해 날 협박하고 있다는 건가. 내 눈엔 죽기 위해 발버둥치고 있는 걸로 보이는데. 나와 맞서다가 이 바닥에서 흔적도 없이 사라지는 수가 있다는 걸 설마 모르진 않겠지?"

"자꾸 협박이라고 말씀하시는데 전 그럴 주제 못 되는 사람입니다. 그런 거 아니니 너무 노여워 마시죠, 대표님. 아시잖습니까? 전 단지 상생을 말하고자 하는 것뿐입니다. 같이 잘살아보자. 해피 투게더. 이 거래는 모두가 이익을 챙길 수 있습니다. 저는 거액의 투자금을, 대표님께선 그 이익금과 송하익을, 송하익은 배역을 손에 넣을 수 있죠. 절대로 대표님께서 손해 보는 장사는 아니란 겁니다. 송하익도 원하는 걸 얻을 수 있는 한은, 대표님 옆에 언제까지고 남아 봉사할 겁니다. 그러고도 남을 여자죠. 사실 그것도 썩 나쁘진 않지 않습니까? 국민요정 송하랑을 옆에 두고 마음대로 가질 수 있는 거, 그거 아무나 못하는 거잖습니까. 그러니 이거야말로 모두가 서로를 이용해 이득을 취하는, 최고로 현명한 방법 아니겠습니까?'

느물느물 나지막이 중얼거리며 우현이 능글맞은 웃음을 만면에 띠었다. 우현의 머릿속에 펼쳐진 다음 장면은 원진이 못 이기는 척 자신의 제안을 받아들이는 것이었다. 그렇게 될 것이다. 그렇게 될 수밖에 없었다. 차원진은 사업에 하등 도움 안 되는 쓸데없는 추문은 원치 않을 것이기에.

아, 물론 겉으론 다급한 기색을 내비치진 않을 것이다. 흥정의 달인, 차원진이니만큼 최대한 자존심을 내세우겠지. 그것까진 귀엽게 봐줄 수 있었다. 대어를 손에 넣게 되었는데 그 정도 아량쯤이야 베푸는 건 일도 아니지. 우현은 너무나도 편안한 얼굴로 원진을 향해 다시금 호의의 미소를 지어 보였다.

자, 이만 내 손을 잡으시지요. 차 대표님.

"기대가 되는군. 몹시."

어지러운 마음과는 다른 코웃음이 원진에게서 흘러나왔다. 그는 더 이상 느긋할 수 없을 정도로 느슨하게, 온몸을 이완시킨 편안한 자세로 앉아 여우 새끼처럼 얍삽한 눈을 희번덕거리며 열심히 둔한 머리를 굴리고 있는 강우현을 향해 천천히, 이렇게 말하였다.

"이 게임에서 깨지고 짓이겨지는 사람이 누군지, 어디 한 번 두고 보지."

무려 1시간 전부터 같은 자리에 앉아 초조하게 누군가를 기다리고 있던 여배우, 오유정은 백미러로 꽤 낯익은 자동차가 보이자 반사적으로 룸미러에 얼굴을 들이대고는 빠르게 옷매무새와 머리 모양을 다듬었다. 적지 않은 시간과 돈을 들여 정성스레 관리받은 헤어와 메이크업 덕분에 그녀의 미모는 최상급, 완벽했다. 어떤 남자도 자신에게서 철철 흘러넘치는 여성적 매력을 쉽사리 거부하진 못할 것이라고 오유정은 확신했다. 특히 자신을 아주아주 사랑해 마지않는 사람이라면 더더욱.

유정은 지금껏 살아온 32년간 두 번의 아주 중요한 실수를 저질렀다. 그 하나는 '의사라는 타이틀과 청담동 빌딩을 5개나 소유한 시댁의 재력'만 보고 결혼해 배우로서의 화려하고 자유로운 생활을 접었던 것이며, 다른 하나는 연예인으로서의 화려함과 돈만을 좇던 나머지 당시 자신을 목숨보다도 더 사랑했던 순정남 차원진을 버렸다는 거다.

물론 당시의 그는 외모와 학벌 빼곤 볼 게 없는 무능력한 남자였다. 쥐뿔도 없이 가난한 고학생인데다가 아버지는 병이 들어 구멍 난 항아리에 물 붓기 식으로 다달이 몇백만 원씩이나 되는 돈을 병원에 갖다 부었어야 했고, 결정적으로 부친의 사업이 망하는 바람에 상속받은 빚이 억대였다. 고액 과외로 쏠쏠하게 돈을 벌었지만 날이 갈수록 집안 가세는 기울어갔고 마지막에는 집을 팔고 달동네 셋방으로 이사하기까지 했었다.

한마디로 그에게선 희망이 안 보였다. 학교를 졸업해 좋은 직장에 취직한다고 해도 빚은커녕 아버지 병원비 대느라 다람쥐 쳇바퀴 같은 생활만을 반복해야 함은 불을 보듯 뻔한 것이었으니 살신성인의 자세로 그를 사랑으로 품겠다 마음먹지 않고서야 그의 곁에 남아 있을 이유가 없었다. 그리고 그녀는 자신의 인생을 그런 의미 없는 일에 헌납할 만큼 그를 사랑하지 않았다.

"지긋지긋하게 계속 이렇게 붙잡고 늘어질래? 난 오빠 사랑하지 않는다니까. 오빠 곁에서 순수한 사랑이나 하면서 아등바등 사느니 차라리 몸 팔고 웃음 팔면서 화려하고 뽀대 나게 살 거야."

"그게 지금 널 사랑하는 내 앞에서 할 소리야? 몸 팔고 웃음 팔며 사는 게, 나보다 더 좋다고?"

"난 사장님 병원비 못 대. 빚이나 갚으면서, 시아버지 병간호나 하면서, 내 인생 허송세월로 날려 버리지는 않을 거라고."

"너한테 빚 갚으라고 안 해. 내가 갚아. 아버지 병원비도 내가 해결할 거야."

"어떻게? 무슨 수로? 설마 '하늘이 무너져도 솟아날 구멍은 있다'는 개소리나 하려는 건 아니겠지? 아니면 열심히 일하고 땀 흘려 돈 벌면 언젠가는 자신에게 다 돌아온다, 뭐 이딴 선비님 같은 소리 하려는 건 아니겠지? 꿈 깨세요, 차원진 씨. 인생은 실전이에요. 이론이나 허황된

꿈속에서나 나오는 일, 일어나지 않아요. 대한민국은 돈이 돈을 버는 세상이라고요. 아무리 열심히 일을 해도 한 번 망하면 끝장인 게 세상 이치란 말입니다."

"……."

"오빠가 일어설 수 있을 것 같아? 사장님 공장 다시 찾을 수 있을 것 같냐고. 무슨 돈으로 찾을 건데? 당장 다음 달 병원비도 없으면서 무슨 수로 날 행복하게 해줄 건데?!"

"너만 있으면 돼. 네가 내 옆에만 있어주면 그 힘으로, 그걸 버팀목 삼아 뭐든 다 해낼 수 있어. 그러니까 떠나지만 마. 지금은. 지금은 제 발 내 곁에 있어라, 오유정."

"시간, 그거 조금 더 줘봤자잖아. 뾰족한 수도 없으면서 무작정 나더 러 기다려 달라는 건 오빠 이기심 아니야? 말했잖아. 나, 며칠 전 유명 한 영화감독한테서 제의 받았다고. 조만간 출연 계약 맺을 거야. 그분, 오디션 없이 한 방에 계약 즐정할 정도로 날 아주 예쁘게 봐줬어. 내가 아주 마음에 든대. 나랑, 살고 싶대."

"뭐?"

"사람은 상황에 따라서 다양한 선택을 해야만 해. 오빠네 집에 왔을 때, 오빠가 날 너무너무 친동생만큼이나 잘 대해줬을 때, 그때의 나는 오빠를 선택하고 의지했어. 하지만 지금은 그럴 수가 없어. 오빠는 날 지켜주지 못하잖아."

"너, 날 사랑하는 거 아니야?"

"사랑해. 날 지켜줄 수 있는 오빠의 능력만큼만."

"오유정."

"내가 오빠를 버리고 영화감독한테 가는 게 서운하고 화나? 그럼 오빠

가 날 스타로 만들어줘. 무비스타 만들어 돈방석에 앉게 해줘. 오빠가 해
준다면 난 굳이 그 영화감독에게 갈 이유가 없어. 그렇게 해줄 수, 있어?"

그는 대답을 하지 않았다. 할 수 없었을 것이다. 빈털터리에 가
난뱅이 주제였으니.

솔직히 말해 그 순간 미안한 마음이 아주 없었던 것은 아니었
다. 폭력이 횡행하던 보육원을 박차고 나와 갈 곳 없이 길거리 헤
맬 때, 숙식 제공하며 공장 알바 자리 내주던 마음씨 좋은 차원진
아버지, 차 사장님께도 미안한 마음 한량없었고, 공장에서 지내다
불날 뻔한 자신을 걱정해 주며 집으로 불러들여 함께 살게 해줬던
차원진 어머니께도 머리 숙여 용서를 구하고 싶었다. 한 번만 도
와주면 어떻게 해서든 꼭 그 은혜 갚겠다던 약조를 저버리고 제
살 길만을 찾아 떠난 것은 정말로 죄송스럽고 또 죄송스러운 일이
었다. 하지만 그것 때문에 차원진의 마음을 받아야 한다? 그건 아
니라 생각한다.

물론 자신은 그에게서 취할 수 있는 것은 모두 취했었다. 가세
가 기울었을 때도 그의 집에 얹혀살며 생활비 한 푼 안 냈고, 장학
금을 받겠다는 핑계로 알바 한번 뛰지 않고 열심히 공부하는 척하
면서 실은 친구들과 유흥이나 즐기다가 결국 그가 열심히 알바해
벌어놓은 등록금을 가로채기도 했었다. 하지만 그것마저 엄밀히
따져 보자면 딱히 자신이 미안해할 일은 아니라 생각했다. 그 일
들은 모두 차원진이 자신을 사랑해서, 자진해서 희생한 것이었다.
누구의 강요도 없었던 만큼 자신도 그에게 미안해할 필요는 전혀
없는 것이다.

게다가 심지어 자신은 그에게 빚진 돈을 모두 갚았었다. 배우 데뷔한 직후 빵 떠서 스크린을 누비는 청춘스타가 된 후 그녀는 그의 통장으로 정확히 자신이 빌린 돈과 5년간 먹고살았던 생활비를 톡톡히 쳐서 쏘아주었다. 빚 따위 다 청산했단 말이다. 이후 차원진은 그 돈보다도 수천 배나 많은 돈을 친척에게 상속받고, 영화 업계에 뛰어들면서 사업마저 대성공. 엄청난 부를 축재하게 되어 그녀가 갚아준 돈 따위는 별 의미가 없게 되어버렸지만, 어쨌든 그녀는 자신이 잘못한 것만큼 다 되돌려 갚아줬다고 생각했다.

"큼큼!"

유정은 뒤쪽에서 빌라 골목 입구로 진입해 들어오는 자동차를 다시금 백미러로 확인하고는 목청을 가다듬었다. 옷매무새를 다시 한 번 잘 다듬고 흘러내린 옆머리까지 귀 뒤로 잘 정리하고서 유정은 차가 멈춰 서기만을 기다렸다. 차 안에서 원진이 나오는 걸 확인하는 순간, 그녀는 당장 달려가 그의 품에 안길 계획이었다.

'그래. 네가 이겼다, 차원진. 내가 졌어. 네 말대로 했었더라면 이렇게 인생이 구질구질해지진 않았을 텐데. 네 말대로 네 옆에 있었더라면, 영화감독한테 3년이나 이용당하고 퇴물 취급당하며 걷어차일 일도 없었을 텐데.'

그랬다면 그 때문에 쫓기듯 결혼을 선택하는 일도, 깐깐한 시집살이 견디다 못해 시어머니와 삿대질해 가며 싸울 일도, 시댁에 찍혀 과거 뒷조사당할 일도, 영화감독과의 동거 사실로 인해 이혼을 강요당할 일도 없었을 거다. 그냥 국으로 가만히 있었더라면,

차원진 믿고 그의 옆에서 그가 하는 일을 지켜봐 주며 힘을 줬더라면, 그랬더라면 지금 그가 가진 부와 명예, 연예계를 좌지우지할 수 있는 영향력은 모두 자신의 것이 될 수 있었을 것이다. 그는 자신이 가진 걸 늘 그녀에게 모두 줬으니까.

여러 가지 정황으로 보아 그는 아직도 자신을 못 잊고 있는 게 틀림없었다. 그의 지고지순했던 사랑을 고려해 봐도 그러했고, 백만장자가 되어 천금을 희롱하게 되었을 때 뛰어들었던 사업이 영화 쪽이었다는 것도 그러한 맥락이었다. 어디 그뿐인가. 그녀가 대놓고 차원진 이름을 팔아먹고 다님에도 불구하고 그에게선 아무런 제재도 없었다. 그는 그녀가 더욱더 간절하게, 적극적으로 구애하기를 기다리고 있는 게 틀림없었다. 자신을 걷어차고 나간 만큼 제 발밑에 엎드려 빌고 들어와라는 뜻이었다.

"해주지 뭐. 까짓것."

시크하게 중얼거리며 유정은 코웃음을 흘렸다. 그녀에게 그 정도의 일은 껌. 자신이 원하는 것을 모두 갖고 있는 차원진을 공략하는데 몸 사릴 이유 없었다. 시간을 두고 어지간히 간 봤으니 이젠 적극적으로 공략해야 할 때. 사실 좀 느긋이, 그가 애닲아할 때까지 천천히 접근해 그를 안달하게 만드는 게 목표였건만. 냄새 맡고 꼬여드는 여자들이 어디 한둘이어야 차분히 접근하지. 그나마 지금까진 그가 여자들에게 곁을 내주지 않았던 것 같아서 천천히 일을 진행하고 있었던 건데 이번엔 영 느낌이 좋지 않았다.

신경 쓰인다, 그 송하익이란 여자. 그 여자는 왠지…….

"뭐야? 쟤, 쟤는?"

멍하게 말을 더듬으며 유정은 쩍, 하고 입을 벌렸다. 턱이 바닥까지 내려갔다. 이게 대체 무슨 상황인가 싶으니 숨도 제대로 안 쉬어져 컥컥, 소리를 내고 있었다. 자신의 눈앞에 벌어지고 있는 일들이 믿어지지가 않았다. 어떻게 저런 일이 있을 수가 있는지 도무지 머리론 이해 불가였다. 세상에나!

그녀는 두 번 생각지도 않고 벌컥, 차 문을 열고 나갔다. 그리고는 거친 발걸음으로 다가가 막 자동차에서 나온 뒤 핸드백을 어깨에 메고 있는 여자의 몸을 서차게 돌렸다.

짝!

경황없이 멋대로 빙그르르 몸이 돌려진 여자를 유정은 인정사정없이 내려쳤다. 걸쩍히 서 있는 여자가 휘청거릴 정도로 아주 세차게. 뺨은 단번에 부어오르기 시작했고, 뺨을 때린 유정의 손도 얼얼했다.

"이, 이게 뭐 하는 짓이야? 당신 누구야?"

문제의 여자와 등승했던 여자가 조수석에서 내려 뭐라 뭐라 알짱거렸지만 유정은 그딴 것에 신경 쓸 겨를이 없었다. 오직 이 여자. 송하익이 대체 어떻게 차원진의 자택을 알고 있는 건지, 어떤 연유로 여길 찾아온 것인지에만 온정신이 쏠려 있었다. 오유정은 이를 아득아득 갈며, 맞은 뺨을 붙잡고 경악스러운 눈으로 자신을 쳐다보고 있는 송하익을 노려보았다.

"네가 여긴 어쩐 일이야? 여기가 어딘 줄 알고 얼쩡거려? 여기가 감히 네가 왔다 갔다 할 수 있는 곳인 줄 알아? 너 차원진이 로비 받는 거 극도로 싫어하는 줄 알아, 몰라?"

"이것 보세요, 오유정 씨."

"이 바닥에서 12년이나 굴러먹은 게 설마 몰랐을 리 없고. 뻔히 알면서 이렇게 무턱대고 찾아오는 건 딱 한 가지, 몸 좀 굴려보겠다는 뜻 같은데. 꿈 깨시지. 차원진이 이런 로비 한두 번 받아봤을 리 없고, 아무나 다 받아줬으면 이 바닥에서 이만큼 성공 못했어. 능력도 안 되는 애들 예쁘다고 쏙쏙, 드라마와 영화에 꽂아 넣어줬으면 지금처럼 연속 대박행진 이어갔겠니? 넌 죽어도 안 돼. 차원진이 돌았어? 너 같은 애한테 귀중한 시간 할애해서 놀아주게?"

"입이 참 험하시네요, 오유정 씨."

하익은 아직도 얼얼한 뺨을 손으로 붙들고 인상을 팍 찌그러뜨리며 유정을 째려보았다. 너무 아파서 눈물이 다 핑 돌 것만 같았다. 대체 왜 자신이 저 여자한테 맞아야 했는지 도무지 알 수가 없으니 억울하고 어이없어 돌아버릴 지경이었다. 이 여잔 대체 어디서 뭘 하고 있다가 갑자기 나타난 거야? 갑자기 나타나서 남의 뺨은 또 왜 때리고? 진짜 다 황당하고 어처구니가 없어서 화도 안 났다.

"내 입이 무서우면 내 것에 욕심내지 마."

"그 말은 뭐예요? 차원진이 당신 거라도 된다는 뜻이에요?"

"내가 전에 말 안 했던가? 차원진과 난 각별한 사이라고."

"저도 말했던 것 같은데요. 차원진은 당신 잘 모른다 했다고."

"그런 거짓말 또 통할 줄 알았나 보지? 웃기지 마. 이젠 안 믿어. 그땐 내가 잠시 네 도발에 넘어가서 흥분하고 난리 쳤지만 이젠 네가 아무리 무슨 말을 어떻게 해봤자 넘어가지 않아. 상식적으로 차원진이 왜 너랑 그런 얘기까지 나누니? 지극히 개인적인 얘기를 네가 뭔데 너랑 나눠? 웃기는 얘기 아니니? 뻥을 치려면 뭘 좀 믿게끔 그럴싸하게 치던지."

"그러니까 오유정 씨는 나와는 달리 차원진과 엄청 가까운 사이다?"

"이제야 말귀를 좀 알아먹으시네."

오유정이 픽 차가운 웃음을 흘리고는 척, 가슴 밑으로 팔짱을 꼈다. 턱을 들어 올리고 눈을 한껏 내리깔아 흘겨보는 것이, 하익을 어지간히도 깔보는 모습이다. 한데 참 이상한 일이다. 상대가 이 정도로 나왔으면 엄청 대단한 사이인가 보다, 하게 되는 게 보통일 텐데 하익은 전혀 그런 생각이 안 드니까 말이다. 그에게 이런저런 여자들이 들러붙는 걸 너무 많이 봐서 그런가. 난폭하게 나오니 당황스럽긴 하지만 정말로 원진의 여자는 아닌 것 같단 확신이 들었다. 차원진이라면 자기 여자를 두고 다른 여자를 어머니께 인사시키지는 않을 것이라는, 뭔가 근거 있는 확신.

"큼! 그럼 이 집 비밀번호도 아시겠네요?"

"뭐?"

"비밀번호요. 가까운 사이라면 그 정도는 알아야죠. 안 그래요?"

"나 참, 그 논리 한번 희한하네. 집까지 드나드는 사이여야 가깝달 수 있다는 거야, 뭐야? 우리 사이 그런 거 아니야. 그딴 식으로 폄훼하지 마. 우리 순수해. 순수하게 사랑하고 순수하게……!"

"웃기시네."

몸매강조, 볼륨강조의 화려한 옷차림에 주렁주렁 액세서리를 달고 키스를 부르는 듯한 붉은 립스틱과 색기 가득한 눈화장을 한 채로 순수를 외치는 모습이란. 그럴 의도가 아니었건만 자동으로 비아냥거림이 흘러나왔다. 아니, 다른 사람도 아니고 오유정이 순수를 찾는다는 게 말이 되냐고요. 연인 사이도 아닌 차원진의 이름을 팔아먹고 죄의식도 없이 남의 배역을 마음대로 **빼앗아가는** 여자가 순수한 사랑? 그것도 차원진과?

놀고 있네.

"너 지금 뭐라고 그랬어? 누가 누구더러 웃기대? 너 내 말 못 믿니? 내가 누군지 정말 설명해 줘야 알겠어? 차원진과 내가 어떤 사이인지, 말해줘?"

"일공이일."

"뭐라는 거야?"

"일공이일이라고요, 비번. 제 생일입니다. 10월 21일. 뭐, 이렇게 됐으니 오늘 다시 바꿔야겠네요. 차원진과 처음 키스한 날짜로."

"뭐, 뭐라고? 차원진과 네가 뭐, 뭘 해?"

"키스요. 왜요? 못 믿으시겠어요? 저, 여기 살아요."

"그게 무슨 소리야? 네가 여기 산다니?"

왜 믿질 못하니. 왜 사실을 알려줘도 믿질 못하니— 반쯤 얼이 나간 채 도무지 믿어지지 않는 얼굴로 자신을 바라보고 있는 불쌍한 오유정을 하익은 쯧쯧쯧, 혀를 차며 한심스럽게 바라봐 주었다.

이렇게까지 까발려서 그녀의 기분을 망칠 생각은 없었지만 어떻게 하나. 기분이 나쁜걸. 꼭 오유정이 부들부들 떨면서 열폭하는 꼴을 보고 싶은걸. 어떻게든 오유정만큼은 이겨먹고 싶은걸. 남들은 뭐 이렇게 유치하게 굴면서까지 이겨먹고 싶냐 말하겠지만, 또 이렇게까지 해야만 이기는 거냐 말하겠지만. 지금 하익에겐 이게 이기는 거고, 오유정을 꼭 이겨먹고 싶었다. 차원진은 네 것이 아니야, 넌 차원진을 차지할 주제가 못 돼, 라고 똑똑히 알려주고 싶었다.

"이 차도 원진 씨가 나더러 타고 다니라고 한 건데. 모르셨나 봐요?"

"두 사람 정말 살림이라도 차린 거야?"

"잘 알아들으셨으면 이제 그만 사라져 주실래요? 전 이만 집에 들어가 봐야 해서."

"야! 너 진짜 차원진한테 꼬리 쳤어? 나한텐 아니라면서, 절대로 아니라고 그렇게나 기를 쓰고 부인하더니만. 실은 이러고 있었어? 뒤에서 호박씨나 까고 계셨어요? 핫, 나 원 참. 기가 막혀서. 너 진짜 웃기는 애다? 너 나한테 뭐랬니? 배역, 네 힘으로 정당하게 땄다고 말했니, 안 했니? 내 앞에선 그렇게나 큰소리 뻥뻥 치더니. 내 머리끄덩이 잡고 사람들 앞에서 그리도 당당하게 말하더니만. 지금 와서 뭐? 동거?"

"차원진한테 꼬리 치는 사람은 제가 아니라 오유정 씨 같은데요. 집까지 찾아와서 이게 무슨 행팹니까?"

"이게 뚫린 입이라고 말하는 것 좀 봐. 너 말 다 했니? 다 했어? 내가 차원진과 어떤 사이인지 알고나 이런 소릴 하는 거야?"

"그놈의 사이, 사이. 대체 어떤 사이입니까? 차원진과 대체 어떤 사이이기에 사람들한테는 차원진 애인인 척 거짓말을 하고 다니고, 함께 사는 나한텐 이렇게 죽일 듯이 달려드는 건데요? 당신은 뭐가 그리 당당하기에 사람을 몸 팔아 배역 챙기는 이상한 여자로 매도하는 거예요?"

"나, 난⋯⋯!"

일순 오유정의 낯빛이 확 바뀌는 걸 하익은 두 눈으로 똑똑히 보았다. 망설이는 거였다. 방금 전까지도 기세등등하게 그녀를 몰아치던 유정이 말문이 막혀 멈칫한다는 것은, 어딘가 켕기는 데가 있다는 뜻. 역시 예상했던 대로인가. 그와는 아무 사이도 아니고 신경 쓸 필요도 하등 없는 여자인 건가. 하익이 심드렁하게 생각하며 극도로 흥분해 있는 오유정을 차분히 지켜보고 있는데,

"차원진이 사랑하는 여자야."

너무나도 갑작스럽게 오유정이 입을 열었다. 그녀는 절대 질 수 없다는 듯 두 눈 부릅뜨고 이를 앙다문 채 하익을 노려보고 있었다. 당장이라도 달려들어 목을 조를 것처럼 맹렬한 그 기세에 하익은 저도 모르게 움찔하고 말았다.

"차원진은 날 사랑한다고. 날 좋아해. 나한테 사랑한다는 고백도 했던 사람이야. 넌 그런 고백 받아본 적 있니? 곁에 있어달라 하소연한 적 있어? 떠나지 말아달라 매달린 적은? 없겠지, 물론. 그 사람은 단 한순간도 날 잊어본 적 없을 테니까. 내가 떠났어도 나만 바라보며, 나만 생각하며, 그렇게 지고지순하게 살아왔을 테니까."

"……."

"지금도 그 사람은 날 사랑해. 너랑 같이 사는 거? 그거 나한테 보여주기 위해서 하는 거야. 널 좋아해서가 아니라 널 질투에 이용해 먹기 위해 함께 사는 거라고. 너한테 했던 말들? 행동? 그거 다 거짓이야. 가짜. 네가 붙들고 사는 건 가짜 차원진이야. 진짜는 날 원하지. 나만 사랑해. 날 갖기 위해서, 내가 자진해서 엎드리길 바라서, 날 자극하고 있는 것뿐이야. 너와의 관계는 내가 차원진에게 가는 순간 깨지는 거라고. 알겠니?"

한 발 한 발 다가오며 악에 받친 듯 이를 드러내고 표독스럽게 뇌까리는 오유정은 정말로 뜨악할 정도로 비이성적으로 보였다.

대체 이 여잔 뭐지? 정말로 원진과 그렇고 그런 관계? 아니면 그냥 스토커? 뭐, 모습만 봤을 땐 딱 후자 같아 보이지만 어쩐지 전자일 가능성도 있을 것 같다는 생각이 조금씩 스멀스멀…….

"어디서 감히 내 딸한테 협박이야, 협박이? 너 대체 뭐 하는 여자야?"

눈살 찌푸린 얼굴로 하익이 유정을 빤히 바라보고 있는데, 갑자기 유정의 몸을 휙 뒤로 밀치는 사람이 있었다.

"당신은 또 뭐야?"

"엄마."

유정의 히스테릭한 외침과 하익의 중얼거림이 동시에 흘러나왔다. 그러자 유정이 당장이라도 짜증이 폭발할 것 같은 얼굴로 이종님 여사를 찌릿 째려본다. 이에 굴할세라 종님은 우악스럽기 그지없는 모습으로 휙휙, 양쪽 블라우스 소매를 걷어 올리며 말하였다.

"오호라, 얼굴을 보니 확실히 누군지 알겠네. 영화 '열혈마누라' 원투 시리즈의 오유정. 맞다. 그 오유정이네. 데뷔할 때 섹시청순미의 대명사네 뭐네 언론플레이 잔뜩 했었지. 후에 케이블드라마에서도 꽤 인기 끌었었고. 그렇게 한참 주가 올리다가 인기 사그라지고 지금은 별 볼일 없이 고만고만한 드라마 찍으면서 생계유지한다지? 뭐, 전에 결혼도 했던 것 같은데. 그럼 유부녀 아니야?"

"이것 보세요. 결혼했던 건 맞지만 유부녀는 아니거든요?"

"돌싱이구나, 그럼. 보아하니 요즘 우리 차 서방한테 꼬리 치면서 어떻게든 배역 하나 따내려고 안간힘 쓰시는 모양인데. 이봐, 아줌마. 우리 차 서방 그렇게 호락호락한 사내 아니야. 당신같이 목적 있는 여시들한테 절대로 쉽게 안 넘어가. 우리 딸 보면 모르시나? 국민요정 팅커벨, 송하랑. 우리 딸 정도는 되어야 눈길 한번 줄까 말까야. 어디서 남의 남잘 넘봐, 넘보길? 당신이 지금 우리 애 밀어내고 차원진이를 차지할 레벨이라고 생각해?"

"아니, 이 아주머니가 돌았나? 얻다대고!"

"왜? 한판 붙어보려고? 좋다, 그래. 안 그래도 아까 우리 딸 얼굴에 손댄 거 보고 열받았었는데 본격적으로 한번 싸워봅시다. 어디!"

"엄마, 그만해."

진짜 당장이라도 싸울 용의 있으신 것 같은 이종님 여사. 오늘 하루 억눌려 있던 분노와 억울함, 화, 긴장감이 한꺼번에 확 터질 기세이다. 그럴 법도 하다. 오늘 그녀는 모르는 사람으로부터 갑작스런 전화를 받아 딸이 웬 남자와 동거를 하고 있음을 알게 되었다. 아닐 거라 현실부정 하며 딸에게 확인 전화해 보았지만 돌아온 답은 YES. 하늘이 무너지고 눈앞이 노래지는 상황이었을 터. 뿐만 아니라 밖에서 만나 그간의 사정이라고 들은 얘기는 '서로 좋아하기는 하지만 아직 결혼할 때가 아닌 것 같아 일단 같이 살기로 했다, 상황 봐서 결혼도 할 거니까 조금만 기다려 달라, 같이 살긴 했지만 사실 동침을 하는 건 아니니까 너무 걱정 말라'는 말도 안 되는 궤변이었으니, 아무리 쿨하기로 유명한 종님 여사라 하여도 분통이 터지지 않을 수는 없었을 것이다.

그나마 함께 사는 집을 봐야 마음이 놓이겠다 하여 집까지 모시고 들어온 것이었는데. 하필 여기서 이 여자를 만날 게 뭐람.

"따귀는 지난번 머리채 휘어잡은 걸로 퉁 치도록 해요. 우리 엄마께서 흥분하신 건 오유정 씨가 먼저 찾아와 밑도 끝도 없는 말로 위협하셨으니 당연한 것이고요. 이런 험한 꼴 당하기 싫으면 함부로 찾아와 남의 따귀 갈기는 무례는 범하지 마십시오. 그리고 앞으론 이렇게 집까지 찾아오지 말아주셨으면 하네요. 또다시 이런 일 생기면……."

"흥. 생기면? 생기면 뭘 어쩔 건데? 네가?"

"경찰에 신고하겠습니다."

"뭐, 뭐야?!"

유정이 도끼눈을 치켜뜨며 버럭 고함을 질렀다. 갑자기 눈물이 차올랐다. 너무 화가 나고 억울하니 울컥, 울분과 함께 눈물이 떠올랐다. 차원진의 집 앞에서, 차원진과 함께 산다는 여자에게, 이런 꼴을 당하고 있다는 사실이 도무지 믿어지지 않았다. 말도 안 돼. 차원진이 자신이 아닌 다른 여자를 좋아하고 있다니. 다른 여자에게 사랑을 맹세하고 다른 여자와 살고 있다니. 있을 수 없는 일이다. 있어서도 안 되는 일이다.

그는 나만 사랑해야 하는데. 나만 좋아해야 한다고! 내게 영원한 사랑을 맹세했었단 말이야!

분해서 부들부들 떠는 그녀의 눈망울 너머로, 온실 속의 화초처럼 곱게만 자라온 티가 팍팍 나는 '국민요정' 송하랑이 자신의 어머니를 모시고 빌라 문을 열고 있었다. 비밀번호가 정말 자신의 생일인지는 알 수 없었으나 번호를 찍고 무사히 문을 열고 들어가고 있었다. 즉 그것은 그녀가 그의 집 비번을 알고 있다는 증거이며, 그녀와 그가 동거한다는 사실이 맞을 수도 있다는 뜻이기도 했다.

"엄마, 대체 왜 그래? 창피하게. 동네 사람들 눈도 있는데."

"내가 화딱지 안 나게 생겼어? 네 시어머니 되는 양반이 아니었으면 내가 너 이렇게 남자와 동거하는 거 까맣게 모를 뻔했는데 멀쩡하게 생겼냐고. 으휴, 집은 더럽게도 크네. 대체 몇 평이냐?
우리 집보다 훨씬 크다, 얘."

"잘 몰라. 집이 너무 넓어서 가끔 가다가 나도 길을 잃거든."

"이노무 기집애. 남자 보는 눈 형편없다고 생각했더니만, 그건
또 아니었나 보네. 하여튼 남자 하난 잘 물었다."

"화낼 땐 언제고."

"화낸 거야, 금쪽같은 내 딸이 남자랑 결혼도 아니고 동거를 한
다니까! 뭐, 그나마 쓸 만한 남자랑 산다니까 안심은 된다만……."

"하여간 울 엄마는 속물이야."

"속물 아닌 사람 어디 있니? 있으면 나와보라 그래."

송하익과 그의 어머니가 나누는 대화를 들으며 유정은 헛웃음
을 흘렸다. 내 것. 그는 내 것이었어. 내 것이었는데. 아무 데나 버
려놓아도 결국 내 품으로 돌아오게 되어 있는, 애완동물 같은 것
이었는데……!

그것이 다른 사람 품에 들어가 버렸다. 믿고 싶지 않다. 언제든
지 찾으면 손에 들어올 거라고 생각했던 건데. 그사이에 누군가가
그를 낚아채 가버렸다. 이건 마치 '내 물건 남에게 빼앗긴 어린애'
심정이었다. 그래서 미치도록 억울하다. 미치도록. 정말 죽도록!

"다시 찾을 거야. 원래 내 것이었으니까. 내 물건이었으니까 다
시 내가 찾아올 거야."

유정은 두 눈 가득 눈물을 머금고는 휙, 몸을 돌려 자동차에 올
라탔다.

제9장. 나를 더 많이 좋아하도록!

　새벽을 달리는 한밤. 그의 차가 드디어 주차장으로 귀환하는 것을 목격하자마자 하익은 벌떡 침대 위에서 튕겨져 나와 그를 맞으러 갔다. 위아래 옷차림과 머리 모양까지 다시 한 번 잘 확인하고 현관 입구 앞에 서서 그를 기다리려니, 초조함이 급격히 커지며 그녀의 심장 부근을 조여들어 왔다. 으으, 떨려. 떨려 죽겠어.

　그와 마주칠 생각을 하니 너무 긴장이 되어 숨이 턱턱 막혔다. 후— 쓰읍, 후— 쓰읍. 숨을 길게 내쉬었다 들이마시길 반복하며 긴장을 풀어보려고 했지만 그것도 쉽지 않은 일. 어떻게, 어떤 얼굴로, 그와 마주해야 할지 고민이 되었다. 그날 이후 얼굴을 보는 것은 처음이었으니 그럴 수밖에.

　덜컹. 어느새 현관문이 열리고 인기척이 느껴졌다. 하익은 어깨를 짓누르는 수많은 걱정거리들을 냉큼 던져 버렸다.

비우자, 머릿속을 텅텅 비워 버리자. 무뇌아가 되어버린 것처럼. 아무 일도 없었던 듯 그렇게 싹 비우고 얘기하자. 개인적인 감정 따위 개나 줘버리고 일적인 얘기만 나누자. 그러자, 송하익. 딱 지금 이 순간만. 알았지?

"왔어요? 오늘은 좀 늦었네요. 늦게까지 일이 있었나 봐요?"

결심대로 무뇌아처럼, 과거의 일 따위 하나도 개의치 않은 사람처럼, 방실방실 눈웃음 지으며 샤르르 손 인사까지 곁들여 말을 건넨 그녀. 송하익에게 돌아온 것은 뜨거운 손길이었다.

"얼굴이 왜 이래?"

집 안에 들어서자마자 그가 불쑥 손을 내밀어 하익의 볼을 감쌌다. 그리고는 엄지로 약간 부어오른 그녀의 볼을 천천히, 너무나도 천천히 어루만졌다. 하익은 너무나 놀라 두 눈을 휘둥그레 뜬 채로 흡, 숨을 멈추고 말았다. 그는 나른하게 반쯤 내려뜬 눈으로, 그래서 매우 그윽하게 느껴지는 시선으로 하익을 가만히 내려다보고 있었다. 작게 숨 쉬는 그의 호흡과 열기 가득한 눈이 마치…… 마치 그녀를 집어삼킬 듯하다.

열렬히, 양껏 그녀를 취하는 시선이다. 눈빛만으로 사람을 먹어치울 수 있다면 지금 그의 눈이 그러하고 있었다.

"아, 아무것도……."

"다쳤어?"

"아니에요."

"그럼, 맞았어?"

"그런 거 아니라니까요. 아무것도 아니에요. 전 괜찮아요."

뒤로 몸을 내빼며 하익은 열심히 부인했다. 그에게 자신이 누군가로부터 맞았단 말까진 하고 싶지 않았다. 특히나 오유정과 트러블이 있었단 말은 더더욱 하고 싶지 않았다. 두려웠다. 혹시라도 그가 오유정 말대로 정말 그녀를 사랑하고 있다 말하면 어쩌나, 그녀를 얻기 위해 자신과 거짓 동거를 하고 있는 거면 어쩌나, 자신은 거짓이지만 오유정은 진짜이면 어쩌나, 무서웠다. 진실은 그냥 묻어두고 싶었다. 아무것도 알고 싶지 않았다. 어차피 조만간 끝날 사이, 그에 대한 감정 따위 더 이상 키우고 싶지 않았다. 괜한 질투심 때문에 혼자 마음 쓰고 괴로워하고 싶지도 않았다.

"괜찮지 않아. 얼굴이 부었어. 무슨 일이야?"

특유의 고저 없는 음성으로 그가 물어왔다. 서너 문장을 얘기하자 방금까지 알아채지 못했던 알코올 냄새가 후각을 강하게 자극해 왔다. 그는 술에 취해 있는 것이었다. 술이라면, 그가 술을 마신 거라면, 저 시선의 농밀함과 이 손길의 뜨거움이 납득된다. 하익은 잠시 스스로를 안정시키기 위해 휴, 숨을 내쉬고는 똑바른 눈으로 그를 올려다보았다.

"요새 새로운 드라마 촬영 준비가 한창이에요. 제 신 중에 따귀 맞는 게 있거든요."

"……."

"정말이에요."

아무 일도 아니라는 듯 그녀가 더욱 확고한 말투로 말하자 그는 한일자로 꽉 다물고 있던 입매를 냉랭히 비틀며 스윽, 손을 거두었다. 힘없이 떨어지는 그의 손을 하익은 자신도 모르게 내려다보았다. 그의 손이 떨어져 나갔지만 그 자리는 아직도 화끈거렸다. 그는 그녀의 해명을 별 의심 없이 믿는 듯 느린 걸음으로 그녀를 스쳐 지나갔다. 자신의 침실로 향하는 것이었다. 하익은 천천히 손을 들어 올려 아직도 그의 체취가 느껴지는 볼을 감쌌다.

"저, 저기요!"

지극히 위태롭고 심히도 위험해 보이는 남자를 불러 세우는 일은 결코 쉬운 일이 아니었다. 오늘 밤 그는 술에 취해 있고, 위험할 정도로 섹시했으며, 무언가로부터 억눌려 있었다. 그런 그와 대화하는 건 확실히 무리였다. 내일 아침 멀쩡한 정신으로 만나 제대로 얘기하는 것이 가장 현명한 일일 듯싶었다. 평소였다면 백퍼, 그리했을 것이다. 하지만 오늘은 그녀도 왠지 위험해지고 싶어졌다.

"아까 제가 전화드렸었죠? 어머님께서 우리 엄마한테 연락하셨다고."

"······."

"결혼시켜야 한다고 주장하셨대요. 그것 때문에 울 엄마 엄청 화나시고 난리가 났었어요. 아무래도 대표님께서 어머님과 얘기를 좀 해봐야 할 거 같아요. 이러다가 정말 양가 어머님들끼리 만나서 두 사람 결혼 날짜라도 잡겠다, 나서기라도 하면 정말!"

"잘됐네."

꽤나 격양된 채 내뱉어진 그녀의 말속에 덩그러니 싸하고 무덤덤한 그의 말 한마디. 하익은 하던 말을 멈추고 멍하게 '에?' 하고 반문했다. 그러자 그가 핏 싸늘한 웃음을 흘리며 천천히 그녀를 돌아보았다.

남성적이면서도 매력적인 그의 옆얼굴이 드러났다. 어둡고 우울한. 외로워 보이기도 한. 당장이라도 한숨이 흘러나올 것 같은.

눈빛은 열기에 차 있고 시선은 유혹적이다. 감정 하나 없이 무뚝뚝하기만 한 얼굴인데, 입술은 섹시하고 목소리는 뜨겁다. 마치 그녀를 원하는 사람처럼. 당장이라도 덮치고 싶은 사람처럼. 가슴이 쿵 하고 내려앉는 것을 느끼면서도 하익은 조심스럽게, 그러나 주저함 없이 그에게로 다가갔다.

"잘된 게 아니죠, 대표님. 잘못 알아들으셨나 본데요, 다시 잘 설명해 드릴게요. 그러니까 대표님의 어머님, 안명자 여사님께서 우리 엄마한테 전화를 거셨다고요. 댁의 딸이 내 아들과 함께 살고 있다. 같은 집에서 동거하고 있다. 서로 사랑하는 사이인데 결혼만은 절대로 못한다더라. 이렇게 말씀하셨단 말이에요. 아시겠어요? 그 말을 들으신 우리 엄마는 당연히 화가 나시죠. 저더러, 외간 남자랑 바깥에서 살림이나 차리라고 곱게 곱게 키운 줄 아냐며, 아주 노발대발이셨어요. 오늘 여기 와서 둘러보고는 그제야 마음을 놓으시고……."

"마음을 놓았다? 왜? 내가 부자라서?"

"그러셨겠죠. 여기 들어오자마자 말씀하시더라고요. 집이 크다고. 울 엄만 평수 큰 집을 좋아하거든요. 남향, 층수, 인테리어, 이딴 거 다 필요 없고, 일단 크고 비싸고 화려하면 오케이하시는 분이라서요. 아마도 저한테 골내시느라 말씀은 안 하셨지만 마음에는 쏙 드셨을 겁니다. 하지만 단지 그것 때문에 마음이 풀리신 건 아니고요. 함께 살지만 잠은 따로 잔다는 걸 아시고……."

"결혼은?"

"네?"

"찬성 쪽이신가? 아니면 반대 쪽? 넌 어떻게 생각해?"

감정 하나 느껴지지 않는 무표정으로 그가 물었다. 그의 코앞까지 다가간 하익은 그가 이런 걸 왜 묻는지 전혀 이해 못하는 얼굴로 갸우뚱, 고개를 꺾었다. 아무래도 너무 취해서 대화의 맥을 못 짚는 게 아닌가 싶어서. 이런 동문서답이 계속된다면 확실히 내일 다시 얘기하는 게 나을지도. 이만 철수할까?

　생각하는 순간이었다. 가슴속 깊은 곳에서부터 우러나오는 것 같은, 절망적일 정도로 짐승적인 속삭임이 그의 입술을 타고 흘러나왔다.

　"너도 찬성이겠지, 물론."

　그와 동시에 그녀는 그의 빠르고도 정확한 동작에 의해 잡아당겨져 그의 가슴팍으로 빨려 들어갔다. 너무나 갑작스런 일이라 하익은 꺄악, 소리 한번 못 질러보고 그의 품에 갇혀 버렸다.

　심장과 심장이, 가슴과 가슴이 맞대어진 상태로 하익은 헉헉, 짧고 깊은 숨을 몰아쉬었다. 가슴이 미친 듯이 펌프질을 해댔다. 갈비뼈를 뚫고 튀어나올 것처럼 빠르고 격렬하게 뛰어대는 것은 그도 마찬가지. 그에게 짓눌린 채로 그녀는 커다래진 두 눈을 들어 그를 올려다보았다.

　"날 원하고 있을 테니까. 날 갖고 싶을 테니까. 내가 욕심날 테니까."

　훤히 열린 그녀의 눈망울을 내려다보며 원진이 속삭였다. 그러고선 뭐가 뭔지 몰라 혼란스러운 그녀의 얼빠진 얼굴을 향해 그는 다시금, 이렇게 중얼거렸다.

　"날 원한다면 당장 내게 키스해."

　다음 순간, 명령어를 입력당한 컴퓨터처럼 그녀는 정확히 두 팔을 그의 목에 감고 고개를 꺾었다. 그리고는 눈을 감고 입술을 열어 그 안에 그의 것을 머금어 슥슥, 입안으로 그의 혀와 타액과 호흡을 빨아들이기 시작했다.

그의 것이 순순히 자신을 맞아들이고 받아들여 흡입되는 순간이 오자, 하익의 뇌에 늘 온전히 자리하고 있던 이성이란 놈은 단박에 어디론가 증발해 버리고 말았다. 그도 자신과 똑같이 초를 달려 맥박수를 갱신해 간다는 것과 로봇처럼 차갑고 감정 없을 것 같던 그의 입에서 뜨거운 숨이 흘러나오는 것을 알았을 때는 온몸을 휘감고 있던 열기가 폭발 직전의 상태로 발전되었다.

하익은 두 번 생각하지 않고 용감하게 소용돌이치는 욕망의 도가니로 자진해 뛰어들었다. 그 순간만큼은 그가 갖고 싶었다. 그의 유혹에 굴복하고 싶었다. 그도 자신만큼 흔들리게 만들고 싶었다. 그 순간 그도 자신에게 끌리고 있음을 확인하고 싶었다. 그랬었다. 그 때문에 그를 원하고 있음을 인정하고 그에게 빨려 들어간 것이었다.

이를 부딪치며 적극적으로 안겨드는 그녀 때문에 한데 엉겨 붙어 있던 두 사람은 반쯤 열려 있던 그의 방 안으로 들어섰다. 방 안 가득 퍼져 있던 그의 향기가 폐부로 흘러들어 왔고, 하익은 더욱더 거칠고 야성적이며 본능적으로 그를 공략하기에 이르렀다. 그저 상대의 입속을 탐험하여 그 안을 경험하고, 그의 혀와 뒤엉키는 유희에 빠져드는, 단순한 키스가 180도 뒤바뀐 것은 두 사람이 침대 위로 넘어진 직후부터였다. 키스를 멈춘 그가 그녀의 하얀 티셔츠와 속옷을 걷어 올리고 그 안에 고이 감춰져 있던 뽀얀 가슴을 입안에 머금고 격렬하게 빨아올렸다.

"아웃! 하아……."

그녀의 입술 사이로 신음 소리가 흘러나오고 허리가 저절로 들썩거려지자, 그 틈을 타고 그의 손길이 미끄러지듯 그녀의 몸을 감아 돌았다. 눈 깜짝할 사이에 그녀는 한쪽 가슴을 그의 입술에, 다른 쪽은 그의 손에 점령당한 채 넝쿨처럼 휘어 감아오는 반대쪽 팔뚝에 온몸을 맡기게 되어버렸다.

뜨겁고 뜨거웠다. 온몸이, 눈앞이, 그의 손길이, 득시글득시글 타오르는 내부의 불꽃이, 그녀가 감당할 수 없을 만큼 뜨거웠다. 온몸이 불타올랐고, 그 뜨거움은 뭐라도 하지 않으면 안 될 것 같은 절박함으로 변하여 그녀를 더욱더 그에게 매달리게 만들었다.

그날 밤. 그의 입술은 그녀의 온몸을 헤집고 다녔다. 빨고 핥고 비비고 문질렀다. 쇄골에 파인 우물에 머물렀다가, 말랑한 살집을 가볍게 물었다가, 귓불을 빨았다가, 연약하고 민감한 속살을 핥았다. 그녀는 고문당하듯 누워 그의 부드러운 듯 거친, 무례하듯 다정한, 너무나도 이중적인 손길을 고스란히 받아들였다. 머릿속이 안개로 자욱했고 몸 안에서 들끓던 열은 격렬하게 끓어올라 당장이라도 폭발할 것 같았으나, 그만큼 못 참겠다 싶을 정도로 괴로웠으나, 달콤했기에 그것만으로도 좋았다.

하지만 차원진은 그 격렬하고 뜨거운 애무와 키스 도중, 그대로 가슴에 얼굴을 묻은 채 잠이 들어버렸다. 한껏 여자를 유혹해 자극할 대로 자극해 놓고, 더 이상 참지 못할 만큼 달궈놓고서는 결정적인 순간 혹 가버린 것이다. 이 얼마나 무책임하고도 대책 없는 남자인가. 아마도 세상에 존재하는 가장 최악의 남자일 듯.

하익은 그의 자는 얼굴을 그대로 끌어안고, 전에 그랬던 것처럼 그의 얼굴을 어루만지며 중얼중얼, 그날 있었던, 하고 싶었지만 채 못다 한 얘기들을 풀어내었다.

"우리 엄마를 설득하는 일은 어렵지 않았어요. 아무도 모르게 진행하던 일을 갑자기 들킨 것이라 날벼락 같은 일이긴 하지만 엄만 날 믿어줬으니까요. 나더러 미쳤다, 제정신 아니다, 네가 지금 남자랑 살림 차리며 연애질이나 할 때냐, 일이나 해라, 다시 국민요정 되려면 끊임없이 노력해야 하는데 중요한 이 시점에 남자나 만나면 뭐 어쩌겠다는 거냐, 동생 뒷바라지는 어떡할래 등등 별의별 말씀 다 하시지만 난 알아요. 그거 다 날 걱정해서 하는 말씀이라는 거. 우리 엄마 겉으로 보이는 것처럼 그렇게 이기적이고 나쁜 사람 아니야. 영자 언닌 항상 엄마가 속물근성 심하다, 자식 잡아 드실 양반이다, 하며 뭐라 그러는데. 인간은 다 조금씩은 속물적인 본성이 있지 않나? 그게 좀 여타 주변 상황 때문에 더 심해져서 그렇지 우리 엄마, 좋은 사람이에요. 스캔들 때문에 괴로워할 때, 아무도 날 믿어주지 않을 때, 내 곁에서 묵묵히 자리를 지켜주셨던 분이에요. 재기하는 데에 가장 큰 힘이 되어주셨죠. 날 무한정 믿고 지지해 주시는 분. 엄만 나한테 그런 분이에요. 이번 일도 날 믿고 기다려 주십사 요청하면 분명 꼭, 들어주실 거예요. 그러니까 너무 걱정 마요."

그녀의 말에 그가 호응해 줄 리는 없었다. 그는 기절한 듯 맥을 놓고 자고 있었으니까.

"사실 내가 걱정되는 건 이제부터야. 엄마가 설득된 그다음. 정말 차원진 당신과 내가 사랑하는 사이라고, 사랑해서 함께 사는 것이라고 생각하게 된 그다음. 엄마가 자꾸 당신을 사위로 인정하려고 해요. 난 대체 어떻게 해야 해요?"

"……."

"그리고 그 여자 말이야. 오늘 당신 찾아온 그 여자. 나, 그 여자한테 우리가 함께 살고 있다는 사실을 말해 버렸는데. 그게 실수였다는 걸 나중에야 깨달았어요. 우리 사인 소문나면 안 되는데 말이죠. 물론 그 여자 말하는 걸로 봐선, 내 말은 믿지도 않고 소문 따위도 내지 않을 것 같긴 하지만. 혹시 모르잖아? 앙심 품고 기자들한테라도 흘려버리면 큰일이니까 손을 쓸 수 있으면 써둬야지. 그래서 그걸 좀 의논해 보려고 했는데. 이럴 줄 알았음 차라리 아까 낮에 전화라도 해볼걸."

"……."

"아! 근데 당신! 아까 내가 전화했을 때 왜 그렇게 받았어? 내가 작정하고 어머님께 우리 엄마 전화번호 흘린 것도 아닌데 왜 그리 삐딱하게 전화 받아? 내가 뭐 실수한 거 있었어요? 말 잘못해서 오해하게 했나? 확실히 말하는데, 난 절대로 일부러 흘려놓고 안 그런 척, 그런 짓 안 해요. 그렇게 앞뒤 다른 사람 아닙니다, 저. 알았어요? 알았냐? 어? 알았냐고, 차원진이?"

그의 얼굴을 감싸고 있는 손을 흔들며 그녀는 재차 윽박지르듯 소리쳤다. 손에 힘을 주니 그의 볼살에 밀려 입술이 쭉 앞으로 튀어나온다. 보기에도 붉고 뜨거운, 치명적으로 섹시한 입술. 추릅, 도는 군침 집어삼키고 하익은 쪽, 소리 나게 입을 맞추었다. 그리곤 톡톡톡 볼을 두드리며 나긋나긋 속삭였다.

"차원진이. 당신, 아무래도 나 좋아하는 것 같아."

더 많이 날 좋아해도 돼요, 라고 속으로 덧붙이고 하익은 눈을 감았다.

❖

　잠시 분위기를 타고 충동에 휩쓸려 '이건 사랑이야!' 하고 밑도
끝도 없는 망상을 펼치던 하익의 대뇌가 제정신을 차린 것은 다음
날이었다. 새벽에 깨어 차원진 몰래 제 방으로 돌아와 재차 잠속
에 빠져들던 그녀는 거의 하루의 반이 지나갈 때까지 꿈속에서 헤매
다가 깨어났다. 뭔가에 쫓기다 번쩍 눈을 뜬 하익은 헉, 하고 숨을
들이쉬어야 했다. 섬광을 본 듯한, 눈이 멀 듯한, 어마어마한 충격
과 플래시가 머리를 관통하며 지나갔기 때문에.

　"엄마야, 이게 대체 무슨 상황이야?"

　정신을 차리자마자 엄습해 오는 차갑고도 어마어마한 무게의
현실감각으로 인해 하익은 한동안 꼼짝할 수가 없었다. 자신이 어
젯밤 무슨 짓을 저질러 버렸는지 온몸으로 느껴졌기 때문이었다.
그녀는 공적으로 계약까지 맺어 일하는 관계인 그를, 것도 술에
취해서 인지능력이 떨어진 그를 상대로 도발하고 자극했다. 그래
서 지극히 자연적으로 반응하는 그를 받아들이고 취하려 했다. 또
한 그 모든 일들이 사랑 때문에 일어났다고 단정 짓는 오류를 범
했다. 완전 미친 짓이다. 실수다. 전적으로 그녀의 잘못인 것이다.

　아아— 미친 것. 아무리 그가 좋아도 그렇지, 송하익. 너는 이성
이란 걸 지닌 인간이잖아. 어떻게 알코올 한 모금 안 마신 멀쩡한
정신으로 그런 짓을 저지를 수 있어? 술에 취해 어젯밤 일 따위 한
조각도 기억 못할 인간을 상대로 그러고 싶니? 어떻게 할 건데, 이

정신 없는 계집애야?

띠릭, 하고 문자 알림벨이 울린 것은 그때였다. 양쪽으로 어퍼
컷 시원하게 얻어맞은 애처럼 어리바리한 상황에서도 그녀는 침
대 어느 구석에 처박혀 있는 핸드폰을 찾아내 메시지를 확인했다.

「오늘 밀린 방세랑 다음 1년 치 방세까지 넣어줬더라. 고마워, 누나.
근데 너무 애쓰는 거 아니야? 쉬엄쉬엄 일해. 엄마한텐 요즘 잘나간다고
는 했다며? 잘나가서 돈 많이 벌면 나한테 이렇게 쓰지 말고 본인한테
투자해. 그리고 1년 치 방값은 너무 오버 아니야? 나 올해 시험 떨어지길
바란다는 거야, 뭐야? 농담이고. 고마워. 나중에 합격하면 누나한테 배로
갚을게. 사랑해!」

"뭐래. 방세? 무슨 방세를 내가 내줬다는 거야? 아직 영자 언니
한테 돈 빌려달라는 말도 못 꺼냈구만."

혼잣말을 중얼거리는데 이번엔 아예 전화가 온다. 어머니 이종
님 여사로부터다. 무언가 불길한 예감에 사로잡혀 하익은 즉시 액
정을 문질러 전화를 받았다.

"엄마는 또 웬일이야?"

[웬일은 무슨. 아무리 딸이지만 고맙고 미안하니까 그렇지.]

"갑자기 난데없이 전화해서 무슨 말인데? 뭐가 고맙고, 뭐가 미
안해?"

[입이 열 개라도 할 말은 없지만 그래도 고맙단 말은 꼭 해야지
싶어서 전화했다. 네 아버지도 오늘 너한테 전화 넣으라고 당부하
고 나가셨어. 오늘 기분 좋으셔서 술 한잔하시려나 보더라.]

"지금 시간이 몇 신데 약주를 드셔? 낮술 드시겠다는 거야? 무슨 기분이 얼마나 좋으셔서 대낮부터 약주를 드신다는 건데?"

[계집애, 모르는 척하긴. 기분이 왜 좋겠니? 딸 덕에 그놈의 빚, 다 청산하게 되어서 홀가분하니까 좋지. 그동안 네 아버지께서 말은 안 하셨지만 엄청 힘들어하셨어, 얘. 왜 안 그랬겠니? 네 돈 다 날려먹은 것도 모자라 빚까지 왕창 졌으니 딸 앞길 망쳤다고 자책하는 건 당연하지. 이래서야 어디 부모라고 할 수 있냐면서, 자살하고 싶단 말까지 종종 하셨어.]

"무슨 그런 말을 해? 돈은 또 벌면 되지. 겨우 그런 걸로 자살까지 생각하셨단 말이야? 그리고 빚을 청산했단 말은 또 뭐야? 청산이라면, 갚았단 말이야? 얼마를?"

[얼마긴 얼마야. 허구한 날 집까지 쫓아와 행패 부리던 그 여편네 패거리들 돈 다 갚고 남은 1억 5천, 쇼핑몰에 투자했다가 날려먹은 3억 원이지. 오늘 오전에 도합 5억 원이 네 아버지 통장으로 입금되었더라.]

"5, 5억?"

[당장 그 여편네 불러다 갚아주고 차용증 찢었다. 네 아버지를 고소하겠다면서 아주 길길이 날뛰던 여편네가 글쎄, 돈 쥐어주니 헤벌쭉 웃으면서 언제 그랬냐는 듯이 잘 지내보자는 거 있지? 아휴, 가소로워서리. 아, 글쎄 너 TV에 나오는 것 봤다면서 다음 주 등산모임에 나오라는 거야. 얼마 전까지 돈 갚으라며 죽을죄 지은 사람마냥 모임에도 못 나오게 하더니만. 이래서 사람은 오래 사귀고 봐야 해. 어려울 때 나한테 어찌하는가를 봐야 그 사람 인간성을 파악할 수 있다니까.]

"잠깐만, 엄마! 5억이라니? 그 많은 돈이 어떻게 통장에 입금되었다는 거야?"

[애! 정신 차려. 네가 입금했잖아. 통장에 찍혀 있던데 뭘. 송하익, 하고.]

"내가?"

[너 아니면 우리 집서 누가 그리 큰돈을 벌어와? 왜? 네가 통장에 입금한 거 아니야?]

"당연히 아니지. 나도 요샌 그런 큰돈 못 벌어. 내가 무슨 수로 벌어? 내 드라마 출연료가 뭐, 회당 1억쯤 되는 줄 알아?"

[그럼 누구라는 거야? 어디 눈먼 돈이 남의 통장에 잘못 입금되었을 리도 없고, 산타클로즈가 우리 집 불쌍한 사정 알고 투척했을 리도 없고. 몰래 너 도와주는 키다리 아저씨가 있는 것도 아닐 텐데. 잠깐만! 그 돈 혹…… 시?]

재잘재잘 따따부따 열심히 얘기하던 이 여사, 어디 짚이는 데가 있는지 갑자기 하던 말을 멈춘다. 그리고 그 순간 공교롭게도 하익의 머릿속에도 번뜩 떠오르는 얼굴이 하나 있었으니.

[차원진이?]

"차원진이?"

종님과 하익이 동시에 외쳤다.

[어머 어머, 애! 차 서방인가 보다. 차 서방이 널 위해서 네 아버지 빚을 갚아준 거야. 세상에, 세상에! 배려심도 깊지. 5억이 뉘 집 개 이름도 아니고. 그 큰돈을 통장에 한꺼번에 쏙 넣어놓고는 어떻게 너한테는 말 한마디 안 하니. 이게 다— 네가 신경 쓸까 봐, 혹시라도 빚 진 기분 들어서 불편해할까 봐 그런 거잖니. 네 기분

배려하고 우리 입장 생각해 주느라 그런 거지. 얼굴도 잘생기고 돈도 많은데 마음 씀씀이까지! 어, 야~ 완전 된 사람이다.]

"언제는 결혼과 이성 관계를 진지하게 생각지 않는, 혼전동거 선호주의자라 싫다며."

귓전을 때리는 차원된 무한찬양에 마음 불편해진 하익이 이맛살을 찌푸리며 퉁명하게 중얼거렸다. 물론 곧바로 이 여사의 타박과 함께 또 다른 무한찬양 멘트가 날아왔다.

[그거야 남자라는 동물에 대한 근본적인 불신 때문이고. 남자라는 게 그렇잖니. 내 거다 싶으면 금세 시들해지는 거. 동거가 결혼으로 잘 이어지지 않는 게 다 남자들의 그런 성향 때문이라고. 내가 딱히 차 서방이 싫어서가 아니라, 네가 상처받을까 봐. 나중에 혹시라도 그놈이 갑자기 마음 바뀌었다며 너 걷어차거나 하면…….]

"엄마!"

[아, 뭐 그건 됐고. 하여튼 차 서방의 이런 배려심 깊은 행동은 우리가 긍정적으로 아주 곱게 받아들이도록 해야 하지 않겠니? 이런 거, 됐다면서 야박하게 내치고 그럼 안 돼. 얼마나 무안하겠니? 차 서방 나름대로는 요리조리 생각해 보고 최대한 신경 안 쓰이도록 배려해서 한 일인데. 남의 성의 무시하는 것도 못된 거야. 그나저나 아오, 우리 딸 이제 팔자 폈구나. 이렇게 마음도 착하고 얼굴도 착한 남자 만나서—]

"지갑도 착하고. 그치?"

[그거야 두말하면 잔소리지. 내가 어제 차 서방에 대해서 좀 자세히 알아봤는데. 세상에, 차 서방 진짜 부자더라? 강남에 빌딩이~?!

회사 지분만 해도~?! 아파트와 땅이~?!]

"남의 재산은 왜 그리 꼬치꼬치 알아봐? 누구한테 알아봤는데? 설마 영자 언니?"

[양호하더라. 빚도 없고 회사도 짱짱하고, 여자관계도 의외로 깔끔하고. 흠이라면 딱 하나 홀어머니를 모시고 있다는 건데. 사람이 너무 흠잡을 데 없이 깔끔하면 그것도 비인간적이잖니. 너야 내가 잘 가르쳐 놨으니까 시어머니 잘 뫼시고 살 테고, 지난번 전화 통화할 때 들어보니 네 시어머니 되실 분도 너를 나름대로 며느릿감으로 인정하는 것 같고. 그럼 됐지 뭐. 문제없다. 결혼만 하면 일사천리, 끝이야.]

"김칫국물 좀 마시지 마. 결혼은 누가 한댔다고—"

[앤 무슨 말을 그렇게 해? 결혼을 그럼 안 할 거니?]

아, 머리 복잡해. 어쩌다가 또 결혼문제까지 불거진 거냐. 어제부터 종님과의 대화는 딱 기승전 '결혼'이다. 무슨 얘길 시작하면 항상 결혼 얘기로 끝을 맺으니 원. 하익은 대충 어머니와의 통화를 마무리하곤 냉큼 전화를 끊었다. 그리곤 잘근잘근 초조하게 입술을 쥐어뜯으며 생각에 생각을 거듭해 보았다.

5억. 그 거금의 출처가 대체 어디일까, 정말 어머니의 추리대로 차원진인 걸까, 아니면 다른 미지의 사람인 걸까. 차원진이 아니라면 대체 누구? 그런 거금을 한꺼번에 불쌍한 사람 적선하듯 던져줄 수 있는 사람은 현재 자신의 주변에는 없다. 차원진뿐이다. 만약 차원진이라면 대체 그는 왜 그런 큰돈을 아무 언질 없이 자신에게 준 걸까. 무엇에 대한 대가이기에? 혹시 어젯밤 일과 연관이 있는 것은 아니겠지? 아닐 거다. 아니어야 한다. 아니길 바란다.

아니길 바라보았지만 그녀의 촉은 말하고 있었다. 이건 차원진 짓이라고. 그 사람이 어젯밤의 일로 이런 큰돈을 쓴 것이 틀림없다고.

하익은 나지막이 욕설을 읊조렸다. 그리고는 슥, 눈동자를 굴려 손에 들려 있는 휴대폰을 가만히 응시했다. 아무래도 무슨 의도로 이런 일을 한 것인지 단도직입적으로 물어봐야겠다. 자꾸만 삑삑 울려대는 촉을 더 이상 무시할 수는 없었다. 그녀는 휴대폰을 들고 꾹꾹 그의 번호를 찾아 통화버튼을 눌렀다.

"저예요. 물어볼 게 있어서 전화했는데 지금 통화 가능해요?"

[바빠.]

전화를 받자마자 신속하고 기계적으로 묻는 하익의 말에 그는 짧고 간결하게 대답해 왔다. 역시 또 바쁜 거야? 아니면 나와는 대화하기 싫다는 거야?

하익의 동그랗고 깔끔한 이마에 찌뿌둥한 주름이 졌다. 그녀는 좀 더 강하게, 딱딱 끊어지는 말투로 재차 물었다.

"그럼 언제 시간이 되는데요? 차, 대, 표, 님."

수화기 너머로 들려오는 하익의 목소리에 씩, 그의 입술 언저리가 소리 없이 부드러운 곡선을 그리며 올라갔다. 조용조용, 차근차근. 언뜻 어눌하고 순하게 들리는 말투이지만 결코 쉽게 물러설 것 같지 않은 나름의 강단이 느껴지는, 그녀 특유의 말투는 원진으로 하여금 그녀와의 첫 대면을 떠올리게 했다. 그때도 하익은 자신은 다른 사람과 다른 레벨이며 특별한 위치에 있다 역설하는 유명 탤런트 하유라를 조용히 이성적으로 대응, 자근자근 눌러주었었다.

크지 않으면서도 침착하고 찬찬한 톤, 어리바리하게 들리는 것 같지만 그 때문에 무심하고 시크하게 들리기도 한 어조, 세상 다 살아본 매우 달관한 말투다. 특별히 자신감에 차 있거나 씩씩한 것 같진 않지만, 그렇다 하여 상대에게 기죽거나 꿀려 하는 것 같지도 않는, 무색무취이나 그것으로 충분히 매력적이고 개성 있는, 그녀 특유의 말투에서 원진은 '발칙함'을 감지했었다. 뭔가 호기심이 생기지 않는가? 인생에 달관한 현자, 독하지 못하고 만날 당하고만 사는 어눌함. 그런데 발칙함.

궁금했던 게 사실이다. 그녀의 진짜 모습이 뭔지. 그녀가 세상을 어떤 모습으로 살아왔고, 살아가고 있는지. 속내를 감춘 단단한 껍질 속에 감추고 있는 진짜 모습은 뭔지. 어쩌면 그녀에 대한 그 단순 호기심 때문에 여기까지 왔는지도 모르겠다. 여기, '천하의 차원진이 여자에게 이끌려 일생일대 가장 미친 결정을 내리고 있는' 작금의 상황까지.

원진은 손에 들려 있는 서류를 슥 들어 무심한 눈으로 그것을 바라보았다. 얼마 전 그녀와 작성했던 계약서다. 이젠 존재의 의미조차 없어져 버린 것. 원진은 서류에서 눈을 떼지 않은 채로 차분히 휴대폰 너머 하익을 향해 명령했다.

"점심때 회사 근처로 와서 전화해."

[점심때 보자고요?]

"식사하자."

[네? 밥을 먹자고요?]

하익이 예상보다 훨씬 더 놀라고 있었다. 잔잔하기 이를 데 없

던 그녀의 음성에 삑, 음이탈까지 나는 걸 듣고 있자니 그의 입가
는 또다시 미소로 접혔다. 하지만 물론 그는 언제나 그래 왔듯 감
정 하나 실리지 않는 초연하고 무덤덤한 음성으로 대꾸했다.

"왜? 굶을 예정이었냐?"

[그, 그건 아닙니다만. 그러니까 대표님 말씀은 우리 둘이 같이
먹자, 이거죠?]

"나한테 하고 싶은 말 있다며. 설마 따로 먹으며 얘기하잔 말은
아니겠지?"

[아니죠. 당연히. 근데 좀 뭔가 이상해서…….]

"싫으면 관둬. 오늘은 집에 못 들어가니까 그런 줄 알고."

[아, 뭐, 네! 그래요. 그렇게 하죠, 뭐. 밥 까짓것 같이 먹어요.
어디라고요? 어디서 전화하랬죠?]

"회사 근처."

[그럼 점심때 다시 전화드릴게요. 아, 안녕히…… 일하세요.]

뚜뚜뚜— 뭔가 개운치 않은 듯 잔뜩 얼버무리더니 갑자기 뚝,
전화를 끊어버리는 송하익이다. 픽 웃음을 흘리며 그는 천천히 휴
대폰을 귀에서 떼어냈다.

확실히 이쯤 되면 문제의식을 단단히 가질 수밖에 없다. 송하익
이 하는 모든 말과 행동에 흐뭇해하고 미소를 짓고 있는 증상, 문
제도 보통 문제가 아니다. 심각한 거다. 여자란 '원하는 것을 취하
기 위해선 물불 가리지 않는 존재'라고 생각하는 그가. 연애는 감
정과 에너지를 낭비하는 행위이고 사랑이란 원래부터 존재하지
않는 허구이며 착각일 뿐이라 생각했던 그가. 배역을 받기 위해
후원모임에도 참여하고, 돈을 벌기 위해 사랑하지도 않는 남자를

사랑하는 척 연기하기도 하는, 속물 중의 속물인 송하익을 신경
쓰게 된 것이니 중증 중에서도 상 중증이다.

더 이상 선택을 미룰 이유가 없었다. 그의 선택지엔 송하익을
'버리는 것'과 '취하는 것' 외의 항목은 존재하지 않았지만 그럼
에도 그는 선택이란 것을 해야만 하는 상황이었다. 그리고 그는
그녀를 버릴 수 없었다.

말이 안 된다는 거 알고 있다. 상식적으로 누군가와 짜고 자신
을 협박하는 여자쯤 가차 없이 버리고 밀어내야 정상이라는 것도
원진은 잘 알았다. 하지만 그럼에도 불구하고 그녀를 버리고 싶은
생각이 눈곱만큼도 들지 않았다. 그녀에 대한 분노가 끓어오를지
언정 놓고 싶지는 않았다. 술을 마셔보아도, 그녀를 '돈을 노리고
접근한' 여자라 증오해 보려 애써보아도, 정이 떨어지기는커녕 오
히려 더 갖고 갖고 싶어 미칠 지경이 되어갔다. 상황이 이럴진대,
그가 더 이상 어찌 더 버틸 수 있겠는가.

"미쳤어."

결국 원진은 그녀를 떨쳐 내는 걸 포기하고 말았다. 오늘 아침
제 방으로 돌아가 얌전히 자고 있는 그녀를 보고 나서, 결심했다.
그녀를 버리는 대신 완벽하게 소유해 버리기로.

돈? 원하는 대로 주지. 배역, 성공, 인기? 그것도 주지. 뭐든지
그녀가 원하는 것이라면 다 줄 것이다. 그렇다면 적어도 돈에 저
울질당해 여자에게 버림받는 과거의 아픔 따위는 겪지 않아도 될
테지. 그녀가 원하는 것을 손에 쥐고 있는 한은, 그녀 또한 손에
넣을 수 있을 것이다.

이미 오늘 오전, 원진은 그녀의 부친 계좌에 빚을 깨끗하게 처

리할 수 있을 만큼의 돈을 넣어두었다. 또 조만간 흥행이 보장된 블록버스터 무비의 주인공 역을 그녀에게 제시할 것이다. 그녀를 더 완벽하게 소유하기 위해 필요하다면 그보다 더한 것도 줄 것이다.

"넌 진짜 미친 게 틀림없어, 차원진."

천천히 중얼거리며 원진은 손에 들고 있던 계약서를 찍찍, 네 조각으로 찢어 없애 버렸다. 이젠 쓸모가 없어진 종이 쪼가리를 쓰레기통으로 밀어 넣으며 그는 피곤한 눈가를 비볐다. 그리고는 점심시간 전까지 꼭 마쳐야 할 업무를 처리하기 위해 다시금 컴퓨터 모니터에 집중하기 시작했다.

제10장. Don't Be Cruel

"어서 와, 얘들아— 어쩜 선남선녀가 따로 없네. 눈이 다 부실 지경이다, 얘. 어떻게 이렇게 잘 어울릴 수가 있니? 아우, 엄마 미소가 자연적으로다가 발사되네. 이렇게 다정하게 나란히 들어오는 너희들을 보고 있으니 밥 안 먹었어도 배가 다 부르다."

집 안으로 들어서자마자 하익과 원진을 맞이한 것은 안 여사의 화사하고 낭랑한 목소리였다. 언제나처럼 완벽한 모습인 그녀는 특유의 눈웃음을 살랑살랑 지으며 막 집 안으로 들어선 하익의 손을 살갑게 마주 잡고는 찡긋, 눈짓을 한다. 신호를 받자마자 하익은 곧바로 알아차렸다. 그게 '아주 잘하고 있어'라는 일종의 칭찬이라는 것을.

아무래도 안 여사는 하익이 자신의 충고를 받아들여 아들을 잘 설득하고 있는 것으로 오인하고 있는 것 같다. 뭐, 오해할 법도 하다. 차원진이 워낙 무뚝뚝한 남자라는 건 하늘이 알고 땅이 아는 사실. 그런 와중에 그가 이렇게, 마치 어머니 보란 듯이 하익의 손을 꼭, 아주 꼭 잡고 집 안으로 들어섰으니 당연히 두 사람 사이가 더 돈독해지고 애정 충만해졌으리라 착각할 만하지 않겠는가. 하익은 안 여사를 향해 히쭉 어색한 웃음을 지어 보이고는 흘끔 옆에 서 있는 원진의 눈치를 살폈다. 그리고 뚝 고개를 떨어뜨려, 제 손을 꽉 쥐고 있는 그의 손을 물끄러미 보았다.

"어머니께서 너더러 날 유혹하라고 시켰다며. 그렇게 해야 결혼에 골인할 수 있다고 자꾸 부추겼다 하지 않았어? 그렇다면 이렇게 손이라도 잡고 들어가야지. 그래야 어머니께서 그나마 네가 노력하고 있다, 가상하게 여기실 거 아닌가?"

대문 앞에서 대뜸 하익의 손을 잡고 이끌며 원진이 한 말이었다. 안 여사 앞에서 보여주기 위해, 하익 나름대로는 무진 애를 쓰고 있다는 것을 증명해 보이기 위해, 손이라도 잡고 들어가야 한다는 게 그의 논리. 그게 아주 일리가 없는 말도 아닌 듯하여 하익은 그가 요구하는 대로 순순히 손을 내주었다. 그때까지만 해도 그녀는 원진이 자신의 손을 이렇게나 꽉, 손가락들과 손가락들이 볼트와 너트처럼 단단히 앓혀 들어가는 완벽한 맞물림으로 꽉, 잡을 거라고는 생각지도 못했었다. 빼내려 해도 그가 놓아주지 않을 거라고도 생각 못했다.

정말 어색하고 민망하다. 타인 앞에 이성과 손을 잡은 모습을 드러내는 것 자체가 하익에겐 흔한 일이 아닌데다가, 꼭 맞물린 손바닥과 손바닥 사이에서 묘한 열감이 느껴져서 기분이 점점 더 이상해지고 있었다. 심장은 평소보다 빨리 뛰고 있었고, 때문에 점점 숨이 가빠지면서 손바닥에선 축축하게 땀까지 나려 했다. 당장이라도 손을 떼고 이 이상한 느낌에서 벗어나고 싶었다. 그에게서 멀찌감치 떨어지고 싶은 마음, 정말이지 굴뚝같았다.

"아직 저녁 식사 전이시죠?"

하지만 차원진은 그러고 싶은 마음이 아예 없는가 보다. 어머니를 향해 상콤한 미소를 날린 후, 그는 오히려 자신에게서 벗어나기 위해 꼼지락꼼지락 손가락을 움직이는 하익을 확 강하게 끌어당겼다.

갑작스런 힘의 작용은 하익에게서 균형을 빼앗았다. 아무런 마음의 준비 없이 서 있다가 원진의 품에 쿵, 머리를 박는 참으로 볼썽사나운 상황이 연출된 것이었다. 물론 쪽팔려 두 볼이 빨갛게 익어가는 하익의 심정과는 달리, 안 여사는 훈훈하게 둘을 지켜보고 있었다. 아무래도 '자석의 S극이 N극을 찾아가듯 찰싹' 정도의 훈훈한 광경으로 인식한 듯, 그녀를 훑는 시선에서 야릇한 기운마저 느껴진다. 뭘 상상하는 거야, 생각하니 하익의 볼은 더 벌게져 갔다.

"당연하지. 너희들이 이 시간에 온다는데 나 혼자 밥을 왜 먹겠니? 어서 들어와. 일단 식사 먼저 하고 얘기를 나누자. 근데 너희들 갑자기 웬일이니? 무슨 날도 아닌데 이렇게 날 찾아오고."

"대표님께서 갑자기 다음 주에 출장이 잡히셨대요. 어머님 생신도 껴 있는데 못 뵐 것 같다고, 미리 챙겨 드리자고 해서요. 별거 아니지만 대표님과 같이 선물도 직접 골라봤어요. 여기……."

"선물? 내 생일 선물? 너희 둘이 함께 내 생일 선물을 골랐단 말이니?"

"점심때 만나서 지금까지 쭉이요. 마음에 든 게 없어서 백화점이란 백화점은 다 돌아다녔어요. 얼마나 돌아다녔는지 발바닥이 다 욱신거릴 지경이라니까요."

"그 정도였어? 어머나! 기대된다. 네가 고생 많이 했겠네. 촬영 때문에 바쁠 텐데 애 많이 썼다. 고맙다, 아가?"

"아니에요, 어머님. 저 요새 촬영 끝나서 시간 많아요. 고생은 제가 아니라 대표님께서 하셨죠. 몇 시간씩 돌아다니며 쇼핑하는 거, 거의 처음이었을 텐데 용케도 잘 버티시더라고요."

공을 원진에게 돌리고 하익은 씩 웃었다. 안 여사에게 어울리는 스타일의 모자와 선글라스를 사느라 온갖 백화점과 매장을 싸돌아다니는 동안 점점 일그러지던 그의 얼굴을 떠올리자니 웃음이 절로 픽픽 흘러나왔다. 진심 차원진을 만난 이래 그가 그렇게 짜증을 내는 모습은 처음이었던 것 같다. 지독한 포커페이스로 무슨 생각을 하고 있는지, 기분이 좋은지 나쁜지조차 표정으론 절대로 드러내지 않는 사람이 차원진. 그런 그가 얼마나 짜증이 났으면 대놓고 찌뿌둥하고 퉁명스럽게 굴었을까. 마지막 목록이었던 최고급 이태리제 선글라스를 손에 넣고 나서는 한숨까지 내쉬었던 그였다. 그리곤 이렇게 말했지.

"아까 내가 골랐던 것과 이게, 무슨 차이가 있지?"

하익은 그의 질문에 아주 성실하고 자세한 답변을 내어주었다.

거의 10분 넘게 주절주절 장황하게, 그가 100% 납득, 시인할 때까지 말이다. 뭐, 비록 그때의 차원진 얼굴은 딱 '너무 길고 지루한 설명 듣기 싫으니 그냥 패스'였지만. 어쨌든 오늘은 뜻깊은 날이었다. 차원진에게 가장 가혹한 벌은 쇼핑이라는, 무엇인가에 시달려 짜증을 내는 그의 모습이 은근히 귀엽다는 사실을 새롭게 발견할 수 있었다. 5억 원 때문에 찜찜하고 불편했던 그녀의 기분이 일시에 확 업되어 버릴 정도로.

사실 5억 원에 대해선 아직까지 물어보질 못했다. 만나자마자 식사하러 갔었고, 식사하는 동안 차원진은 식당에 온 사람 본연의 자세를 보여주려는 듯 묵묵히, 시선조차 제대로 들지 않고 정말로 묵묵히, 식사만 했기 때문에 물어볼 틈이 없었다. 전날 그런 일도 있고 하여 데면데면한데다 원진도 딱히 입을 열고 싶지 않은 듯해 더더욱 침묵으로 점철된 식사시간이었다.

솔직한 느낌으론, 그가 전날의 일을 하나도 기억 못하는 것 같았다. 입에 올리기도 민망한 일에 대해 하나도 기억하지 못한다 하니 다행한 일이라 생각하면서도, 한편으론 서운했다. 그가 기억해 봤자 일만 복잡해질 뿐이니 오히려 잘된 거라 스스로를 위로해 보았지만 몸에서 힘이 빠지고 눈썹이 축 처지는 것은 하익도 어쩔 수가 없었다. 그가 그 일을 기억하면 좋을 텐데. 스스로가 그녀에게 얼마나 빠져들었었는지 자각할 수 있는 기회가 될 텐데. 아쉬움이 드는 건 그녀가 그를 정말 많이 좋아하기 때문일까.

"식사 다 하셨어요? 이제 제 용건을 말씀드려도 될까요?"
"아. 하고 싶은 말이 있다고 했지?"

"네. 실은 어제부터 꼭 드리고 싶은 말이 있었어요."

"내 어머니가 네 어머니께 개인적으로 연락드린, 그 얘기?"

"그것도 있고, 또……."

"한두 가지가 아닌 모양이네. 얘기가 길어질 것 같은데. 먼저 선물을 사고 얘긴 천천히 듣도록 하지."

"선물이라고요?"

"내가 얘기 안 했나? 오늘 어머니 생일 선물 사야 해. 집에 들러 어머니와 함께 식사도 해야 하고."

식사를 마치고 본격적으로 얘기를 해보려는 순간, 그가 갑작스럽게 안 여사 얘길 꺼냈다. 당장 오늘 안 여사의 생일 선물을 골라야 하고, 그러기 위해서는 자신이 필요하다는 거다. 이후 그녀의 머릿속을 꽉 채우고 있던 '오유정과 5억'은 홀라당 다른 차원으로 날아가 버렸다. 안 여사의 생일이라면 며느리인 자신이 나서야 한다는 생각이 그 자리를 대신 채웠다. 그녀를 위한 선물이라면 당연히 패션을 잘 아는 자신이 골라야 했고, 저녁식사도 당연히 자신이 나서서 차려 드려야 옳다고 생각되었다. 그렇다는 생각이 그냥 자연스럽게 들었다. 진짜 며느리인 것도 아닌 주제에, 그냥 돈받고 연기 실습한다 생각하며 가식 떨고 있는 주제에 말이다. 차원진한테 심하게 빠져들다 보니 이젠 진짜와 가짜도 구분 못하고 역할에 몰입해 버리는 현상이었다.

이쯤 되니 하익도 자신이 참 한심스러우면서도 애잔하게 느껴졌다. 나중에 얼마나 상처받고 펑펑 우시려고, 얼마나 힘들어하며 후회하려고 이러는 것인지. '정신 차려, 송하익'을 수천수만 번

외치고 싶어졌다. 할 수만 있다면 당장에라도 차원진에 대한 마음을 싹 정리, 쿨하게 돈 받고 일하는 프로페셔널 연기자로 되돌아가고 싶었다. 하지만 그게 생각보다 쉬운 일이 아니라는 거.

"잘 버텼겠지. 옆에 사랑하는 여자가 붙어서 생글생글 방실방실 웃는데 못 버틸 이유가 어디 있겠니? 생전에 제 손으로 물건 골라 사온 적 한 번도 없던 녀석이, 이젠 제 여자 생겼다고 같이 쇼핑도 하고. 우리 아들, 아주 놀라운 발전이네."

신기한 눈으로 아들을 훑어보며 안명자 여사는 립스틱이 곱게 칠해진 입술을 비스듬히 꺾어 올려 빙긋 미소를 지었다.

"대표님께서 어머니 선물 직접 고른 적이 없다고요?"

"그럼, 얘. 만날 통장에 용돈 넣어주고 카드 한도 올려주는 게 다였어. 조금 인심 쓰면 상품권 정도?"

"에이. 그건 좀 너무했다."

"녀석이 원래 그래. 어찌나 정이 없고 차가운지, 원. 인간미라곤 약에 쓸래야 쓸 수가 없는 녀석이야. 물론 겉으로만 그래. 속마음은 너도 알겠지만 그 누구보다도 더 따뜻한 남자야. 괜히 어색해서 겉으로만 까칠한 척하는 거지."

"손 좀 씻고 나올게요."

하익과 안 여사의 대화가 몹시 거북했나 보다. 그는 잔뜩 굳은 얼굴로 안 여사의 말을 툭 잘라먹었다. 그리고는 꽉 쥐고 있던 하익의 손을 잠시 가만히 내려다보더니 스륵, 조용히 하익을 향해 눈동자를 굴렸다.

"얘기하고 있어."

긴 속눈썹이 드리워져 우아한 그늘이 진 그의 콧대를 멍하게 바라보며 하익은 끄덕, 고개를 힘차게 흔들었다. 천천히, 그녀의 온몸을 뜨겁게 달구고 심장을 고장난 듯 미치도록 내달리게 만들었던 그의 손바닥이 그녀에게서 떨어져 나갔다. 미끄러지듯 그녀를 애무하는 그의 손길은 달콤하고 절절해서, 그녀의 피를 순식간에 덥혔다. 몸 한가운데로 피가 몰리는 기분.

당황해 하익은 훅, 숨을 들이쉬었다. 그리고는 냉큼 그의 손에서 제 것을 빼내었지만 이미 그의 입가에는 묘한 미소가 떠올라 있었다.

"이리 와 앉아봐. 어디 얘기나 들어보자꾸나. 대체 원진일 어떻게 조종했니? 어떤 처방을 내렸기에 이렇게 사람을 싹 바꿔놓은 거야? 그 비결이 뭐니?"

"어머님은 참. 조종, 그런 걸 제가 어떻게 해요? 전 그냥 대표님께서 점심때 회사로 나오라고 해서 나갔을 뿐입니다. 나오래서 나갔더니 어머님 선물 사야 된다고, 같이 쇼핑하자고 하더라고요."

"단지 그것뿐이었단 말이니? 믿을 수 없는데. 내가 아는 내 아들은 뭔가 큰 심경의 변화가 없이는 절대로 제 자신을 바꿀 녀석이 아닌데. 뭔가 네가 달리 행동했겠지. 변할 수밖에 없도록 네가 뭔가 자극 같은 걸, 준 거 아니니?"

"자, 자극이요?"

안 여사의 순진한 눈망울을 바라보며 하익은 어색하게 웃었다. 어젯밤 기억들이 순식간에 머릿속에 펑, 하고 떠올라 순식간에 얼굴이 홍당무가 되어가고 있었다. 설마 어젯밤 일 때문에? 그럼 차원진이 어제의 일을 다 기억하고 있다는 건가? 하지만 그는 지금껏 아무 내색도 없는데?

"내가 보기엔 네가 드디어 우리 원진일 살려낸 것 같다. 죽어가고 있던 우리 원진이의 사랑 불씨를 네가 아주 살살 고이고이 불고 또 불어서, 이렇게 다시 되살려 놓은 거야."

"죽어가고 있던, 사랑 불씨요?"

이것은 또 무슨 해괴한 말씀이심? 하익의 이맛살이 절로 찌푸려졌다.

"내가 너, 우리 원진이 돈 많은 게 매력이라 했을 때 왜 아무 말안 했는지 아니? 원진 씨를 진정으로 사랑한다, 원진 씨 없으면 나죽는다, 이런 모범답안이 아닌데도 불구하고 왜 너를 쿨하게 받아들였는지 알아?"

"그, 글쎄요. 저도 잘……."

"모르겠지. 그 녀석, 제 얘기는 어디 가서 입도 벙긋하지 않는타입인데다가 너 또한 남자 달달 볶아서 과거 따위나 캐내려고 안달복달하는 극성맞은 스타일이 아니니 그럴 수밖에 없었을 거다."

"과거…… 라니요?"

어느덧 진지해진 안 여사의 말을 가만히 듣다가 하익이 조심스럽게 물었다. 여자든 남자든 사랑하는 사람의 과거 이야기에는 촉각을 곤두세우기 마련. 역시나 하익도 원진의 이야기에 지대한 관심을 보이고 있었다. 휴— 안명자는 한숨을 길게 내쉬었다.

이 얘기를 해야 하나, 말아야 하나, 여러 날 생각하고 또 생각해보았지만 예민하고 또 예민한 문제이니만큼 얘기를 하겠다 마음먹은 지금까지도 여전히 주저되는 것은 어쩔 수가 없었다. 괜히하익의 마음만 아프게 하는 게 아닌가 싶기도 하여 꽤나 망설여졌다. 하지만 이런 것쯤 이해 못할 하익은 아니라고 생각되었다. 하익도 과거, 남자에게 처참히 배신당한 전적이 있지 않은가.

안명자는 어딘지 많이 불안해 보이는 하익을 가만히 바라보았다. 가망 없어 보이는 아들 인생에 구원의 손길을 내밀어준 천사. 사랑 따위, 여자 따위 믿지 않는, 마음이 얼어붙은 아들에게 유일한 희망이 되어줄 아가씨. 굳어버렸던 아들의 심장을 뛰게 한 기적의 요정!

명자는 하익의 손을 끌어당겨 제 두 손으로 꽉 붙들었다. 그리곤 천천히 그 손을 쓰다듬으며 속에 감춰두었던 말들을 차근차근 꺼내 보였다.

"원진이한텐 트라우마가 하나 있어. 그것 때문에 여자를 믿지 못하지. 자신을 유혹하거나 호의를 가지고 접근하는 여자들은 더더욱 믿지 않아. 제 돈을 노리고 접근한 여자들이라 의심부터 하지."

"……"

"가난하다는 이유로 여자한테 버림받은 적이 있어서 그래. 마음을 다해 사랑했는데, 우리 가족 모두 그 아일 믿고 아껴줬었는데, 그 아인 우리 집 가세가 기울자 쓸모가 없어졌다는 듯이 원진이를 버렸어. 원진이는 매달렸지. 녀석은 자신을 좋아해 주지 않아도 좋으니 옆에만 있어달라고, 제 옆자리만 지켜달라고 애원했어. 하지만 그 아인 그 정도의 동정도 베풀어주지 않았단다. 성공을 위해, 돈을 위해, 원진이를 가차 없이 버리고 떠났지."

"성공과 돈 때문이라고요? 겨우 돈 때문에 사람을 버렸다고요?"

"그 이후로 그 녀석은 단 한 번도 누군가에게 마음을 열지 못했어. 처음 몇 년은 성공하기 위해 밤낮없이 일했고, 큰 부자가 된 이후로는 돈 때문에 접근해 오는 여자들한테 질려 버렸으니까. 거짓을 담은 눈으로 사랑한다고 고백하는 여자들을 발에 채일 정도로 많이 겪었을걸. 모든 여자들이 속물로 보였겠지. 돈이라면 사랑하지 않는 사람을 사랑하는 일도 마다하지 않는, 그런 속물 말이야."

"……!"

"한데 그렇게도 마음 붙일 곳 없이 외롭고 고단한 삶을 살고 있던 원진이가 널 택했어. 돈이 많은 게 원진이 매력이라고 당당히 말하는 너를 말이야. 그건 뭘 뜻하는 걸까? 무얼 의미한다고 생각하니? 녀석이 가지고 있던 트라우마를 네가 깨버렸다는 뜻이야. 내가 널 순순히 허락한 건, 그래서였어. 그만큼 우리 원진이가 원하고 사랑하는 여자라면, 그거면 됐다고 생각했지."

"……."

"깐깐하게 보여도 난 며느리에게 기대하는 게 달랑 하나밖에 없는, 이 시대 최고의 시어머니다. 내 아들의 마음을 편안하게 해주는 여자. 내 아들을 행복하게 해주는 여자. 어릴 적에 받았던 그 녀석 상처를 다 치유해 줄 수 있는, 사랑이 충만한 여자. 그런 여자면 난 누구든 상관없다고 생각하는 사람이야. 그리고 난 네가 마음에 든다. 너와 있을 때면 좋아서 어찌해야 할지 몰라 안절부절못하는 원진이, 그게 바로 내가 널 받아들인 이유야."

"어머님……."

"앞으로도 우리 원진이, 잘 부탁한다. 우리 원진이 행복하게 해줘."

"저, 저는······."

"어? 원진이 씻고 나오네? 이만 일어나서 식사 준비나 해볼까? 같이할래? 아! 혹시 너, 내가 지역 요리대회에서 대상까지 탄 몸이란 거 알고 있니? 이래 봬도 음식 솜씨 하나는 타고났다고 근방에 소문이 자자했다? 어디 내 며느리는 얼마나 손맛이 좋은지 한번 볼까? 원진이가 뭘 좋아하는지는 알고 있니?"

"아, 아뇨. 그건 아직······."

갑작스런 화제 전환이 당황스러운지 하익이 말을 더듬는다. 아이구, 귀여워라. 이제 내 사람이다 싶으니 이런 모습도 순수하니 귀엽고 깜찍해 보이네. 명자는 곱게 눈을 흘겨주며 하익의 손을 살포시 잡아 포갰다.

"그걸 여태 몰라? 같이 살면서? 하긴 그 녀석이 집에 오래 붙어 있는 성격이 못 되지. 일 중독자처럼 만날 회사에만 틀어박혀 있으니. 날 좋을 땐 같이 외출도 하고 해야 하는데. 아, 네 얼굴이 알려져 있어서 그것도 쉬운 일은 아니겠구나."

"그, 그렇죠."

"그 녀석 좋아하는 거야 '맛있는' 음식이지. 입맛이 보통 까다로운 애가 아니거든. 제대르 음식 맛 못 내면 이 어미 앞에서도 얼굴 표정 싹 굳히는 애가 바로 그 녀석이다. 원진이 스타일은 네가 더 잘 알지? 입에 발린 말 못하고, 상대방 배려해 돌려 말하는 법 없는 거. 못하면 못한다, 아주 가혹하게 찍어 말할 거다. 너 마음 단단히 먹어. 괜히 나중에 서운하다 찔찔 짜지 말고, 시간 나면 학원 다니면서 요리 솜씨나 좀 익혀보든지. 나랑 같이 다닐까?"

"에? 어머님과 함께요?"

"근데 너, 남편한테 대표님이 뭐니? 대표님이. 일로 만나서 그렇다는 건 안다만, 이제 슬슬 호칭도 정리해야지. 조만간 결혼도 할 텐데. 원진 씨라고 불러."

"아, 그건······."

"왜? 눈치 보여? 원진이가 이름 부르는 거 싫어하니? 그럴 리가 없는데. 같이 사는 사랑하는 여자가 대표님이라 부르는 걸 어떤 남자가 좋아해? '자기'나 '여보', '달링~' 같은 호칭까진 아니더라도 적어도 이름은 불러줘야지. 원진 씨라고 불러. 아들! 동의하지?"

안 여사는 매우 살갑고 애교가 뚝뚝 묻어나는 목소리로 아들을 향해 질문을 날렸지만, 답은 날아오지 않았다. 상대방 무색하게 하는 아들의 반응이 뭐가 그리 재밌고 즐거운지, 안 여사는 연신 킥킥거리며 하익을 잡아끌고 주방으로 들어갔다.

며느리 손맛 시험해 보겠다 큰소리 땅땅 치던 것과는 달리 주방에는 하익이 할 일이 딱히 없어 보였다. 도우미 아주머니의 손길이 느껴지는 정갈하고 깔끔한 음식들이 이미 다 준비되어 있어서 그냥 상차림만 하면 되는 상황이었다. 안 여사의 지역 요리대회 대상에 빛나는 화려한 요리 솜씨를 확인하는 것도 당연히 불가능. 돌려 말하는 법 없고 입에 발린 말도 못한다는 차원진의 '맛없다'는 돌직구에 찔찔 눈물 짜던 사람이 혹시 안명자 여사가 아니었을까, 잠깐 의심해 볼 따름이었다.

저녁 시간은 화기애애했다. 안명자 여사는 몇 시간 동안 아들과 하익이 골라 골라 준비해 온 선물을 굉장히 마음에 들어했고, 하익의 안목을 칭찬했으며, 두 사람의 빠른 결혼을 종용하기도 하였다.

하익이 끈질긴 안 여사와 그의 무심한 아들 차원진의 보이지 않는 줄다리기로부터 해방될 수 있었던 시간은 밤 10시. 자고 가라는 안 여사의 제의도 거절하고 원진은 하익의 손을 꼭 잡고 나와 집으로 향했다. 돌아오는 차 안에서야 비로소 하익은 생각이라는 걸 해볼 수 있게 되었다. 차원진의 첫사랑과 트라우마, 그리고 그를 사랑하는 자기 자신에 대해서였다.

"원진이한텐 트라우마가 하나 있어. 그것 때문에 여자를 믿지 못하지. 모든 여자들이 속물로 보였을 거야. 돈이라면 사랑하지 않는 사람을 사랑하는 일도 마다하지 않는, 그런 속물 말이야."

안명자 여사의 말은 하익을 당황하게 만들었다. '사랑하지도 않는 사람을 사랑하는 척하는 일'을 바로 자신이 하고 있었기에. 그녀의 말이 사실이라면 원진은 자신을 속물로 보고 있을 게 뻔했기 때문에.

사정이 어찌 되었든 그에게 돈을 받고 그를 사랑하는 척하고 있으니 그의 기준에서 하익은 '속물 중의 속물'이다. 그러니 그가 비난한다 해도 황망해하거나 억울해하면 안 된다. 그래야 한다는 걸 너무나도 잘 알고 있다. 한데, 그런데도 불구하고 자꾸만 화가 났다. 속상하고 가슴이 아팠다. 아니라고, 이 마음은 진짜라고, 그에게 소리치고 싶어 미치겠다. 그런데도 걸리는 게 너무 많아 아무것도 할 수가 없다.

오유정이 가장 문제다. 강우현에게서 들은 소문과 오유정 본인에게서 들은 얘기, 안 여사로부터 들은 그간의 정황들을 종합하니 답이 나왔다. 차원진이 그토록 마음에 두고 절절한 사랑을 했던 여자가 오유정이라는 사실. 그녀로부터 가난 때문에 버림받은 후, 그녀를 되찾기 위해 미친 듯이 일을 했고, 성공했고, 최고가 되었다는 사실. 이제는 오유정이 원진에게 되돌아오고 싶어한다는 사실. 그녀가 다시 자신의 품으로 돌아오고 싶어한다는 것을 원진은 알고 있을까?

"수고했어. 이만 쉬어."

집에 들어서자마자 피곤한 듯 넥타이를 풀어내고는 자신의 방으로 느릿느릿, 특유의 느슨한 발걸음을 옮기고 있는 차원진. 얄밉다. 차원진이 뺄도 없이 오유정한테 다시 사랑을 속삭이는 장면을 떠올리니 속에서 천불이 올라오려고 했다. 어제 하익이 오유정을 여기서 쫓아냈다는 사실을 알면, 아마도 원진은 가만히 있지 않을 것이다. 길길이 날뛰며 네까짓 게 뭔데 그랬냐, 윽박지르겠지.

내가 뭐긴 뭡니까? 당신 동거녀지.

"할 얘기가 있어요."

당돌하게 하익이 그의 등에 대고 말하였다. 쥐 죽은 듯 적막감이 돌고 있던 집 안에 묘한 긴장감이 떠돌기 시작했다. 천천히 소리 없이, 공기 중을 떠도는 유령처럼 걷고 있던 그가 그 자리에서 걸음을 멈추었다. 물론 늘 그랬듯 뒤를 돌아 하익을 마주 봐주진 않았다. 그는 가만히 서서 하익의 다음 말을 기다렸다. 하익은 바짝 타들어가는 입술을 할짝 혓바닥으로 핥고는 조용히 입술을 열었다.

"어제 하려던 얘긴데요. 대표님께서 계속 시간이 없다고 해서, 말 못했던 거예요."

"대표님, 그거 고치기로 하지 않았던가? 아깐 어머니께 지적받고 이름 부르겠다고 하더니만."

"여기 우리 단둘뿐인데 굳이 호칭을 바꿀 필요까진 없잖아요."

"입에 붙도록 평소에도 연습을 해야지. 이름 불러. 어머니와 약속했던 대로."

"그럼 그러던가요, 원진…… 씨."

"……."

그는 잠시 침묵했다. 아무 말 없이, 무언가를 가만히 음미하는 사람처럼. 결코 길다 할 수는 없는 시간이었으나 그의 등만 뚫어져라 노려보고 있는 하익에게는 꽤나 길고도 긴 순간이었다. 기다리다 못해 숨이 막힐 것 같은 착각이 들자 하익은 큼, 목청을 가다듬으며 성큼 앞으로 다가갔다.

"저기요. 어제 제가 하고 싶었던 말이 뭐였냐면……."

"내일 듣도록 하지."

그녀의 말을 가로막고 마음대로 결정해 버리더니 또 제멋대로 저벅저벅 하익으로부터 빠르게 멀어져 버린다. 행여 하익이 무슨 말이라도 할까, 그녀의 말을 듣게 되어버릴까, 걱정하는 사람처럼 서두르는 모습이다. 그녀의 말을 아예 듣기 싫은 사람 같기도 했다. 대체 왜 저리 피하는 걸까? 왜 그 얘기만 하려 하면 저렇게 딴청을 피우는 거지?

생각하면 할수록 새록새록 의문이 솟구치자 하익은 결심했다. 오늘은 기필코 그와 담판을 짓겠다고. 그와 해야 할 얘기들, 며칠

동안이나 묵혀두었던 속마음과 상황들을 전부 다 까발려 놓고 말겠다고. 그리하여 정정당당하게 그의 선택을 받겠다고. 그러겠다고 단단히 결심하고 하익은 전투적으로다가 확 달려들어 그의 방문을 예고도 없이 벌컥 열고 들어섰다.

"헉!"

그러나 그녀의 안구를 습격한 것은 차원진의 벌거벗은 가슴팍. 당황스럽게도 그는 옷을 벗고 있었다. 이미 넥타이와 재킷은 벗어 던진 채였고, 와이셔츠 단추도 모조리 풀어 헤친데다가 커프스단추까지 풀고 있는 중이었다. 적당한 근육과 매끈하게 윤기마저 흐르는 꿀피부를 한눈에 넣으며 하익은 곧바로 '뒤로 돌앗!' 구령을 들은 군인처럼 절도 있게 휙 몸을 돌렸다. 그리고는 아무 일도 없었다는 듯 다시 밖으로 나가기 위해 재빨리 방문 손잡이를 쥐고 비트는데,

"누구 마음대로."

귓전으로 그의 아득하리만치 부드러운 목소리가 스며들어 왔다. 어느새 다가왔는지 그가 등 뒤에, 아주 가까운 곳에 서 있었다. 커다란 손으로 방문을 짚고 몸의 무게를 실어 절대로 열리지 않게 막고 있는 채였다. 하익은 퍼드득, 전기에 감전된 사람처럼 온몸을 떨어야 했다. 어마어마한 전력이 혈관을 타고 곳곳으로 찌릿찌릿 퍼져 갔고, 전기공급 제대로 받은 그녀의 몸은 펄떡펄떡, 짜릿짜릿, 생생히 살아 숨쉬기 시작했다.

"들어올 땐 네 마음대로였겠지만 나갈 땐 아니지."

그의 몸이 더 가까이 그녀에게로 기울어졌다. 하익은 미간을 찌푸릴 대로 찌푸리며 입술을 질끈 깨물었다. 어떻게 해야 하지? 어

떻게? 어떻게 하면 되는 거야? 어떻게 하면 여기서 빠져나갈 수 있는데? 어, 어떻게 해?!

"이미 경고했잖아? 어젯밤 말이야."

뭐? 어, 어젯밤?

"어제의 일로 이미 알게 되었을 텐데. 내 영역에 들어오면 어떻게 될 거라는 것쯤."

"어젯밤이라면? 그럼 혹시 어제 일을 기억하고 있는 거예요?"

하익은 너무나 놀란 나머지 저도 모르게 휙 고개를 꺾어, 방금 전까지 잔뜩 쫄아 있던 사람답지 않은 당돌함으로 그를 향해 소리쳤다. 그리고는 다음 순간 곧바로 현실을 깨달았다.

그는 너무 가까이에 있었다. 살짝 턱 끝만 끌어 올려도 입술이 닿을 것만 같은, 치명적으로 가까운 거리였다. 덕분에 그의 달달하고 뜨거운 입김이 자신의 입술에 와 닿았다. 얼얼하다, 그 부분이. 녹아내릴 것만 같다. 당장이라도 달려들어 그의 입술을 훔쳐 버리고 싶은 충동이 일었다. 혓바닥을 조금만 움직여도 그의 입술을 핥을 수가 있는데. 그의 붉은 입술과 입술 사이를 가르고, 그 안으로 들어가 그의 호흡을 앗을 수가 있는데.

하익은 거칠게 숨을 내쉬며 다시금 물었다.

"기억, 하고 있는 거죠?"

"못한다고 생각했군."

"아무 말도 안 하기에 필름이 끊어진 줄 알았어요."

"난 원래 필름을 끊어먹을 정도로 폭주하지 않아. 당연히 어제의 일은 제대로 다 기억하고 있지. 네가 내게 어떻게 키스했는지, 어떻게 끌어안았는지, 어떻게 신음했는지, 모두 다."

그래서였나요? 내게 어마어마한 돈을 준 게 바로 그 때문이었
어요?

묻고 싶었지만 물을 수가 없었다. 그의 입에서 YES라는 대답이
나올까 봐, 혹시라도 정말로 그가 준 5억이 그런 의미라고 말할까
봐. 지금 이 순간 그녀 안에 있는 용기란 용기는 죄다 사라져 버린
터라 확인해 볼 수는 없지만, 아닐 거다. 분명 그런 의미로 준 돈
이 아닐 것이다. 그가 그럴 리가 없다. 아무리 나쁜 놈이라도 여자
에게 그토록 잔인하게 굴 사람은 아니었다.

"차 대표님은 제가 겪어본 바에 의하면, 그런 일 충분히 하실 수 있
을 만큼 냉정하고 몰인정한 사람이었어요."

문득 강우현 피디의 말이 떠올랐다. 아아, 믿고 싶지 않지만 강
우현의 말도 일리는 있었다.

어차피 차원진이라는 남자에게 송하익은 '여자' 도 아닌데 뭐.
한 침대에서 잠을 자도 아무런 유혹을 느끼지 않는 남자에게 뭘 기
대할 수 있겠는가. 봐라, 제 입으로 말하지 않나. 어제 그 일도 실
은 경고였던 거라고. 술에 취했던 덕분에 한순간 그녀가 여자로 보
였던 거다, 그래서 잠시 휩쓸렸던 거다, 했다면 이렇게까지 비참하
지는 않을 텐데. 너무 서러워서 왈칵 눈물이 나올 것만 같았다.

"내일 다시 얘기하는 게 좋겠어요. 전 이만 나가보겠습니다."

"못 나가."

"나갈 겁니다. 나가게 해주세요."

목구멍까지 차오르는 울분을 꾹 참아 누르고 하익은 당당하게

요구했다. 맑갛고 투명하게 반짝거리는 그녀의 눈망울이 그를 똑바로 뚫어져라 바라보고 있었다.

마치 맹수에게 산 채로 포획된 제물처럼 가련하기 짝이 없는 주제에 나가게 해달라니. 손에 쥐면 부서질 만큼 나약하고 무방비한 상태로 그의 앞에 완벽하게 노출된 채 서 있는 주제에 당돌하게 요구라니. 발칙하기가 이루 말할 수가 없다. 그는 하익의 것과는 비교도 할 수 없을 만큼 커다란 남성적인 손을 들어 천천히 하익의 가녀린 턱을 쥐었다.

"정말 그러길 원해?"

"……."

"정말로 내가 널 놓아주길 원하는 거냐? 내게서 달아나고 싶어?"

"네. 나가고…… 싶습니다."

하익이 겨우 쥐어짜듯 대답을 내놓았다. 턱을 조여드는 손가락의 힘을 느낀 듯 그녀의 눈썹이 파르르 떨었다. 조그맣고 탐스런 입술은 오물오물 꿈틀거리다가 할짝할짝 숨을 내뱉는다. 호흡이 가빠져 오는 듯 가슴은 꽤나 격렬하게 들썩거렸다. 빗방울에 젖은 꽃잎처럼 가냘프기 짝이 없는 그녀의 입술을 원진은 탐욕스러운 시선으로 핥으며, 착 가라앉은 음성으로 가볍게 중얼거렸다.

"그런 눈으로 그렇게 말하면 믿을 수가 없어지잖아, 송하익."

"무, 무슨 말씀이십니까?"

"네 눈 말이야. 날 원하고 있어. 미치도록 갈망하고 있다고."

"웃기는 소리 마세요."

제법 강단 있게 중얼거리고는 하익은 꿀꺽 마른침을 집어삼켰다. 맑은 눈망울은 여전히 똑바로 그를 바라보고 있는 채. 순박하고 영롱해 보이는데 그것만큼이나 도발적인 눈이기도 하다. 그래서 남자로 하여금 충동과 싸우게 만든다. 제어할 수 없게끔, 소유욕에 불타게끔, 그렇게 만든다.

지독히 욕심나는 눈이다. 원진은 하익의 새까만 동공을 가만히 들여다보며 그 어느 때보다도 나직하고 다감한 음성으로 속삭였다.

"인정 못하겠지만 넌 날 원하고 있어. 그것도 아주 많이. 아주 간절히."

"아닙니다."

"내 몸, 내 돈, 내 위치, 내 영향력. 어느 것 하나 원하지 않은 게 없지."

"아니라고요."

"다 갖고 싶을 거다. 내 모든 것을 네 것으로 만들고 싶겠지. 모두 다. 안 그래, 팅커벨?"

"아, 아니라고……."

강력하게 부인하기 위해 하익은 입을 벌렸다. 하지만 바로 그 순간 그녀의 벌린 입술 사이로 뜨겁고 미끄덩한 그것이 빠르고 부드럽게 밀려들어 왔다. 코앞 가까이 와 있던 그의 입술이 순식간에 그녀의 것을 덮어버린 것이었다.

신음 소리가 그녀의 입술 사이로 흘러나왔다. 어떻게든 그를 밀어내고 입을 닫아보려고 했지만 턱을 쥔 그의 손은 그녀를 자유롭게 놔두질 않았다. 입술은 어느덧 더 넓고 크게 벌려졌고 그는 더 깊숙이 밀려들어 와 그녀의 공간을 온전히 차지해 버리고 말았다. 격렬한 숨소리가 그로부터, 그녀로부터 터져 나왔다.

"오늘 밤 난 네 것이다."

이미 현실감은 온데간데없이 사라져 그녀의 정신은 꿈을 꾸는 듯 아득해지고 있었다. 그 뿌옇게 흐려져 버린 정신 어딘가에서 그의 뜨겁고 부드러운 목소리가 들려왔다. 어째서인지 모르지만 간절하게 느껴지는 음성이다. 깊숙한 내면에서 우러나오는 듯, 풍성하고 그윽한 바리톤의 목소리. 처음 만났을 때부터 그녀의 정신을 산란하게 만들어놓던 그 음성. 알싸한 통증으로 서서히 물들어가는 심장을 조심스럽게 부여잡으며 하익은 그의 목덜미에 두 팔을 감았다.

"가지고 싶은 만큼 다 가져. 원하는 만큼 다 줄 거니까."

사랑을 맹세하듯 그가 다시 속삭여 왔다. 그리고 거의 동시에 그의 손이 하익의 한쪽 가슴을 덮었다. 말랑한 살점이 단번에 일그러지고 그녀의 육체는 100만 볼트의 전기를 흡수한 양 파딱거렸다.

온몸이 저릿저릿해지며 팔다리에 힘이 빠져나갔다. 그에게 매달리지 않으면 제대로 서 있을 수도 없을 만큼 강렬한 쾌감이 아랫배와 다리 사이를 오갔다. 흥분할 대로 흥분한 하익은 미친 듯이, 정신없이 깊은 호흡을 마셨다 들이쉬기를 반복하며 그의 벌어진 셔츠 자락 안으로 손을 밀어 넣었다.

"이게 대답인 거냐?"

그가 크르릉, 동물처럼 격렬한 신음을 내뱉으며 거칠게 물었다. 이미 그의 원초적 섹시함에 정신마저 혼미해진 그녀에게는 부질없는 질문이다. 하익은 고개를 끄덕이는 대신 천천히 그의 셔츠를 벗겨냈다.

제11장. 날아가게 두지 않아

　오랜만에 푹 잠을 잤다. 편안하게 아무 생각 없이 곯아떨어져 꿀처럼 달콤한 밤을 헤매다 눈을 떴다. 개운하고 포근했다. 텅 빈 껍데기 같았던 영혼에 무언가가 더해지고 채워진 것만 같달까. 스스로 더할 나위 없이 완벽해진 기분이 들었다. 무엇으로도 바꾸고 싶지 않은 느낌. 실존하는 그 어떤 언어로도 표현할 수 없는 이 기분을 오랫동안 음미하고 싶어서 출근 시간이 임박했음에도 불구하고 침대에서 나가고 싶지 않았을 정도였다.

　잠시 침대에 머물러 생각해 보았다. 아침에 눈을 뜰 때 포근함을 느껴본 게 언제였던가, 하고. 그리고 이 놀랍고 경이로운 경험을 체험하게 해준 요정을 돌아보았다. 쌔근쌔근 아가 숨소리를 내고 있는 송하익은 그를 향해 옆으로 누운 채로 잠이 들어 있었다. 어젯밤 잘 빗겨져 넘겨 있던 머리는 모두 풀어져 헝클어트려져 있었고, 청순하고 단아하던 데이크업도 모두 지워져 민낯에 가까운 파리한 얼굴을 하고 있었다.

그녀가 치명적인 이유는 그럼에도 불구하고 미치도록 아름답기 때문이다. 헝클어진 머리카락, 화장이 지워진 지저분한 피부조차 아름답다. 성스러울 정도로 깨끗해 보인다. 그의 눈에 정말로 요정처럼 보이기 시작한 거다. 지저분하고 더러운 그의 세계에 너무나도 무방비한 모습으로 쳐들어와 완벽하게 둘러쳐 놓은 그의 방어막을 와르르 무너뜨려 버린, 정말로 아름다운 침입자.

허기진다. 그녀를 볼수록 더 완벽하게 갖고 싶어진다. 옆에 두고 싶고, 내 것으로 만들고 싶어진다. 다른 사람 아닌 자신만 바라보게 하고 싶다. 겉껍데기가 아닌 영혼까지 다 소유하고, 그녀가 가진 애정의 마지막 한 방울까지 모두 짜내서 마시고 싶어진다. 그 마음에 다른 이를 품지 않도록, 그 속에 자신만 담도록, 그렇게 완벽하게 그녀를 갖고 싶었다.

그 미친 욕망의 발단은 그녀의 다이어리에서 발견한, 그녀의 소원 하나였다. 비뚤비뚤 동글동글 귀여운 그녀의 손 글씨는 이렇게 쓰고 있었다.

하나밖에 없는 진실한 사랑. 죽을 때 후회 없을 만큼 열렬히 해보기.

송하익 최고의 소원은 '진실한 사랑'이었다. 그냥 사랑이 아닌 '진실한' 사랑. 흔하다면 흔하고 유치하다면 유치한 그 단어를 보는 순간, 그의 가슴은 지진이 난 것처럼 마구 뒤흔들리기 시작했다. 1년 365일, 8,760시간 겨울인 사람처럼 누굴 만나도 무엇을 보아도 꽁꽁 얼어붙은 상태였던 그의 가슴이 우지끈 내려앉았다. 10년 동안을 마음 깊숙한 곳에 쑤셔 박아놓고 단 한 번 떠올리지 않았던 감정이 울컥, 본능적으로 치솟아 올랐다.

누군가를 무조건적으로 좋아한다는 것. 누군가를 향해 가슴 설레어하는 것. 누군가로 인해 웃고 행복함을 느끼는 것.

그날 그는 오랫동안 그녀의 다이어리에서 눈을 떼지 못했다. 밤새 그녀가 깨알 같은 글자로 적어놓은 스케줄이며 생각들, 일기 등을 읽어 내려가느라 그는 새벽녘이 되어서야 겨우 잠이 들 수 있었다. 그리고 그다음 날, 얄궂은 운명은 그의 앞에 또다시 송하익을 데려다 놓았다. 마치 약을 올리는 양, 어디까지 버티는지 보겠다는 듯, 먹음직스러운 먹이로 그의 본능을 테스트하려는 듯이 말이다. 결국 운명의 유인구에 휘말려 그는 송하익을 제 영역 안에 들이는 실수를 저지르고 말았다.

그리고 그는 또다시 꿈을 꾸게 되었다. 사랑이라는, 이제껏 헛된 망상일 뿐이라 생각해 왔던 꿈을.

"날 사랑하게 만들 거다, 송하익. 네 마음에 차원진 하나만 들어차게, 그렇게 만들 거야."

그가 밤새 하익을 공격하며 주문처럼 혼잣말로 되뇌던 말이었다. 그녀의 일생에 단 하나밖에 없는 진실한 사랑. 그게 그의 목표가 되었다. 어떤 희생을 치러서든 그는 그것을 손에 넣고 말 거라고 결심했다. 다 가질 것이다. 치를 수 있는 값은 죄다 치르고 완벽하게 가질 것이다. 그리고 그만큼 완벽하게 뽑아갈 거다. 그녀에게서 그녀가 가진 모든 애정을 착취해 갈 것이다. 다. All Everything.

마음을 정하고 나니 기분이 상쾌해졌다. 출근길 내내 싱글벙글. 한시도 웃음이 멈추질 않았으니, 이래도 괜찮은 걸까 걱정이 들 정도. 하지만 절로 웃음이 흘러나오는 걸 어쩌겠나. 사무실 안으로 들어서면서도 그는 기분 좋은 미소를 입에 걸고 있었다.

"대표님 나오셨습니까?"

"어—"

빙긋, 이례적으로 눈가에 주름이 잡히도록 환히 미소를 짓고는 원진은 손을 들어 올려 비서들의 예의 바른 인사를 받았다. 원래부터 조각이다 평가받던 그의 얼굴에 화기가 도니 충격적으로 잘생겨 보였다. 강호는 낯선 광경에 슬쩍 눈살을 찌푸렸다.

"대표님, 전화를 계속 안 받으시던데 어떻게 되신 겁니까?"

강호는 원진의 뒤를 따라 대표실로 들어가며 퉁명스럽게 물었다. 지금은 벌써 오전 11시. 평소 9시도 되기 전에 사무실에 도착, 부하직원들을 매우 난감하게 만들던 차원진의 출근 시간이라고는 믿어지지 않는 시간이었다. 대체 어찌 된 일이야? 오늘 해가 서쪽에 뜬 것도 아닌데.

"꺼뒀었다."

"아니, 왜요? 무슨 일 있었던 겁니까?"

"왜 무슨 일이 있었을 거라고 생각하는 거냐?"

"어제 본가 들어가셨잖습니까. 혹시라도 거기서 안 좋은 일이 있었던 건 아닌가 해서요."

"어머니와 식사 한번 한 것뿐이야. 안 좋은 일이 생길 이유 있어?"

"송하익 씨와 함께였잖습니까. 혹시라도 사모님께서 사실을 다 아시고 노발대발하셨다면……."

"그런 일 없어."

"근데 왜 이렇게 늦으신 겁니까?"

"늦잠."

"느, 늦잠을 주무셨단 말씀이십니까? 아니! 대표님께서요?"

"내가 늦잠 잔 게 뭐 잘못된 거냐?"

"그건 아니지만 대표님께선 요 근래 숙면을 취하신 적이 거의 없을 정도로 불면증이 심하시잖습니까. 근데 어떻게……?"

"어젠 잘 잤어."

책상 앞에 앉으며 원진이 딱 잘라 말하였다. 이건, 더 이상은 아무리 강호라도 알려줄 생각 없다는 뜻이었다. 강호는 일단 하려던 말을 멈추고 잠시 생각해 보았다. 꽤나 기분이 좋아 보이는 원진에게 오늘의 이 사태를 보고해야 하나, 말아야 하나. 괜히 별일 아닌 걸로 대표의 기분만 엉망으로 만들고 싶진 않았다. 상사의 기분 맞추는 일만큼이나 업무 처리도 제대로 하고 싶은 게 강호의 마음이다. 하지만…….

"왜? 무슨 일이야?"

강호가 갈팡질팡 고민하는 도중, 원진은 꺼놓았던 휴대폰을 다시 켜며 주저주저하는 강호를 향해 척 고개를 들었다.

"……헉!"

눈웃음이 넘실거리는 진심으로 화사한 얼굴. 강호는 원진의 얼굴에 두둥실 떠 있는 환함에 잠시 할 말을 잃고 멍하니 서 있었다.

그를 상사로 모시게 된 게 벌써 7년. 당시 업계 최고였던 빅엔터테인먼트에서 부당하게 해고당한 강호를 원진이 거두면서 시작된 인연이었다. 하지만 지금껏 강호는 단 한 번도 원진이 웃는 걸 본 적이 없었다. 그러니까 그냥 입술만 삐쭉 꺾는다거나 썩소, 비웃음이 아니라 이렇듯 환하게, 진심으로 웃는 것 말이다. 이렇게 진짜 웃는 모습은 정말로 진정으로 처음이었다. 도대체 대표님께 무슨 일이 생긴 거지? 뭐가 어떻게 돌아가고 있는 거야?

"침 떨어진다. 입 다물어."

"쓰읍. 죄송합니다, 대표님."

"무슨 일인데?"

전원이 켜지고 있는 휴대폰을 책상 위에 올려두고 업무용 컴퓨터를 켜며 원진이 물었다. 강호는 원진의 꽤 밝은 얼굴을 바라보며 머리를 긁적였다.

역대 급으로 기분 좋아 보이는 대표에게 이런 보고를 올려 기분 잡치게 만들고 싶지는 않으나, 역시 어쩔 도리가 없었다. 아무리 생각해 봐도 이번 일은 자신 혼자서 처리하기에 무리가 있었다. 괜스레 원진의 기분 살핀다는 이유로 보고를 지체했다가 타이밍 못 잡고 일이 더 커져 버리면 그거야말로 원진에겐 큰 피해가 아니겠는가. 이 일은 시간이 생명. 빨리 원진에게 알리는 게 최선이었다.

"저…… 혹시 오늘 올라온 기사 확인하셨습니까?"

결심이 선 듯 강호가 입을 떼자 원진은 팔꿈치를 책상 위에 붙이고 사뭇 진지한 얼굴로 그를 바라보았다.

"기사?"

"오늘 아침 무가지 신문 가십란에 대표님에 관한 루머 하나가

올라왔었습니다."

"내 루머라고?"

"평소처럼 이니셜 처리된 기사가 아니라 MD미디어대표, 차모 씨라고 확실히 명시가 된 기사였습니다. 그 신문이 워낙 파급력이 약하고 대중들의 관심이 집중되는 유명매체가 아닌 터라 정식적으로 대응할 필요까진 없다 생각해서, 처음엔 무시했었습니다만. 갑자기 두어 시간 전부터 약속이라도 했다는 듯 똑같은 기사들이 인터넷에 동시다발적으로 뜨기 시작했습니다. 마치 누군가가 미리 작성해 놓은 보도자료나 가이드를 뿌린 것처럼 말이죠."

"어떤 내용인데?"

"그게, 대표님께서 한때 톱스타였던 가수출신 여배우와 동거…… 한다는 내용이었습니다."

"……."

"그 기사가 위험한 것은 단순히 대표님의 사생활을 뒷조사하고 무단으로 유포해서가 아닙니다. 뉘앙스가 엄청 악의적이에요. 그 여배우와 대표님의 사이를 마치 갑과 을, 그러니까 한쪽이 종속되어 일방적으로 착취당하는 관계로 호도하고 있었습니다. 순수한 연인 관계가 아니라 돈과 그 이상의 무엇이 얽혀 있는 수상한 관계로 묘사한 것이죠. 기사 속의 대표님은 자신의 지위와 돈을 이용해 선량하고 힘없는 여자를 짓밟고 이용하는 나쁜 사람으로 묘사되고 있었습니다. 여자도 돈을 위해 기꺼이 당하는, 주체성 없는 사람으로 표현되어졌고요. 한마디로 최악의 기사였습니다."

"결국은 내가 상납을 받았다고 주장하는 거로군?"

"분명히 누군가가 계획한 겁니다. 대표님을 음해하기 위해 일부러 작정하고 터트린 게 틀림없습니다. 대표님의 깨끗한 CEO 이미지가 더럽혀졌을 때 반사이익을 얻게 되는 그 누군가가 저지른 일일 겁니다. 누군지는 모르지만 아주 치졸한 짓을 한 거죠. 대표님과 정면 승부는 자신이 없어서 못하고, 뒤에서 뒤통수나 후려치면서 어떻게든 이겨보겠다고 발버둥 치는 겁니다. 그런 놈들은 끝까지 추적해 잡아야 합니다, 대표님. 꼭 잡아서 감옥에 처넣어야 정신을 차립니다. 아니, 이게 말이나 되는 일입니까? 기사를 낼 거면 정확한 사실만 내던지. 잘 알지도 못하면서 괜히 이상하게 몰아가고 말이죠. 아, 물론 남녀가 한집에서 같이 살면 제일 먼저 그런 쪽으로 의심이 가겠지요. 하지만 우리 하랑 님이 어디 그럴 사람입니까? 백 있는 사람한테 몸로비나 하는 그런 분이냔 말입니다. 또 대표님은요? 대표님께서 단 한 번이라도 성상납 같은 걸 받은 적이 있었다면 이렇게 억울하지도 않겠습니다."

"……."

"하랑 님이나 대표님, 모두 사정이 있어서 어쩔 수 없이 함께 살고 있는 것인데. 그런 건 전혀 고려하지도 않고 이렇게 무식하게 기사 먼저 빵 터트려 놓고 말이지. 진짜 비열한 놈들입니다. 아뇨, 대표님. 우리 하랑 님 어쩝니까? 대표님 도와드리려다 이런 엄청난 루머에 휘말려 버렸으니 이 일을 어쩌면 좋냐고요. 아아— 우리 하랑 님, 이제 좀 인생 펴려나 싶었는데 갑자기 이런 일이!"

"……."

"보도자료는 어떻게 준비할까요, 대표님? 일단 제가 홍보실 전 직원, 스탠바이시켜 놓았습니다. 대표님께서 정확한 지침을 내려주시면 그에 맞춰 신속히 정리하고 입장문을 작성한 다음, 일사불

란하게 풀도록 하겠습니다. 명령만 내려주십시오!"

홍분해 길길이 날뛰던 성강호 비서, 어느새 전쟁터에라도 나가
는 사람처럼 비장하게 각오를 다진다. 사랑하는 하랑 님을 어떻게
든 지켜내고야 말겠다는 각오가 두 눈에 넘실넘실, 아주 그냥 흘
러넘칠 지경이었다. 특별한 감정 변화 없는 차분한 모습으로 강호
를 가만히 지켜보던 원진은 홍분한 그를 위해 느긋하고 여유롭게
찬물을 끼얹어주었다.

"아무 대응도 하지 마."

"그게 무슨 말씀이십니까? 대응을 하지 말라니요? 그럼 루머를
인정하는 꼴이 되는 겁니다!"

성강호 비서는 원진이 강력한 대응을 명할 거라 예상했던 모양
이다. 원진의 말에 심히 놀란 듯 강호의 단춧구멍만 한 눈은 당장
이라도 튀어나올 듯 커다랗게 떠졌다.

"지금은 하지 말라는 소리야. 나중에 내가 원하는 시기에 맞춰
정식 보도자료를 통해 입장을 밝힐 거다. 그때까지 섣부른 대응은
하지 마. 특히 회사 차원에선 그 어떤 발언도 삼가도록 해."

"도대체 왜요? 왜 그래야 하는 겁니까?"

마치 자신이 억울한 일을 당한 사람처럼 잔뜩 울상이 된 얼굴로
강호는 강력하게 항의해 왔다. 지금 당장 기사는 조작되었고 누군
가가 음해를 시도한 것이라 공표한 후, 이 기사를 풀었던 전 언론
에 명예훼손과 허위사실유포 죄를 걸어 대대적인 고소를 진행해
야 한다고 생각하는 것이었다. 사실 그게 맞다. 당연히 이런 종류
의 일은 강력한 대응만이 답이고 지금껏 그도 늘 그렇게 대처해
왔었다. 평상시였다면 원진도 이러한 매뉴얼대로 대응했을 것이

다. 하지만 지금은 그 평상시가 아니었다.

"혹시 누가 이런 짓을 하고 있는 건지 짐작 가는 곳이라도 있는 겁니까?"

강호가 재차 조심스럽게 물었다. 뭔가 자신이 모르는 진실이 따로 있을지도 모르겠다고 생각하는 듯.

그렇다. 진실은 언제나 그 자리에 있다. 그것을 파헤쳐 찾아내 품는 자만이 그 진실을 누릴 수 있는 것뿐. 원진은 픽, 입술을 끌어 올려 미소를 흘렸다.

"네 말대로 반사이익을 얻는 그 누군가의 작품이겠지."

"그게 누구……?"

강호가 귀찮은 질문을 또다시 건네려 할 때였다. 디바이스가 완전히 켜져 이제 막 구동되기 시작한 핸드폰이 기다렸다는 듯 시끄럽게 울리기 시작했다. 안명자 여사다. 또 일찍부터 기사를 확인하고는 아들 전화통에 불이 나도록 전화를 건 모양이다. 눈살을 찌푸리며 원진은 중얼거렸다.

"이것으로 결혼해야 할 이유가 하나 더 생겼군."

정오가 다 된 시간. 하익은 양가 어머님들의 득달같은 전화를 받고, 무겁고 피곤에 찌든 몸을 겨우겨우 일으켜 정신을 차렸다.

정말이지 밤새 얼마나 시달렸는지. 그녀를 다 차지하고도 성에 안 차는지 파고들고 또 파고드는 차원진 덕분에 하익의 몸은 지금 만신창이, 천근만근이었다.

아니, 에너자이저야? 로봇인가? 어떻게 밤새 지치는 기색이 없어? 이쪽은 시작한 지 10분 만에 넉다운되고 그 이후로는 줄곧 해파리처럼 흐물흐물해져 버렸는데, 어떻게 그쪽은 몇 시간 동안 그대로일 수가 있는 거냐고. 생물학적으로 이게 있을 수 있는 일인가? 학계에 보고해야 하는 거 아니야? 그.것.머신으로 임명하고 천연기념물로 길이길이 보존해야 하는 거 아님요? 대단하다. 대단해. 그리도 색을 밝히는 남자가 여자라면 질색팔색 치를 떤다는 소문을 달고 여태껏 살아왔다니. 대체 그동안은 어떻게 참고 살았던 거야?

어젯밤 차원진은 차가운 남자가 아니었다. 모든 몸짓이 강렬하고 열정적인 사람이었다. 그녀를 안을 때도, 공격할 때도, 사랑할 때도, 한결같이 뜨거운 사람이었다. 너무 뜨겁고 격정적이어서 그녀가 감당하기 벅찰 정도였다. 겉으로 보이는 그의 냉정하고 비인간적이며 기계적인 모습은 그저 허울에 불과했다. 그는 자신의 정체성을 숨긴 채 지금껏 냉정한 체, 비인간적인 체 살아오고 있었던 것이다.

"원하는 걸 말해. 다 해주겠다."

밤새 하익을 차지하고 또 차지하면서 그가 줄곧 속삭이던 말이었다. 뭐든 그녀가 원하는 게 있다면 다 해줄 것처럼. 그녀를 차지하기 위해서라면 얼마가 되었든 기꺼이 그 값을 치르겠다는 듯. 순수하게 들으면 기쁘게 받아들일 수 있는 말이다. 하지만 결코 순수하게 들리지 않는다는 게 문제라면 문제. 결국 돈으로 그녀를 사겠다는 뜻이니 마냥 좋게만 받아들일 수 있는 말은 아니었다.

당연하지 않은가. 자신의 사랑을 재화로 보상받고 싶어하는 사람은 이 세상에 그 누구도 없다. 그녀 역시 마찬가지다. 차라리 '원하는 걸 해주겠다'는 말 대신 사랑한다고 말해줬더라면. 좋아한다고, 너무 좋아서 뭐든 다 해주고 싶은 마음이라고, 그리 돌려 말했다면 눈물 나게 고맙고 행복했을 거다.

그런고로 원하는 바는 말하지 못하였다. 그에게 하익이 원하는 것이라고는 '진심으로 사랑해 주는 것' 뿐인데. 그걸 그 순간 입 밖으로 꺼내기는 힘들었다. 므섭고 겁이 났다. 진심으로 사랑하는 일 따위 영원히 없을 거란 지극히 현실적이고 지당한 말이 나올까 봐. 차라리 그딴 소원 품지 않고 쿨하게 관계만 지속시키는 게 낫다는 생각이 들었다.

진심이 아니어도 좋으니까 그냥 그의 여자인 채로 있고 싶었다. 단순한 동거, 그 이상도 이하도 아닌 관계여도 상관없으니 그저 그의 옆에만 머물고 싶었다. 지금은 그것만으로도 만족할 수 있을 것 같다. 지금은.

"그러니까 그게 뭐. 아주 거짓도 아니구만."

전화를 걸어와 한참이나 잔소리를 늘어놓는 이 여사의 소프라노 하이톤 고함 소리에 눈살을 찌푸리고, 하익은 폭탄을 맞은 듯 부스스하게 붕 떠버린 머릿속에 손가락을 집어넣고 박박 긁어대며 힘없이 중얼거렸다. 사정 얘길 듣고 보니 딱히 딸의 단잠을 깨고 온 동네방네 광고하듯 고래고래 소리를 질러댈 정도로 대단히 시급한 일은 아닌 것 같았다.

[너 지금 제정신이니? 거짓이 아니긴 뭐가 아니야? 완전히 널

남자 꼬셔서 인생 펴려고 작정한 꽃뱀으로 만들어놓았는데. 차 서
방은 어떻고? 제 위치와 돈을 이용해 여자 연예인을 성 노리갯감
으로 유린하는 시러베아들로 만들어놨단 말이야. 아주 두 사람을
연예계의 암적인 존재로 표현해 놓았다니까. 거, 뭐, 이 바닥에 만
연해 있다는 성상납! 누가 봐도 그걸 의심하도록 써진 기사인데,
그게 어떻게 거짓이 아니야? 너희 두 사람은 상황이 다르잖니. 서
로 좋아하고 사랑해서 같이 살고 있는 거잖아. 그게 어떻게 성상
납이냐? 이건 음해야. 어떻게 봐도 너랑 차 서방을 견제하기 위해
나온 음해성 기사야. 나서서 조치를 취해야 한다고!]

　"나만 아니면 돼. 내가 성상납하는 거 아니고 대표님이 날 좋아
한다는데, 그딴 찌라시 기사가 무슨 대수야? 어차피 그런 거 믿는
사람도 없어. 출처도 정확하지 않고 증거 사진조차 하나 없는데
그런 걸 요즘 세상에 누가 믿어?"

　[안 믿는데 기사가 쏟아져 나오니? 여기저기 안 내는 곳 없이
다 쏟아내? 벌써 사람들은 기사에 언급된 '가수출신 여배우'가 누
군지 추측하고 짜 맞히고, 난리도 아니야. 그 리스트에 너도 껴 있
다? 최근에 유명감독 드라마에 출연해 녹화까지 마쳤다더라. 촬영
장에서 차원진 대표를 사이에 두고 다른 여배우와 난투극을 벌였
다더라. 아주 별의별 말들이 다 나돌고 있다. 아니, 네가 무슨 차
서방을 두고 여자랑 난투극을 벌여? 벌이긴. 그게 무슨 말도 안 되
는 소리……? 가만. 얘, 너 그 오유정인가 뭔가 하는 애랑 뭔 일 있
었다더니. 혹시 그게 소문 퍼진 거 아니니?]

　퍼졌겠지. 퍼졌을 것이다. 당시 하익의 개인 스태프들만 해도
대여섯 명에 드라마촬영 스태프도 꽤 많았고, 그 다툼으로 인해

촬영 스케줄까지 지연이 되어서 다른 배우들과 스태프들까지도 전부 다 사정을 알게 되었을 테니까. 감독이 사정 이해하고 쉬쉬 시킨다고는 했지만, 내막을 아는 모든 사람들의 입을 단속할 수는 없는 일이었다. 그런 촬영장 분위기나 돌아가는 룰을 너무나도 잘 아는 하익이라 사실 처음부터 그 일이 비밀로 지켜질 거라고는 아예 기대하지 않았었다. 언젠가는 터질 일이라고 생각했었다. 다만 이렇게 빨리 봉인해제가 될 거라고는 생각 못했을 뿐.

"상관없어. 그 건은 오유정이 잘못한 건데, 뭘. 그리고 그날 그 곳은 내가 출연하는 드라마의 내 대기실이었어. 머리부터 발끝까지 완벽하게 세팅해 놓고 대본 검토하며 감정 잡고 있던 때였단 말이야. 그런 나를 찾아와서 온갖 악담을 퍼붓고, 말도 안 되는 억지논리를 폈던 사람이 바로 오유정이야. 엄연히 잘못한 사람은 내가 아니라 오유정이라고. 그 일로 누군가가 비난받아야 한다면 오유정이어야만 해. 내가 아니라."

[이것아. 사람들은 누가 잘못했는지, 누가 정의이고 누가 악인지 궁금해하지 않아. 오유정이 너한테 얼마나 나쁜 짓을 했는지 아무도 관심 없어. 그 사람들이 관심 갖고 추적하는 건 오로지 한 가지야. 네가 투자사 대표랑 동거를 하느냐 마느냐. 이 바닥서 성공하기 위해 업계 실력자와 살고 있다는 썰이 맞는지, 틀린지.]

"그건 아까도 말했잖아. 난 나만 아니면 된다고 생각해. 이런 찌라시 기사 신경 안 써."

[너 정말 제정신이니? 네가 지금의 이미지를 만들기 위해 12년 동안 어떻게 살아왔는데. 사생활 관리하느라 연애 한번 제대로 못해보고, 그 흔한 키스신 하나 없이 고상하고 숭고하게. 예쁘게만

작품활동 해왔잖아. 그런 네가 이런 지저분하고 굴욕적인 기사 하나로 이미지 말아먹고 혹 가게 생겼는데, 지금 그렇게 한가한 말이 나오니? 너 국민요정 송하랑이야. 깨끗하고 순수하고, 맑은 영혼의 목소리! 전 국민이 사랑했던 팅커벨 송하랑이라고.]

"송하랑은 없어, 엄마."

[뭐야?]

격렬하고 거칠게 다다다다 소리치던 종님이 하던 말을 딱 멈추고 되물었다. 수화기 너머로 공허하게 울려오는 종님의 허탈한 음성을 듣는 순간, 하익은 두 눈을 꼭 감고 입술을 지그시 깨물었다. 자신이 어머니에게 이런 말을 하는 날이 오다니 마음이 너무 아팠다. 어머니에게 송하랑이라는 이름이 마지막 남은 자존심이란 걸 그 누구보다도 더 잘 알기에 더욱 그러하다.

어느 날 갑자기 무너져 버린 현실. 최고의 자리에서 가장 밑바닥까지 처박히는 극심한 고통. 딸에 대한 자부심이 컸던 만큼 딸의 실패에도 큰 충격을 받았고, 한순간의 실수에 모든 재산을 날려 버린 남편에게도 충격을 받았던 종님이었다. 세상 부러울 것 없이 완벽했던 인생이 하루아침에 진창으로 굴러떨어져 처참한 현실에 직면하게 된 그 순간, 모든 좌절 앞에서 유일하게 종님을 위로할 수 있었던 것은 '송하랑'이라는 딸의 이름이었다. 허울뿐인 이름이었지만 과거의 영광이 고스란히 묻어 있는 그 이름.

국민요정 송하랑의 엄마라는 자부심 하나로 지금껏 자존심 지키며 살아온 종님에게 '송하랑은 없다'라고 말하는 것은 존재 자체를 부인하는 것과 다름이 없는, 잔인한 짓이었다.

"난 송하랑이 아니야. 국민요정 송하랑은 이제 될 수도 없고 될 생각도 없어."

[무슨 말을 하는 거야? 네가 왜 송하랑이 아니야? 12년 전 하이
틴스타로 데뷔해서 지금까지 단 한 번도 송하랑이 아닌 적이 없
어, 너는.]

"정신 차려, 엄마. 난 이미 5년 전에 끝났어. 5년 전까지 전 국
민을 사로잡았던 가수 송하랑은 이제 없다고. 존재하지 않아!"

[웃기지 마! 네가 송하랑이 아니면 누군데? 넌 송하랑이야. 송
하랑이라고! 안 되겠다. 내가 직접 신문사에 연락해서 기사 내려
달라고 해야겠어. 깨끗하고 숭고하게, 고고한 요정 이미지 만들기
위해 네가 얼마나 노력했는데. 이렇게 더럽혀지면 재기고 뭐고,
다 끝장이야. 아무것도 안 되는 거라고!]

"엄마, 제발 현실을 좀 봐. 아무도 날 예전 송하랑으로 대하지
않아. 난 이제 그냥 이 바닥에 널리고 널린, 흔하디흔한 여배우일
뿐이라고."

[현실은 네가 터무니없는 중상모략을 당하고 있다는 거야. 누군
지, 어떤 년이 널 이 지경으로 몰아넣고 있는지, 내가 꼭 밝혀내고
말 거다. 분명히 차 서방을 꼬시려다 실패한 년들 중 한 명이 이딴
짓을 한 걸 거야. 오유정? 그 계집애인지도 모르지. 내 기필코 찌
라시 푼 년들의 정체를 밝혀서 네 앞에 무릎 꿇게 만들어줄 거다.
영자랑 상의해서 앞으로 어떻게 대처해 나갈지 결정할 거니까 그
런 줄 알아. 아! 아니지! 영자보다는 차 서방이지. 차 서방한테 직
접 내가 연락해서 이번 일 처리하라고 해야겠다.]

"에? 아니, 대표님한텐 뭐하러!"

[차 서방도 관련 있는 일이야. 차 서방이라고, 이런 소문 달갑겠

니? 사랑하는 여자를 성상납이나 하는 꽃뱀으로 묘사하는 기사를
차 서방이 가만둘 리 없다.]

"엄마."

[끊어, 얘. 너랑은 더 이상 대화하기 싫다.]

뚜뚜, 이 여사와의 통화는 그렇게 끝이 나버리고 말았다. 하익
은 머리가 더욱더 지끈지끈 쑤셔오는 것을 느끼며 길게 한숨을 내
쉬었다.

아무래도 일이 점점 더 커지는 분위기다. 이러다가 '사랑하는
사이는커녕 안명자 여사의 결혼 압력을 막기 위해 사랑하는 척하
는 것뿐'이라는 그간 사정이 만인 앞에 다 까발려지는 불상사가
벌어지는 것은 아닐까, 걱정마저 든다. 그는 지금 무슨 생각을 하
고 있을까? 이런 말도 안 되는 루머성 기사가 시중에 풀렸다는 것
을 원진도 이미 알고 있겠지? 엄마가 전화해서 빨리 처리해 달라
면 뭐라 할까? 안 여사의 닦달에는 어떻게 대응했을까?

하익은 이 여사의 전화를 받기 직전, 걸려왔던 안명자 여사의
전화 통화를 떠올려 보았다.

[그러게 좋아하면 결혼을 했어야지. 동거가 뭐니, 동거가. 아직까지
우리나라 사람들, 동거라면 색안경 먼저 끼고 보는 사람들이 대부분이
야. 혼전 성관계는 부도덕하다고, 불륜 같은 비도덕적인 짓과 동급으로
생각하는 사람들도 많아. 연예인들 결혼할 때 대중들이 괜히 '속도위반
이냐, 아니냐' 관심 두는 게 아니라니까. 하물며 정상적인 커플한테도
그런 부정적인 시선이 쏠리는 사안인데 너희들한텐 오죽하겠니. 너희가
어디 보통 사람들이니? 원진인 대한민국 연예사업계 1위, MD미디어 대

표야. 넌 국민요정이라 불릴 정도로 인기 있었던 연예인이고. 두 사람이 결혼도 하기 전에 한집에서 동거를 하고 있는데 사람들이 그걸 좋게 '사랑'으로 봐줄 것 같아? 천만의 말씀, 만만의 콩떡이다. 이것아, 이 순진한 것아. 그러기에 내 뭐랬니? 빨리 꼬드겨서 결혼하라고 했잖니, 응? 지금이라도 안 늦었다. 빨리 그 녀석을 설득해서 결혼 날짜 잡아.]

딸의 이미지가 나빠질까 전전긍긍 안달복달하는 이종님 여사와는 달리 안명자 여사는 이 기회에 아들을 결혼시키리라 마음먹은 듯 더욱 가열치게 하익을 닦달하였다. 루머 잡기 위해 정신없이 사방팔방 노력할 시간에 결혼할 궁리를 하라는 것이었다. 결혼만 하면 모든 게 싹 다 깨끗하게 정리될 거라는 거다. 말은 된다. 당사자인 차원진이 하익과 결혼하겠다 나설 리가 전혀 없다는 사실만 빼면.

안 여사의 성격상 분명 원진에게도 똑같은 말을 전했을 텐데, 원진이 어떻게 반응했을지 사뭇 궁금해졌다. 결혼 따위 안 한다고 했겠지? 송하익과는 결혼할 생각 추호도 없으니 결혼에 대한 기대는 꺾으라고, 딱 잘라 말하겠지? 자긴 여자를 믿지 않는다고, 여자란 동물에게 진심 같은 걸 갖고 있다 생각지 않는다고, 송하익에게 진심 따위 있을 리 없다고, 그렇게 말하겠지?

"푸후—"

침대 위로 철렁 뒤집어 넘어지며 하익은 한숨을 거하게 내뱉었다. 뭘 상상해도 찜찜하고 기분 상했다. 그가 신문기사를 부정해도 찜찜, 인정해도 찜찜. 부정하면 '그럼 난 그와 어떤 관계인가?'에 대한 근본적인 문제에 봉착해 머릿속이 복잡해질 것이고, 인정하면 '역시 그와는 유희적 관계일 뿐?' 이란 생각에 눈물 한 바가지 쏟아낼 것만 같고. 아주 머리가 터질 지경이었다.

"도대체 넌 어쩌길 바라는 거니, 송하익? 차원진이 어떻게 해주길 원해?"

혼자 묻고,

"사랑해 주길 바라지. 그야 물론."

혼자 대답했다. 그리고는 질끈 눈을 감고 차원진의 베개를 들어 얼굴을 퍽 가격했다.

"정신 차려, 송하익. 넌 차원진이 극도로 싫어하는, 돈 밝히는 여자야. 돈 때문에 사랑하지도 않는 남자를 사랑하는 척, 연기하는 여자. 속물이라고. 세상에 여자란 여자가 다 사라지고 너 혼자만 남아도, 차원진은 널 사랑하지 않아. 몸은 원할지언정 마음 깊이 사랑하지는 않을 거란 말이야. 알겠냐, 이 멍청아?"

열심히 분수도 모르고 까부는 스스로를 향해 꾸짖고 또 꾸짖는 순간이었다. 침대에 아무렇게나 내동댕이쳐 놓은 전화기가 또다시 울린다. 아아, 앓는 소리를 내며 하익은 원진의 베개를 제 얼굴 위에서 들어냈다. 폐부를 가득 채우고 있던 그의 향기가 순식간에 사라졌다. 콧잔등을 찡그리곤 하익은 무겁고도 무거운 팔을 척 휘저어 핸드폰을 손에 쥐었다. 또 누구냐. 안 여사냐, 이 여사냐. 아니면 영자 언니? 성 비서?

"우현 씨?"

핸드폰에 찍힌 이름은 강우현이었다.

제12장. 우릴 그냥 사랑하게 해주세요

루머 기사가 터지고 정신없이 쏟아지는 연락들 중, 원진의 심기를 가장 어지럽힌 것은 결혼의 필요성을 살벌한 협박을 섞어 적절하게 역설해 주신 안 여사도, 딸의 이미지를 주야장천 걱정하면서 그 모든 책임을 그가 지어야 함을 강력 주장한 이 여사도 아니었다. 조소와 함께 날아온 김 회장의 비아냥거림이었다.

[허허, 차 대표. 이거 축하를 해드려야 하나? 기사 봤네. 아주 깜짝 놀랐지. 더러운 시궁창 따위 절대로 발 담그지 않겠다고 하시더니 이게 웬일인가 싶어서 말일세. 듣자 하니 상대가 내 파티에 함께 참석했던 바로 그 여배우라고? 내 직접 눈으로 확인은 못했지만 사진은 보았지. 눈빛이 서늘한 것이, 씹어 먹는 맛 또한 쫄깃쫄깃할 것 같더군. 원래 여자는 도도한 맛이 있어야 정복하는 재미도 쏠쏠한 법이라. 어떤가? 이

왕 이렇게 된 거, 내친김에 내게서 좀 더 괜찮은 아이를 소개받아 보는 게. 어차피 이 세계에 한 번 발 들인 거 이젠 꺼릴 것도 없지 않나? 아아, 지금은 좀 그렇겠구만. 벌써 기자들이 주변에 쫙 깔렸을 테니. 기사가 그리 자극적이고 적나라하게 났으니 당분간은 몸 사리고 있는 게 좋을 것 같긴 하네. 쯧쯧쯧, 그러게 날 통해서 제대로 놀았으면 얼마나 좋아. 내게 맡겼더라면 철통보완, 완벽하게 자네의 사생활을 보호해 주었을 텐데 말이야. 음?]

　색을 취미로 즐긴다는 소릴 당당히 떠벌리는 변태 노인네, 김 회장은 교묘하게 원진을 자신의 수준으로 끌어내리고 있었다. 예상은 했었다. 제 혼자만 도덕적이고 고고한 척 '난 당신들과 그 수준이 달라'라는 포스로 항상 따로 놀던 원진을 두고 '새파랗게 어린놈 주제에 감히 내 앞에서 고개 빳빳이 쳐들고 잘난 척하는 놈'이라 하던 김 회장이 아니던가. 그러면서도 틈만 나면 원진에게 '이 바닥엔 돈만 주면 몸 파는 여자들이 널리고 널렸네, 자네만 원한다면 언제든지 조달해 주지'라 유혹했던 노인네였다.
　그럴 때마다 그의 저급하고 추잡한 정신세계를 경계하며 딱 잘라 선을 그었던 원진이 그의 눈에 곱게 보일 리가 없었다. 분명 이번 일을 기회 삼아 어떻게든 원진을 깎아내리고 싶었을 것이다. 똑같은 수준으로 만들어 '네 녀석도 별수 없는 놈'이란 꼬리표를 붙여주고 싶었겠지. 이번 일을 계기로 원진이 그동안의 쓸데없는 고집을 꺾고 다른 이들처럼 자신의 모임에 적극 합류, 인생을 즐기기로(?) 마음먹기를 고대했을 것이다. 그게 아니면, 그저 단순히 그의 처지를 비웃고 싶었던 건지도. 원진이 평소 지극히 혐오하던 스폰서 관련 스캔들에 휘말렸으니, 그의 기분은 통쾌해 하늘을 날아가고 있을 게 아닌가. 앞으로 기자들에게 크게 시달리게 될 원진을 떠올리며 고소해하고 있을 것이다.

하지만 그건 김 회장이 아주 큰 착각을 하고 있음이다. 원진은 이번 일로 인해 금전적으로나 정신적으로나, 손해 볼 계획이 전혀 없었다. 증거 사진 한 장 첨부되지 않은 루머성 기사에 휘들릴 생각도 없을뿐더러 설사 증거랍시고 저쪽에서 뭔가를 내민다 하더라도 원진은 자신할 수 있었다. 그 어떤 것도 자신에게 해를 끼치지 못할 것이라고. 자신이 생각해 둔 가장 이상적인 결과를 결코 뒤집지는 못할 것이라고.

확신이 있는 만큼 당분간은 느긋하게 그는 이 혼란스러운 상황을 두고 볼 작정이었다. 언론사에서 뭐라 추측하며 떠들어댈지 구경하는 것도 나름 쏠쏠한 재미가 있을 것 같지 않은가? 사방에서 짖어대는 수많은 개소리들을 단 한 방에 눌러주는 일은, 자신에게 궁극의 쾌락을 선사해 줄 것이라 원진은 믿어 의심치 않았다.

돈줄을 잡기 위해서라면 부끄러움도 모르고 달려드는 오유정이 자신의 앞에 나타나기 전까지는.

"대체 뭐 하는 짓이야? 정말 이대로 송하익과 결혼이라도 할 셈이야, 뭐야? 이건 해도 해도 너무한 거 아니야? 아무리 나한테 서운하고 화가 났다 해도 그렇지. 어떻게 다른 여자를 끌어들여서 사랑 없는 결혼까지 하려고 들어? 오빠 정말 제정신이니?"

약속도 없이 무작정 찾아와 만나주지 않는다며 비서실에서 고래고래 소리치고 깽판을 놓은 오유정은, 겨우 원진을 알현할 기회가 주어지자 다짜고짜 눈을 부라리며 송하익과 결혼할 것이냐 캐물었다.

참으로 재미있지 않은가. 그가 죽을 만큼 사랑했고, 그래서 죽을 만큼 아팠던 기억 오유정이, 그토록 잔인하게 자신을 내동댕이치고 떠났던 오유정이, 근 10년 만에 제 앞에 나타나 한다는 말이 '너무하다' 라니.

"아무 말도 하지 않는 걸 보니 정말로 결혼을 감행하려는 모양이네. 꼭 그렇게까지 해야 직성이 풀리겠어? 그렇게까지 해야만 가슴에 맺힌 한, 응어리, 풀어지는 거야? 무너진 자존심도 회복하고 나에 대한 복수심도 불태우기 위해서, 굳이 다른 여자랑 결혼까지 해야 해? 오빠 결혼하는 모습 보면서 나 또한 오빠랑 똑같이 고통스럽게 무너져 봐야 한다는 거야? 내가 잘못했다잖아! 잘못했다고, 글쎄. 내가 나쁜 년이야. 그 사기꾼 같은 감독 놈 말에 홀딱 속아 넘어가서 매달리는 오빠 걷어찬 내가 미친년이었어. 인정해!"

"잘못을 인정한다고?"

"그래. 내가 그땐 뭐에 홀렸었어. 그때는 그놈 말이 다 맞는 것 같았고 그놈만이 날 행복하게 해줄 수 있을 것 같았어. 사실은 말만 번드르르한 사기꾼, 미친 새끼였는데. 그놈 말만 믿고 그놈이 하라는 대로 다 했던 내가 정신 빠진 년이었던 거지. 다 내 잘못이야. 내 실수 맞아. 내가 한순간 잘못된 선택을 해서 오빠도 나도 힘들게 만들었어. 미안해. 정말로 미안해."

비련의 여주인공처럼 울먹거리는 유정은 10년 전 그의 연인이었을 때와 거의 흡사한 모습으로 서 있었다. 고전형의 갸름한 얼굴, 고혹적으로 보이는 새치름한 눈매, 구슬처럼 맑은 눈동자, 남자를 충동질하는 도톰한 입술, 아무렇게나 빗어 넘긴 듯 헝클어진 긴 머리. 다른 것이라고는 눈가에 희미하게 잡혀 있는 잔주름뿐, 모든 것이 전과 다름없이 똑같았다. 그녀가 걸친 청바지와 흰 셔츠, 굽 낮은 로퍼마저도 가혹한 말을 남기고 사라졌던 그날의 옷차림을 떠올리게 했다.

문득 유정이 유난히 흰색을 좋아했었다는 사실이 떠올랐다. 그 이유가 '깨끗하고 순수한 느낌이라서'였던 것도. 그렇게 말하는 유정에게 자신이 '너랑 잘 어울리는 색이야'라 했던 것도. 지금은 그도 자신이 했던 말을 도로 주워 삼키고 싶은 심정이었다.

세월은 오유정에게서 고운 피부와 함께 순수함도 앗아갔다. 적어도 10년 전 그날엔 그녀는 거짓을 말하지 않았었다. 너무나도 솔직히 '가난이 싫다', '성공을 위해 떠날 거다', '날 호강시켜 주지 못할 거면 잡지도 마라'라고 당당히 말했었다. 하나, 지금 오유정은 악어의 눈물을 흘리고 있을 뿐이었다.

"많이 늦었다는 거 알아. 나도 진작 용서를 구하고 싶었어. 하지만 오빠가 날 만나주질 않았잖아. 날 밀어내려고만 하고 얼굴 한 번 제대로 봬주질 않았잖아. 나도 참을 만큼 참았어. 벌써 4년째 오빠만 바라보면서, 오빠가 날 만나주기만을 바라면서, 기다리고 또 기다렸다고. 그 정도면 정말 할 만큼 한 거 아니야? 오빠가 그렇게나 내게 가혹하게 구는데도 군말 없이 당해줬는데 그 정도면 된 거 아니냐고."

"……."

"솔직히 서운하더라. 내가 오빠한테 줬던 상처, 그 잘못, 다 인정하고 미안하긴 한데! 나도 오빠 때문에 4년간 힘들었어. 상처받

앉어. 괴롭고 아팠다고. 그럼에도 불구하고 잘못한 거 만회하려고 무진장 노력해 왔어. 무시하고 내치는데도 그게 다 벌이라 생각하고 묵묵히 참고 버텼다고. 오빠 그런 내 모습이 안쓰럽지 않아? 노력이 가상하지도 않냔 말이야. 대체 사람이 얼마나 변했으면 나한테 이런 잔인한 짓을 해? 어떻게 날 두고 다른 여자와 결혼할 생각을 해? 다른 것도 아니고 어떻게 결혼을……!"

"결혼은 네가 먼저 했어."

닭똥 같은 눈물을 뚝뚝 떨어뜨리며 소리치는 유정을 묵묵히 바라보고만 있던 차원진이 천천히 입술을 움직였다. 굵고 허스키하면서도 성량 풍부함이 느껴지는 음성이 느리게 흘러나와 긴장감으로 꽉 찬 실내의 온도를 한층 더 떨어뜨려 놓았다. 한 치의 흔들림도 느껴지지 않는 그의 차갑고 감정 없는 말소리에 유정은 흠칫 놀랄 수밖에 없었다. 계획대로라면 이쯤에서 그가 약간이라도 흔들리는 모습을 보여야 하는데…….

"무, 물론 그렇지. 하지만 그땐 어쩔 수 없었잖아."

"어쩔 수 없었다고?"

"믿었던 사람한테 이용만 당하고 버림받았는데 내가 제정신이었겠어? 너무 힘들었어. 금전적으로는 물론 정신적으로도 피폐해질 대로 피폐해져 있었어. 누구든 손을 뻗으면 잡을 수밖에 없었다고. 평소 알고 지내던 그 사람이 결혼하자고 할 때, 난 정말이지 누군가로부터 구원받았다고 생각했어. 그 사람은 날 평생 사랑하겠다고, 지켜주겠다고 맹세했어. 그리고 그만큼의 능력도 되는 사람이었지. 나도 살아야 할 거 아니야? 낙동강 오리알 신세, 오갈 데도 없는 빈털터리가 된 주제에 찬밥, 더운밥 가릴 수 있었겠어?

어쩔 수 없었어. 사랑 없는 결혼이라도, 내 피신처가 되어준다면 난 기꺼이 선택할 수밖에 없었어. 그만큼 난 절박한 상태였다고."

"그때라도 모든 걸 접고 내게 돌아왔다면 난 널 받아들였을 거야. 하지만 넌 그러지 않았어. 가난한 옛 남자에게 다시 돌아올 만큼 절박한 상황은 아니었다는 뜻이지."

"아니야. 나도 돌아가고 싶었어. 하지만 그땐 오빠랑 연락도 다 끊긴 상태였다고. 오빠에 대한 소식을 조금이라도 아는 사람들은 이미 내가 배신한 이후로 나와 연락을 다 끊어버린 후였단 말이야. 그런데 내가 무슨 수로 오빨 찾아가?"

"그러지 말고 좀 더 솔직해지지 그래? 넌 애초 내 곁으로 돌아올 생각이 없었잖아."

차원진의 눈가에 비릿한 찬기가 스쳐 지나간다. 동시에 입술엔 비웃음이 일렁거린다. 유정은 천천히 아랫입술을 질겅거렸다. 상황이 뭔가 이상하게 돌아가고 있었다. 그녀가 예상했던 것과는 전혀 다른 방향으로 흘러가려 했다. 일부러 과거를 추억하게끔 옷차림과 헤어, 말투까지 교묘하게 꾸몄고 마음의 준비도 단단히 하고 왔는데. 왜 아무것도 먹히지 않는 기분이지?

"아, 뭐. 그래, 솔직히 말하자면 연락처 정도는 충분히 알아낼 수 있었어. 그때까지 오빠가 이사도 가지 않았고 전화번호도 그대로 두고 날 기다렸다는 거 알고 있었으니까. 하지만 그래서 더더욱 오빨 찾지 못했어. 나도 양심이 있지, 어떻게 그런 상태에서 오빠한테 되돌아가? 오빠한테 그렇게 모질게 굴고, 오빠 마음 난도질한 내가 무슨 염치로 되돌아가? 아무것도 없는 빈털터리로 다시 오빠한테 돌아가서, 또다시 예전처럼 오빠 등골 빼먹으며 짐만 된 채로 살아가고 싶진 않았어. 오빠, 그때 많이 힘들었었잖아. 아버지 병원비며 빚이며, 그거 갚느라고 오빠가 얼마나 아등바등 일했는지 내가 다 아는데. 어떻게 오빠한테 다시 되돌아가?"

"결국 여전히 가난해서 득 볼 게 하나 없는 나보단 잘나가는 성형외과 의사와 결혼하는 게 훨씬 이익이라고 생각했다는 뜻이로군."

"아니야, 오빠! 난 그런 뜻으로 말한 게 아니라……!"

"하지만 난 그때 이미 친척으로부터 재산을 상속받은 이후였어. 그 돈으로 집안의 빚을 모두 청산하고 내 사업을 시작한 상태였지."

강력하게 부인하는 그녀의 말문을 도중에 가로채고 그가 마저 하던 말을 마쳤다. 여전히 아무런 감정도 떠올라 있지 않은 무표정한 얼굴로. 유정은 더욱 초조해졌다. 어떻게든 그를 흔들어야 하는데. 어떻게 해서든지 그의 마음을 다시 되돌려 놓아야 하는데. 어떻게 해야 할지 갑자기 눈앞이 캄캄해졌다. 모든 건 자신의 손에 달려 있는데, 자신이 어떻게 하느냐에 따라 일의 성패가 달려 있는데, 예상했던 대로 상황이 컨트롤되지 않으니 당황스러워 어찌해야 할 바를 모를 지경이었다.

어떻게 하지?

"차원진을 네게 주마."

"거짓말하지 마세요, 회장님. 차원진의 첫사랑이라서 절 옆에 두고 계신 분께서 차원진한테 돌려주겠다고요? 차원진이 첫사랑과 재회하여 행복하게 잘살게 두겠다고요? 언제부터 회장님께서 그리도 너그러운 박애주의자가 되셨을까? 차원진이라면 부득부득 이를 가시는 분이 왜 그러세요? 무슨 꿍꿍이이신 거예요? 마나님께서 절 빨리 갖다 치우라고 명령하셨나?"

"내 마누란 내가 밖에서 무슨 짓을 해도 상관 안 해. 그게 지금까지 그 자리를 보존할 수 있었던 이유지. 다 늙어서 여자구실도 제대로 못 하는 주제에 마누라랍시고 이래라저래라 내 일에 간섭하고 바가지 긁어댔다면 내가 지금껏 곁에 뒀을 리 있나. 난 날 귀찮게 구는 여자는 딱 질색이야. 내가 버르장머리 하나 없는 널 계속 봐주고 있는 이유도, 네가 쿨하게 우리 관계에 집착하지 않아서가 아니겠니? 차원진 정도면 내 품에서 벗어나도 크게 밑지는 장사는 아니지 싶은데."

"나쁘진 않죠."

"단순히 나쁘지 않은 수준이 아니지. 로또지, 로또. 얼마 전까지 차원진한테 돌아가기 위해 발버둥 치던 너 아니니? 그 오만 방자한 놈이 널 거들떠도 보지 않으니 하는 수 없이 선택한 게 나 아니야? 다 알고 있다. 네가 어떤 마음으로 내게 왔는지. 내 옆에서 차원진이 망하는 꼴을 통쾌하게 보고 싶었겠지. 은근히 너, 내가 차원진의 사업을 방해해주길 바라지 않았니?"

"하여튼 눈치 하난 빠삭한 양반이라니까. 어떻게 아셨어요? 제가 차원진한테 이를 갈고 있다는 걸."

"난 속내가 빤히 보이지 않는 음흉한 연놈들은 상대하지 않아. 특히 내 사람으론 절대로 들이지 않지. 넌 처음 볼 때부터 그 속이 빤히 보였어. 네 손에 들어오지 않는 남자라면 아무도 못 갖게 파괴해 버리겠다고 생각했겠지. 안 그러냐?"

"처음부터 아셨으면서 지금까지 내내 모른 척하셨단 말이에요? 차원진 때문에 접근한 거 뻔히 아셨으면서 절 그냥 받아들이셨다고요?"

"난 네가 마음에 들었다. 네 눈에 떠 있는 순수한 욕망, 그게 마음에
들었어. 난 남자든 여자든 독한 것들을 좋아하거든. 넌 목적이 있었어.
차원진이라는. 차원진은 내게도 골치 아픈 존재지. 같은 목적을 가진
널 내가 경계하고 거절할 이유는 없지 않겠니? 게다가 넌 차원진의 첫
사랑이었어. 한때나마 차원진의 것이었던 널 내가 품고 있다는 사실은
내게 묘한 쾌감을 안겨주었지. 차원진이 내게 싹수없이 굴 때마다 난
널 안으며 대리만족을 느꼈다. 완벽하지 않니? 너와 나, 우리 말이야."

"완벽하시다면서 이제 와서 왜 절 차원진한테 주시겠다는 거예요?"

"그거야…… 차원진에게 새 여자가 생겼기 때문이지."

"네?"

"차원진 말이야. 그 녀석한테 여자가 생겼다고."

불과 며칠 전 나눴던 그분과의 대화를 떠올리며 유정은 입술을
세차게 비틀었다. 그동안 차원진에게 복수하기 위해, 차원진의 평
판을 떨어뜨리기 위해, 그분의 도움을 받아 차원진의 여자라는 루
머를 퍼트리고 다녔던 그녀에게 그분이 그렇게 말하였다. 원진에
게 여자가 생겼다고. 보통 여자가 아니라, 한집에서 동거하며 어
머니가 사는 본가까지 드나드는 여자라고 했다. 본가까지 드나든
다는 것은 최악의 경우 결혼까지도 가능하다는 얘기. 그런 엄청난
일을 성공시킨 이는 다름 아닌 송하익이었다.

이게 어디 어림 반 푼어치나 되는 얘긴가? 차원진이 누군데? 첫
사랑인 자신을 잊지 못해 지금껏 10여 년을 여자 하나 없이, 그 흔
한 스캔들 하나 없이, 깨끗하게 살아온 남자가 아닌가. 아직 화가

풀리지 않아, 배신당한 상처가 채 아물지 않아, 그녀를 받아들이지 않고는 있으나 그녀는 믿고 있었다. 언젠가는 자신을 다시 찾을 것을. 근 시일 내에 제 고집을 꺾고 자신의 앞에 나타나 다시금 10년 전 그때처럼 매달릴 거라는 것을.

물론 쉽게 자신을 받아들이지 않는 그가 원망스러웠고, 그의 사랑이 변해 버린 건 아닌가 불안하고 의심스러웠다. 그래서 가끔은 그가 망해 버렸으면 좋겠다고 생각한 적도 있었다. 그 치기 어린 복수심으로 그분을 찾았던 거고, 그분이 시키는 거라면, 원진에게 해가 되는 일이라 할지라도 뭐든 다 했다. 하지만 그것은 어디까지나 되돌아온 자신을 받아주지 않는 원진에 대한 원망이요, 심술일 뿐. 진정으로 그가 위태로워지기를 바랐던 건 아니었다. 그를 완벽히 망칠 수 있다고 생각해 본 적도 없거니와 그럴 수도 없다는 걸 그녀는 너무나도 잘 알고 있다.

"내게 아주 근사한 계획이 하나 있는데 말이야. 그 계획이 성공하면 난 내가 원하는 것을 얻을 수가 있어. 바로 송하익, 차원진의 여자이지. 차원진은 네가 가져도 좋다. 어떠니? 너와 나, 우리 모두가 서로 원하는 것을 손에 넣을 수 있는 계획인데. 관심이 있니, 없니?"

당연히 그분의 미끼를 덥석 물었다. 달리 다른 선택을 할 수는 없었다. 그녀는 이미 막다른 골목에 내몰린 상황이었으니까. 손 놓고 가만히 있다가는 차원진을 영원히 빼앗길 수도 있는 지금, 뭐라도 해야 했다. 그리고 시작된 작전에서 그녀의 몫은 '그분과 동조자가 언론에 차원진에 관한 루머를 퍼트리는 동안 차원진의 마음을 빼앗기'였다.

이틀 동안 차원진을 만나기 위해 별의별 수단을 다 썼다. 그가 다니는 길목 길목을 찾아다녔고 우연이라도 마주치기 위해 애를 썼다. 하지만 번번이 그가 달고 다니는 보디가드인지 비서인지, 우락부락하고 덩치 큰 남정네의 완력에 막혀 실패하고 말았다. 어젠 술을 마시는 그에게 접근하려다가 그 비서한테 협박까지 당했다. 어떻게 해도 접근이 안 되는 상황에서 계획은 차근차근 진행되었고, 오늘 아침엔 드디어 대대적으로 '차원진과 동거녀'에 대한 기사가 터졌다.

기사가 터졌다는 것은 이젠 시간이 얼마 없다는 뜻이었다. 지금 차원진을 공략해 내 것으로 만들지 못한다면, 영원히 그를 가지지 못할 수도 있었다. 무대뽀로, 아무 계획 없이, 미친 여자처럼 돌진해 여기까지 쳐들어온 것도 바로 그러한 위기감 때문이었다. 어떻게 해서든 오늘 결정을 보아야만 했다. 그가 송하익을 선택하지 못하도록, 어떻게든!

"좋아. 인정해. 그때는 오빠가 큰돈을 상속받아 잘 지내고 있다는 거 몰랐었어. 말했다시피 주변에 오빠를 아는 사람들이 한 명도 없었고, 오빠네의 그 끔찍한 재정 상황으로 보아 단 1~2년 만에 가난에서 벗어났을 거란 추측도 할 수 없었어. 당연히 오빠한테 되돌아갈 생각 따위 눈곱만큼도 하지 않았어. 내 실수지. 아무리 예측 불가능한 변수가 있었다지만 오빠가 전혀 다른 인생을 살고 있을지도 모른다는 생각은 해봤어야 했는데. 하지만 그러는 오빤 왜 날 찾지 않았는데? 내가 어떤 상태였는지 알고 있었을 거 아니야. 그 나쁜 놈한테 버림받고 구차한 인생 연명하며, 결국은 살아남기 위해 사랑 없는 결혼을 선택할 수밖에 없었던 나. 왜 찾지 않았어? 그때 날 찾았더라면, 부자가 되었으니 이제 내게 돌아오라 했다면, 그랬다면 나도 두말하지 않고 오빠한테 돌아갔을 거야. 오빠한테 짐만 될까 봐 바보처럼 사랑하지도 않는 남자한테 시집가진 않았을 거란 말이야!"

"내가 그때 널 찾았어야 했다, 이거냐?"

절박함이 묻어난 오유정의 외침에 딱딱하게 굳어 있던 그의 표정이 씰룩, 꿈틀거렸다. 동시에 유리알처럼 반질반질한, 차갑고 섬뜩한 기운마저 느껴지는 그의 눈동자로 살벌한 빛이 스쳐 지나갔다. 유정은 어깨를 움찔하며 두 주먹을 꽉 비틀어 쥐었다. 무언가 무서운 생각이 들어 절로 뒷걸음질이 쳐졌지만 기를 쓰고 버티려는 것이었다.

뭔가 확실히 잘못 돌아가고 있어. 속으로 중얼거리며 유정은 억지로 입술 끝을 끌어 올려 나오지 않는 웃음을 흘리며 아무렇지도 않은 척, 자연스럽게 대꾸했다.

"그랬다면 서로 힘든 일 겪지 않아도 됐을 거야. 멀리 돌아 지금까지 서로를 그리워하며 괴로워할 일도 없었을 거고. 지금처럼 말도 안 되는 상황에 처해 이러지도 저러지도 못하고, 이렇게 발만 동동 구를 일도 없었을 거야."

"넌 내가 그리웠었나 보지?"

"당연하지. 내가 오빠를 만나기 위해 얼마나 노력했는지 몰라? 그리웠었어. 보고 싶었다고. 오늘 기사, 참을 수 없이 모욕적이었어. 죽을 만큼 질투 났어. 오빠가 왜 이런 일에 휘말려야 해? 오빤 날 좋아하잖아. 날 사랑하잖아. 지금까지 이 바닥에서 일하면서도 여자와 엮인 적 한 번도 없는 오빠가, 오직 나만 사랑하는 오빠가 왜 이런 근거도 없는 루머에 휩쓸려서 힘들어야 하는지. 난 정말 화가 나고 어이가 없었어. 이렇게까지 일이 꼬이게 만든 오빠가 정말 원망스럽고, 오빨 그렇게 만든 내가 미웠어."

"……."

"다 내 탓이야. 내가 좀 더 노력해서 오빠의 마음을 되돌렸어야 했는데. 날 원망하는 마음, 미워하는 마음, 다 풀어주고 보듬어줬어야 했는데. 그러질 못했던 내 탓이야. 난 그저 기다리면 돌아올 줄 알았어. 오빤 날 사랑하니까 언젠가는 날 받아줄 거라 생각했었다고. 이렇게 극단적인 상황을 연출할 만큼 나에 대한 애증이 큰 줄 미처 몰랐었단 말이야."

"애증?"

"그래, 애증. 오빤 날 증오해. 사랑한다 해놓고 가난해지자마자 오빠 곁을 떠난 나, 도저히 용서할 수 없었겠지. 복수하고 싶었을 거야. 그래서 내가 오빠 대신 선택한 영화판에 들어와 보란 듯이 대성공을 거뒀잖아. 그리곤 날 죽어라 외면하고 무시했지. 나 같은 건 이제 오빠 안중에도 없다는 듯, 나 따위는 오빠한테 아무것도 아니라는 듯. 송하익도 그렇게 만난 거 아니야? 내가 그 계집애를 보고 얼마나 화를 내고, 후회하고, 미쳐 돌아버리려 할지 뻔히 알면서. 그러면서도 그 계집애랑 동거까지 한 거잖아. 내게 복수하려고!"

"……."

"하지만 난 알아. 복수는 사랑이 없으면 못하는 거야. 애정이 없으면 복수 같은 거 할 생각도 않거든. 오빤 날 아직도 사랑해. 내게 미련이 있어. 아직도 내가 돌아와 주길 바라. 그런 마음이 남아 있으니 내가 밉고, 내게 화가 나는 거야."

"내가 널 아직도 사랑한다고 생각하는 거냐, 오유정? 무슨 근거로?"

차가운 미소가 그의 입가에 떠올랐다. 등골이 오싹해질 만큼 무섭도록 냉랭한 기운이다. 유정은 서서히 불안감이 떠오르는 것을 느끼며 눈살을 찌푸렸다. 설마 내가 잘못 짚은 건 아니겠지? 차원진이 이젠 날 사랑하지 않는 건 아니겠지?

아닐 거다. 아직도 날 잊지 못하는 거, 맞을 거다. 그렇지 않고서야 연예계의 최강자로 군림하면서 그 흔한 스캔들도 없이 지금껏 솔로로 버텼을 리 없었다. 그에게 간택 받고자 안간힘을 쓰는 여자들이 얼마나 많았는데. 자신을 여전히 사랑했던 게 아니라면 그 수많은 유혹을 어찌 그리 오랫동안 물리칠 수 있었겠는가.

아직은 날 사랑하고 있어. 확실해. 차원진이 아닌 척 쇼하는 거야. 그러니 오유정, 계속 밀어붙여. 오늘은 무슨 일이 있어도 기필코 차원진을 잡아야 해. 그래야 네가 살아.

"오빠 원래부터 나 없이 안 되는 사람이잖아. 오빠 인생에 나보다도 더 중요한 게 있어? 모든 걸 내 위주로, 날 첫 번째로 생각하는 사람이잖아, 오빠는. 내가 하자는 일은 한번도 거절하지 않았고 내가 원치 않은 일은 절대로 강요하지 않던 사람이 바로 오빠야. 나만 옆에 있으면 아무리 힘든 일도 다 이겨내고 이뤄내는 사람이라고. 오빠한테 난 아직도 그런 사람이야. 날 증오하면서도 동시에 잊지 못하고 다른 여자 품지 못하는 거, 다 그래서라고. 인정하기 싫겠지만 오빠 아직도 날 필요로 한다니까!"

"널 사랑했던 과거를 부인하진 않아. 하지만 지금은 아니다. 네가 나와 돈, 둘 중 돈을 선택했을 때. 그때 이미 난 내 마음에서 널 지웠어. 착각하지 마."

"오빠 지금 내게 상처 주고 싶어서 거짓말하고 있어. 내가 처절하게 반성하고 후회하길 바라서, 그래서 이렇게 잔인하게 구는 거라고. 그래, 나 지금 비참해. 너무 힘들고 괴로워. 그때 오빠를 왜 버렸을까, 미친 듯이 후회해. 이만큼 후회하고 비참해하는데, 이젠 그만 용서해 줘도 되지 않아? 이제 그만 날 받아줘도 되지 않아? 언제까지 날 힘들게 할 건데? 내가 어떻게 해주길 바라는데? 무릎 꿇고 빌까? 오빠 다리에 매달려 울며불며 빌까? 응? 그러면 용서해 줄래?"

"다시 한 번 말해줘? 지금, 현재, 내가 널 원하지 않아. 과거의 차원진이 아니란 말이야."

"웃기지 마! 오빠 내가 찾아와 빌기를 바랐던 거야. 사랑하지도 않는 여자랑 동거씩이나 하면서 내 약을 바짝바짝 올린 거, 그거 내가 이렇게 찾아와 싹싹 빌며 용서해 달라 애걸복걸하길 바랐던 거였어. 날 질투하게 해서 여기까지 찾아오게 만들었던 거였다고. 그래, 자. 왔어. 질투에 눈이 멀어서, 오빠한테 제발 날 용서해 달라고 말하기 위해서, 여기까지 내가 왔다고. 오빠 만나려고 진상까지 부려가며 여기까지 왔어. 그러니까 이제 그만해! 나 미치는 꼴 보지 않으려면, 이제 제발 그만해 달라고!"

"이해 못하는구나, 너."

보는 사람 가슴 찢어지도록 눈물을 주르륵주르륵 흘리며 절규하는 오유정을 메마른 시선으로 바라보며 그는 착 가라앉은 목소리로 중얼거렸다. 연기자답게 오유정은 꽤나 리얼하게 애원하고 있었다. 상대가 오유정이 아니었다면 아마 구경하는 원진도 눈시울을 적셨을지도 모를 일이었다. 아니, 탐욕과 가식으로 똘똘 뭉친 저 눈만 아니었어도 어쩌면 불쌍하게 보아주었을지도. 원진은 흑흑 훌쩍거리는 오유정을 감정이라곤 눈곱만큼도 찾아볼 수 없는 무덤덤한 시선으로 훑으며 세상에서 가장 따분한 일을 눈앞에서 목도한 사람처럼 심드렁하게 덧붙였다.

"널 사랑했던 건 과거의 나야. 지금의 난 너에게 아무 흥미도 느끼지 못해. 난 널 완전히 잊었어."

"거, 거짓말……."

"네가 얼마나 그릇된 선택을 했는지 깨닫게 해주기 위해, 내가 느꼈던 좌절감과 패배감을 너에게도 똑똑히 알려주기 위해, 이 일을 시작한 건 맞다. 연예계의 돈줄이 되어 네 숨통을 틀어쥐며 네 위에 군림하는 것이 내 최초 목표였지. 네가 배신했던 남자에게서 정복당하여 인생 최대의 굴욕감을 맛보게 해주고 싶었다. 하지만 그것도 곧 재미없어지더군. 널 괴롭히고 신경 쓰는 것보다 사업체를 키우는 게 내겐 더 흥미로운 일이었어."

"그럴 리가 없어! 오빠 아직도 날 사랑해! 사랑한다고 했었잖아. 죽어도 나만 바라볼 거라고 했었잖아. 내게 했던 맹세, 그게 다 거짓말이었다는 거야? 오빠가 그런 일로 거짓말할 사람이야? 아니잖아!"

"맹세를 먼저 깬 건 너야."

"오빠!"

"네가 먼저 내 사랑을 저버렸어. 그리고 난 날 배신한 사람에게 끝없이 영원한 사랑을 맹세하는, 순진한 사람이 아니다. 난 사랑 앞에서는 플러스, 마이너스, 정확하게 계산하는 지극히 이기적인 남자야."

"그 말은? 그, 그 말은……?"

입술을 벌리고 열심히 벙긋거렸으나 유정은 끝내 말끝을 흐리고 말았다. 너무나 기가 막히고 어이가 없어서 아무 말도 나오지 않았다.

믿고 싶지 않았다. 어떻게 믿을 수가 있겠는가? 그동안 뭘 믿고 어떻게 버텨왔는데. 차원진한테 돌아갈 그날만, 차원진이 자신을 받아들여 줄 그날만 기다리며 그 수많은 굴욕의 순간들을 버티고 버텨, 여기까지 왔는데!

안 된다. 절대로 차원진을 이대로 빼앗겨선 안 된다. 어떻게든 차원진의 마음을 다시 돌려놓아야 한다. 어떻게든, 무슨 수를 써 서든!

"난 널 더 이상 사랑하지 않아."

아니야. 오빠 날 사랑해. 사랑하고 있어.

사랑해야만 해!

"그럼 그 계집애는 뭐야? 남자 잡아먹기로 소문난 송하익 계집 애는 뭔데? 그 계집애, 날 질투하게 하기 위해 이용한 거잖아. 오빠 계획, 내가 그 계집애 보고 열받아서 전전긍긍하다가 결국엔 오빠 앞에 찾아오도록 하려던 거 아니었어? 오빠는 송하익을 이용해 날 오빠 앞에 무릎 꿇게 하고, 잘못했다 빌게 만들려던 거였어. 내가 송하익 때문에 괴로워하고 질투에 눈멀어 길길이 날뛰길 바랐던 거라고. 내가 모를 줄 알아? 결국 이렇게 성공했잖아. 나 미치는 꼴 제대로 보고 있잖아."

"너와 나 사이에 하익이 끌어들이지 마."

"뭐야. 송하익 개랑 정말 뭐 있어? 소문처럼 결혼 앞두고 있는 사이라도 돼? 죽고 못 살아서 곁에 두고 있는 거야, 뭐야? 정말로 아줌마한테까지 인사시키고 살림까지 차린 거였어?"

"그래."

"오빠 미쳤어? 그 계집애의 뭘 믿고 결혼을 해? 오빠 재산 노리고 접근한 게 뻔한데 와? 마음에 들었음 즐기다가 버리면 되지 대체 왜 결혼까지 하려는 건데?"

"내가 그러길 원하니까. 내가 송하익을, 원하니까."

듣는 순간, 유정의 머릿속은 펑 하고 폭발하고 말았다. 꼭지가 휙 돌고 분노가 등천하니 눈에 뵈는 게 없어졌다. 원래부터 좋지도 않은 성질머리, 부글부글 화딱지가 끓어올라도 어떻게든 그의 마음 돌려보고자 꾹꾹 눌러 참고, 참고, 또 참았는데. 많지도 않은 인내심을 바닥까지 쥐어짜 최대한 비련의 여주인공처럼 불쌍하고 가련하게, 추잡스런 눈물 콧물까지 보이며 노력하고 또 노력했는데!

"송하익이 날 사랑하지 않아도 괜찮다. 상관 안 해. 어차피 난 송하익이 필요로 하는 것들을 다 가졌거든. 내가 그걸 가지고 있는 한 하익인 절대로 나를 떠날 수가 없어. 난 그거면 돼."

"제정신 아니구나? 어떻게 자길 사랑하지도 않는 사람과 결혼할 생각을 해? 오빠가 뭐가 부족해서? 나는? 나는 왜 안 되는데? 송하익 계집애는 되고, 난 왜 안 되는 거냐고! 나도 오빠 원해. 오빠와 다시 예전처럼 지내고 싶어. 오빠가 나만 바라보던 그 시절로 다시 되돌아가고 싶어. 오빤 날 사랑했잖아. 그 누구보다도 날 위해줬잖아. 내가 하자는 건 뭐든 다 하고, 날 위해서라면 어떤 희생도 다 감수했었잖아. 내가 오빨 배신하고 떠났어도 오빤 날 잊지 못하고 끝끝내 기다렸었잖아. 그래 놓고서 내가 이렇게 돌아왔는데, 어떻게 내게 그런 잔인한 말을 할 수가 있어? 어떻게?"

"그땐 널 사랑했으니까."

"정말로…… 마음이 변한 거야?"

"난 널 사랑하지 않아, 오유정. 착각에서 깨어나."

"오빠."

"네가 날 배신했을 때, 난 널 원망했어. 돈에 제 자존심과 사랑, 인생 모두를 팔아넘기는 세상 모든 여자들을 저주하고 혐오하게 되었지. 그리고 깨끗이 널 잊었다. 잊을 수 있었어. 생각보다 쉽게. 하지만 송하익은 그게 안 돼."

"아니야. 오빤 날 사랑해야 해. 오빤 예전부터 날 사랑했었어. 이거 다 거짓말이야. 날 괴롭히기 위해서 지어낸 거짓말! 빨리 거짓말이라고 해. 어서!"

"내가 사랑하는 사람은 송하익이야. 네가 아니라."

피도 눈물도 없이 잔인하게 그가 내뱉었다. 너무나도 객관적인, 고민할 건더기조차 없이 너무나도 확실한 사실을 발표하는 사람처럼 무미건조하고 차가운 목소리. 심하게 깔끔하고 단정한 그 억양은 깊고 풍부한 차원진 특유의 음색과 어우러져, 진하고 찌릿한 감동마저 불러일으켰다. 덕분에 듣는 순간 유정은 깨달을 수 있었다. 그가 진심이라는 것을. 그가 사실을 말하고 있다는 것을.

충격 때문에 휘청거리다, 유정은 크으윽— 소리를 내며 제 머리카락을 쥐어뜯었다. 그리고는 반쯤 넋이 나간 얼굴로 그를 올려다 보더니만 눈에 뵈는 거 없는 사람처럼 거칠게 소리쳤다.

"아니야! 그럴 리가 없어!"

그와 동시에 오유정이 차원진을 향해 돌진해 왔다.

"이게 뭐예요?"

궁지에 몰린 사람답지 않게 차분히 사진을 한 장, 한 장 훑어보 던 하익이 천천히 고개를 들더니 자신을 여기까지 불러낸 강우현 을 보았다. 강우현은 아까부터 초조하게 손가락을 튕기며 열심히 주위를 두리번거리고 있었다. 분위기로 보아 어떻게든 빨리 일을 처리하고 몸을 숨기고 싶은 모양이었다. 아무래도 이런 일이 익숙 한 사람은 아닌 듯.

하익은 슬쩍 고갯짓으로 흘러내린 머리카락을 뒤로 넘기고 얼 굴의 절반가량을 커버하고 있는 커다란 선글라스를 손으로 매만 지는 등, 대수롭지 않은 일들을 천천히 하며 시간을 끌었다. 그리 고 생각해 보았다. 이게 다 어떻게 된 일인지, 자신이 지금 어떤 상황에 처해 있는지, 당황하지 않고 이성적으로 찬찬히 생각해 보 려 노력했다.

하지만 아무리 꼼꼼히 짚어보아도 뇌리를 스치는 이 불길한 직 감을 뒤엎는 새로운 정황은 나오지 않았다.

하익은 천천히 손에 들고 있던 사진들을 탁자 위에 내려놓았다. 백화점에서 어머니 선물을 골라 본가를 방문했었던 그날의 사진들이다. 사진만 보아선 두 사람이 정말로 더할 나위 없이 다정한 한때를 보내고 있는 연인으로 보였다. 이 사진이 외부로 퍼진다면 한낱 루머라 치부될 수도 있는 차원진의 동거설이 사실로 밝혀지게 되는 것은 자명했다.

하익은 정면으로 우현을 바라보며 다시금 정중히 물었다.

"이런 사진을 누가 찍은 거죠?"

"누가 찍었는지는 중요하지 않아요. 이게 언론사로 흘러들어가면 차 대표나 하익 씨나 좋을 게 하나 없다는 게 핵심이죠. 꽤나 골치 아파질 겁니다. 차 대표의 사회적 영향력이 얼마나 큰지는 하익 씨도 잘 알고 있죠? 국내 최대 투자배급사 MD미디어는 거의 준재벌 급이라 할 수 있을 만큼 큰 회사이고, 차원진은 국내 연예계에 막강파워를 자랑하는 핵심인삽니다. 강력한 파워를 자랑하는 만큼 사생활 관리도 철저하게 해서 깨끗한 사업가란 대외적인 이미지를 만들어냈죠. 그런데 그랬던 차원진이 여배우와 동거. 그것도 대한민국 사람이라면 모를 리 없는 송하익 씨와. 쇼킹한 일 아닙니까?"

"……"

"엄청난 이슈몰이가 될 겁니다. 사람들의 관심이 쏠릴 게 뻔하고, 그럼 앞다퉈 두 사람 사이를 보도하게 될 거예요. 언론의 표적이 되면 대중의 알 권리를 빙자해 두 사람의 사생활을 캐려는 파파라치들이 극성을 부릴 겁니다. 그사이 차 대표나 하익 씨의 이미지는 바닥으로 떨어지겠지요. 이미지로 먹고사는 두 사람에게 치명타가 될 게 뻔합니다. 뭐, 오늘 나온 기사는 증거도 없이 떠도는 소문들을 떠들어댄 수준의 것이라 어찌어찌 넘겨볼 수도 있겠지만 이렇게 증거가 나온다면 빼도 박도 못하는 거 아니겠어요? 결국 방금 내가 말한 수순대로 흘러가겠지요."

하익도 충분히 예상하고 있는 일들을 차근차근 입 밖으로 꺼내는 강우현은 짐짓 하익을 무척이나 걱정하고 있는 것처럼 보였다. 하지만 이런 사진을 들고 자신을 찾아온 강우현이 자신을 정말로 걱정하고 위하는 사람이라곤 생각되지 않는다. 이런 건 누군가를 협박할 때나 들고 찾아오는 거다. 5년 전, 자신의 남자친구라 자칭하던 유준우가 그랬던 것처럼 말이다. 하익은 온몸이 점점 더 싸해지는 것을 느끼며 천천히 우현을 향해 물었다.

"그래서 제게 하시고 싶은 얘기가 뭐죠?"

"이 사진이 인터넷에 풀리는 일만큼은 절대적으로 막아야 한다는 거죠, 물론."

"그러기 위해선 제가 뭔가를 해야겠군요."

"역시 빠르시네요."

"이래 봬도 연예계 데뷔 12년 차예요. 저 정도 되는 경력이면 뭔가 원하는 게 있지 않고서야 우현 씨께서 이걸 들고 절 찾아왔을 리 없다는 것쯤, 금방 알 수 있죠."

하익의 대답에 우현은 씩 미소를 지으며 눈썹을 씰룩거렸다. 뭔가 얘기가 술술 잘 풀릴 것 같은 예감이 든 것이었다. 사진을 보여주면 분명 노발대발 큰소리를 지르거나 약해 빠진 척하며 쓰러져 캑캑대거나, 둘 중 하나일 거라 생각했던 것과는 달리 송하익은 차분하고 쿨하게 대응하고 있었다. 전에도 남자친구와 사진으로 옥신각신 법정 싸움까지 했던 전적이 있는 여자이니 오죽하겠나만. 이 정도면 아주 훌륭한 출발이었다. 우현은 좀 더 적극적으로 상체를 훅 앞으로 들이대며 두 눈을 빛냈다.

"다 알고 있다니 굳이 여러 이유 대가며 구구절절 설명하지 않아도 되겠군요. 그럼 단도직입적으로 얘기할게요. 하익 씨, 나랑 손잡고 일해봅시다."

"……네?"

"3년간이나 준비해 온 내 차기작 드라마에 하익 씨를 주연배우로 캐스팅할 거예요. 여자주인공 원톱드라마입니다. 남주와 서브 남주가 등장하긴 하지만 스토리 자체가 여주의 성공신화에 초점을 둔 것이기 때문에 크게 중요하지 않죠. 타이틀까지 여주 이름으로 갈 거니까 이 드라마 한 편이면 하익 씨도 제대로 대중에게 각인될 겁니다. 아마 하익 씨도 구미가 당길 거예요. 타이틀롤에 원톱은 남녀배우 모두의 로망이니까."

"고마운 제의이긴 합니다만 이해가 안 되네요. 3년간이나 준비해 온 드라마라면서, 그런 드라마의 원톱 타이틀롤 여자주인공 역할을 하필 저에게 왜……?"

"그 대신 하익 씨가 해줘야 할 일이 있습니다. 남자친구분의 투자를 받아주시면 됩니다."

거기까진 예상 못했던 걸까. 검은 안경알 너머로 보이는 그녀의 미간이 찌그러진다. 우현은 다시금 씩, 은밀한 미소를 흘리며 손가락을 콕, 탁자 위 사진 속 인물에 꽂았다. 우현의 손가락을 따라 시선을 끌어 내린 하익은 한 번 더 놀란 듯 꽉 다물고 있던 입술을 스르르 열어 숨을 헉하고 들이쉬었다. 우현의 손가락은 차원진을 가리키고 있었다.

"우현 씨도 제가 차원진과 연인 사이라고 생각하세요?"

"부인하시는 거예요? 증거가 이렇게도 명백한데?"

"단순히 함께 쇼핑하는 사진을 보고, 연인 사이라고 주장하는 건 억지죠."

"쇼핑만 한 건 아니잖습니까? 이후 차 대표님의 어머님도 만나셨고, 함께 나란히 댁으로 귀가하셨잖아요. 엄연히 이렇게 증거 사진까지 있는데 부인하시는 건 일을 더 복잡하게 만드는 겁니다. 그냥 인정하세요, 하익 씨."

"부인할 생각은 없어요. 대표님과 쇼핑도 하고 대표님 어머님도 만나뵈었습니다. 어머님 생신이 며칠 뒤라서 선물도 드릴 겸 식사도 함께할 겸, 겸사겸사였죠. 또 그분 댁으로 함께 갔던 것도 사실입니다. 제가 그 집서 ㄱ거하고 있거든요."

"ㄱ거라면 단순히 함께 살고 있는 것뿐이라는 말입니까?"

"연인 사이는 아니란 말이죠."

"함께 살고는 있다. 쇼핑도 함께하는 사이이고 어머님도 뵙는 사이이다. 하지만 연인 사이는 아니다?"

"말도 안 되는 주장이라 생각하시겠지만 맞아요. 함께 살고는 있지만 사람들이 생각하는 동거는 아닙니다. 어머님도 뵙는 사이이지만 연인은 아니에요. 그러니 당연히 전 투자 건에 대해 아무 도움도 못 되겠죠. 제가 뭔갈 해달라고 요구한다고 해서 그분이 승낙할 것 같진 않네요."

"이거 왜 이러세요, 하익 씨. 이런 식으로 빠져나가려 한다니 실망입니다. 전 두 분 사이가 어떻다는 걸 확인받기 위해서 여기 온 게 전혀 아닙니다. 이미 알고 왔다, 이 말입니다. 괜히 부인하셔 봤자 소용없어요."

"그게 무슨 말씀이세요? 이미 알고 왔다니요?"

"대표님께 다 들었다고요. 두 사람 사이에 대해서."

"대표님을 찾아가셨다고요? 드라마 투자와 제 배역을 맞바꾸자는 제의를 대표님께 찾아가 직접 하셨단 말이에요?"

선글라스 안에 꽁꽁 숨겨져 있는 하익의 눈동자가 충격으로 번뜩였다. 믿을 수가 없다. 완전 기가 차 말이 안 나온다. 아무리 자신을 원진의 여자라 잘못 알고 있었다지만, 어떻게 원진을 찾아가 그런 제안을 할 수가 있지? 남의 순수한 감정을 이용해 제 이익을 취하겠다는 심보가 아닌가 말이다. 정말 그렇게 안 봤는데, 강우현 무서운 사람이네.

"네. 당시엔 제게 확답을 해주지 않으셨지만, 지금쯤은 후회하고 계실 겁니다. 하지만 그렇다고 하여, 절 찾아와 제 제안을 수락하겠다고 친히 말씀하시지도 못하겠지요. 자존심이 워낙 세신 분이라. 그러니 하익 씨가 나서달라는 말 아니겠습니까? 하익 씨가 찾아가 마무리만 잘해주시면 됩니다. 어려운 일 아니에요. 이 사진을 샘플로 들고 대표님께 가셔서 협박받았다, 사실대로 말씀하세요. 그리고 눈물을 쏟으시는 겁니다. 어떻게 하느냐, 매장될 것 같다, 당신이 손 좀 써봐달라, 강우현 드라마에 투자만 해달라, 날 위해서 그 정도쯤 해줄 수 있지 않냐, 이렇게 말하시면서요. 그럼 차 대표님은 하익 씨의 말을 들어줄 겁니다. 간단하지 않습니까?"

"제가 그러면 대표님께서 정말로 투자를 승인해 주실 거라 생각하세요?"

"아까도 말씀드렸다시피 대표님께선 하익 씨를 아주 많이 사랑하십니다. 제게 그 사실을 정확하게 인정하셨어요. 차 대표님처럼 돈이 많으신 분이 사랑하는 여자를 위해 그깟 투자금 몇 푼 안 대 주시겠습니까?"

"대표님께서 절 사랑한다 말하셨다고요? 직접…… 정말로?"

설마. 그럴 리가. 아무리 어젯밤 그런 일이 있었다지만, 단지 그 일로 그가 '죽고 못 사는 연인 사이'라고 말했다는 건 납득이 안 되는 일이다. 물론 어젯밤의 일은 그녀에게 아주 의미 있고 기쁜 일이었다. 그러나 그에게도 똑같이 의미 있을 거라곤 기대하지 않는다. 차원진이 그런 일 한 번에 모든 걸 사랑이라 인정할 남자가 아니란 걸 너무나 잘 알고 있기 때문이다.

"못 믿겠으면 직접 물어보세요, 하익 씨. 난 분명히 들었습니 다. 두 사람 사이에 대해. 그러니 너무나도 빤한 사실을 아니라 부 인하지 마시고, 어서 제가 제의한 일을 승낙하세요."

"못하겠습니다."

"이거 왜 이러실까. 상황 파악이 그리도 안 되시나요? 송하익 씨, 지금은 버티면 안 되는 타이밍입니다. 사진이 풀리면 둘 다 망한다니까요."

"이 사진이 대체 뭘 말해줄 수 있죠? 대표님과 저는 그저 쇼핑 하고, 댁에 초대받아 식사 한번 한 것뿐입니다. 동거요? 이 사진으로 우리가 동거한다는 걸 알 수 있나요? 대표님 빌라 입구에 대표 님과 제가 서 있는 것뿐이잖아요."

"송하익 씨."

차갑게 굳은 목소리로 강우현이 하익을 호명한다. 꽤나 뿔이 난 듯 시선에 날이 서 있었다. 번뜩이는 눈빛이 새삼 무섭다 느끼며 하익은 슬쩍 몸을 떨었다. 세상에 존재하는 냉기란 냉기는 죄다

흡수한 사람 같았던 차원진과 맞설 때도 이런 공포심은 들지 않았
었는데. 아무리 싸늘하게 쳐다봐도, 아무리 냉정하게 딱 잘라 말
하여도, 이렇게 무서운 느낌은 없었는데. 하익은 저도 모르게 두
주먹을 꼭 쥐고는 질끈 입술을 깨물었다.

"미안합니다만 전 그 배역 필요 없습니다. 제 역량에 어울리지
도 않는 너무 큰 배역이에요. 전 제게 어울리지 않는 배역엔 욕심
없어요. 그러니 사진을 푸시든 말든, 마음대로 하십시오. 단, 이
사진이 대중에게 공개되면 대표님께서도 가만히 당하고 계시지만
은 않을 거란 것만 알아두세요."

"송하익 씨, 진짜 이렇게 비협조적으로 나오실 겁니까?"

"더 이상 들을 얘기도, 할 얘기도 없을 것 같군요. 전 이만 실례
하겠습니다."

이를 드릉드릉 갈고 있는 우현을 무시한 채 하익은 서둘러 자리
에서 일어났다. 그리곤 손에 들고 있던 커다란 파우치를 옆구리에
척 끼고 선글라스를 매만지며 막 자리를 뜨기 위해 몸을 돌리는
찰나. 우두커니 앉아 헐크처럼 씩씩대고 있던 우현이 두 눈 번쩍
이며 자리에서 일어나더니 거칠고 우악스럽게 휙, 하익의 팔뚝을
거머쥐어 낚아챘다. '야!' 하며.

"아앗!"

"이게 아주 간덩이가 부었나. 어디서 내 앞에서 내숭이야? 내숭
은. 네 주제에 내 드라마 주인공이 어디 가당키나 해? 네 주제에
어디 60부작 대하드라마 주인공이 가당키나 하느냔 말이야. 겨우
2회짜리 쩌리배역에도 황송하다 굽실거리며 받아 챙기는 주제에
어디서 내 앞에서 콧대를 높여? 차원진이 뒤봐주니 눈에 뵈는 게

없어?"

"이, 이거 뭐 하는 짓이에요? 놔요."

"한 놈 제대로 물고 보니까 네 주제까지도 까먹은 모양인데. 야, 이 계집애야. 정신 차려. 넌 그놈한테 아무것도 아니니까. 사랑? 웃기고 자빠졌네. 차원진이 네 반반한 얼굴에 잘빠진 몸매, 조금 즐기다가 싫증나면 버릴 게 뻔한데. 그게 무슨 사랑이냐. 어차피 그 대단한 차원진이는 네까짓 여배우 따위를 마누라로 집에 들어 앉힐 인간이 아니야. 그저 잠시잠깐 침대 데워줄 여자가 필요해 널 이용해 먹는 것뿐이라고. 넌 차원진이를 이용할 수 있을 때 실 컷 이용해 먹고 뽕 뽑아먹으면 되는 거란 말이야. 알겠냐?"

"이 손 놓으라고 했습니다, 강우현 씨."

이를 악다물며 하익이 경고했다. 하지만 우현의 손아귀는 그녀 를 풀어주기는커녕 오히려 더 강하게 쥐어짜 세차게 비틀었다. 윽, 너무 아파 신음이 절로 흘러나왔다. 하지만 정말로 아픈 곳은 강우현에게 붙들린 팔이 아니라 얼굴. 사람들이 알아보기 시작한 듯 웅성웅성, 레스토랑 안이 소란스러워지기 시작한 것이다.

"내가 도와줄게. 나만 믿으라고, 송하익. 내가 시키는 대로만 하면 넌 다시 재기에 성공할 수 있어. 차원진의 돈과 내 드라마로 말이야. 솔직히 말해서 너, 차원진한테 기대하는 게 그거 아니었 냐? 차원진과 스폰서 계약까지 맺었을 때 기대했던 바, 차원진의 입김과 영향력으로 커다란 배역 하나 잡는 거 아니었어? 굴러들어 왔잖아. 내가 널 주인공 시켜주겠다고. 대작에 원톱주연. 내 배역 을 잡아. 잡고, 차원진한테서 뜯어낼 수 있을 만큼 몽땅 뜯어내. 그리고 성공하는 거야."

"당신, 제대로 착각하고 있는 것 같은데. 내가 차원진한테 기대하는 게 입김과 영향력, 돈이라고 생각해?"

"아니란 말이야?"

어느새 하익을 자신의 가슴팍까지 끌어당긴 강우현이 비웃으며 묻는다. 하익이 지금 무슨 말을 해도 믿지 않는다는 듯. 하익은 작금의 현실을 씁쓸히 받아들이며 피식 웃음을 흘렸다.

자신이 남들 눈에는 그렇게밖에 보이지 않는다는 사실이 슬펐다. 자신이 차원진의 옆자리에 있는 것만으로도 그런 수많은 억측을 부르는구나 싶으니 한숨이 절로 나왔다. 자신이 예전의 송하랑, 국민요정이라 불리던 시절의 송하익이었다면 이 정도로 심한 오해를 받진 않았을 텐데, 생각되니 서글픔이 가슴 깊은 곳으로부터 물밀 듯 밀려왔다. 삼류 연예인 서러워서 살겠나. 사랑하는 사람을 마음대로 사랑하지도 못하고, 사랑한다 말조차 제대로 못할 지경이니 억울하고 비통해 살겠냔 말이다. 훅, 한숨을 내쉬고는 하익은 강우현을 향해 두 눈을 날카롭게 치켜떴다.

"당신. 날 잘못 봤어."

"뭐?"

"난 그 사람을 사랑해. 진심으로. 그리고 난 사랑하는 사람을 이용하는 짓, 절대로 안 해."

"그 무슨 말도 안 되는……!"

강우현이 눈썹을 짜부라트리며 짜증스레 발끈거렸다. 그런 그를 향해 '엿 먹일 때 쓰는 손가락'을 들어 그의 코앞에 들이대고 하익은 이렇게 속살거렸다.

"내가, 이 송하익이, 차원진을 사랑한다고. 그러니까 내 앞에서 당장 꺼지라고, 이 개자식아."

"뭐라고? 이 계집애가 진짜 처돌았나? 누구더러 꺼지라는 거야? 엉? 그 손은 뭐고. 차원진 침대나 덥혀주는 창녀 주제에 얻다대고 개자식이라는 거야? 이걸 그냥 확!"

강우현의 남은 팔이 휙 위로 올라갔다. 저 위쪽으로 솟구치는 남자의 불끈 쥔 주먹을 마지막으로 하익은 두 눈을 찔끔 감았다. 그리곤 어떻게 하면 강우현의 주먹을 가장 효과적으로 모면할 수 있을까 짧은 순간 미친 듯이 생각해 보았다. 무릎을 꺾어 놈의 하복부를 노릴까, 이로 놈의 팔뚝을 물어버릴까, 아니면 놈의 주먹보다 더 빨리 이쪽에서 주먹을 날려 버릴까. 요래조래 나름 열심히 생각한 단 0.1초의 찰나. 그녀는 놈의 발등을 찧고 도망을 치리라 결심을 하고 실행에 옮겼다. 콱! 정말이지 죽어라 밟았으나…….

우당탕탕. 그녀가 발등을 채 짓밟기도 전에 우현이 어느새 그녀의 팔을 놓고 뒤로 쓰러졌다. 하익은 꺅꺅 주변 사람들의 비명 소리를 들으며 번쩍 두 눈을 떴다. 훌쩍 커다랗게 뜬 눈으로 옆 테이블까지 날아가 쓰러져 신음하는 우현의 모습이 들어왔다. 그리고 너무나도 자동적으로 느껴지는 인기척. 휙, 고개를 꺾어 하익은 우현을 저만치 날려 보낸 사람의 정체를 확인하였다.

"여, 여기서 뭐 하세요, 대표님?"

허걱. 차원진이다. 차원진이 나타났다!

"내 여자를 지키고 있지."

"……!"

하익을 뜨악하게 만들어놓고 차원진이 출동한다. 두 여인들이 식사하고 있던 멀쩡한 테이블에 드러누워 끙끙거리고 있는 우현을 향해 성큼성큼, 날렵하고 귀족적인 걸음걸이로.

뒷모습마저도 섹시하고 멋들어진 차원진은 힘 하나도 들이지 않은 가벼운 동작으로 강우현의 멱살을 잡고 그를 들어 올렸다. 그리고는 레스토랑 안에 있는 모든 사람들이 지켜보는 가운데, 그를 저 멀리로 던져 버렸다. 슈웅— 날아가는 놈의 동선을 따라 사람들은 고개를 이쪽에서 저쪽으로 꺾었다. 그런 후 강우현이 바닥에 메다꽂히자 '어이쿠!' 나 '어머머!' 와 같은 감탄사를 연발하였다.

그다음은 어떻게 됐냐고?

주먹질과 푸른 멍, '잘못했습니다' 의 향연이었다.

원진은 우현이 그녀의 발밑에 무릎을 꿇고 두 손 싹싹 비비며 잘못했다고 빌고 나서야 그를 놓아주었다. 친절한 원진 씨는 지갑에서 자신의 연락처가 박힌 명함을 레스토랑 주인에게 던지며 이렇게 말했다.

"손해배상은 이쪽으로 청구하시면 됩니다."

제13장. 그대를 나의 품에

"어떻게 된 거예요? 어떻게 알고, 여기까지 찾아왔어요?"

우현을 처리하고 하익을 챙겨 유유히 레스토랑을 빠져나오자마자 하익이 빠르게 묻는다. 방금 전까지 혼을 쑥 빼놓고 있더니만 차가운 저녁 바람을 맞으니 이제야 정신이 든 모양. 원진은 대로변에 아무렇게나 주차해 놓은 자신의 자동차로 그녀를 이끌며 대답했다.

"다 아는 수가 있지."

"어떻게 아는 수가 있어요? 저, 아무한테도 말 안 하고 여기 나왔는데. 어머님도 모르실 거고 우리 엄마도 모르실 텐데. 누구한테 들었어요? 혹시 강우현이 대표님을 불렀던 거예요?"

"나 몰래 널 협박하려던 놈이, 그 자리에 날 불렀을 리는 없잖아."

"그럼 어떻게 알았는데요? 말해줘요. 예?"

그녀가 재차 물어왔다. 정말로 아주 많이 궁금한가 보다. 어떻게 알고 이 자리에, 그리 극적으로 등장한 것인지. 하지만 원진은 대답해 줄 마음이 전혀 없었다. 오유정으로부터 전해 들었다는 걸 말해 버리면 자신이 오유정을 개인적으로 만났다는 사실까지 알리게 되는 꼴이라. 결코 자랑스럽지 않은, 단 1초라도 추억하고 싶지 않은 그 여자와의 일을 하익이 알게 하고 싶지 않았다. 오유정의 존재는 그에게 수치였다.

"가만두지 않아. 내게서 오빠 가로채 간 그 계집애, 내가 꼭 망쳐 버릴 거야. 다 부셔 버릴 거라고. 내가 이대로 당하고만 있을 것 같아? 난 절대로 내 것을 빼앗기고는 못 참는 여자야. 어떻게든 보복해 버리는 사람이 나란 말이야. 알겠어?"

"입조심하는 게 좋을 거다, 오유정. 쥐도 새도 모르게 사라지는 수가 있어. 그 여잘 털끝만큼이라도 건드리면 내가 죽여 버리겠다는 뜻이다. 잘 새겨들어."

"날 죽이시겠다고? 웃기셔. 내가 누군 줄 알고? 내가 누구의 비호를 받고 여기까지 온 줄 알고 날 죽이시겠대? 오유정이 오빠 여자라는 소문을 설마 내가 냈을 것 같아? 나 따위가 그런 소문낸다고 소문이 날 것 같아? 천만에. 힘 있는 자, 능력 있는 자, 돈줄 쥐고 있는 자가 내 뒤에 있기 때문에 가능한 일이었어. 정신 차려, 차원진!"

"너 혹시……."

"이제야 알아차린 거야? 그래, 나 김기창 회장님으로부터 스폰 받고 있어. 내 몸을 취하시고 대신 내 뒤를 봐주시고 계시지. 김 회장님은 오빨 아주, 아주 싫어하시더라. 오빠가 가진 것들을 다 빼앗고 싶어해. 요즘은 오빠가 다른 여자와 재미 보고 있는 걸 아주 흥미진진하게 지켜보고 계시지. 눈독, 아주 단단히 들이고 계시던데."

"그게 무슨 말이야."

"설마 이 모든 소동들이 다 우연히 일어난 거라고 생각해? 강우현 피디가 송하익한테 괜히 접근했겠어? 난 또 괜히 오빠 여기까지 찾아왔겠어? 김 회장은 내게 오빠 주겠다고 했어. 강우현은 오빠의 돈을 투자 받고, 난 오빠 갖고, 김 회장은 송하익을 취하는 게, 이 계획의 전모야."

"웃기는군. 그 영감은 무슨 재주로 내 손에서 송하익을 빼내갈 수 있다고 생각한 거지?"

"불가능할 거라고 생각해? 정치판도 좌지우지하는 그분께서 그깟 계집애 하나 어찌 못할 것 같아? 한다면 하는 양반이야. 무시하지 마."

"……."

"목숨 걸고서라도 송하익을 지켜낼 셈이야? 그렇게나 대단히 송하익을 아끼고 사랑하셔? 흥! 하지만 이걸 어쩌나. 이미 작전은 실행되고 있는걸. 아마도 지금쯤 송하익은 강우현을 만나고 있을걸?"

"뭐?"

"걘 지금 강우현이 제안한 카드를 받을지 말지 열심히 머리 굴려 생각하고 있을 거야. 어떤 게 자신한테 유리하고 좋은 선택일까, 계산기 두들겨 보고 있겠지. 송하익이 어떤 선택을 할 것 같아?"

"……."

"오빤 김 회장 못 이겨. 송하익은 김 회장과 손을 잡고 오빠 협박하려 할 거야. 사진 풀면 자신도 망하는데 굳이 오빠 곁에 남아 있을 이유 없잖아?"

그가 자신을 향해 달려들어 게걸스레 키스하는 오유정을 떼어
내자마자, 그녀는 독기에 찬 얼굴로 온갖 욕설과 독설을 배설했
다. 감정에 호소하여 매달려 봐도, 몸을 던져 그의 본능을 자극하
고 유혹해 봐도 그의 마음을 돌릴 수 없다는 것을 깨닫고는 악에
받쳐 발악을 한 것이었다. 그럼에도 그가 꼼짝하지 않자 유정은
마지막 패를 꺼내 들었다. 김 회장과 강우현, 그리고 오유정이 만
들어낸 계략의 전모를 밝힌 것이다.

그를 혼란스럽게 만들기 위함이었다. 패닉상태에 빠져 올바른
판단을 못하도록 훼방 놓기 위함이었을 것이다. 그가 '사랑하는
여자의 배신'이라는 트라우마를 가지고 있음을 이용한 아주 간교
한 짓이었다. 한때나마 영혼을 바쳐 사랑했고 잊지 못해 괴로워하
기까지 했던 여자에게서 극악의 간악함을 발견하는 순간이었다.

"그럼 송하익에게 이율 만들어주면 되겠군. 내 곁에 남을 이유."

하익이 김 회장의 회유에 넘어갈 것이라 호언장담하는 유정에
게 원진이 한 말이었다. 그는 비아냥댐으로 일관하는 유정을 반협
박해 우현과 하익의 약속 장소를 알아냈다.

그때는 하익을 옆에 붙들어놓기 위해 무슨 짓이든 할 생각이었
다. 사랑 따위 해주지 않아도 좋으니 곁에 있어달라고, 매달려야
한다면 매달리기라도 할 셈이었다. 원한다면 무엇이든 해주겠다
고, 네가 갖고 싶어하는 세상 모든 것을 주겠다고, 네게 내 모든
것을 줄 터이니 나의 것이 되어달라고, 애원이라도 할 작정이었

다. 김 회장의 후원을 받기 위해 애첩이 되기보다는 자신의 사람이 되는 것이 더 이익일 것이라고, 설득이 안 되면 협박이라도 할 요량이었다. 한데 들어버렸다. 그녀의 말을.

그녀가 우현에게 하는 말을 아주 똑똑히 들어버렸다.

"난 그 사람을 사랑해. 진심으로. 그리고 난 사랑하는 사람을 이용하는 짓, 절대로 안 해."

그녀가 그렇게 말했다. 그리고 대차게 강우현에게 뻑큐를 날려주었지. 쿡, 웃음이 흘러나오자 그는 저도 모르게 입술 언저리를 꺾어 올렸다.

"왜 웃는데요? 홍길동처럼 이렇게 갑자기 나타나 사람 놀라게 해놓고선 왜 아무 설명이 없는데요? 말해봐요. 어떻게 알고 여기까지 온 거예요? 내가 여기서 강우현 씨랑 만나는 거 어떻게 알았어요? 누가 알려줬어요?"

하익이 쉴 새 없이 조잘거리며 집요하리만치 추궁해 왔지만 원진의 얼굴에 떠 있는 미소는 사라지지 않았다. 귀찮지 않았다. 짜증나지도 않았다. 자신에게 신경질 내며, 뭐라도 되는 척 자꾸만 추궁하고 닦달해 대는 그녀가 화나지 않았다. 오히려 고맙다. 궁금해해 줘서. 설명해 주길 바라고 있어서. 제멋대로 오해하고 속상해하지 않아주어서. 누군가를 향해 진실의 향방을 묻고 그 대답을 기다리는 것은, 그만큼 그 사람을 믿는다는 뜻 아닐까.

송하익은 그를 믿고 있었다.

"혹시 오늘 뜬 기사는 봤어요? 봤겠죠? 그쪽 일이 직업이니 분명 봤을 거야. 어머님이랑은 통화했어요? 걱정 엄청 하시던데 뭐라고 말씀드렸어요? 어떻게 해결할 거예요? 소문이 심상치 않아요. 증권가 찌라시, 그까짓 것. 신경 끄고 내 일 아니다, 긍정적으로 생각해 보려고 노력해 봤는데. 상황을 보아 쉽게 사그라질 것 같지 않아요. 누군가 우리 뒤를 미행하면서 사진까지 찍었더라고요, 글쎄. 우리가 함께 사는 것은 물론, 우리가 본가에 들러 식사한 것까지 죄다 알고 있더라니까요. 그런 증거까지 가지고 있으면서 기사에는 사진을 풀지 않았다는 건 뭔가 노리고 있는 게 있다는 뜻이죠. 그렇다는 건 이번 기사를 아주 작정하고 터트렸다는 거예요."

"……."

"혹시 누군지 알겠어요? 누가 우리 두 사람을 동시에 물 먹이려고 이런 일을 계획한 것인지, 혹시 알아요? 내가 볼 땐 강우현은 아닌 것 같아요. 그 사람 뒤에 분명히 다른 누군가가 있어요. 배후 조종자죠. 왠지 거물일 것 같은데. 정말 몰라요?"

자신이 세워둔 자동차 앞에 당도하자 원진은 우뚝 걸음을 멈췄다. 열심히 그에게 이끌려 거의 달려오듯 빠르게 걸어오던 하익이 흠칫 놀라며 급브레이크로 역시 멈춰 선다. 동시에 쉴 새 없이 재잘대는 하익의 지저귐도 딱 멎었다. 하익은 정승처럼 떡하니 버티고 선 원진의 뒷모습을 멍하게 바라보았다.

너무 귀찮게 해서 화가 났나? 별것도 아닌데 괜스레 걱정이 되자 하익은 꼴깍 소리 나게 침을 삼켰다. 그리고는 조심스럽게 꼼지락 꼼지락 손가락을 그의 손아귀에서 빼내려 움직여 보았다. 그가 휙, 빠르고 아름다운 턴으로 우아하게 뒤를 돈 것은 바로 그때였다.

"질문이 너무 많네."

감정 한 톨 떠올라 있지 않은 완벽한 포커페이스로 그가 중얼거렸다. 짐짓 따분하게 들리면서도 한편으론 뭔가 재미있어한다는 느낌의 어조. 물론 그건 어디까지나 하익의 착각일 것이다. 지금 처해 있는 상황은 결코 재미있다 할 수 없으니 말이다.

"당연하지 않아요? 지금은 데프콘 1단계, 전투준비 태세인데. 이 상황에 저더러 입 다물라 말하는 거 자체가 말 안 됩니다, 대표님."

"대표님 소린 이제 안 하기로 했던 거 아닌가."

"어머님 앞에서만 안 하면 되는 거잖아요."

"아니. 어머니 계실 때나 없을 때나 한결같이 이름 불러. 앞으론."

"지금 그게 중요해요? 호칭 가지고 왈가왈부할 때입니까, 지금이? 설마 아직도 상황이 어떻게 돌아가고 있는지 모르시는 거예요? 심각해요, 지금. 온갖 포털에 검색어 뜨고 난리도 아닌데. 거기다 우리 사진까지 들이밀고 협박하는 사람까지 나타났는데. 도대체 대표님은 뭘 믿고 이렇게 천하태평이신 거예요? 사태 해결방안 같은 건 마련해 두신 거예요? 앞으로 어떻게……"

"응."

"……대처할 것인지…… 네?"

'응'이라니. 이거, 긍정적인 답변의 그 '응'이 맞는 건가? 모든 걸 다 해결할 수 있다는 뜻의 바로 그 '응'이 맞는 것?

말도 안 돼. 아무리 천하의 둘도 없는 최고 권력자이자 압도적 정복자인 차원진이라도 이번 사태는 쉽사리 막을 수 없을 텐데?

"곧 깨끗하게 처리될 거야. 안심해."

"어떻게요?"

"알아서 잘. 내가 해결할 거니까 넌 걱정하지 마."

"죄송합니다만 대표님. 전 구체적인 해결방안을 듣지 않고선 안심 못하겠는데요."

"날 못 믿는다는 거냐?"

"저, 사건 당사자예요. 사건의 중심에 제가 있다고요. 이번 대표님의 루머, 스캔들의 상대가 저라니까요. 전 이게 다 어떻게 된 건지, 어떻게 처리될 건지, 알 자격 있다고 생각해요. 그러니까 지금 말해주세요. 알아서 잘하겠다고 큰소리만 치지 마시고 어떻게 해결하실지 제대로 상세하게 설명해 줘요."

"스캔들이, 무서워?"

그가 새까만 눈동자로 하익의 말간 눈망울을 빤히 들여다보며 고요히 묻는다. 여전히 감정 변화가 전혀 느껴지지 않는 무표정한 얼굴. 하지만 어절 사이 잠시 쉬었다 묻는 그의 음성은 그 어느 때보다도 더 편안하고 부드러웠다. 감성 따위 개나 줘버리라는 듯 차가운 억양인데, 심연처럼 굵고 깊은 음색이 자그르르하게 매끄럽게 울려왔다. 마치 따사로운 오후의 찰랑거리는 바닷속 같달까. 무서우리만치 다정하고 기분 좋은 느낌이어서 하익은 자신도 모르게 두 눈을 홉뜨고 그를 뚫어져라 바라보았다.

"나와의 스캔들이 부담스러운 거냐? 그래서 걱정돼 죽겠어?"

다시 한 번 그가 깊고 부드럽게 물었다. 나른하게 반쯤 내려뜬 눈으로 그는 하익의 얼굴 곳곳을 훑었다. 반듯하고 동그란 이마, 불안한 듯 주름이 잡힌 미간, 동그랗게 말아진 그 끝에 반들반들 윤기가 귀여운 콧방울, 틴트와 글로스로 먹음직스럽게 치장된 매혹적인 입술. 그리고 송하익만의 순진무구한 매력을 가진 두 눈을 성공적으로 잘 가리고 있는, 커다란 선글라스까지. 처음 만났던 그날과 다름없이 자신의 마음을 완전히 사로잡고 있는 하의을, 그 모든 것을 흡수하려는 듯 원진은 뚫어져라 그녀를 바라보고 있었다. 희미하게, 기분 좋게, 입술 언저리를 꺾고 있음은 물론이었다.

"그, 그, 그게……."

작은 고민에 휩싸여 하익이 말을 더듬고는 아랫입술을 후룹, 혓바닥으로 핥아 올렸다. 상황이 상황인지라 대답하기 참 애대했다. 솔직히 자신의 입장에선 확실히 아니라곤 말 못하니깐. 연예인인데다가 여자다. 대한민국에서 여자 연예인이란, 도덕적으로도 사생활적으로도 능력도 모두 100% 완벽해야만 욕을 먹지 않는다. 나이가 먹어도 스캔들 하나 없이 완벽하게 사생활을 관리해야만 하고, 연기력도 좋아서 발연기 소리 듣지 말아야 하며, 길가다 행인과 다투는 일 따위의 사소한 사건사고도 없어야 악플과 비난의 폭탄에서 자유로울 수 있다. 하물며 그런 사소하다면 사소하달 수 있는 문제에도 구설수 장난 아닌데, '동거'와 같은 루머는 어떻겠는가.

하지만 이번 일로 차원진이 입는 피해도 만만치 않을 거였다.

젊고 유능하고 공정한 연예투자가, 고퀄리티의 드라마와 영화 진흥에 이바지한 차세대 한류개척가, 차원진. 그는 최고의 자리에서 앞으로도 몇십 년은 내려올 일 없는 사람이다. 그런 그가 여배우와의 동거설, 거기에 증거사진까지 나돌게 된다면? 단번에 대한민국 연예 산업의 부끄러운 단면, 치부와 엮일 게 뻔하다. 이 바닥에 만연해 있는 갑과 을의 횡포, 상납하지 않으면 기회 잡기 힘든 구조 등과 함께 그의 명예는 도매 급으로 넘겨질 게 뻔하였다. 이미 한 번 나락으로 떨어진 경험이 있고, 또 어차피 현재도 바닥

인생을 살고 있는 자신과는 비교도 할 수 없을 만큼 잃을 게 많은 사람이 바로 차원진인 것이다.

그래서다. 하익이 이 문제에 이렇듯 필사적으로 매달리는 것은. 근거 없는 루머나 스캔들이 사람을 얼마나 망쳐 놓는지를 너무나도 잘 알고 있는 그녀였기에 그 사진이 언론을 통해 대중에게 알려지는 것만큼은 절대로 막고 싶었다.

자신을 찾아온 강우현은 딱 봐도 의도가 분명해 보였다. 원진으로부터 거액의 드라마 투자금을 받아낼 목적으로 원진에게 이미 한 번 협박했었던 그는 협박이 먹혀들지 않자 자신을 찾아온 것이었다. 드라마 배역과 탄탄대로 성공의 길을 미끼로 그녀를 자신의 편으로 끌어들인 후, 두 사람이 함께 원진을 공격해 보자는 의도였던 것이다. 아마 투자금을 제대로 받아내기 전까지 그는 원진을 압박하는 시도를 멈추지 않을 거다.

강우현의 눈이 그걸 말해주고 있었다. 더러운 욕망과 치졸한 욕구로 가득 차 있던 그 눈이, 이 일이 결코 만만히 봐선 안 될 일이라 말하고 있었다. 분명 이대로 끝내진 않을 것이다. 자신을 끌어들이는 덴 실패했지만 다른 방법을 찾아 원진을 공격할 것이 틀림없었다. 그리고 그것마저 마음대로 안 되면 결국 그 사진을 만천하에 공개하는 초강수를 띄우겠지. 그렇게 되면 자신은 본의 아니게 원진에게 엄청난 해를 끼치는 존재가 될 거다.

그건 싫었다. 그것만큼은 하익도 두고 볼 수 없었다. 다른 건 몰라도, 스캔들 따위로 그의 인생이 통째로 망가지는 꼴은 절대로 간과할 수 없었다. 왜냐하면 자신은 차원진을 사랑하니까.

"안 무섭다면 거짓말이죠. 그래요! 저 스캔들 무서워요!"

뭔가 큰 결심이라도 한 것처럼 두 눈 부릅뜨고 두 손 불끈 쥐더니 하익이 제법 비장한 목소리로 말하였다. 가만히 그녀를 지켜보고 있던 원진의 한쪽 입꼬리가 꿈틀 움직여 히쭉 올라가더니, 하익이 채 알아채기도 전에 원래의 자리로 되돌아온다. 하익은 그의 눈동자만 뚫어지게 바라보며 몹시도 단호하고 확고한 어조로 계속 이어 말하였다.

"제가 한때 세상 떠들썩하게 만들었던 '알몸사진 스캔들'의 당사잡니다. 그 스캔들 때문에 국민요정이란 수식어 달고 한껏 날아오르던 저의 미래는 완전히 망가져 버렸죠. 이렇게 삼류 바닥인생 거지처럼 살고 있는 거, 다 그 망할 놈의 스캔들 때문이에요. 그런 지독한 경험을 했던 제가 어떻게 스캔들을 무서워하지 않을 수 있겠어요? 당연히 무서워하죠."

"……."

"대표님은 이런 일이 처음이라 잘 모르시겠지만 스캔들이란 게 그리 만만하게 해결 볼 수 있는 게 아니요. 정말 호환마마보다도 더 무서운 게 스캔들이어요. 대표님께서도 그딴 스캔들 내 힘으로 막을 수 있다, 없애 버릴 수 있다, 자신할 게 아니란 거죠. 마냥 언론에 압력 넣어 기사 막고, 근거 없는 악성루머라고 입장표명문 한 장 내민다고 해서, 해결되는 게 아닙니다. 사람들 눈, 정말 무서워요. 한번 뒤틀린 시선을 올바르게 바꾸기가 얼마나 힘든지 아세요? 망가진 이미지 되돌리는 게 얼마나 버겁고 힘겨운 일인지는요?"

"……."

"누군가 이런 말을 하더라고요. 높이 올라갈수록 떨어질 때 아

픈 법이라고. 제가 끝 간 데 없이 높은 곳에 있었기에 회생 불가능
할 만큼 잔인하게 추락한 거라고요. 평소 너무 깨끗한 이미지였던
탓에, 그깟 거짓과 음해로 물든 스캔들 한 방에 그리 힘없이 무너
졌던 거라고, 그러더라고요. 대표님도 이미지 관리 과할 정도로
심하게 잘 되어 있는 거 아닌가요? 제 경우와 다를 바 없다고 생각
해요. 제발 이번 일 만만하게 보지 마세요. 대표님은 가진 게 많은
분이시잖아요. 높은 자리에 올라 계시잖아요. 강우현 그 사람, 조
심하세요. 부디."

"내가 걱정되는 거로군, 그러니까."

그녀의 말을 진지하게 귀 기울여 꼼꼼히 듣던 그가 무뚝뚝하게,
하지만 어딘지 모르게 따스한 목소리로 중얼거렸다. 잔잔하고 시
원한 물결을 피부로 느끼며 평화로운 오후 한때를 보내는 듯한,
매우 편안한 느낌이 그녀를 감쌌다. 착각 따위, 혼자 망상하는 짓
따위, 하지 말자 엄하게 스스로를 꾸짖어보았지만. 그러고서 원진
의 눈동자를 똑바로 바라보았지만. 그런 그녀가 느낄 수 있는 것
은 그의 사려 깊은 눈빛뿐이었다.

사려 깊은 눈빛이라니. 차원진이? 차원진이가 사려 깊은 눈으
로, 애정 가득한 시선으로 널 바라보고 있다고?

'미친.'

정신 차려야 된다, 송하익. 차원진은 단 한 번도 그런 눈으로 널
바라봐 준 적이 없는 사람이야. 처음 만났을 때부터 지금까지 단
한 번도. 원래 여자란 존재에 마음을 여는 남자가 아니란 말이지.
근데 왜 이래? 왜 말도 안 되는 이딴 망상 짓을 하는 건데? 그 정
도로 이 사람이 좋은 거니? 망상까지 해가며 이 사람이 널 손톱만

큼이라도 좋아하고 있을 거다, 스스로 위로하고 싶은 거야? 그 정도로 이 남자를 좋아해?

'응. 그 정도로 좋아해.'

내면 깊은 곳에서부터 진심이 우러나와 속살거렸다. 빌어먹을, 속으로 중얼거리며 하익은 아랫입술을 질끈 깨물었다. 너무 짜증이 나는데, 그래서 당장이라도 다 때려치우고 싶은데, 못하겠다. 그가 너무 걱정되어서. 그가 혹시라도 잘못될까 봐. 스캔들 따위 별거 아니라고 치부하다가 큰코다칠까 봐서 차마 이대로 잠자코 있질 못하겠다.

휴, 한숨을 내쉬며 그녀는 여전히 사람 마음 싱숭생숭하게 만드는 깊고 그윽하고 아름다운 그의 눈동자를 들여다보며 대꾸했다.

"솔직히 걱정되네요. 너무 한심스러워서, 이대로 스캔들 커지는 거 못 막고 난리 날까 봐 걱정되어서 죽겠습니다."

"내 걱정이 되어서 죽을 것 같다고?"

"걱정되는 게 당연하지 않습니까? 대표님께서 제게 제의한 일이고 엄격히 책임 소재 따져 보자면 다 대표님 때문이긴 하지만 어쨌든 제가 개입된 일이잖아요. 저 때문에 대표님이 피해보실까 봐 마음 불편합니다. 제 스캔들 경력이 혹시라도 대표님한테 악영향 끼칠까 봐, 정말이지 불안해 미치겠습니다."

"내가 걱정되어서 미치겠단 말이지?"

"네! 그렇다니까요? 걱정된다고요! 누가 안 된답니까? 막말로 대표님께서 스캔들로 망해 버리면 전 다시 전국구 행사 뛰러 밤낮없이 돌아다녀야 하잖아요. 이번 일 해주는 대가로 대표님께서 제게 약속했던 오디션도 아직 못 봤고요. 여러모로 제겐 대표님이 아직 필요합니다. 아직은 망하면 안 된다는 거죠. 망하더라도 제가 오디션 본 이후에……."

"날 사랑하게 되어서라고, 솔직히 말하지 그래."

"……네?"

열심히 핑곗거리를 만들어 거짓말을 둘러대던 송하익, 배우답지 않게 진실한, 허에 찔린 속내를 얼굴에 고스란히 드러내며 두 눈 휘둥그레 뜬다. 선글라스로 얼굴의 절반을 가렸으니 망정이지, 안 그랬다면 눈동자 튀어나올 뻔. 피식 웃음이 새어 나오는 것을 꾹 눌러 참으며 원진은 원을 그리며 벌려진 붉은 입술을 지그시 내려뜬 눈으로 쭉, 뜨겁게 응시했다.

"내가 걱정돼 미치겠는 거, 날 사랑해서이지?"

"서, 설마 아까 내가 한 말 다 들은 거예요?"

붉은 입술이 몇 마디 오물오물 중얼거리더니 다시 원래대로 동그란 원을 그린 채 굳어버린다. 덕분에 축축하고 달착지근하며 그의 식욕을 마구마구 돋우는 그녀의 혀가 빤히 들여다보였다. 원진은 오랜만에 군침이 도는 것을 느끼며 히쭉, 입술 언저리를 끌어 올렸다. 그리고는 자신의 속마음이 그에게 다 까발려짐에 당황한 어린 양의 추궁을 싹 무시하고 느긋하게, 그리고 거만하게, 중얼거렸다.

"내가 그리 걱정되면 스캔들이 깨끗하게 사라지도록, 네가 날 도우면 돼."

"도우라고요? 제가 도울 수 있는 게 있단 말이에요? 그게 뭔데요?"

"결혼."

"네?"

"나와 결혼하는 거야. 네가 나와 결혼만 해준다면, 난 스캔들 때문에 삼류 바닥인생으로 추락할 일도 없을 거고 애써 깨끗하게 가꿔놓은 이미지 망쳐지는 일도 없을 거야. 덤으로 너도 밤낮 없이 전국구 행사 뛰는 일도 없어질 거고, 오디션 기회도 물론 제대로 가질 수 있겠지."

"죄송하지만 대표님. 지금 제정신이세요?"

"제정신이 아닌 걸로 보이나? 왜? 어려운 일이야?"

"그, 그거야……."

"날 사랑한다며. 사랑하는 사람과 결혼하는 일인데, 그게 그리 어려운 일인가?"

"진심인가 보네."

지금까지 농담인 줄 알았나 보다. 이제야 비로소 진심인 걸 깨달은 듯 하익이 거칠게 선글라스를 벗었다. 화장기 거의 없는 하익의 맨얼굴이 드러나는 순간. 쨍 하고 화창하게 내리쬐고 있던 따사로운 햇살이 하익의 눈부시게 하얗고 투명한 피부에 부딪쳤다. 눈이 부실 것만 같아 원진은 미간에 힘을 주고 눈매를 좁혀 떴다. 가느다랗게 뜬 시야 사이로 그녀의 동그랗고 순진한 눈망울이 쏙, 들어왔다. 그녀는 아무리 이해하려 해봐도 도무지 이해할 수 없다는 듯, 황망한 얼굴로 그를 바라보고 있었다.

"장난하세요? 결혼이 두슨 애들 소꿉놀이인 줄 알아요? 이 무슨 말도 안 되는……!"

"장난 아니야, 농담도 아니고. 진심으로 하는 말이야."

"스캔들 무마하기 위해 결혼하자는 게 장난 아니면 뭔데요? 길거리에서 말장난하다 이렇게 뜬금없이 결혼하자, 이러는 게 장난 아니면 뭐냐고요."

"청혼."

"대표님, 저 진지하거든요? 정말로 단 1퍼센트도 장난기 없으니까, 대표님께서도 좀 진지하게, 장난기 없이 말씀해 주실래요?"

"나도 진지해. 장난기 0.01퍼센트도 없어."

"그럼 정말로 대표님은 스캔들을 무마하기 위해 저와 결혼을 불사하시겠단 말씀이세요? 정말로 이딴 게 청혼이란 말이에요?"

"이런 식의 청혼이 마음에 안 드나 보군."

"대표님."

"그럼 TV에서처럼 반지와 꽃다발 바치며 무릎이라도 꿇어야 하나? 그래야 청혼 축에 끼어줄 건가?"

"대표님, 지금 그게 문제가 아니잖아요. 제가 언제 반지 달라고 했어요? 청혼해 달라고 했냐고요."

"반지와 꽃다발은 준비 못했어. 사람들 다 보는 곳에서 무릎 꿇기도 좀 그렇고. 대신 키스는 어때? '많은 사람들 앞에서 하는 키스' 정도라면 감동까진 아니더라도 그럭저럭 괜찮은 청혼 이벤트랄 수 있겠지?"

"대표님!"

하익이 다시금 항의의 말을 꺼내려는 순간이었다. 쭉 잡고 있던 그녀의 손목을 그가 갑자기 낚아챘다. 아무 대비 없이 가만히 서 있던 하익이 그의 힘에 완전히 휘둘려, 단번에 그의 품 안으로 쏙, 빨려 들어왔다. 대경실색, 당장이라도 욕설을 뱉어줄 것 같은 험악한 인상의 송하익이 '이보다 더 놀랄 수 없다'의 수준으로 훌쩍 뜬 두 눈으로 원진의 느긋하기만 한 얼굴을 뚫어져라 바라보았다. 온전히, 그만을 정말로 초집중적으로.

이제야 좀 마음에 든다. 다른 것, 다른 사람, 다른 상황에 신경 곤두세우지 않는 송하익. 오로지 자신만을 바라보며, 자신만을 신경 쓰며, 자신한테만 집중해 있는 송하익. 바로 원진이 원하는 바였다. 원진은 입가에 주름 잡힌 부드럽고 섹시한 웃음기를 얼굴 가득 더 깊이 흩뿌리며 속삭였다.

"전부터 느꼈지만 넌 너무 말이 많아."

그리고 그녀가 뭐라 대꾸할 여유도 주지 않고 고개를 꺾어 그녀의 붉은 입술을 훔쳤다. 내내 그를 군침 돌게 했던 그녀의 입술은 예상했던 것보다 훨씬 더 촉촉하고 맛있었다. 달달한 그녀를 물고 핥고 빨며 그는 그녀의 부릅뜬 눈이 서서히 감기는 것을 즐겁게 지켜보았다. 그녀의 눈꺼풀이 완전히 닫히고 숨소리마저 거칠게 흔들리는 것을 감지하고 나서야 비로소, 그 자신도 눈을 감을 수 있었다.

주변 사람들의 흘낏흘낏 훔쳐보는 시선들, 속닥거리며 쑤군거리는 소리들은 두 사람 모두 듣지 못했다. 지나가던 사람들이 멈춰 서는 소리도, 점점 군중들이 몰려드는 소리도, 여기저기서 '저 여자 송하익 아니야?' 라는 소리도.

—사회 유력인사들의 성로비 사건과 관련한 속보입니다. 윤필진 법무부 차관을 직접 접대했다는 여성들의 진술과 문제의 동영상 속에 등장하는 것으로 알려진 모 여배우의 자백을 확보하고 있던 경찰은 이 사건에 재계 유력인사가 연루되어 있다는 정황을 추가로 포착했습니다. 이에 따라 경찰에서 자료를 넘겨받은 검찰은 이르면 오늘 밤 늦게

영장 청구여부를 결정할 계획입니다. 자세한 소식, 강영웅 기자가 보도합니다.

"쯧쯧쯧! 저게 뭐냐, 저게. 한때나마 신드롬이랄 정도로 인기몰이 하던 명색이 여배우가. 무슨 영화를 보자고 저런 짓을 해? 지가배우지 화류계 여자야? 저런 애들이 있으니 연예인을 물로 보는더럽고 추잡한 족속들이 생기는 게지."

"엄만 뭘 알고 말하는 거야, 모르고 말하는 거야? 동영상에 등장한다는 모 여배우가 누군지 알아?"

좋아하는 일일극의 본방사수를 위해 주방용 소형 TV를 틀어놓고 매운탕 간을 보던 이종님 여사가 연신 혀를 차자 옆에서 똑똑, 당근을 썰던 하익이 피식 웃으며 물었다. 종님은 팔팔 끓어 뜨거운 국물을 입으로 바람 불어 후후, 식히며 거침없이 대답한다.

"내가 모르는 게 어디 있니? 예쁘고 착하게 고이고이 기른 고명딸, 12년 동안이나 연예계에 내보내 온갖 풍파 다 겪게 했어. 연예계라면 나도 빠삭하게 안다고. 척 보면 모르니? 영화 데뷔와 동시에 신드롬 일으켜 그 영화 원투, 시리즈로 찍고 다수의 드라마 주연도 꿰찼다. 한 2년 반짝 인기 끌다 하향길 접어들어 결혼했지만 곧 이혼, 현재는 간간이 드라마 조연으로 활약 중. 누구겠니? 그 불여시 같은 오유정 아니니? 딱 나오잖아. 이미 주간지에 실명까지 오르락내리락하는 마당이야. 그 기사들이 밑도 끝도 없는 거짓 기사면 명예훼손 고소감이지. 확실하니까 잡지에 기사도 나는 거 아니겠냐?"

"그렇긴 하지."

"하여튼 그 여자가 난 년은 난 년이다. 돌아가는 꼬락서니를 보아하니, 돈 많은 남자 하나가 고년 뒤를 봐주고 있었던 모양인데. 그렇게 대놓고 후원을 받고 있던 주제에 어디 넘볼 사람이 없어서 차 서방을 넘보냐, 넘보길. 첫사랑이면 다야? 차 서방은 뭐 눈 없대? 어딜 봐서 차 서방이 널 두고 오유정을 택하겠니. 미모가 밀리니, 성격이 밀리니? 착하고 싹싹하지. 예의 바르지. 고등학교 때부터 지금까지 남자라곤 그 거지 깽깽이 같은 놈뿐이었지. 내 딸이지만 넌 정말 순종이야. 고년은 잡종이고. 사람 보는 눈이 조금만 있어도 널 택하지, 당근. 또 차 서방이 사람 보는 눈은 정확하잖니. 정말 어디 한군데 마음에 안 드는 구석이 없다니까. 어쩌면 그리 완벽한지! 여자라면 한번쯤 그런 남자랑 살아봐야 하는 거야. 넌 복 받은 거다, 송하익."

"뭐, 그것도 그렇긴 하지."

"어쭈. 웬일이니, 네가? 내가 차 서방 칭찬할 때마다 떫은 감 씹은 표정으로 신경질만 내더니만. 왜? 차 서방이 결혼 날짜 잡자니까 마음이 좀 편해졌어? 세상사 다 너그러워지디? 모든 게 다 아름답고 샤방샤방해지는 것 같아?"

"어째 엄마가 더 좋아하는 것 같다? 엄만 내가 정말 차원진이랑 결혼했으면 좋겠어?"

"이건 또 무슨 귀신 씻나락 까먹는 소리래? 차원진한테 미쳐서 좋다고, 연예인 신분 망각하고 앞뒤 구분 없이 살림부터 덜컥 차렸던 사람이 누군데 갑자기 오리발이야? 왜? 같이 살아보니 별로디? 밤에 널 만족시켜 주지 못해? 실력이 형편없어?"

"엄마! 그런 뜻이 아니잖아!"

"아니긴 뭘 아니야. 그게 아니면 뭣 때문에 차 서방이랑 결혼하기를 망설이는 건데? 차 서방이 뭐가 부족해서? 돈 많지, 잘생겼지, 네 뒤 **빵빵**하게 받쳐 줄 힘도 있지. 완벽하잖아."

"완벽하지. 너무 완벽해서 탈이지."

힘없이 중얼거리며 하익은 어깨를 축 늘어뜨렸다. 어머니 말대로 차원진은 모든 게 완벽한 남자였다. 재력, 파워, 외모, 깨끗한 사생활. 무엇 하나 빠지는 게 없이 다 준수한 사람이라고 하익 또한 생각했다. 하지만 그 완벽함은 그저 차원진의 완벽함일 뿐. 그것만으로 결혼을 결정할 수는 없었다. 왜냐하면 결혼에는 필수적으로 들어가야 할 조건이 있기 때문이었다. 차원진에겐 바로 그게 없었다.

그는 스캔들 때문에 결혼을 결정한 사람이다. 여배우와의 동거 및 스폰서설은 그의 깨끗한 이미지를 단번에 더럽힐 수 있는 치명적인 스캔들이었고, 그러한 루머를 잠재우기 위해선 그녀와의 결혼이 최선이었을 것이다. 대한민국 연예사업의 50퍼센트를 손에 쥔 엔터테인먼트 업계 최고의 정복자, 차원진에게는 그보다 더 최선의 결정은 있을 수 없었을 것이다. 하익의 입장에선 좋아해야 하는 상황인지도 모른다. 실제로 아주 잠깐 좋았던 순간도 있었다. 그땐 '사랑하는 사람과의 결혼이라니, 이럴 수가! 이게 꿈이야, 생시야!' 와 같은 심정이었다. 하지만…….

'사랑.'

역시 사랑이 문제였다. 아무리 그를 사랑하는 하익이라지만, 자신을 사랑하지도 않는 남자와 결혼까지 감행할 자신이 없었다. 안 생겼다. 나만 행복하면 되지, 사랑하는 사람이 내 것이 된다는데 다른 게 무에 상관? 하고 치부해 보려 노력했지만 결국은 실패였다. 행복감은 오래가지 않았다. 행복은커녕 점점 더 비참한 기분만 들었다.

"너 오유정 때문에 찝찝한 모양인데. 신경 쓸 거 없어. 남자 첫사랑? 평생 못 잊는다고? 아서라. 그런 것도 좋은 추억, 기억으로 남아 있는 여자여야 가능한 거야. 오유정처럼 추잡한 일에 엮여온 국민들 앞에서 창피나 당하는 여자, 절대 추억하지 않아. 내가 장담한다. 속물근성, 그거 여자들만 있는 거 아니거든. 남자들도 있는 거거든. 요부처럼 끼 부릴 줄 아는 여자 좋아하는 주제에, 깨끗하고 순수한 여자만 여자 취급하는 거. 그게 바로 남자들의 부인할 수 없는 속물근성이다, 이거야. 아무리 가슴 아련한 첫사랑이라도 오유정 급 대형 사건사고 친 여자라면 절대로 추억하고 싶지 않지. 그러니까 그런 것일랑 걱정하지도 마, 이것아."

"엄만 차원진을 몰라도 너무 몰라."

"뭐?"

좀비처럼 영혼 없는 눈을 하고선 시무룩하게 중얼거리는 딸을 돌아보며 종님이 물었다. 스캔들 터진 이후 마음 편히 잠 한숨 못 자고 밤마다 뒤척거리는 통에 딸의 눈 밑은 거무스름하니 다크서클마저 내려앉아 왕창 피곤해 보였다. 얼마 전 찍었던 드라마가 방영되고 슬슬 반응이 올라오고 있는 참에 터진 스캔들이라 당연히 신경 쓰이고 잠 못 잘 정도로 스트레스 받을 터이긴 하지만, 단순히 그렇다고 하기엔 너무 과하게 힘들어하고 있었다.

정말로 결혼하기 싫은 건가? 생각도 해보고 은근히 속마음을 떠보기도 했지만, 또 그건 아닌 것 같단 말씀이지. 원진을 좋아하고 있는 게 한눈에 보이니 도무지 딸의 마음을 종잡을 수가 없는 종님이었다.

"그 사람한테 주변 사람들의 시선 같은 건 중요치 않아. 자기 자신, 스스로의 판단을 믿는 사람이야, 차원진은. 주변에서 아무리 그 여잔 못된 여자다, 말해도 그 스스로 아니라고 판단된다면 끝까지 믿어주고 사랑할 사람이야. 첫사랑 잊지 못한다는 남자들의 속성이 그 사람한테도 해당이 되는지, 안 되는지는 나도 정확히 모르겠지만. 단순히 이런 사건 때문에 사랑하던 여자를 버리고 내치는 일은 하지 않을 거야."

"……."

"게다가 솔직히 말하면 난 이번 일로 오유정을 비난해선 안 된다고 생각해. 그 여자의 죄는 성공을 좇았다는 거야. 하지만 사람이라면 누구나 인기 얻고 성공하고 싶어하잖아. 사람들이 노력하고 뼈 빠지게 일하는 거, 그거 다 성공하고 싶은 궁극적인 목적에서 나온 거 아니야? 그 여자도 성공하고 싶었겠지. 다시 재기해 보란 듯이 일어서서 화려한 스포트라이트를 받고 싶었겠지. 모든 걸 다 가졌었던 예전으로 되돌아가고 싶었을 거야. 그거, 난 이해할 수 있을 것 같거든. 그 여자가 어떤 심정으로 그 자리에 기꺼이 불려 나갔는지 알 것 같거든."

"하익아."

"엄마도 알겠지만 여기 성공하기 힘든 곳이야. 힘 있는 자들의 꼭두각시가 되어 하라는 대로 하고 그들이 원하는 것을 주어야만 해. 그렇지 않으면 성공하기가 하늘에 별 따기보다도 더 힘든 곳이, 바로 연예계라는 곳이야. 그리고 그걸 너무나도 뼈저리게 느끼고 있는 사람이 나야. 그런 내가 오유정을 어떻게 비난해? 오유정을 비난하라고 차원진한테 어떻게 말해?"

"하익이 너······."

종님은 팔팔 끓는 매운탕의 가스 불을 확 줄이고는 손에 들고 있던 숟가락을 내려놓았다. 번뇌와 고민으로 꽉 차 있는 하익의 눈빛을 보고 있자니 대충 딸의 고민이 무엇인지 알 것도 같았다. 참으로 대수롭잖고 쓸데없는 고민이지만. 여자라면, 그것도 사랑에 빠진 여자라면, 당연히 할 수밖에 없는 고민이라고 생각하니 종님의 입가에는 부드럽고 자애로운 미소가 잔잔하게 퍼졌다. 종님은 땅이 꺼져라 한숨만 너쉬는 하익의 손을 다정하게 잡아 양손을 포개고는 다감하게 물었다.

"차 서방, 진짜 많이 좋아하는구나?"

"응?"

"너 지금 차 서방이 오유정을 영영 못 잊으면 어쩌나, 마음속 한곳에 아련하게 품고 살면 어쩌나, 걱정하고 고민하는 거잖아. 다른 여자에 대한 애정 따위, 차 서방은 영원히 단 0.1퍼센트라도 품지 않길 바라는 거 아니야? 그런 걱정은 사랑하니까 하는 거지. 아니니?"

"그거야 뭐."

특별할 거 없다는 듯 하익이 뚱하게 중얼거렸다. 너무나도 당연하게 중얼거리는 모양새가 딱 '송하익이 차원진을 사랑하는 것은 트루.'라고 쿨하게 인정하는 것이었다. 두 사람의 사이가 단순한 해프닝이거나 순간적인 욕정에 의한 게 아니라 감정적으로 이어진 사이라는 사실에 종님은 묘한 안도감을 느꼈다.

사실 두 사람이 잘 어울린다고 주야장천 읊고 다녔던 종님이었으나 여러 가지 면에서 둘 사이를 미심쩍게 생각했던 차였다. 아무리 하익이 연예인이라고는 하지만 좋아한다면서 결혼은 싫다는 것하며. 동거까지 하면서 단 한 번 인사하러 온 적도 없는 것하며. 결혼해 호적상 차원진의 임자인 것도 아닌데 그저 전 여친일 뿐인 오유정한테 어딘지 당당하지 못한 반응하며. 아무리 봐도 두 사람 사이가 보통의 연인 같진 않아 보였었다. 그래서 결혼 날짜 잡자고 찾아온 차원진을 반갑게 맞이하면서도 마음 한 켠에선 계속 찜찜했었는데. 딸의 이 반응을 보니 답답했던 마음이 훅 터지는 기분이 들었다.

"우리 딸, 진짜 사랑에 푹 빠졌나 보네. 그런 쓸데없는 걱정까지 다 하고."

"이게 쓸데없는 걱정 같아?"

"그럼. 아까도 말했지만 어떤 남자든 오유정과 너 둘 중 하나만 택하라면 주저 없이 널 택해. 그러게 되어 있어. 넌 그만큼 예쁘고 매력 있거든."

"엄마, 차원진은⋯⋯!"

"그래, 차 서방은 보통 남자가 아니라고 치자. 얼굴, 매력, 몸매. 보통 남자들이 여자를 고르는 수많은 포인트들은 차 서방과 관련 없다고 쳐. 차 서방은 자기 자신의 판단과 감정에 따라 행동하고 선택한다고 해두자. 그런 차원진 옆에 지금 누가 있니? 그런 차원진이 누구랑 결혼하겠다고 예까지 찾아왔어?"

"스캔들 때문에 어쩔 수 없이 그런 걸 수도 있어."

"차원진은 다르다며. 주변에서 뭐라 하든 차원진은 개의치 않을 사람이라며."

"⋯⋯"

"난 차 서방이 너 아닌 다른 여자를 사랑할 가능성은 희박하다고 생각한다. 차 서방 성격에, 그 위치에, 그깟 스캔들 하나로 사랑하지도 않는 여자와 결혼까지 할 이유 없다고 봐. 애초 그런 인간성의 남자면 마음에도 없는 여자와 동거할 생각도 안 했겠지. 그러니까 내 말은 널 처음부터 좋아했던 거라고. 오유정을 못 잊었다면 진즉 그 여자와 살았겠지. 오케이?"

'낫 오케이.'

속으로 혼잣말을 중얼거리며 하익은 떨떠름하니 억지미소를 지어 올렸다. 얼핏 들으면 고개가 끄덕여지지만, 종님의 논리에는 치명적인 오류가 하나 있었다. 차원진과 자신의 동거는 진짜가 아닌 가짜였다는 것. 차원진은 '좋아해서, 마음 쓰여서'가 아니라 '어머니의 결혼 두 달을 피하기 위한 임시방편이 필요해서' 그녀와 동거했던 것뿐이었다. 심지어 굳이 하익이 아닌 다른 여자였어도 상관없었을 상황이었다.

"괜히 쓸데없는 고민 집어치우고, 어서 가서 차 서방이랑 놀아 줘. 여기 있어봤자 요리도 못하는 너, 도움도 안 된다. 저거 봐. 너희 아버지, 차 서방 붙들고 신소리 늘어놓고 있잖아. 아주 부자 사위 들인다고 신이 나셨다. 저러다 또 사업한다고 나설까 싶네. 괜히 돈만 날릴 게 뻔한데, 가서 말려봐. 딱 보니까 차 서방, 장인어른 앞이라 딱히 거절도 못하고 안절부절이로구만. 어서, 어서 가봐!"

하익의 마음을 전혀 가늠조차 못하시는 이종님 여사, 주방 밖으로 등까지 떠밀며 하익을 밀어내신다. 이 여사의 손길에 억지로 떠밀려 거실로 나온 하익은 탁자 하나를 사이에 두고 앉아 진지하게 대화를 나누는 두 남자를 가만히 바라보았다.

이 여사 말대로 아버지 송욱현이 열심히 메모까지 해가며 자신이 구상한 사업에 대해 설명하고 있었다. 언뜻 들어봐도 그다지 성공 가능성이 커 보이지 않는 사업 아이템이었는데, 차원진은 그 어설픈 설명을 들으며 진지하게 고개까지 끄덕이고 있었다.

참 멋들어진 뒷모습이야. 볼 때마다 사람 가슴을 설레게 한다니까. 짜증나게스리…….

더 짜증나는 것은 차원진은 뒤판보다 앞판이 더 훈훈하다는 거다. 어찌나 훈훈한지 그를 만날 때마다 그녀의 심장은 무리하게 혹사당하는 기분이었다. 이젠 건강이 걱정될 정도. 깊고 그윽한 눈과 마주치면 심장마비. 잘생긴 미모를 10초 이상 마주하고 있으면 혈압상승, 맥박 비정상. 스킨십이라도 할라치면 두 다리까지 후덜덜해져 기절 직전이 되어버리는 그녀였다. 지금도 보아라. 그녀의 뚫어질 듯 바라보는 시선을 느끼고 뒤돌아보는 그의 우아한 몸짓 한 번에 두근두근, 심장이 난동을 피워대기 시작하질 않은가.

물끄러미 이쪽을 바라보는 시선에 현기증이 날 것 같다. 천천히 입술을 움직여 부드러운 미소를 머금기 시작하는 달달한 모습에 꼴깍, 마른침이 넘어간다. 헉헉, 숨이 제대로 안 쉬어지자 하익은 입술을 벌려 다량의 공기를 들이마셨다. 역시 차원진은 건강에 해로워. 더 많이 좋아했다간 심장마비로 사망하게 될지도 몰라.

"나 좀 봐요."

저절로 뚱해져 입술을 뽀록 내밀고 원진을 호출했다. 그러자 욱현이 탐탁지 않은 듯 못마땅한 표정을 얼굴 가득 짓는다.

"어? 무슨 얘길 하려는 거냐? 차 서방은 지금 나랑 긴한 얘기 중인데. 나중에 하면 안 되겠니?"

"급한 얘기라서 그래요, 아빠. 빨리 끝낼게요."

"뭐…… 정 그렇다면야. 그러려무나."

송욱현은 아쉽다는 듯 쩝쩝 입맛을 다셨다. 한창 침 튀기며 얘기 중이었던 사업설명회가 중도에 끊기게 생겼으니 그럴 법도 하다. 일생 사업으로 성공하고 싶은 욕망으로 가득 찬 아버지에게 연예계 공룡기업 MD미디어의 차원진은 어마어마한 백이자 돈줄일 터. 욱현은 차원진을 만나자마자 사업과 돈 얘기를 꺼내 하익을 창피하게 만들었다. 그리고는 몇 시간째 줄곧 이런 상태.

사위를 호구로 보지 않은 이상 이럴 순 없다 생각하면서도 하익은 그런 아버지를 말리지 않았다. 아버지를 보고 원진이 깨닫기를 바라서였다. 자신이 어떤 사람인지, 어떤 환경과 상황에 처한 사람인지 그가 제대로 파악해 주길 바랐다. 그래서 멀리멀리 자신의 곁에서 떠나가 주길 바랐다. 그러길 바랄 수밖에 없었다. 하익 스스로는 절대로 그의 곁을 떠날 수 없었으니까.

하익에겐 사랑하는 사람을 위해 그 곁을 스스로 떠나는 희생정신 따위 없었다. 이기적으로 들리겠지만 그에게 불행이 될지라도 그의 곁에 끝까지 붙어 떨어지지 않고 팠다. 껌딱지처럼 꼭 붙어 있고 싶다. 그가 가는 곳이라면 우주 끝까지 따라가고 싶었다. 그의 옆구리에 들러붙어 영원히 떨어지지 않고 싶었다.

그게, 송하익의 사랑 방식이었다.

"바보세요?"

달빛이 은은히 비치는 발코니로 나가 그를 마주하자마자 하익은 불쑥 물었다.

제14장. A Best Wish

"바보세요?"

다분히 공격적으로 하익이 쏘아붙였다. 요정 같은 외향과 전혀
다른, 심히 배배 꼬인 말투다. 하지만 모든 것이 술술 잘 풀려 나
른한 만족감에 취해 있는 차원진에겐 오르골의 아름다운 멜로디
로 들렸다. 심술궂게 비틀린 그녀의 입술도 그저 사랑스럽게만 보
이고. 아마 이런 걸 두고 사람들은 '콩깍지가 눈에 쓰이는' 현상이
라 하는가 보다. 원진은 뭐에 뒤틀려 심통이 나 있는지 잔뜩 뿔을
세우고 공격 태세를 갖추고 있는 작은 요정을 가만히 바라보며,
느긋하게 대꾸했다.

"갑자기 불러 앞에 세워놓고 그건 또 무슨 소리지?"

"딱 들으면 몰라요? 우리 아버지, 당신한테 돈 대달라는 거예
요. 호구예요? 뼈 빠지게 일해서 번 돈, 그렇게 허무하게 날려 버

리고 싶어요? 그러지 다요. 들어서 아시겠지만, 아버지가 생각하시는 사업들 죄다 공상소설 같은 허무맹랑한 것들이에요. 시작하면 백퍼센트 망하는 사업이라고요. 들을 필요, 하나도 없다고요."

"그 얘기 하려고 이렇게 따로 부른 거야?"

"힘들게 번 당신 돈, 한 큐에 날릴 수도 있는 문제예요. 중요하니까 따로 불러 얘기하는 거죠."

"이번에도 걱정인가? 넌 내 걱정을 아주, 무지 많이 하는구나? 아! 넌 날 사랑하지, 참. 사랑하니까 걱정도 시도 때도 없이 하는구나. 그렇지?"

"장난 아니라니까요. 우리 아버지, 진짜 위험한 인물이라고요. 생각하시는 사업이란 건 죄다 뜬구름 잡는 것뿐이신데 말씀은 얼마나 잘하시는지. 설명 듣고 있으면 저도 모르게 홀랑 넘어가게 된다고요."

"걱정 마. 아버님을 돕더라도 네가 걱정하는 그런 일은 일어나지 않을 거니까. 사기당하는 일도 없을 거고, 한 큐에 재산 탕진하는 일도 없을 거야."

뭐가 그리 재미있을까. 이쪽은 아주 똥줄이 타 죽겠는데, 그는 시종일관 싱글벙글 웃고 있으시다. 왜? 뭐가 그리 즐거워서? 짜증난다. 화가 난다. 여긴 완전 진지하고 심각한데 저긴 전혀 아닌 것 같아서. 이쪽은 다큐인데 저쪽은 시트콤인 것만 같아서. 정말 정말 신경질 난다.

"난 도저히 이해할 수가 없어요. 도대체 왜 저랑 결혼하시려는 거예요? 당신 정도면 원하는 여자 마음대로 골라잡을 수 있잖아요. 어머님이 원하는 며느릿감이 '최고의 여배우' 아닌가요? 대한민국 최고의 여배우들 중, 당신이 손만 내밀면 결혼에 응할 여자들 많고 많아요. 상대가 MD미디어의 젊고 매력적인 CEO, 차원진이라면 그 어떤 여자도 쉽게 거절 못할 거예요. 저보다도 더 완벽한 신붓감을 손에 넣을 수 있단 말이죠. 그런데 왜 굳이 저를 선택한 겁니까? 저랑 결혼해서 당신이 얻는 이익이 뭔데요?"

"결혼이 사업도 아닌데 굳이 손익을 따져야 하나?"

"따지지 못할 만큼 대단한 사이 아니잖아요. '너 아니면 안 된다' 할 정도로 죽고 못 사는 사이도 아닌데 손익 따지지 말란 법 없죠. 아니, 따져야죠, 확실히."

"너. 나 아니면 안 되는 거 아니야? 날 사랑하잖아. 너한텐 완전히 이익일 텐데."

"제 얘기 그만하시죠. 굳이 그렇게 리플레이하지 않아도 제가 당신을 사랑한다는 사실, 정확히 인지하고 있습니다. 부인할 생각 요만큼도 없이 깔끔하게 인정합니다."

"그렇다면 다행이고."

또다. 또다시 씩, 입술 끝만 끌어 올려 웃는다. 자신의 패는 완벽하게 감춘 채 상대의 마음을 모조리 다 꿰고 있는 천하제일의 도박사 같은 표정이다. 자신만만하고 여유 있고, 상대가 안달복달 초조해하는 모습을 대놓고 즐기는.

얄미워. 얄미워 죽겠다, 정말. 왜 하필 그때 이 남자가 나타나 가지고. 하필 사랑한다는 말을 할 때 등장해서는! 속내 다 까발려져서 이게 다 무슨 꼴인지 모르겠다.

"어쨌든 결혼은 사랑만 갖고 되는 게 아닙니다. 특히나 한쪽의 일방적인 감정만 가지고는 절대로 이뤄질 수 없는 게 사랑이고 결혼이죠. 게다가 결혼은 취미생활처럼 마음 내키는 대로 시작했다 관뒀다 할 수 있는 게 아니잖아요? 한번 시작하면 영원히 못 끝낼 수도 있어요. 그만큼 신중해야 한다는 겁니다. 손익계산 충분히 다 해보고 결정하셔야 하는 거란 말이에요. 아시겠어요, 차원진 씨?"

"네가 주장하는 손익계산이 뭘 의미하는 것인지는 모르겠지만. 독신 차원진을 빼고 송하익의 남자로서의 차원진을 플러스한 계산, 해봐도 결과는 마찬가지일 것 같은데. 난 너와 결혼할 거야."

"계산기 두드려 보라니까요? 나랑 결혼하면 당신은 손해야. 얼마 안 가 후회하게 될 거라고요. 나야 좋죠. 당신, 돈 많고 힘 있고 잘생겼잖아요. 사랑하지 않을 수 없는 남자죠, 당신은. 그런 사람이 결혼하자는데 저야 땡 잡았죠. 인생역전도 이런 역전이 없네. 스캔들 하나로 바닥인생 걷고 있는 저로선 당신을 재기의 발판으로 삼을 수도 있어요. 차원진의 결혼 소식이 알려지면 그 신부가 누구인지 사람들은 궁금해할 거고, 결국 온갖 스포트라이트가 저에게 집중될 거예요. 몇 년 전 시끄러웠던 스캔들쯤 묻히는 거 시간문제겠죠. 당신과 나의 결혼 스토리는 낭만적인 사랑 여기로 잘 포장되어 방송을 탈 거고, 전 단번에 방송가의 신데렐라가 될 거예요. 이만하면, 인생 한 방에 역전 아니겠어요?"

"그렇게 생각한다니 다행이네."

"할 말이 그거밖에 없어요? 이 결혼, 이대로 진행하면 당신만 손해 보는 거라고 이렇게 거듭 얘기하는데. 반응이 겨우 그거예요?"

"권하는 대로 계산기 두들겨 봤지만 별로 손해라는 생각이 안 든다니까."

"아니, 왜요?! 왜 손해가 아니에요? 저, 이미지 바닥이에요. 국
민요정 팅커벨, 그딴 이미진 이미 안드로메다라고요. 10년 전 요
정 같은 아티스트 이미지로 대박 나고 국민 여동생 급으로 사랑받
던 송하랑은 사람들한테서 이미 잊혀진 지 오래고 지금의 전 단지
발연기나 해대는 초보 연기자, 조연 자리도 겨우 얻어낼 수 있는
끗발 떨어지는 여배우, 그 이상도 이하도 아니에요. 당신이 얻어
낼 수 있는 시너지 효과는 거의 제로에 가깝다고요."

"알고 있어. 하지만 내가 너한테 기대하는 건 국민 여동생 급 이
미지가 아니니까 상관하지 않아."

"그럼 대체 뭘 기대하는 건데요? 저와 결혼하면 지금 나도는 소
문, 다 사라질 거라고 생각하세요? 그걸 기대하고 무작정 결혼하
겠다는 거예요? 미안하지만 그 소문 때문이라면 굳이 나랑 결혼할
필요까지 없어요. 그런 엄청난 희생을 감수하면서까지 결혼을 왜
해요, 바보같이? 그냥 제가 부인하면 되는걸. 기자회견이라도 열
어서 밝힐게요. '난 차원진의 여자가 아니다. 단지 보수를 받고 일
해줬던 것뿐, 사귄 적도 없고 만난 적도 없고, 사랑한 적도 없다.
아무 일도 없었던 사이다' 라고요."

"사랑한 적 없다니, 그건 거짓말이잖아."

"무, 물론 그렇긴 하지만……."

"아무 일 없었단 말도 거짓이지. 넌 내 여자잖아. 그날, 내 것이
되었잖아. 기억 안 나?"

"그 일은! 당신도 그렇고 저도 그렇고, 그건 그저 충동적으
로……!"

"그만 부인해."

두 주먹까지 불끈 쥐고 열심히 외치는 그녀를 향해 원진이 부드럽게 명령했다. 달래는 듯 다정한 뉘앙스였으나 어조는 다분히 단호했다. 이 이상의 반론은 인정하지 않겠다는 뜻이 역력하게 드러나는 말투였다. 그 뜻이 완벽하게 전달된 듯 하익은 딱 하고 입을 다물어 버렸다. 동그랗게 든 눈으로 자신을 빤히 바라보는 하익을 원진은 느긋한 시선으로 그윽하게 내려다본 채로 천천히. 입술을 열었다.

"그 일은 충동이란 말로 치부할 수 없는 일이었어."

"……."

"너나 나나 충동적으로 그런 일을 벌일 만한 사람들은 아니잖아. 넌 그 순간 날 원했고, 그건 나도 마찬가지였어. 그 일을 부인하는 건 자기 자신을 부인하는 일이야. '나는 나되 내가 아니다'라고 말하는 것과 같은 짓이지. 난 그런 짓 안 해. 부인할 생각 없어. 그 순간 나는 널 그 누구보다도 더 간절히 원했고 네가 날 원해주길 바랐어."

그 순간만큼은 그랬겠죠. 그 순간만큼은…….

"차원진이란 남자는 여자란 동물에 진절머리가 나 있던 사람이야. 근 10년간 그 어떤 여자한테도 마음을 빼앗긴 적이 없었지. 일말의 흔들림조차 느끼지 못했던 사람이다, 나는. 그런 내가 널 왜 가졌다고 생각해?"

"그거야……."

하고 간신히 입을 열어보았지만 하익의 머릿속엔 당장 떠오르는 게 없었다. 그들이 뜨겁게 서로를 탐했던 그날에 대해선, 그저 떠올리기조차 낯 뜨거울 만큼 붉고 뜨거웠다는 것 외엔 모든 게 제로였다. 그 어떤 계산도 의도도 없이 순수하게 서로를 맛보고 취했을 뿐이었으니 떠올려 봤자 다른 게 떠오를 리도 없었다.

하익은 더욱더 꽉 입술을 다물고는 오늘따라 유난히도 새까맣고 아득하게 빛나는 그의 눈동자를 가만히 들여다보았다.

"그다음 날 네 빚을 모두 갚아준 이유는 뭐라고 생각하지?"

"……."

"너 없이는 안 될 것 같다고 판단했기 때문이야."

단어 하나하나 천천히 음미하듯 느리게 읊조리는 그의 나직한 말이 섹시한 입술로부터 흘러나왔다. 동시에 최고급 정장에 휩싸인 그의 허벅지가 슥슥, 움직인다. 두어 걸음만으로도 두 사람은 충분히 가까워졌다. 너무 가까워져 그녀는 고개를 꺾어 키 큰 그를 올려다보아야만 했다. 어두운 주위를 밝히는 환한 달빛이 그와 그녀를 비추고 있었다. 마치 처음 만났던 그날 밤처럼, 은은히 둘을 밝히고 있었다.

"네가 날, 돈 때문에 원한다고 해도 상관하지 않기로 했기 때문이었어. 내가 널 원했으니까."

"……."

"돈 때문에 내 곁에 머무는 거라면, 내가 그 돈 주면 된다고 생각했어. 내 통장이 마르지 않는 샘물이라는 걸 증명해 보인다면 네가 내 곁을 쉽게 떠나지 못할 거라고 생각했지. 난 네가 아니면 안 될 것 같았거든. 돈으로도 좋으니까 널 내 옆에 붙들어놓고 싶었던 거다."

"나 아니면 안 된다고요……?"

"전에 그랬지? 난 너한티만 관심 없는 거라고. 거짓말이었어. 실은, 너한테만 반응하고 있었다. 그런 널 갖는 건 절대적으로 이익이 되는 일이지. 굳이 이러저러한 일들 따져 손익계산 할 필요 없는 일이었어, 내게는."

"……."

"앞으로 난 네가 그 어디에도 가지 못하게 할 계획이다. 결혼은 그 계획에 가장 합당한, 아주 훌륭한 장치지."

그윽한 원진의 눈빛을 미친 듯이 살피며 하익은 눈살을 찌푸렸다. 바라만 봐도 침이 절로 나오는 그의 섹시한 입술이 내뱉는 이 무수한 단어들을 면밀히 검토하고 조합해 본 바, 이건 '사랑'이지 말입니다. 사랑이란 단어만 언급하지 않았을 뿐 그가 표현하고 있는 저 모든 말들이 '사랑'을 그리고 있지 말입니다.

맙소사! 차원진이 날 사랑해. 차원진이 나 없이는 못 산다고 말했어. 날 너무 원해서 어떻게든 제 옆에 붙들어놓고 싶었대. 그 어떤 여자에게도 내어주지 않았던 곁을 내게 내어주었대. 내가 자신을 사랑하지 않아도 좋으니까 어떻게든 함께하고 싶었대. 내가 떠나지 못하도록 결혼하고 싶은 거래. 날 사랑해서 결혼하고 싶은 거래!

"난 내가 원하는 건 뭐든 손에 넣어야 직성이 풀리는 사람이야. 네가 거절해도 난 널 무슨 수를 써서라도 가질 거다. 그러니 포기해."

"……."

너무 기뻐서, 환희가 차올라 와 너무 벅찬 마음에, 하익은 아무 말 못한 채로 서서 그를 바라보고만 있었다. 그 눈이 서서히 촉촉하게 젖어가는 것을 멀뚱하게 내려다보며 원진은 퉁명스럽게 중얼거렸다.

"울고불고 애원해도 소용없어. 넌 나와 결혼해야 해."

오해했나 보다. 결혼하기 싫어서 눈물 흘리는 줄. 아닌데요. 결코 싫어서 우는 거 아닌데요. 너무 좋아서 우는 건데요. 울고 싶지 않은데 자꾸 눈물이 나와서 우는 건데요. 차원진이 날 사랑하고 있다는 걸 알게 되어서, 이렇게라도 그의 진심을 알게 되어서 너무나 다행이라고 생각하는 안도의 눈물인데요.

"넌 날 사랑하잖아. 손해 볼 거 하나 없는데 왜 결혼하기 싫다는 거냐?"

"그게 아니라……."

뭔가 대답하려는 찰나 또르르, 눈물이 두 볼을 타고 흘러내린다. 하던 말을 멈추고 하익은 가느다랗고 섬세한 손을 들어 뺨에 얼룩진 짠물을 서둘러 문질러 닦아냈다. 하지만 닦자마자 또다시 흘러내리는 눈물. 코끝이 더욱 찡해오자 하익은 커다란 눈을 끔벅끔벅 움직여 눈 속에 고인 눈물을 모두 떨궈냈다.

커다랗고 다정한 손길이 두 뺨 가득 느껴진 것은 바로 그때였다. 차원진의 손이 하익의 두 볼을 감싸고 천천히 그녀의 얼굴을 들어 올렸다.

"그렇게 나와 결혼하기 싫어?"

살랑— 시원하고 상쾌한 밤바람이 하익과 원진을 부드럽게 감쌌다. 찬 기운을 느끼며 하익은 원진을 바라보았다. 아련하게 그늘진 그의 눈이 오로지 하익을, 세상의 유일무이한 존재인 양 소중하게 지켜보고 있었다.

"드라마 주연, 하게 해줄게. 나와 결혼해."

"당신이 제일 싫어하는 짓이잖아요, 그건."

빨려 들어가듯 뚫어져라 그의 눈을 마주 본 채로 하익이 대답했다. 그리곤 씩 미소 짓는다. 원진의 모습이 아까와는 달리 심히 초조해 보였기 때문이었다.

"싫어하지 않아. 귀찮아서 안 했을 뿐, 네가 원한다면 하게 해줄 수도 있어."

"별로요. 그건 제 실력으로 당당히 따내고 싶습니다."

"그럼 돈을 더 줄까? 집이나 차는 어때? 아버님 사업자금은? 동생 송하얀 군이 공부하며 지내는 곳이 너무 협소하고 불편해 보이던데, 따로 숙소를 마련해 줄 수도 있어."

"돈은 이미 충분히 받았어요. 5억 원 갚기도 빠듯합니다만."

"그거 갚을 필요 없어. 나와 결혼하면."

"갚을 거예요. 갚고 싶어요."

"내가 어쩌길 바라? 어떻게 하면 나와 결혼해 줄래? 내가 뭘 주면, 내 것이 될래?"

원하는 답이 끝내 나오지 않자 그의 매끈한 이마에 주름이 지기 시작한다. 초조함에 불안감이 더해져 깊고 견고하던 그 눈빛마저 흔들리고 있었다. 뭔지 모를 묘한 쾌감이 짜릿하게 밀려와 하익은 히쭉 올라간 입술 언저리를 더욱 쭉 옆으로 늘어뜨렸다.

"아무것도 필요 없어요."

"그 말은, 내가 뭘 해도 결혼은 안 해줄 거란 뜻이냐? 돈으로도 널 살 수 없다는 뜻이야? 루자자로서 내가 가진 힘을 모두 이용해 널 성공시켜 주겠다고 해도, 넌 내 여자가 되지 않겠다는 거야?"

"그런 말이 아니라……!"

"예쁘다고 말하면 나와 결혼해 줄래?"

"에?"

"여자들은 그런 말 좋아하잖아. 너도 강우현의 예쁘다는 칭찬 몇 마디에 금세 마음 열고 친해졌잖아. 말해. 예쁘다고 말하면 나와 결혼해 줄 거냐? 이 세상에서 너처럼 예쁜 사람 없다고 말하면, 나한테 올 수 있어?"

그래, 그랬었지. 생각이 난다. 처음 그와 만났던 날, 그와 나누었던 그 대화. 그때 그가 물었었지. '내가 예쁘다고 해도, 반해 버릴 건가?' 라고. 흘려보내도 좋을 만큼 대수롭지 않게, 스쳐 지나듯 물었던 그 말이 그녀에겐 묘한 파장을 불러일으켰었다. 이상하게 마음에 오랫동안 남았달까. 그가 왜 그런 질문을 했던 걸까, 꽤 오랫동안 생각하고 고민했었던 것 같다.

물론 결론은 그냥 '아무 일도 아닌 일'로 치부하게 되었지만 지금 생각하니 그때 그의 말은 '예쁘다고 말해줄 테니 나도 좋아해 줘' 라는 애원이었던 것 같다. 그렇다면 지금 그가 하는 말은 '예쁘다고 말해줄 테니 나와 결혼해 줘' 이다. 그리고 이 두 가지는 모두 그가 자신을 사랑하고 있음을 간접적으로 열렬히 표현하고 있는 것이었다.

차원진은 귀여운 남자인 게 확실해. 틀림없다니까.

하익은 이제 그만 원진을 시험대 위에서 내려놓아야겠다고 생각했다. 초조해져 점점 더 굳어가는 그의 얼굴을 더 이상은 안쓰러워서 못 볼 것 같았다. 이 남자 때문에 자신이 속앓이 했던 걸 생각하면 수십 배의 고통을 안겨줘야 속이 시원하겠지만, 이 몸은

국민요정 송하랑이 아닌가. 한물 아니라 두물, 세물도 더 간 요정
도 요정은 요정. 이제 그만 은혜와 자비를 베풀어 그를 구원해 주
어야 할 것 같았다.

하익은 그 어느 때보다도 더 아름답고 화사한 눈웃음을 지으며
어느새 까칠해진 그의 양쪽 볼을 두 손으로 포근하게 감쌌다. 그
리고 그를 사랑의 고통으로부터 해방시켜 주었다.

"죽을 때까지 나 이외의 여자에겐 예쁘단 말 하지 않기로 맹세
해요. 그럼 결혼, 해줄게요."

다음 순간, 허리가 꺾일 정도로 깊은 포옹과 키스가 행복한 하
익을 습격했다.

[어머, 어머! 그래서, 그래서?]

수화기 저편 삼성동 박 여사가 참지 못하고 독촉장을 날렸다.
어지간히도 궁금한가 보다. 그럴 만도 하다. 한창 흥미진진한 부
분에서 얘기가 딱 끊겼으니. 겉만 번드르르한 재벌집 사모님이지,
공중파 3사 아침드라마를 섭렵하다 못해 케이블 일일극까지 두루
두루 챙겨보는 전형적인 한국 아줌마인 박 여사에게는 이보다도
더 재미있는 막장극은 없을 것이다. 드라마보다도 더 드라마 같은
이 대막장극의 주인공이 자신의 아들이라는 사실을 떠올리며, 안
명자는 쓰디쓴 입맛을 다셨다.

"그래서는 뭘 그래서야? 그 영감 때문에 우리 원진이는 졸지에
성상납 받은 더러운 사업가가 되고, 우리 며느리는 성공을 위해

몸이나 파는 여자처럼 묘사되어서 온갖 구설수에 휘말렸는데. 가만히 당하고 있을 이유 있어? 우리 원진이 그렇게 호락호락한 녀석 아니야."

[그러니까 이번 성로비 사건에 서림의 김기창이 잡혀 들어간 데에는 네 아들 역할이 지대했다? 아니, 어떻게? 김기창 회장은 네 아들과 노는 물이 다르잖아. 정치권과의 유착도 의심되는 사람 아니니? 김기창 손자랑 대통령 비서실장 강영환 여식이랑 얼마 전에 결혼했다며. 그럼 비서실장이랑 사돈지간이라는 건데, 그런 사람을 어떻게 함부로 건드려?]

"김기창이 얼마나 대단한지는 나도 잘 알고 있어, 얘. 하지만 우리 아들도 만만치 않아. 연예계 사업 10년이 넘은 녀석이라고. 알고 있는 인맥과 지인이 얼마나 많은데. 그거 총동원하면 김기창 매장, 까짓것 왜 못 시키니? 저지른 범죄가 버젓이 있구만. 자기 힘만 믿고 약자인 연예인 제멋대로 주물러 제 사리사욕 채우는 데에 이용해 먹는 파렴치한이잖아. 우리나라, 그런 놈이 활개를 치고 돌아다녀도 될 정도로 썩지 않았어. 아직 정의는 살아 있다니까. 그러니 결국 천하의 서림 회장 김기창이 구속되는 일도 벌어지잖아."

[그 영감은 무죄를 주장하는 것 같던데. 오유정과는 사랑하는 사이였다고 하고, 법무부장관과는 안면만 있을 뿐 이번 성로비 사건과는 전혀 무관하다고 주장한다더라. 오유정이 언급한 방송계 피디들은 죄다 오유정과 사적으로 만난 적도 없다며 오리발이고.]

막 완성된 '핫섬머 플라워' 네일아트를 눈으로 확인하고는 훅 입으로 바람을 불며 말리는 찰나, 박 여사가 딴죽을 건다. 걱정해

주는 듯, 안타까워 죽겠다는 목소리였지만 이 뉘앙스는 확실히 딴 죽이었다. 말투에 딱 '네 며느리 일이니까 넌 편들고 싶겠지만 누가 봐도 이건 냄새가 나는 일이다' 이다. 거기에 '네 아들이 그리 힘 있다고 믿고 싶은 건 알겠지만 김 회장이 어떤 위인인데 네 아들 같은 피라미한테 당하겠니? 꿈 깨라, 이년아' 까지 포함이다.

요 여편네 말투가 아주 배배 꼬여 있네? 김기창이 무죄라는 거야, 뭐야? 우리 아들이 괜히 김기창한테 이를 갈고 있는 줄 아나. 그놈이 어떤 놈인데? 그 변태 같은 영감탱이가 원진이한테 가진 열등감을 풀기 위해 애먼 하익을 타깃 삼아 별 요상한 수를 다 썼단 말이야. 근데 뭐? 무죄가 아니냐고?

명자는 파르르 떨리는 손을 퍽, 소리 나게 소파 팔걸이에 꽂았다. 그리곤 아름답게 관리된 손톱을 날카롭게 세운 후, 두 눈을 표독스럽게 치켜뜨며 중얼거렸다.

"넌 그걸 믿니? 어떻게든 빠져나가 보려고 발버둥 치는 변태 영감 말을 믿어? 여자 연예인이랑 스폰서 묶어주는 대가로 커미션까지 챙겨먹던 노인네야. 그 노인네가 만든 모임이 스폰서 모임이었다니까. 지난주 주간여성에는 그 모임에 대한 기사까지 났었어. 이거 왜 이래? 그리고! 아까도 말했지만 오유정 고년이 우리 아들한테 다 실토했어. 자기는 김기창 스폰 받고 있고, 김기창이 다음 상대로 송하익, 우리 며느리를 찜해놓았다고. 우리 며느리를 욕심 낸 나머지 그 밑도 끝도 없는 루머를 퍼트린 거였다니까. 대화 중에 녹음해 놓은 파일을 우리 아들이 경찰에 제출해 놓은 상태라고!"

[녹음 파일?]

"그래, 녹음 파일! 빼도 박도 못한 증거지. 그 영감이 아무리 오유정과 사랑하는 사이라고 우겨대 봤자 오유정은 이미 성상납했다 실토한 후야. 게다가 그 영감, 아직 마누라가 버젓이 살아 있더구만. 마누라가 조만간 거액의 이혼소송을 걸 거라 하더라. 일이 이렇게 더럽게 풀리니 김기창 뒤를 봐주고 있던 정치권에서도 한 발씩 발을 빼고 있는 상황이고."

[네 아들이 아주 작정을 했구나? 대충 끝내려는 생각이 아예 없는 모양이야.]

"우리 아들이 원래 그래. 한번 마음먹으면 아주 끝장을 보려고 하지. 게다가 이번 일은 제 아내 될 아이 일이 겹쳤잖니."

[김기창을 감옥에 집어넣기는 그리 만만한 일은 아닐 거야. 그 영감, 변호사 선임해 놓은 것 보니까 아주 짱짱하더라. 늙은 부장검사 출신으로 전관예우 받을 사람 꼼꼼히 골랐더라고.]

"그거야 원진이가 알아서 하겠지. 사실 벌은 그 영감이 제대로 받아야 해. 모든 사건의 원인이고 원흉이잖아. 힘없는 오유정이나 강우현만 처벌받고 김기창은 무죄 방면되는 일은 절대로 일어나면 안 돼."

[근데 그 늙은 영감탱이는 왜 꽃같이 예쁜 아가씨를 탐을 내, 탐을 내긴? 것도 남의 여자를. 너희 아들 정말 꼭지가 확 돌았겠다. 나도 이렇게 기가 막히고 코가 막힌데, 너나 원진이는 어쨌겠니?]

박 여사가 마지못해 동조의 말을 꺼낸다. 썩 김기창을 비난하려거나 명자를 걱정하려는 말투는 아니었으나, 예의 심사 뒤틀린 말투도 역시 아니었다. 이젠 인정한다는 뜻이다. 명자의 말을, 원진과 하익의 사이를 믿는다는 뜻이었다. 명자는 비로소 만족스러운 미소를 빙그레 지어 올렸다. 박 여사의 동조를 받으면 뭣하고 못 받으면 뭣할까마는, 그래도 이렇게 주변의 인정을 받았다는 사실이 못내 뿌듯하고 기뻤다. 부모로서 다른 건 못해줘도 이것만큼은 확실히 해주고 싶었다.

축복.

그 어떤 연인보다도 더 많은 축복을 받으며 행복한 결혼식을 올리게, 그렇게 해주고 싶은 게 명자의 마음이었다.

"그러게 말이야. 너도 알다시피 우리 원진이가 여자한텐 별 관심도 없던 녀석이 아니었니? 결혼 생각도 아예 없던 녀석이라 내가 얼마나 마음을 졸였어? 그런 녀석이 단번에 사랑에 빠져 결혼까지 일사천리로 진행시키고 있어. 난 그것만으로도 우리 며느리 무척 예쁘다. 내 아들 행복하게 해줘서, 행복이 뭔지 알게 해줘서, 그래서 예뻐."

[또, 또, 그놈의 며느리 사랑. 며느리 사랑은 시아버지라는데. 넌 어찌 된 게 시어머니가 되어서 '우리 며느리, 우리 며느리' 노래를 부르니? 아주 팬 납시었어. 송하익 팬클럽이나 해라, 얘.]

"오! 그거 좋은 생각인데? 정말로 그럴까?"

[뭐어—?]

아주 두 손 두 발 다 들겠는지 수화기 안에서 박 여사가 연이어 헛헛, 입방귀를 뀌어댄다. 그제야 만족이 되어 명자는 해낙낙한 얼굴로 쭉 두 다리를 펴고는 온몸을 이완시키며 몸을 뒤로 눕혔다.

김기창의 일은 일사천리로 잘 흘러가고 있고, 사돈네와의 상견례도 모두 마쳤고, 이제 남은 건 두 아이들의 결혼식뿐이었다. 결혼식은 되도록 빨리 올리자는 양가 어른들의 의견에 따라 2주 뒤로 잡혔다. 결혼식 준비 일체는 명자와 종님이 맡아서 하기로 했다. 하익과 원진이 워낙 바쁘니 2주 뒤로 잡힌 결혼 준비를 제대로 못할 것 같아서라는 이유를 달긴 했지만, 실은 그들 손으로 직접 준비해 주고 싶은 엄청난 열망 때문이었다. 남들 눈에는 몹시도 극성으로 비칠 수도 있겠으나 부자 아들, 요정 며느리의 결혼에 자신이 해줄 수 있는 거라곤 이것밖에 없으니 별수 없었다.

원진의 결혼 후엔 슬슬 마음에 맞는 남자친구도 만들 계획이다. 인생은 육십부터요, 지금은 백 세 시대라는데. 남은 40여 년을 혼자 외롭게 보낼 수는 없지 않은가? 원래부터 그녀는 자유로운 영혼이었다. 단지 첫사랑에 실패하고 그로 인해 극심한 고통 속에서 삶을 살아가고 있는 아들이 마음에 걸려 그러지 못했을 뿐. 이젠 원진이 옆에 하익이 있고, 그 누구보다도 더 행복할 터이니 꺼릴 것이 없었다. 그러니 이제부터라도 마음껏, 해보고 싶었던 것 다 하면서 살고 싶었다.

아무튼 내일부턴 두 사람의 결혼식 준비로 정신없이 바쁠 예정. 마침 원진과 하익은 결혼 전 마지막 추억을 만든다며 가까운 일본으로 여행을 떠났으니, 그사이 명자도 푹 쉬며 체력 충전이나 시키려는 참이었다.

"지금쯤 두 아이들 깨가 쏟아지겠다."

[한창 좋을 때지. 결혼하고 애 낳아봐. 애 봐달라고 너 귀찮게 쫓아다닐 거다. 으이구! 지겨운 것들.]

"애 봐달라면 봐주지 뭐. 뭐가 걱정이야. 나도 있고 하익이 어머니도 있는데."

[지금이야 뭔 말을 못해. 낳기만 하라고 하지. 나도 내가 다 길러주겠다, 호언장담했었어. 근데 그게 보통 일이 아니라니까. 애들은 방방 뛰는데 내 기력이 못 따라가니 아주 죽을 맛이야! 글쎄, 지난주에 우리 큰 딸년은……!]

딸 얘기 나오기가 무섭게 기다렸다는 듯이 험담 시작하는 박 여사를 보게. 아주 난리 났다. 또 딸들이 귀찮게 찾아다니며 손 벌리는 모양이다. 부잣집 딸로 애지중지 손에 흙 한 톨 안 묻히고 공주처럼 키워놓았더니 어디서 개뼈따귀 같은 놈 하나 물어와, 이 남자 아니면 시집 안 간다 강짜를 놓은 큰딸이 요새는 '결혼은 사랑만 갖고는 안 되나 봐' 타령하면서 날이면 날마다 울며불며 지지리 궁상으로 살고 있으니 박 여사도 속에서 천불 올라오지 않을 수 없을 것이다. 이해는 한다, 그 심정. 이해는 하지만…….

난 진짜거든? 진짜로 낳아만 달라, 내가 다 키워준다, 이 마음이거든?

조각 같은 제 아비 닮은 손자도 좋고, 고 예쁜 하익이 닮아 천사 같은 손녀도 좋다. 빨간 거, 파란 거, 가리지 않고 온갖 귀여운 옷 죄다 사다 입히고, 물며 빨며 어화둥둥 내 손주야, 하며 성심성의껏 키워줄 용의 만땅으로 있다. 그만큼 그녀는 손자를 꼭! 그것도 최대한 빨리 안아보고 싶은 것이 사실이었다. 결혼 전 마지막 추억 만들기 어쩌고 하며 둘 여행 보내기에 앞장선 자신의 저의에는 바로 이러한 의도가 깔려 있었음을 명자는 부인하지 않았다.

'아— 이번에 가져도 좋으련만.'

속도위반, 까짓것! 그게 뭐 대수인가. 요즘은 혼수로 아기를 해 간다고들 하지 않나. 동거도 했던 두 사람인걸. 명자는 박 여사의 신세 한탄을 귀 기울여 듣는 척 '응. 그렇니? 아휴— 어쩜 좋아~ 말도 안 된다, 얘! 너희 딸 너무한 거 아니니?' 등의 맞장구를 쳐주며 열심히 기도에 기도를 거듭하였다.

하익과 원진이 오늘 꼭 거사를 치르도록 해주십사, 하고.

어머니의 간절한 소망이 하늘에 닿았을까. 하익과 원진은 일본 여행지에 도착하자마자 호텔에 들어가 거의 24시간을 나오지 않았다. 비행기 연착으로 인해 도착 시간이 한밤중이었던 이유도 있었지만 다음날 오전도 오후도, 두 사람은 호텔에서 뜨겁고 알찬 시간을 보냈다. 그리고 지금은 호텔 안에 따로 마련되어 있는 커플 노천탕에서 게으른 백조처럼 할랑할랑 노니는 중.

유난히 푸르고 잔잔한 호수가 내다보이는 작은 온천탕에 몸을 담그고 있자니 하익의 기분은 하늘을 나는 듯 팔랑거렸다. 천하를 다 얻은 듯 만족스럽달까. 온몸이 긍정적인 에너지로 충만한 것 같다.

"피곤하지 않아?"

형언할 수 없는 기분에 도취되어 물속을 노니는 그녀의 귓전으로 나른한 남자의 음성이 다정하게 침범한다. 달콤한 불청객은 차원진. 그의 목소리는 언제 들어도 기분이 좋다. 깊고 그윽하며 매혹적이다. 히쭉 미소를 지어 올리고 그녀는 그를 돌아보았다.

"피곤해요? 난 아직 팔팔한데."

"꽤 도전적으로 들리는 말이네. 체력으론 절대 날 이길 수 없을 텐데."

"내가 못 이길 것 같아요?"

"이길 수 있다는 뜻이야?"

"뭐, 못 이길 것도 없죠."

"자꾸 그렇게 승부욕 자극하면 나중에 후회하게 되는 수도 있다는 걸 명심해, 송하익."

"그거 경고인가요, 신랑?"

"나와 결혼하기 전 사전에 숙지해야 할 사항이라고 해두지, 신부."

뒤에서 그녀의 허리를 끌어안으며 그가 대답한다. 김이 모락모락 올라올 만큼 따뜻한 온천수보다도 더 따뜻하고 편안한 온기가 그녀의 노곤한 몸을 에워쌌다. 저도 모르게 축 처지게 되어 하익은 단단한 그의 가슴에 머리를 기대고 그를 올려다보았다.

"사전에 숙지해야 할 것도 만들어놓고, 대단히 열심이시네요? 얼마 전까지만 해도 결혼에 대해 매우 회의적이어서 어머님 속을 썩여 드렸던 아들 차원진 씨 맞습니까?"

"그땐 널 만나기 전이었으니까."

"그건 날 보자마자 결혼하기로 마음먹었다는 뜻? 한눈에 뿅 반한 거? 음— 그럼 나한테 동거하자 했던 건 진심이었다는 거네?"

"뭘 알고 싶은 거냐?"

"첫눈에 반해 사랑하게 되었는지, 아닌지. 첫눈에 반한 게 아니라면 언제 나한테 푹 빠져 버리게 된 것인지. 왜 날 사랑하게 되었는지."

"한 가지씩 묻지?"

"설마 귀찮다는 건 아니죠?"

"귀찮다고 대답하면 대역죄인이 되는 분위기로군."

"당연하죠! 사랑하는 사람한테 왜 사랑하는지, 언제부터 사랑하게 됐는지에 대해서 고백하는 것은 너무나도 당연한 일이에요. 특히나 결혼을 앞두고 있는 예비부부한테는 빠질 수 없는 수순이죠. 성실히 임하세요, 신랑. 언제였나요? 나한테 빠지기 시작한 게."

"그게 그렇게 궁금해?"

"응."

요정의 눈이 이렇게 맑고 투명할까. 천사의 눈이 이렇게 반짝반짝 빛이 날까. 볼 때마다 감탄이 절로 나올 만큼 아름다운 하익의 눈을 바라보며 원진은 싱긋 입술 언저리를 끌어 올려 웃음기를 흩날렸다. 송하익은 모든 점이 다 아름답고 사랑스러운데 딱 한 가지, 말이 너무 많은 게 흠이었다. 의심도 많고 추궁하기를 좋아하며 확인 사살은 필수였다. 그가 괜히 명탐정 송하익이란 별명을 붙여준 게 아니란 말씀.

반하게 된 시기에 대해서라면 이미 전에 '첫눈에 널 보는 순간 가슴에 지진이 난 것만 같았다'라고 얘기했었고 그는 그것으로 논란은 디엔드, 종료되었다고 생각했다. 하지만 이 탐정놀이 좋아하는 요정께서는 아직도 의문점이 있는가 보다. 이렇게 새삼스레 초롱초롱 두 눈을 빛내는 걸 보니. 이럴 땐 뭐라도 얘기해 줘야 하는 게 상책.

"네 버킷리스트가 날 사로잡았어."

"버킷리스트?"

하익이 뜻밖이라는 듯 두 눈을 똥그랗게 뜨며 입술을 오므리는, 필살기를 내보인다. 이 표정 한 방이면 그의 내면에 얌전히 엎드려 있던 야수적 본성이 꿈틀거린다는 사실을 안타깝게도 그녀는 전혀 모르는 것 같았다. 어쩌면 이렇게 아무렇지도 않게 이런 유혹적인 표정을 지어내는지. 저절로 반응하는 자신의 본능을 꾹꾹 눌러 참으며 그는 사람 좋은 미소를 지어 올리고는 사춘기 딸에게 남자 조심하라 훈계하는 아버지 포스로 이렇게 말했다.

"정확히 말하자면, 네 버킷리스트 중 하나인 '진실한 사랑 찾기' 항목에 사로잡혔지. 그게 은근히 사람 미치게 하더라고."

"그게 뭐라고, 겨우 그거 하나 보고 날 사랑하게 되었어요?"

"그걸 보는 순간, 네 일상 하나밖에 없는 진실한 사랑이 되고 싶어졌거든."

"정말로 첫눈에 반한 거였구나. 진짜였구나!"

단번에 핥아 삼켜 버리고 싶은 모습의 송하익, 이번엔 뭔가 감동을 받은 것도 같은 얼굴로 빤히 자신을 바라본다. 사슴처럼 길고 가느다란 목을 쭉 빼고 이쪽을 향해 얼굴을 들이미는 바로 그 순간, 절묘하게도 가운 자락이 스르르— 어깨에서 미끄러져 내려갔다. 희고 둥근 어깨선이 달빛에 그림처럼 드러났다.

"그렇다고, 했잖아."

"근데 왜 안 그런 척했어요?"

"아닌 척하면 그대로 잊어질 줄 알았어. 너 정도는 충분히 잊을 수 있다고 생각했거든."

"에?"

"그런데 그게 마음먹은 대로 잘 안 되더라고. 네가 날 배신했을지도 모르는데, 배신했다고 가정해 보았는데도 포기가 안 됐어. 아무리 네가 나쁜 여자다, 내 뒤통수를 날렸으니 그에 합당한 벌을 내려야 한다, 버려라, 날 세뇌시키려고 해봤는데도 실패했다. 널 놓을 수 없었어. 그때 깨달았지. 내가 혼자 너무 멀리 와버렸다는 걸. 네가 날 사랑하지 않아도, 난 널 사랑하지 않을 수 없다는걸."

"가만 보면 은근히 이기적이야. 나만 사랑하면 된다, 상대가 날 사랑하든 말든 상관없다, 이거잖아요. 그럼 안 되죠. 돌려받지 못하는 건 사랑이 아니죠. 내 누누이 말하지만 사랑이란 건 두 사람의 감정이 합일을 이뤄야 가능한 거라고요."

"⋯⋯."

"당신 혼자선 절대로 안 돼요. 나랑 같이 사랑해야 한다고요. 아시겠어요, 신랑?"

손가락을 까딱까딱 흔들고 콧잔등에 주름을 잡아가며 열심히 훈계를 하더니 이윽고 하익은 사감선생님 포스로 근엄하게 두 손을 끌어 올려, 그의 뺨을 단호하게 감쌌다. 그러더니 그의 얼굴을 스윽 끌어당겨 그를 제 눈앞에 대령해 놓는다. 순식간에 그는 그녀의 숨결을 느낄 수 있을 만큼 그녀와 가까워졌고, 당장이라도 빨려 들어갈 것처럼 매혹적인, 유난히 새까맣고 신비로운 그녀의 눈동자가 단번에 그의 시야를 장악했다.

"약속해요. 앞으론 혼자 사랑해도 상관없네, 어쩌네, 그딴 말도 안 되는 소리 내 앞에서 절대 안 하기로. 당신은 내가 사랑하는 만큼 날 아주 많이 사랑해야 해요. 내가 죽을 때까지, 다른 사람 절대 마음에 품으면 안 돼요. 오직 일생에 단 한 사람, 나만 사랑해야 하니까."

"서약식인가."

"단 하나의 진실한 사랑, 그게 바로 내 베스트 위시이자 버킷리스트의 톱이라는 거 당신도 알고 있잖아요."

"네 다이어리를 훔쳐봤으니까."

"내 평생 소원이에요. 게다가 이건 당신밖에 이뤄줄 수 없어요. 당신이 날 사랑해 주지 않으면 난 평생 그 소원을 이룰 수 없어요. 내가 사랑하는 사람은 당신, 차원진뿐이니까."

"차라리 다른 소원을 빌어. 맹세 이딴 거 말고, 더 비싼 거. 포르쉐 어때? 생일도 다가오는데."

"진실한 사랑이 뭐 어때서요? 그게 얼마나 이루기 힘든 소원인데요. 아직도 그거 못 찾아서 먹이를 찾아 산기슭을 헤매는 하이에나들처럼 애정에 굶주려 이리 기웃, 저리 기웃하고 있는 불쌍한 영혼들이 얼마나 많은데! 사랑하고 싶어도 상대를 못 찾아서 못하는 사람들 천지라고요, 세상은. 우린 행운아라니까요."

"멋지긴 하지만 이미 이뤘잖아. 다른 소원을 빌라니까, 바보처럼 같은 소원 빌지 말고."

"난 소원은 그거 하나밖에 없는데. 다른 거 다 필요 없어요. 당신만 날 죽을 때까지 사랑해 주면 돼요. 자! 빨리 소원 들어주기! 어서 맹세해, 어서! 어서 일을 하란 말이얏, 지니!"

하익이 작은 손으로 원진의 목을 장난스럽게 조르며 소리친다. 지니를 노예로 부리는 요정의 포스가 이러할까나. 조그맣고 가냘프고 여리디여리게만 보이는 이 피사체는 자신보다도 더 강하고 크고 냉혈한으로 보이는 그를 완벽하게 제어하고 있었다.

차가워서 주변 사람 모두를 얼려 버릴 것 같은, 낭만이란 것과는 아예 담을 쌓고 지낼 것 같은, 그래서 일생 여자한테 득매는 짓은 절대로 하지 않을 것 같았던 차원진은 이렇게 스스로를 이용해 증명해 보였다. 이 세상에 사랑 앞에 강자는 없음을. 정복자 차원진도 사랑에 빠지면 결국엔 한 여자의 Genie로 살아갈 수밖에 없음을.

"맹세해."

짧고 담백하게 그가 서약을 했다. 꿀벌처럼 쉴 새 없이 윙윙거리며 보채는 신부의 소원을 들어주는 것이다. 돈도 안 되는 그깟 서약이 뭐 그리 중요하다고. 차라리 보석을 해달라고 하지 싶었지만 까짓것, 그것들은 자신이 직접 구해다 바치면 그만이었다. 어차피 하익은 그의 주인. 그는 평생 그녀만을 위해 일할 지니이질 않은가.

"뭐든지 말만 해. 다 들어줄게."

달빛에 반사된 빛이 그의 눈동자에 떠올라 생동하듯 일렁였다. 그 눈에 나른한 만족감을 희미하게 띄우고 그는 서서히 입술을 벌리며 그녀를 향해 다가갔다.

"널 만족시키는 건 내 의무야, 신부."

동시에 찰박거리는 물속에서 그의 손은 무례하면서도 당당하게, 한 치의 망설임도 없이 하익의 잘 여며진 하얀 가운 안으로 미끄러져 들어갔다. 하익은 지난 밤 몇 번이고 그를 온전히 담았던 그곳이 또다시 욱신욱신 화끈거려 오자 다급하게 그의 손을 붙들었다.

"잠깐만요. 서, 설마 여기서 하려는 건 아니겠죠?"

"하려하다니. 뭘?"

말까지 더듬는 하익과는 달리 너무나도 느긋하게 묻는 차원진 씨. 나른하게 중얼거리는 그의 편안한 목소리와는 달리 그의 손길은 빠르고 빈틈없이 파고들어, 어느새 그녀의 다리 사이를 감싸쥐고 있었다. 헉, 숨을 격렬하게 들이쉬며 하익은 두 손으로 다급하게 그의 허리를 붙들었다. 휘청거리는 몸을 지탱하기 위해서 한 본능적인 행동이었으나, 다음 순간 하익은 깨달았다. 그가 왜 늘 자신에게 '차원진의 도화선'이라고 하는지를. 하익의 부주의한 손길에 의해 그의 가운이 완전히 풀어져 버린 것이다.

원진은 자신의 풀어헤쳐진 가운을 가만히 내려다보며 시니컬하게 중얼거렸다.

"넌 정말 도발적이야."

그리고는 힘 하나 들이지 않고 슥 그녀를 제 몸 쪽으로 끌어당겨 부드럽게 비볐다. 매끄러운 그의 살갗이 자신의 것에 닿자 가공할 만한 충격이 심장을 어택했다.

"저, 저기요. 오, 오늘 밤은 편안하게 말 그대로 잠을 자자고 안 했어요? 오늘 새벽 여행 와서 하루 종일 그 짓만 했다는 걸 사람들이 알면 창피할 노릇이니, 이제 그만하자 했잖아요. 오늘 밤은 그냥 푹 자고, 내일부턴 정말로 여행 일정만 소화하기로 안 했어요? 그런데 여기서 이러면 어떡해요? 신랑! 원진 씨! 차원진 씨! 차 대표님!"

"말도 많고."

"흡!"

수다쟁이 요정의 입술을 원진이 봉해 버렸다. 하지만 곧 그곳에서는 하나의 음절로 이루어진 소리들이 흘러나오기 시작했다. 사랑하는 사람에게 빨리고 핥아지면 저절로 나오는 그 소리의 언어. 아름다운 밤. 달빛이 찰랑찰랑 흔들리는 따뜻한 물 위를 노니는 팅커벨과 지니를 신비롭게 비추고 있었다.

 에필로그

"이보세요. 여왕의 귀환입니다. 리턴 오브 더 퀸! 퀸하랑! 가요
계의 여왕으로 추대되고 있는 현시점에서 우리 하랑 님의 이미지
에 부합되는 드레스는 단연 기품 있고 품위 있는 이거, 도나카란
시스루죠. 여신 포스가 물씬 풍기잖아요. 폭풍간지에 우아미가 아
주~ 아니, 매니저가 되어가지고 옷 보는 눈이 그렇게나 없습니
까? 어딜 봐서 이런 천 쪼가리가 하랑 님한테 어울린다는 겁니까?
예?"

"천 쪼가리라니요? 천 쪼가리라니요! 지금 이게 얼마짜리인지
나 알고 말하는 거예요? 구하기도 힘들다는 명품 중의 명품 드레
스예요, 이거."

"비싸면 답니까? 구하기 힘들 정도로 인기 많고 희귀 아이템이
면 다냐고요. 우리 하랑 님 이미지에 맞는 걸 구해와야죠."

한번 들어서면 길을 잃는다는 MD미디어 차원진의 집. 차원진이 아내인 배우 송하익을 처음 만난 장소로 언론에 소개된 적도 있는 이곳 거실에서, 만나기만 하면 서로 못 잡아먹어 안달하는 고영자와 성강호가 오늘도 서로를 향해 도끼눈을 뜨며 아웅다웅하고 있었다. 오늘 싸움의 주제는 '일주일 뒤로 다가온 백룡영화제에 하익이 입고 나갈 드레스 선정' 건이었다.

"지금 내가 하랑이 이미지에 맞지 않는 드레스를 골랐다 이겁니까? 핫, 차! 이것 보세요, 성강호 씨! 나 고영자입니다. 당신이 사랑하고 열광하는 퀸하랑을 만들어낸 송하랑 매니저, 고영자요! 하랑이 이미지에 대해선 대한민국에서 내가 제일 잘 알아요. 아시겠어요?"

"알면 뭐 합니까? 고작 이딴 시커먼 드레스를 골라 와놓고선."

"8년 만에 영화제에 참가하면서 감격스럽게도 축하무대까지 하게 되었어요. 이거 반응 좋으면 내년 초에 음반사와 계약하기로 되어 있어서, 정말 정말 중요한 무대예요. 올 한 해 '나는 가수입니다'에서 폭발적인 가창력을 선보여 초주목 받고 영화까지 대박이 나서 한창 홍하고 있는 시점에, 가요계까지 재정복할 수 있는 어마어마한 기회란 말입니다. 그런데 내가, 송하랑의 매니저 이 고영자가 생각도 없이 대충대충 아무거나 골라 잡아왔을까 봐서요?"

"거 되게 짜증나게 구시네. 자꾸 한 말 또 하게 만들지 마시고 잘 들으십시오. 우리 하랑 님한텐 이 드레스가 안 어울린다고요. 우리 하랑 님, 나이가 들고 결혼을 했어도 대중들에겐 영원한 요정입니다. 요정에겐 요정에 걸맞은 드레스를 입히셔야죠. 아니,

진짜 당신 눈엔 이런 거적때기 같은 옷이 요정에게 어울린다고 보십니까? 시력검사 좀 해봐야 하는 거 아닙니까?"

"이 사람이 진짜! 검은 드레스면 다 거적때기이고 천 쪼가리입니까? 눈 썩었어요? 디자인 안 보여요? 이 셔링들 안 보이냐고요! 완전 아프로디테 드레스로구만. 그리고 우리 하랑이 정도면 검은색 드레스도 훌륭하게 소화합니다. 피부가 새하얗고 몸매가 슬림해서 뭘 입어도 여신포스라고요. 패션의 P 자도 모르는 무식한 남자가 언다대고 시력검사 드립이야. 드립은! 내 진짜 어처구니가 없어서!"

"피부 하얗고 몸매 슬림해 뭘 입어도 여신포슨데 왜 하필 이거냐고요, 글쎄. 진짜 고 사장님 이상한 거 압니까? 왜 자꾸 이걸 우리 하랑 님한테 입히려고 합니까? 이 회사에서 돈 받았습니까? 협찬 계약 맺었어요? 그게 아니면 진짜로 고 사장님 시력에 문제가 있는 겁니다."

"성강호 씨 계속해서 이렇게 인신공격하실 겁니까? 왜 자꾸 멀쩡한 제 시력 갖고 왈가왈부하는 겁니까? 당신의 그 형편없는 패션 감각을 탓하셔야죠. 지금 내 눈은 그 어느 때보다도 더 멀쩡하거든요?"

"멀쩡하긴 개뿔. 그럼 어디 한 번 봅시다. 멀쩡한지 안 멀쩡한지 내가 확인해 볼 테니 이리 내밀어봐요, 눈."

"뭐, 뭐라고요?"

"어디 한 번 봐보자니까요. 그 눈 멀쩡한지 뻬꾸인지 한번 봐보자고요. 예? 예?"

"아, 진짜! 이거 왜 이러시는 거예요? 안 비켜요?"

강호가 영자의 머리통을 붙들자 영자가 기겁을 하며 피하려 든다. 그러자 분위기는 늘 그렇듯 또다시 시장바닥이 된다. 저 둘은 하루라도 옥신각신 안 하면 입안에 가시가 돋고, 엉덩이에 뿔이 나고, 손발에 진물이 나나 보다. 어쩌면 저렇게 사사건건 부딪치기만 할꼬.

참 이해 안 되는 두 사람이다. 물론 한쪽은 팬의 입장, 다른 한쪽은 회사의 입장. 둘의 운명적인 대립관계 때문일 수도 있었지만 백퍼센트 그것 때문이라 하기엔 이해할 수 없을 만큼 서로에 대해 이를 가는 묘한 면이 있었다.

"그만들 해요! 나 다 입었어."

드레스를 다 차려입고 침실 문을 연 하익이 소리치자, 치고받고 싸우기 직전의 상태로 열심히 상대를 향해 으르렁거리고 있던 두 사람이 동시에 휙 고개를 꺾었다. 왁자지껄의 두 사람을 코앞에 두고도 신경이 멀쩡히 남아 있는 기적을 선뵈며 소파에 앉아 느긋이 경제전문지를 훑고 있던 남편, 차원진도 물론.

"어머! 대박! 완전 예쁘다, 너! 역시 차 대표님이다. 어쩌면 이렇게 보는 눈이 탁월하니. 우리 하익이한테 뽕 간 걸 보고 엄청난 심미안의 소유자라는 걸 이미 알고는 있었지만, 아~ 이렇게 훌륭한 미적 감각까지 가지고 계시다니. 정말 누군가와는 판이하게 다르네요. 이번 영화제는 하익이의 독무대가 되겠어요!"

영자는 연신 원진을 찬양하며, 여태 자신의 머리통을 붙든 채 헐크 같은 표정으로 이쪽을 노려보고 있는 강호를 향해 찌릿 레이저를 쏘았다. 그리고는 이내 훅 그를 밀쳐 내고는 벌떡 일어나 하익을 향해 조르르 달려갔다.

"이걸로 하자. 모던하고 시크하고, 다크실버 색상이라 은은한 아름다움이 있는데다 아찔한 시스루까지 더해져서 섹시미까지 있잖니. 튜브탑 형식에 프릴이 있어 가슴 빈약한 네 약점도 감춰줄 수 있고. 내 보기에 이만한 드레스 찾기 힘들 것 같다. 이걸로 해, 이걸로."

검정색 프로노비아스를 줄곧 주창하던 사람 맞나 싶게 영자는 단박에 엄지를 들어 올리며, 강추를 외쳤다. 아무리 영자의 기획사에 한줄기 빛이 되어준 원진이 선택한 드레스라고는 하나, 강호에게 보인 반응과 이렇게나 판이하게 달라서야. 옆에서 듣고만 있던 강호는 아부성 짙은 발언을 서슴없이 내뱉는 영자를 골이 잔뜩 난 채로 노려보았다. 강호가 그러든지 말든지 영자는 연신 원진을 향한 찬사를 늘어놓고 있었고.

"어쩌면 이렇게 차 대표님은 누구랑 다르게 센스 터지실까. 뭐하나 마음에 안 드는 게 없어, 진짜. 아내 사랑 지극하지, 능력 좋지, 이렇게 감각도 좋아서 아내 드레스까지 골라주지. 대표님, 요새도 하익이가 촬영 때문에 늦어지면 저녁 안 드시고 기다리세요? 여차하면 촬영장에 밥차까지 끌고 오시잖아요. 사실 이쪽 계통에서는 대표님처럼 적극 외조해 주는 남자, 정말 찾아보기 힘들거든요. 대표님은 정말 짱이에요, 짱. 짱짱맨!"

"언니, 그만해. 비행기 너무 태우면 이 사람 버릇 나빠진다고."

"아내라면 껌뻑 죽는 차 대표님이 버릇 나빠져 봤자지. 오죽하면 사람들이 차 대표님한테 아내바보, 하익홀릭이란 수식어까지 붙여줬을까. 항간에 떠도는 유준우에 대한 소문이 괜히 생긴 게 아니지. 다 너 하나 아끼고 사랑하는 모습에 그런 소문이 퍼진 거 아니겠어? 너도 들었지? 유준우네 엑스트라 회사, 일 다 끊기고 파산한 거."

"어? 어, 어……."

"얘기 들어보니까 파산할 만했더라. 아주 연기자들을 노예처럼 부려먹었나 보던데? 출연료 지연은 기본이고, 촬영 중 사고가 나도 나 몰라라 했었나 보더라고. 소송이 두어 개 동시에 걸리더니만. 잡음 생기기 시작하니 같이 일 못하겠다고 다들 거래 끊고, 결국 거지 신세가 되어버린 거던데. 아주 잘 망했지. 인간성 더러운 놈들은 어딜 가서 뭘 하든 더러운 짓 하게 되어 있나 봐. 제대로 된 갑도 못 되는 것들이 갑의 횡포 부리다가 부메랑 처맞는 꼴이라니! 으이구, 속이 다 시원하다. 아주 쌤통이야, 그 자식."

좁아터진 연예계에서 비밀이 어디 있겠냐만. 두 달 전, 유준우의 파산 소식은 정말로 삽시간에 퍼져 나가 단번에 연예계 핫이슈가 되었었다. 스캔들과 결혼 소식으로 연예계를 떠들썩하게 했던 송하익이 연달아 좋은 드라마로 대중들에게 다가갔고 이후 음악 프로그램에서의 녹슬지 않은 가창력으로 제2의 전성기를 누리고 있던 때라서 유준우 소식은 더욱 세간의 관심을 끌었다. 그럴 수밖에 없는 게, 유준우는 화려했던 하익의 최전성기 시절에 날벼락을 내린 위인인데다 그가 최근까지 열심이었던 엑스트라 공급사업의 먹이사슬 피라미드 댄 꼭대기에는 송하익의 남자인 차원진이 있었다. 아내 사랑 극진하기로 소문이 난 차원진이 하익의 원수나 다름없는 유준우를 곱게 봐줄 리 없을 터. 유준우를 파산시키는 데에 차원진이 크게 일조했을 거란 추측은 너무도 쉽게 할 수 있는 것이었다.

물론 개인적인 원한 관계를 빌미 삼아 누군가를 파산 지경까지 몰고 가는 것은 공정치 못한 짓이다. 때문에 하익은 원진에게 누누이 강조해 부탁해 왔었다. 절대로 유준우한테 압력을 가하는 짓은 하지 말아달라고. 그럴 때마다 차원진은 그러마고 흔쾌히 대답해 주었었다.

이제는 트레이드마크가 되어버린 이런 멘트와 함께.

"네 소원이라는데 당연히 들어줘야지. 난 하익's 지니잖아?"

사람들은 원진을 두고 '차원Genie'라고 했다. 하익이 몇몇 토크쇼에 나가 남편 자랑 두어 번 했던 게 시발점이 되었고 이후 시사회나 파티, 시상식과 같은 각종 대외적인 공식행사에서 꼭 아내를 에스코트하며 나타나는 그의 모습이 자주 언론에 포착되면서, 그럴 때마다 최수종 버금가는 아내 사랑의 표본으로 방송에 회자되었던 게 주요했다. 지금은 가끔 신문에 날 때도 '송하익의 지니'란 타이틀로 뜨니 이제는 명실상부한 국민남편, 국민지니가 된 게 아닌가 싶었다.

어쨌든 원진은 유준우에게 큰 관심을 두지 않는 듯했다. 유준우는 원진의 견제를 받을 만큼 대단한 존재도 아니었고, 그런 그와 아귀다툼 벌일 정도로 원진이 한가한 사람도 아니었으니 어쩌면 당연했다. 유준우도 사태 돌아가는 것 정도는 제대로 파악해 어떻게든 원진의 눈에 띄지 않기 위해 몸을 사리는 것 같았으니, 그렇게 다들 별다른 일 없이 그럭저럭 서로 다른 세계를 영위하며 살아가는 듯했었다. 두 달 전 유준우가 'MD미디어의 횡포'를 폭로

하겠다며 페이스북에 글을 올리기 전까지는 말이다.

비록 1시간도 채 되지 않아 삭제되어 버렸지만 그 글 속에는 '나와 내 회사는 MD미디어와 차원진 때문에 망했다'라는 요지의 내용이 담겨 있었다. 본능적으로 원진이 유준우의 일에 개입되어 있음을 하익은 직감했다.

눈에는 눈, 이에는 이. 자신을 위협하는 사람들에게는 자비를 베풀지 않는 사람이 차원진이 아닌가. 현 정권을 등에 업고 천하를 호령하던 김 회장도 하루아침에 바닥으로 추락시켜 버린 원진이다. 빼도 박도 못하게 추잡한 김 회장의 변태 취향을 파헤쳐 언론에 까발리고, 그가 대중들에게 뭇매를 맞으며 자신의 뒤를 봐주던 배후들로부터 꼬리 자르기를 당하는 모습을 멀찌감치 떨어져 느긋이 구경하는 것. 그것이 바로 그가 빚을 되갚아주는 방식이었다.

"예쁘네."

욕망으로부터 초연해 버린 사람처럼 덤덤하고 무감정한 음성으로 그가 중얼거린다. 동시에 먹잇감을 코앞에 둔 맹수의 것처럼 날카롭고 예리하며 야비하리만치 탐욕스러운 시선이 하익의 몸을 훑으며 지나갔다.

이렇게 절제된 깔끔하고 깊은 음성과 지독히도 탐욕스러운 눈빛이 동시에 자신을 공격하면 하익은 도무지 어찌해야 할 바를 모르겠다. 덕분에 결혼한 지 3년이나 지났는데도 여전히 그와 눈 마주치는 게 부끄럽고 수줍었다. 이런 하늘과 땅 차이만큼이나 큰 갭을 가진 남자 같으니라고.

"고마워요."

이마에 땀이 송알송알 맺히는 착각에 빠져 맨손으로 이마를 훑으며 하익은 자꾸만 쪼그라질 것만 같은 가슴을 폈다.

"그럼 이걸로 콜? 아웅, 좋겠다. 이렇게 예쁜 드레스도 입어보고. 난 입고 싶어도 사이즈가 안 맞아서 못 입겠다, 얘. 아니, 왜 몸무게는 별 변화 없는 것 같은데 뱃살은 날로 찌니? 이게 바로 나잇살이란 건가. 40살 넘어가면서부터는 아주 급속도로 미어져 나오는 거 있지? 아직 웨딩드레스도 못 입어봤는데 어쩔 거야, 진짜."

"결혼할 생각은 아직 있나 봐? 근데 왜 우리 양 감독님은 싫대? 양 감독님께선 아직도 언니한테 미련 남아서 가끔 내게 문자 남기시는데."

"얘! 그분은 나이가!"

"5살 차이면 나쁘진 않잖아. 그 나이에 총각인 것도 괜찮고. 능력 있어서 잘나가는 것도 좋고. 왜? 연하가 취향이야?"

"됐거든? 잘나가긴 뭐가 잘나가, 양 감독님이. 너 그 드라마 찍고 쇄도하던 대본 뚝 끊겼었어. 기억 안 나? 천하의 아내 바보, 차 대표님께서도 고개 살랑살랑 흔들었던 작품이잖아."

하익이 괜스레 찔러본 '연하'란 말에 움찔하는 사람은 왜 성 비서일까. 자동으로 굴러가는 눈동자를 안절부절, 당혹스러워하는 게 역력한 모습의 성 비서에게 꽂고는 하익은 입술 양쪽 꼬리를 축 끌어 내렸다. 엊그제 침대 위에서 남편이 했던 말이 시기적절 사뿐히 떠올랐다.

"강호 장가보내야겠어. 그냥 뒀다가는 상사병 나서 죽을지도 모르겠다."

"누구, 좋아하는 사람 있대요?"

"있겠지. 상사병이 괜히 나나."

"누군데요? 우리가 아는 사람이에요?"

"네가 다리 놔줘야 할 사람."

맙소사. 정말로 성 비서님이 영자 언니를 좋아한단 말이야? 가, 가만 있자. 두 사람이 며, 몇 살 차이지? 마흔둘에 서른다섯이니까…… 일곱 살 연하?!

"차 대표님 총평이 뭐였더라? 겉은 화려한데 너무 과하다고 했던가? 감독님은 예술을 하시는데 너무 심하게 하셔서, 장면만 예쁘고 스토리는 전혀 안 잡히고, 편집도 뚝뚝 끊기는 느낌이라고 하셨죠?"

"슬로우가 너무 많이 걸려 지루하단 말도 했었지. 한 신을 너무 디테일하게 잡고, 미장센이 너무 과해지면서 신이 필요 이상으로 길어진다고도."

"그래, 그랬다. 게다가 감정선은 시청자가 따라잡을 수 없을 만큼 빨라서, 남녀가 만나자마자 금세 사랑에 빠졌지. 그걸로 누리꾼들이 '금사빠(금방 사랑에 빠지다의 준말)'라고 얼마나 비웃었는지 알아? 음악은 또 어찌나 휙휙 바뀌는지. 드라마 한 편에 음악이 수십 개씩 깔리고 말이야. 정말 잘 만들어진 뮤직비디오 보는 기분밖에 안 들었어. 여주인공 매니저 눈에도 그리 보이는데, 보통 시청자들 눈엔 어떻게 보였겠냐? 안 봐도 비디오지."

쯧쯧 혀를 차며 영자는 작년 이맘때를 떠올리는 듯 눈동자를 훅 위로 치프며 고개를 가로저었다. 원진의 입김으로 작품 들어가는 거란 소리 듣기 싫어, 기를 쓰고 원진이 투자하는 작품 거절하고 선택한 드라마였는데. 그랬던 사극멜로 '꽃이 되리라'가 그리도 혹평을 받고 시청률 망한 작품이 될 줄 누가 알았겠는가. 심지어 '요정에게 시대극은 무리였나'라는 기사까지 떠서 하익이 마음고생을 심하게 했었다.

그때 원진이 뼈 있는 말 한마디 했었지. 앞으론 투자자가 아니라 제작진을 보고 작품을 고르라고.

"드라마 '꽃이 되리라'는 하익이 너뿐 아니라 나한테도 스트레스 심한 작품이야. 그런데 그 작품 감독이랑 날 엮어보겠다고? 미쳤니? 됐다 그래. 내가 너 그 작품할 때 원형탈모까지 생겼던 사람이야. 다시는 양 감독이랑은 일 안 할 거야, 알아?"

"누가 일을 하래? 연애를 하랬지."

"연애고 뭐고, 양 감독님이랑은 안 한다니까. 얘가 오늘따라 왜 이래? 엊그제만 해도 나 같은 성격엔 독신이 어울린다고, 나더러 결혼하지 말라 그러더니. 오늘은 왜 자꾸 날 못 보내서 안달이야? 그새 내가 꼭 시집가야 하는 이유라도 생겼냐?"

"아. 그, 그게 아니라……."

나이도 어지간하신 분이 쓸데없는 눈치만 빨라가지고서는. 아니, 옆에서 자기 짝사랑하는 사람이 있음은 눈치 못 챈 사람이 왜 이런 건 초고속이냐고요. 하여튼 영자 언니 실속 없는 건 알아줘야 한다. 쯧쯧쯧! 속으로 혀를 차며 떨떠름한 표정 짓고 있는데, 가만히 서서 두 사람의 옥신각신을 보고만 있던 차원진이 불쑥 화젯거리와 심히 동떨어진 말 한마디를 내뱉었다.

"드레스, 안 벗어?"

"응?"

"그만 벗지 그래."

"아아, 벗어야죠. 이제."

"도와줄게, 벗는 거."

원진이 별 뜻 없다는 듯 편하게 중얼거리고는 하익의 손을 휙 그러잡더니 방금 전 그녀가 나왔던 침실을 향해 걸어가기 시작했다.

너무나 노골적이고 자연스럽지 못한 원진의 행동에 충격받은 듯 영자와 강호가 힉, 거칠게 숨을 들이마셨다. 말은 하지 않았지만 그들이 머릿속에 무슨 그림을 그리고 있는지, 그야말로 '안 봐도 비디오' 수준이었다.

에휴, 우리 남편이 이래요. 다른 건 다 잘하는데 연기는 영 소질이 없더라고요. 하지만 열등생한텐 궁둥이 팡팡, 칭찬을 해줘야 효과만점이라는 거.

"우리 원진 씨 완전 아이디어뱅크다. 어떻게 이렇게 똑똑한 생각을 다 하셨을까? 우리가 이렇게 싹 빠져주면, 성 비서님이랑 영자 언니랑 두 사람이 알아서 잘~ 진도 나갈 거라고 생각한 거지? 맞지?"

태연한 얼굴로 천천히 침실로 들어서자마자, 하익은 뒤따라 들어오는 남편의 팔을 붙들어 벽으로 밀어붙여 놓고는 생글생글 웃는 얼굴을 그의 코앞까지 들이밀었다. 단단한 벽과 말랑말랑한 아내의 가슴 사이에 갇혀 버린 원진은 당장이라도 그를 잡아먹을 것 같은 자세와는 정반대로 순진무구, 아무 생각 없는 아내의 눈망울을 가만히 내려다보았다.

"내가 두 사람을 배려해서 널 침실로 데리고 온 거라고 생각해?"

"아니야? 에이~ 괜히 내 앞에서 뻥치지 마. 쑥스러워? 성 비서님을 이렇게나 알뜰히 챙기는 우리 남편, 진짜 배려심 많구나~ 이렇게 내가 칭찬할까 봐? 당신, 내가 칭찬하거나 사랑한다고 고백하면 되게 민망해하잖아."

"내가 언제?"

"매번. 늘 그렇잖아. 겉으론 안 그런 척하지만. 하지만 난 척 보면 알거든요. 당신 되게 부끄러움 많은 사람이라는 거. 부끄러워서 외면하고 말 않고 가만히 있는 거. 그게 다른 사람들 눈엔 무뚝뚝하게 보이는 거잖아요. 차원진 아내로 3년을 살아보니 이젠 알겠더라고요. 무뚝뚝해 보이지만 당신, 절대로 그런 사람 아니라는 거요. 원래 따뜻하고 배려심 무진장 많은 사람이라는 거요. 가슴속에 사랑을 그득그득 담고 있는 사람이잖아요, 당신. 그래서 내가 당신을 엄청 엄청 사랑하는 거라고요."

"……."

"차원진 씨, 당신은 정말로 착한 사람이에요."

남이 했으면 면박을 줬을 법한, 낯간지러운 말을 하익이 꺼냈다. 그러더니만 그가 딱히 뭐라 대답도 하기 전에 하익이 쪽, 아래턱에 입술을 부딪친다. 키가 턱 없이 작아 입술까지 오지도 못한 거였다. 뽀뽀조차 제대로 조준 못해놓고서는 내심 만족한 듯 수정처럼 초롱초롱 맑은 눈으로 열렬히 그를 바라보기 시작했다. 무엇인가 남편으로부터 답을 듣고 싶은 모양이었다.

아내가 원하는 답을 원진은 알았다. 늘 그랬듯이 모범답안, 착하고 다정하고 따뜻한, 배려심 많은 사람이 할 수 있는 답을 원할 것이다.

원진은 그녀가 원하는 '착한 답'을 늘 선선히 내주었었다. 맑고 밝은 그녀의 세계관을 굳이 자신이 망칠 필요 없다고 생각해서였다. 덕분에 그는 아내로부터 '착한 남편'이라는 평을 얻고 있다. 그를 조금이라도 알고 있던 사람들이라면 도무지 믿지 못할 상황이다. 원진조차도 자신이 왜 아내 앞에서만큼은 잘 길들여진 짐승처럼 꼼짝 못하는지 도무지 이해할 수 없을 정도.

쉽게 표현하자면 위장취업 같은 것이다. 아내 앞에서만 상냥해지고 착해지는, 그야말로 두 얼굴의 남편. 착하고 선량한, 당해도 맘 넓게 용서하며 사는 물러터진 남자인 양 위장하며 살고 있지만 실은 함무라비법전을 충실히 이행하고 있는 무자비한 사업가. 팔불출이란 대외적인 이미지가 구축된 지금에도, 사람들이 여전히 차원진을 '엔터업계의 정복자'라 부르는 것은 바로 그의 그런 이중적 모습을 알고 있기 때문일 것이다.

대중도 알고, 업계도 알고, 심지어 가족들도 다 알고 있어 비밀이랄 것도 없는 그의 두 얼굴을 아내인 하익만 모른다. 아니, 모르고 있다고 원진은 착각 중에 있다. 하지만 그건 천만의 말씀이시다. 그녀는 남편의 육식 성향을 그 누구보다도 더 잘 알고 있었다. 그럴 수밖에 없다. 송하익은 이 정글 같은 연예계에서 15년을 굴러먹은 몸이셨다. 더러운 음모가 난무하고 추잡한 계략으로 마음에 안 드는 사람은 식물인간 만들어놓기도 하는 이 세계에서 15년 구력이면 프로 9단까진 못해도 적어도 5단쯤은 될 것이다.

그런고로 하익은 차원진의 주인님이 될 자격이 충분하다는 말씀. 손오공이 제아무리 용을 써봤자 결국엔 부처님 손바닥 안이라고, 원진이 아무리 본성을 숨기려 애를 써도 하익을 속일 수는 없었다.

"착한 일에는 보상이 뒤따라야 하는 거 아닌가."

평소 착하단 말을 무척이나 싫어하는 그가 희미하게 눈썹을 끌어 올리며 중얼거렸다. 남편은 착하다는 말에 알러지 반응을 일으키는 남자다. 비록 눈썹 잠깐 움직이는 것 외엔 아무런 표정 변화가 없지만 그것만으로도 하익은 알 수 있다. 남편에게 '착한 남자'란 자신을 약해 빠져 보이게 만드는 수식어, 정복자의 위엄을 갉아먹는 단어, 자신을 사나운 맹수에서 귀여운 집고양이로 전락시키는 기분 나쁜 말일 뿐이란 것을. 그리고 그녀는 그 기분 나빠하는 남편의 모습이 너무나도 귀엽고 사랑스러웠다.

병이지. 병도 굉장히 심각한 병이다. 원래부터 잘 웃지도 않는 편에, 아내의 복수를 위해 무서운 짓도 곧잘 하며, 업계에선 최고의 권력을 휘두르는데다, 밤엔 정말로 우리에서 뛰쳐나온 맹수처럼 잔인하게 공격하는 남자를 두고 진심으로 귀엽다고 생각한다는 것은.

하지만 그럼에도, 그걸 모두 인정한다 해도, 하익은 남편을 귀엽다고 말할 수밖에 없다. 그냥 귀여운 걸 어쩌라고! 내 눈엔 이 남자보다도 더 귀여운 생명체는 없는 걸 어떡해?

"키스로 부족하세요, 차원진 씨?"

"방금 턱을 스치고 지나간 게, 키스라고 우길 작정인 건 아니겠지?"

그가 턱을 들어 거만하기 짝이 없는 눈으로 아내를 깔아보며 무뚝뚝하게 묻는다. 비웃는 듯 한쪽으로 슬쩍 올라간 입술 언저리는 '키스다운 키스를 주지 않으면 당장 널 잡아먹고 말겠다'라고 경고하는 것 같다.

아이고, 귀여워. 귀여워 죽겠어. 어쩌면 이렇게 귀여울 수가 있지? 이렇게 귀엽고 사랑스러운 남자를 어떻게 좋아하지 않을 수 있겠나. 아아— 정말 확 깨물어 버리고 싶다. 덮쳐 홀딱 잡아먹어 버리고 싶다. 잘생김과 섹시함이 뚝뚝 떨어지는 그의 두 볼을 손가락으로 쥐고 우쭈쭈— 해주고 싶은 마음이 불끈불끈 솟는다.

"보상이라며. 착한 짓 했으니 내게 상을 주고 싶다며. 그럼 제대로 해야지."

"밖에 사람들 있어. 여기서 어떻게 제대로 해요?"

"우리 침실이야. 왜 못해? 이러려고 방음 시설까지 새로 깔아뒀는데. 보상 차원이니까 네가 해. 난 두 손 놓고 가만히 있을 거다."

"에이— 못 지킬 약속은 애초에 하지 맙시다. 당신, 내가 키스하는데 아무 짓도 안 하고 참을 자신 있어?"

"그거야 해봐야 알겠지만, 정말 아무 짓도 못하게 할 셈이냐?"

"재미있을 것 같지 않아?"

지극히 상큼발랄한 얼굴을 하고 하익이 다소 적극적으로 물어왔다. 선량한 얼굴은 이미 벗어던져 버린 후인 원진이 두 눈을 가늘게 좁혀 뜨고는 하익을 노골적인 시선으로 훑었다.

"묶어줄까?"

"응?"

"더 완벽한 체험을 위해서 내가 묶이는 게 좋을 것 같은데 어때?"

"묶여도, 돼?"

신기한 얘길 들은 사람처럼 하익이 두 눈을 크게 뜨고는 미친 듯이 깜빡거린다. 천하의 차원진이 여자한테 묶여서, 여자 아래에 깔린 채로, 키스를 당하는 광경을 떠올려 보니 매우 흥미진진, 군침이 도는 것만 같았다. 이 얼마나 짜릿하고 색다른 경험인가. 정복자 차원진을 반대로 정복하는 기분이 들 게다. 늘 침대에서만큼은 자신을 꼼짝 못하게 만드는 그를, 묶어놓고 자근자근 밟아 괴롭혀 주고 싶은 생각이 물씬, 불끈불끈 들고 있었다.

하익은 단번에 뜨거운 혀끝으로 아랫입술을 핥아 올리고는 제 얼굴을 더 가까이 남편의 얼굴에 갖다 붙였다.

"가만히 있을 자신 있어?"

"가만히 있을 자신 없으니까 묶이겠다는 거야, 바보야."

"그럼 더 재미있겠네? 막 고통에 몸부림치는 거 아니야?"

"표정을 보니 신났네. 날 묶어놓고 마음대로 요리하고 싶어 안 달이 난 얼굴이군."

"확실히 근래 들어 제일 흥미진진한 일 같아."

찡긋 두 눈이 거의 다 감길 만큼 깊게 눈웃음치며 그녀가 대답했다. 맛있어 보이는 입술. 동그란 모양이라 한입 머금고 싶어지는 귀여운 콧날. 원진을 열망하는 시선으로 반짝이는 생동감 넘치는 눈망울. 보고 있으면 절로 광대 승천할 것 같은 앙증맞은 두 볼. 새하얗고 길어서 너무나도 색정적이며 유혹적인 목덜미. 야들야들 귀밑 속살과 잔솜털. 원진을 자극하는 그 모든 것들이 만찬처럼 그의 눈앞에 펼쳐져 있었다.

그는 아내의 모든 것을 하나하나 눈으로 애무하며 천천히 중얼거렸다.

"근래 들어 내가 널 심심하게 했다는 소리로 들리는데."

"요새 너무 피곤해서 내가 금세 잠들었었잖아. 날 배려해서 당신이 일부러 참아주었다는 거, 다 알아요."

"오늘도 피곤해 보이는 건 마찬가지야."

"오늘도 피곤하지만 괜찮다. 난 오늘 꼭 당신에게 상을 내리고 싶어. 그러니까 당신은 내게 그냥 모든 걸 맡기면 돼. 기꺼이 당신 몸을 내게 바치세요. 제가 다 알아서 뫼시겠습니다, 남편님."

두 눈을 반짝거리며 하익이 말한다. 그리고는 자신이 남편의 숨통을 얼마나 조이고 있는지 전혀 모르는 듯 순진한 얼굴로 더욱더 제 몸을 남편에게로 밀착시킨다. 말랑말랑한 그녀의 가슴살이 단단한 갈비뼈로 느껴지자 태연하기 짝이 없던 원진의 얼굴은 금세 딱딱하게 굳어졌다. 무서울 정도로 험상궂게 굳어가는 남편의 얼굴을 보고도 겁 따위 전혀 나지 않는 듯 하익은 작은 두 손을 들어 그의 두 볼을 덥석 감싸 쥐었다.

"하지만 그전에, 한 가지 소원을 빌게."

"뭐 하는 거……?"

"차원지니! 내 남편이 우리 아이보다 날 더 사랑하게 해줘! 꼭이야!"

뭐라는 건지 채 묻기도 전에 하익이 소리치기 시작했다. 몹시 상기된 얼굴로 두 눈 부릅뜬 채 자신의 코앞에서 흥분해 소리치는 송하익이란, 야수에게 피 냄새를 흘리는 먹잇감.

달콤한 향기가 솔솔 코끝을 자극했다. 입술을 열어 머금기만 하면 자신의 것이 되는, 한껏 취할 수 있는, 양껏 차지해 허기짐을 채울 수 있는, 아내의 향기.

그는 본능의 헐떡임이 점점 더 커져 가는 것을 느끼며 입술을 열고 허리를 움직여 아내의 입술을 덮쳤다.

"우리 아이……!"

하익이 뭐라 중얼거리는지는 들리지도 않았다. 일주일 넘게 아내를 맛보지 못해 극심한 금단현상에 시달리고 있던 원진이 지금까지 참은 것도 참으로 용한 일. 사실 고작 드레스 고르는 문제 때문에 회사 열일 다 제쳐 두고 집까지 납신 이유도 바로 이런 금단현상 때문이었다. 지난 며칠간은 촬영 끝나 집에 도착하면 이내 곯아떨어져 잠만 자는 아내를 위해 참고 참고, 또 참았지만 지금은 그럴 이유 있나? 묶어서 잡아 잡수시겠다는 선전포고까지 날려 주신 요정님을 두고 그런 말도 안 되는 고통에 시달릴 이유 없었다.

줄 것이다. 그녀가 원하는 것은 모두. 내가 가진 모든 것을 다 아내에게 줄 것이다. 난 송하익의 남자, 그녀의 지니니까.

"아아…… 훗!"

야하게 내돌리는 그의 혀끝에 하익이 얇고 얕은 신음 소리를 내뱉었다. 어느새 그를 침대에 눕히고, 그의 위에 올라앉은 자세가 되어버린 하익은 그의 얼굴을 작은 손 가득 감싼 채 그를 맛보고 또 맛보고 있었다.

아아— 오늘 드레스 고른 후 아이를 가졌다는 사실을 알리려고 했는데. 영자 언니와 서프라이징 파티까지 준비했는데. 지금쯤 영자 언니가 성 비서님과 열심히 파티 준비를 하고 있을 텐데! 얼른 원진에게서 떨어져야 제정신을 차리고, 그래야 아이에 대해 말할 수도 있는데!

하지만 안타깝게도 그녀의 지니는 한번 시작한 일은 끝을 맺기 전엔 절대 중도 포기하지 않는다는 장점, 혹은 단점이 있으시다. 그 일이 사랑이라면 더더욱 멈추지 않을 것이다. 게다가 여기서 가장 큰 문제점은 하익이 지금 이 순간의 달콤한 순간들을 끊어내고 싶지 않다는 것이었다.

에라, 모르겠다. 아기는 사랑이 끝난 후에 얘기하지 뭐. 나중에 얘기한다고 아기가 사라지는 것은 아니잖아. 조금 서운하긴 하겠지만.

"으흠……."

입술을 벌려 그의 것을 더 적극적으로 머금으며, 하익은 남편의 와이셔츠를 벗겨냈다.

…the end

　소설을 쓰다 보면 시놉시스 없이도 쭉쭉 써지는 글이 있는가 하면, 구상할 때부터 꽉 막혀 진도를 못 내는 글이 있습니다. 어떤 이야기를 쓰고 싶은지는 알겠는데 구체적 스토리라인으로 풀어 써지지가 않는 거죠. 이런 경우는 거의 대부분 시간이 지나면서 호기심도 의욕도 상실하게 됩니다. 그러다 선뜻 쓰고 싶단 생각까지 사라지게 되면 가지고 있던 아이디어는 사장되어 버리곤 하죠. 하지만 가끔은 여러 해를 두고 생각하다 어느 날 갑자기 번뜩 '이거다!' 하는 감이 찾아올 때도 있습니다. 〈헬로 지니〉도 바로 그런 '아주 가끔 일어나는' 특이 케이스로 완성된 글입니다.

　〈헬로 지니〉는 2008년도 'EX. Boyfriend'를 쓰면서부터 시작된 구상이 지금까지 이어져 오면서 발전된 스토리입니다. 처음엔 '엑스 보이프렌드'의 시리즈물로 기획되었다가, 중도에 '비현실적인 상상이 가미되어진 코믹물'로 따로 독립시켜 떼어졌고, 이후엔 이런저런 사소한 설정들이 끊임없이 바뀌며 저의 '언젠간 쓸 소설' 목록에 쭉 머물러 있게 되었지요. 그러다가 제가 본격적으로 써보겠다고 결심한 시점에 공교롭게도 이 소설의 '비현실적인 상상'과 꽤나 비슷한 설정의 영화 한 편이 개봉되면서, 저는 다시 한 번 소설을 전면적으로 뒤집게 됩니다. 그것을 계기로 지금의 스토리라인과 제목이 만들어지게 된 것이죠.

〈헬로 지니〉는 가난하다는 이유만으로 여자에게 버림받았던 과거와 상처가 있는 남자의 이야기입니다. 주인공 차원진은 이후에도 다년간 여러 경험으로 여자들은 속물이고 사랑은 존재하지 않는다고 믿게 되었지요. 약간 의도했던 것도 있는데, 이 소설에 등장하는 거의 모든 인물들은 이기적이고 속물적인 근성을 수시로 내비칩니다. 사실 인간은 모두 다 속물이죠. 누구나 다 자신의 이익에 준해 행동하고, 그것은 어찌 보면 당연한 것입니다. 그리고 원진은 세상 모든 사람들이. 심지어 자신마저도 그러함을 인정하고 받아들인 남자라고 할 수 있죠.

그런 원진의 앞에 참으로 희한한 여자가 나타납니다. 한때 국민요정이라 불렸다던 여자는, 배역 하나 얻자고 스폰서 모임이라 불리는 파티에 서슴없이 나가고 돈 때문에 남자와 동거하는 짓도 서슴없이 합니다. 그러면서도 최고의 소원은 '진정한 사랑을 해보는 것'이라 달하지요. 속물인데, 분명히 인간은 속물이라는 만고의 법칙에 한 치의 어긋남도 없는 여자인데, 뭔가 달라 보입니다. 그의 눈엔, 아니, 마음엔 정말로 요정처럼 다가오기 시작합니다.

글을 쓸 때면 늘 중매쟁이 모드가 되어버리는 저로서는 원진에게 정말로 괜찮은 여자를 소개해 주고 싶었습니다. 원진이 더 이상 과거의 상처에 연연하지 않을 수 있게, 앞으론 사랑만 듬뿍듬뿍 받으며 살 수 있게, 의리 있고 사랑 충만한 여인네를 만나게 해주고 싶었어요. 그런 의미에서 평생 한 사람 원진만 사랑할 거라는, 포부도 당찬 우리 하익이는 원진에게 정말 딱 어울리는 처자가 아닐까요?

오랫동안 원고를 기다려 주신 예원북스 출판사, 유경화 팀장님, 정말 죄송하고도 감사합니다. 본의 아니게 작업이 너무 늦어져서 그동안 항상 가슴 한가운데가 묵직했어요. 이렇게 마감하고 나니 속이 뻥 뚫리는 기분입니다. 무, 물론 다음 작업이 남아 있지만요. 늦어버렸지만 예원북스 설립을 축하드리고 앞으로 더 쭉쭉 성장해 국내 최고의 로맨스 출판사로 우뚝 서시길 기원합니다!

늘 저를 지지해 주시는 부모님께 하트를, 요즘 지속적으로 시간과 여유를 주고 있는 꼬맹이들에게 땡큐를, 숙제 못한 아이처럼 쫓기는 기분 들게 만들어주시는 우리 동료 작가님들에게는 똑같이 독촉장을 돌려 드립니다. 그리고 주기적으로 찾아오는 삽질의 시기를 슬기롭게 잘 넘기고 있는 나 스스로에겐 파이팅을 선물하고 싶네요.

끝으로 지금까지 읽어봐 주신 독자 여러분, 감사드리고 사랑합니다. 다음 글로 만나뵐 때까지 감기 조심하시고 건강하시길 바랄게요. Good Luck!

2013. 08
요즘 노란색이 그렇게 좋아진다는,
홍윤정 드림.